나누어진 하늘

Der Geteilte Himmel

Der Geteilte Himmel
by Christa Wolf

세계문학전집 294

나누어진 하늘

Der Geteilte Himmel

크리스타 볼프

전영애 옮김

민음사

G를 위하여

인물과 줄거리는 허구다.

차례

나누어진 하늘 9

일러두기

고유 명사의 한글 표기는 국립 국어원의 외래어 표기법 규정을 따르는 것을 원칙으로
하되, 원어 발음과 동떨어진 경우 일부 예외를 두었다.

비가 잦아 서늘했던 이해 여름이 끝난 가을 직전, 도시는 아직 남은 열기에 잠겨 여느 때보다 격하게 호흡하고 있었다. 이 호흡은 뭉친 연기의 모습으로 공장 굴뚝 수백 개에서 나와 맑은 하늘로 솟았다. 그러나 솟구친 다음에는 더 올라갈 힘이 쑥 빠져 버렸다. 오래전부터 이 한 꺼풀 씌워진 하늘에 익숙했던 사람들이 문득 이 하늘은 이상하며 견디기 어렵다고 느꼈다. 마치 그들이 갑작스레 느끼게 된 초조함을 우선은 가장 멀리 떨어진 사물들 탓으로 돌리려는 듯. 공기는 그들 위에 무겁게 깔려 있었으며 물(그들이 기억하기에 줄곧 화공 약품의 악취를 풍겨 온 이 저주받은 물)은 썼다. 그러나 대지는 여전히 그들을 품고 있으며 앞으로도 품고 있으리라, 그들이 존재하는 한.

그럼으로써 우리는 잠깐 중단했던 우리들의 일상으로 되돌아온다. 라디오에서 흘러나오는 아나운서의 건조한 음성, 그리고 이 시기 치명적인, 모든 임박한 위험들이 내뱉는 들리지 않는 목소리에 귀를 기울이며. 이번에는 용케 그 위험들을 모면했다. 그림자 하나가 도시 위에 드리워 있다. 이제 도시는 다시 뜨거워지고 다시 살아난다. 도시는 생명을 낳고 또 묻었다. 도시는 생명을 주고 또 생명을 요구했다. 날마다.

그럼으로써 우리는 우리 대화를 다시 시작한다. 결혼식에 대해서. 크리스마스 전인지 새해 들어서인지를. 또한 겨울에 입힐 애들 새 외투에 대해서, 아내의 병에 대해서, 공장 신임 대표에 대해서. 그 모든 것이 그렇듯 중요하다고 누가 생각이나 했을까.

우리는 다시 조용히 잠자는 데 익숙해진다. 우리는 충만한 삶을 조금씩 덜어 내며 살아 나간다. 마치 이 기이한 재료가 지나치리만큼 많기라도 하다는 듯, 마치 이 재료가 다하지 않기라도 하듯.

1

저 1961년 8월이 끝나 갈 무렵 어느 좁은 입원실에서 리타 자이델은 눈을 뜬다. 잠을 잤던 게 아니라 기절을 했었다. 눈을 떴을 때는 저녁이었고, 처음 보는 깨끗한 하얀 벽만 아직 희미했다. 이곳이 처음이었지만 그녀는 오늘, 그리고 그전에 자기에게 무슨 일이 일어났었는지를 금방 깨닫는다. 그녀는 멀리에서부터 오고 있었다. 아주 멀고도 깊은 곳에 있었던 느낌 한 가닥이 아직도 어렴풋하게 있었다. 그러나 끝없는 암흑으로부터 질주하듯 빠르게 매우 희미한 빛 속으로 들어가고 있었다. 아, 그래, 도시. 더욱 좁게는 공장, 조립실. 내가 고꾸라졌던 선로들 위 저 점. 그러니까 누군가 그때 양옆에서 나를 향해 달려오던 화물 차량 두 대를 정지시켰지. 나를 목표로 똑바로 달려오던 차량이었는데. 그것이 마지막이었다.

간호사가 침대로 온다. 간호사는 리타가 깨어나 독특하고 조용한 눈길로 방 안을 둘러보는 것을 보고는 낮은 소리로 친절하게 말을 건다. "아무 이상 없어요." 간호사가 쾌활하게 말한다. 그때 리타가 얼굴을 벽으로 돌리고 울음을 터뜨린다. 그러고는 그때부터 밤새도록 그치질 않아 아침에 의사가 보러 왔을 때는 대답조차 할 수 없다.

그러나 의사는 물을 필요가 없다. 죄다 알고 있다. 차트에 적혀 있었던 것이다. 여대생인 이 리타 자이델은 방학 때만 공장에서 일한다. 많은 것에, 예를 들면 건조실에서 막 나온 차량 안 열기에 익숙하지 않다. 어차피 고온에서 차량 내부 작업을 하는 것은 금지되긴 했지만 일이 몹시 급하다는 것을 부인할 사람은 아무도 없었다. 연장 통은 무겁다. 이십칠에서 삼십육 킬로그램이다. 그 상자를 그녀가 선로까지 끌고 갔다.

그곳에서는 마침 열차가 차선을 바꾸는 중이었다. 그런데 그때 그녀가 고꾸라졌던 것이다. 놀라운 일이 아니다, 이렇게 연약하니. 그런데 그녀가 엉엉 울고 있다. 그것도 이해할 수 있다.

"쇼크입니다."라고 하면서 의사는 진정제 주사를 처방한다. 하지만 리타가 며칠이 지나도록 누가 말을 거는 것을 못 견뎌 하자 의사는 불안해진다. 이렇게 예쁘고 다감한 여자를 이 지경으로 만든 녀석의 멱살이라도 잡았으면 좋겠다고 생각한다. 의사로서 단정하건대, 젊은 사람을 이 지경으로 병들게 할 수 있는 것은 사랑뿐이었던 것이다.

연락을 받고 고향에서 온 어머니는 딸의 이해할 수 없는 상태를 보고 어쩔 줄 몰라 할 뿐 아무것도 알려 줄 수 없었다.

"공부가."라고 어머니는 말한다. "방금 생각했는데요, 저애한 테 벅찼나 봐요." 사귀는 남자는? 어머니가 알 도리 없는 일이 었다. 전에 사귀던 사람, 그 화학 박사는 벌써 반년 전에 가 버 린걸요. 가 버려요? 하고 의사가 묻는다. 네, 저어, 넘어가 버 렸어요. 이해하시죠.

리타는 꽃을 받는다. 과꽃과 달리아, 글라디올러스. 이 꽃들 은 병원에서 지내는 맥없는 나날에 찍힌 색색 점들이었다. 그 러나 꽃만 허락될 뿐 면회는 금지였다. 그러다 마침내 어느 저 녁 장미꽃 다발을 들고 온 어떤 남자는 면회를 허락받았다. 의 사가 굴복한 것이다. 이런 경우에는 어쩌면 뉘우치는 어떤 사 람의 방문이 모든 근심을 한꺼번에 치유할 수 있을지도 모를 일인 것이다. 의사가 지켜보는 가운데 둘은 짧게 대화를 나누 었다. 그러나 이 대화에는 사랑이니 용서니 하는 말은 전혀 없 었다. 그런 건 주고받는 시선에서라도 알아차리게 되는 법인 데도. 지금으로서는 도무지 하나도 중요할 게 없는 어떤 화물 차량 이야기만 나왔다. 그리고 오 분 후에는 정중한 작별. 의 사는 그 사람이 화물 열차 공장의 젊은 공장장이라는 것을 알 게 된다. 그리고 자기가 멍청했노라고 하는 말을 듣는다. 그러 면서도 이 젊은 남자가 환자 리타 자이델에 관하여 어머니 이 상으로, 의사인 자기 이상으로, 그리고 이제는 수가 늘어난 문 병객 그 누구보다도 많이 안다는 느낌은 떨쳐지지 않았다. 문 병객으로 처음에는 에르미쉬 작업조의 목수 열두 명 모두가 번갈아 오고, 그다음에는 리타의 친구인 자그마하고 예쁘장 한 미용사가 왔다. 방학이 끝나자 사범 학교 학생들이 오고 이따금씩은 리타의 마을에서 젊은 여자들도 왔다. 환자가 결코 외롭진 않았다는 걸 알 수 있었다.

그녀를 찾아오는 사람들 모두가 그녀를 좋아한다. 그들은 그녀와 조심스럽게 이야기하고 눈으로 그녀의 얼굴을 더듬었다. 창백하고 지쳤으나 이제 절망적이지는 않은 얼굴을. 그녀는 이제 덜 운다. 대개는 밤에 운다. 그녀는 눈물을 다스릴 수 있게 될 것이다. 자신의 고통에 매달릴 생각은 전혀 없기 때문에 절망 또한 다스리게 될 것이다.

눈을 감기가 두렵다는 말을 그녀는 아무에게도 하지 않는다. 아직도 몹시 큰 초록색과 검은색 화물 차량 두 대가 눈앞에 보인다. 화물 열차란 밀어 넣으면 선로에서 달리게 되어 있다. 그것은 법칙이며 그러라고 열차는 만들어지는 것이다. 그 열차들이 작동한다. 달리는 두 차량이 서로 만나는 곳에 그녀가 누워 있었다. 여기 내가 누워 있구나.

그럴 때면 그녀는 또 운다.

요양원에 들어가야겠습니다 하고 의사가 말한다. 그녀는 아무 말도 하려 들지 않는다. 실컷 울어 진정할 수 있도록. 무덤에 풀이 덮이듯 모든 것을 뒤로 하고 시간이 지나도록. 기차를 타고 갈 수도 있었다. 그사이 그만큼은 회복한 것이다. 그러나 공장에서 차를 보내 준다. 떠나기 전 그녀는 의사와 간호사들에게 고맙다고 말한다. 모두들 그녀에게 호감이 있었다. 그녀가 말하려 하지 않는 게 있다면 그건 그녀 자신의 일이다. 안녕히.

자신의 이야기는 천박하다고 그녀는 생각한다. 많은 점에서는 부끄럽기도 하다. 아무튼 다 지난 이야기다. 아직도 처리해야 할 게 있다면 이 절박한 느낌이다. 저것들이 나를 목표로 똑바로 달려오고 있구나 하는 느낌.

2

이 년 전 그가 우리 마을에 왔을 때 그는 곧바로 내 눈에 띄었다. 만프레드 헤어푸르트. 그때 나는 곧 그 젊은 남자가 대학 나온 화학자이며 이 마을에서 좀 쉬다 가려 한다는 것을 다른 모든 사람들처럼 잘 알고 있었다. 아직 박사 학위 논문을 쓰지도 않았는데 그 논문 앞에는 벌써 '탁월함'이라는 평가가 붙어 있었지. 논문을 나는 직접 보았다. 그러나 나중 이야기다.

어머니, 고모와 함께 숲 가장자리 아주 조그만 집에 사는 리타가 아침 일찍 산기슭에서 국도까지 자전거를 밀고 올 때면 그 화학자는 자기 사촌 누이 집 뒤 펌프 옆에서 웃통을 벗은 채 차가운 물을 가슴이며 등에다 끼얹곤 했다. 리타는 살피듯 푸른 하늘을 올려다보았다. 선명한 아침 햇빛을. 마치 지나치게 일한 몸의 긴장을 풀어 주기라도 하듯.

그녀는 자기가 사는 마을에 만족했다. 빨간 지붕 집들이 옹

기종기 모여 있고, 게다가 숲과 초원 그리고 들판과 하늘이, 사람이 일부러 생각을 짜내어도 못 다다를 만치 잘 균형을 이루고 있었다. 저녁이면 불 꺼진 면사무소에서 시작된 길이, 지고 있는 둥그런 해 한가운데로 뻗치곤 했다. 길 양옆에는 마을들이 있었다. 국도가 갈라져 그녀가 사는 마을로 향하는 곳, 바람에 뜯긴 단 한 그루 버드나무께에 이 화학자는 버티고 서서 짧게 친 머리카락을 저녁 미풍에 내맡기고 있었다. 그녀를 자신의 마을로 가게 하는 것이나, 그 남자를 고속도로로, 또 하고자 한다면 세상 모든 길로 이어지는 이 국도로 가게 하는 것이나 다 똑같은 그리움이었다.

그는 그녀가 오는 것을 보면 안경을 벗어서 셔츠 자락 한끝으로 조심스럽게 닦기 시작했다. 그 뒤 그녀는 그가 푸르스름한 빛을 내는 숲을 향해 천천히 걸어가는 모습을 보았다. 크고 약간 마른 데다가 팔은 너무 길고 머리는 소년처럼 갸름하고 뻣뻣한 그 남자의 모습을. 저런 사람을 보면 거만함을 몰아내 주고 싶지. 진짜 모습이 어떤지 어디 한번 보고 싶어. 그녀는 몸이 근질거렸다. 꼭, 아주 꼭, 너무도 꼭, 그렇게 해 보고 싶어. 그런데 일요일 저녁 식당 홀에서 그를 보았더니 생각했던 것보다 더 나이 들고 굳어 보여 그녀는 용기가 풀썩 가라앉았다. 저녁 내내 그 남자는 마을에서 온 젊은이들이 그녀를 에워싸고 도는 것을 바라보기만 했다. 마지막 춤이 시작되고, 벌써 창문은 열어젖혀졌으며 신선한 공기가 정신이 말짱한 사람들과 술 취한 사람들 머리 위에 감도는 연기 장막을 흩었다. 그때 드디어 그가 그녀에게로 다가가서 그녀를 홀 한가운데로 인도했다. 그는 춤은 잘 췄으나 춤 자체에는 관심이 없어 다른 여자들을 돌아보며 그들에 대해 평했다.

다음 날 아침이면 그가 아주 일찍 도시로 돌아간다는 것을 그녀는 알았다. 그녀는 그가 아무 말도 안 하고, 아무 행동도 안 할 작정임을 알았다. 그런 사람이지. 그녀의 심장은 분노와 두려움으로 오그라들었다. 갑자기 그녀가 그의 비웃음 섞이고 지루해하는 눈에다 대고 말했다. "당신처럼 되는 건 힘들죠?"

그는 그냥 눈만 질끈 감았다. 말없이 그가 그녀 팔을 잡아 밖으로 이끌었다. 그들은 묵묵히 마을 길을 걸어 내려갔다.

리타는 울타리 너머로 드리운 달리아 가지를 꺾었다. 별똥별이 떨어졌지만 아무 소원도 말하지 않았다. 이 사람이 어떤 태도로 나올까, 그 생각만 했던 것이다.

그때 그녀는 벌써 자기 집 뜰 문 앞에 서 있었다. 집 현관 문까지 몇 걸음 안 되는 거리를 천천히 걸었다. 아, 발자국마다 얼마나 두려움이 솟구쳤던가! 그녀는 이미 손을 문손잡이에 올려놓았다.(문손잡이는 외로운 모든 삶이 그렇듯 얼음같이 차갑고 무감각했다.) 그때 그가 그녀 등에 대고 말했다. 권태롭고 냉소적인 목소리로. "나 같은 사람과 사랑에 빠질 수도 있나요?" "그래요." 리타가 대꾸했다.

이제는 두렵지 않았다. 조금도. 그녀는 그의 얼굴을 어둠 속 좀 더 밝은 점이라도 되듯 바라보았다. 꼭 그만큼 그 역시 그녀 얼굴을 보지 않을 수 없었다. 그녀가 아직 거기 서 있는 일분, 문손잡이가 그녀 손으로 따뜻해졌다. 그는 낮게 헛기침을 하고는 갔다. 리타는 그의 발소리가 더는 들리지 않을 때까지 꼼짝 않고 가만히 문 앞에 서 있었다.

밤에는 잠자지 못하고 누워 있었고, 아침이 되자 그의 편지를 기다리기 시작했다. 일이 이렇게 돌아가게 된 데 놀라면서. 그러나 결말에 확신이 없는 건 아니었다. 편지는 마을 무도회가 있던 날로부터 일주일 후에 왔다. 사무실에서 늘 자기와는 조금도 상관 없는 서류만 받아 보던 그녀에게는 생애 첫 편지였다.

"우리 갈색 아가씨." 만프레드는 그녀를 그렇게 불렀다. 그는 그녀에게서 어떤 점들이 갈색인지 모두 상세하게, 자조에 가득 찬 투로 일일이 열거했다. 그리고 그런 점들이 여자에 대해서라면 오래전부터 전혀 감탄하지 않은 자신을 처음부터 어찌나 여러모로 어리둥절하게 했던가를 묘사했다.

열아홉 살이었고 다른 여자들처럼 사랑에 빠질 수 없었기 때문에 충분히 자주 자신에 불만이었던 리타가 그런 편지를 읽는 법을 이제야 배워야 했던 건 아니었다. 그러나 갑자기 드러난 사실이 있었다. 십구 년이 온통, 즉 소망들과 했던 일들, 생각들과 꿈들이 바로 이 순간을, 바로 이 편지를 읽을 준비를 위해 존재했다는 사실이었다. 그녀 자신이 직접 모으지도 않았던 한 무더기 경험이 갑자기 거기 있었다. 모든 여자들과 마찬가지로 그녀 역시 그 어떤 여자도 자기보다 먼저 이런 감정을 느끼지 못했다고, 그리고 이후 그 어떤 여자도 그녀가 지금 느끼는 감정을 느껴 보지 못할 것이라고 확신했다.

그녀는 거울 앞으로 다가섰다. 갈색 머리 뿌리께까지 빨개져 있었다. 그 순간 그녀는 미소를 지었다. 새로운 방식으로 겸손하게, 또 새로운 방식으로 신중하게.

그녀는 알았다. 지금 그의 마음에 들고 또 늘 그의 마음에 들 무엇인가가 그녀 자신에게 충분히 있었다.

3

리타는 사람이란 늘 인생이 송두리째 바뀌는 갑작스러운 변화에 대비하여 마음을 가다듬고 있어야 한다는 것을 다섯 살 때부터 알았다. 언덕진 푸르른 땅에서 보낸 어린 시절을, 확대경을 낀 아버지의 눈을, 모카커피 잔에 조그마한 문양을 날래고 정확하게 그려 나가는 아버지 손에 쥐어진 섬세한 붓을 그녀는 암울한 마음으로 회상한다. 그 잔을 쓰는 사람을 리타는 한 번도 본 적 없다.

그녀의 첫 장거리 여행은 전쟁의 끝과 거의 정확하게 맞아떨어졌다. 그 여행은 그녀를 슬프고 화난 사람들 가운데 몰아넣어 보헤미아 숲에서 영원히 떠나보냈다. 어머니는 아버지의 누이 하나가 어느 중부 독일 마을에 산다는 것을 들어 알았다. 어머니와 리타는 난파된 사람 같은 행색으로 어느 날 저녁에 그 집 문을 두드렸다. 그들은 받아들여져 잠자리와 밥상,

그리고 어머니가 거처할 좁은 방 하나와 리타가 지낼 희게 칠한 방 하나를 얻었다. 얼마 되지 않아 어머니는 이곳에는 머물지 않을 테다, 결코, 절대로! 하고 시도 때도 없이 말했다. 하지만 그들은 그곳에 머물렀다. 누구나 겪던 궁핍 때문에, 전선에서 실종된 아버지로부터 언젠가 이 안전한 작은 집으로 소식이 오지 않을까 하는 무의미한 희망에 매여.

희망은 사라지고 그 자리에 슬픔이, 그다음에는 고통스러운 추억이 들어서면서 몇 년이 지나갔다. 리타는 이 마을에서 쓰기와 읽기를 배웠고, 이곳 아이들의 숫자풀이 노래며 오래전부터 전해져 내려오는 개울가 담력 시험을 익혔다. 고모는, 감정이 메마르고 정확한 사람이었다. 그녀의 인생은 이 작은 집에 얽매여 그녀에게 큰 행복도 큰 불행도 주지 못했으며, 그녀에게서 동경의 불꽃을 남김없이 꺼 버렸고, 마지막으로는 다른 사람들에 대한 시샘마저 마음속에서 뿌리 뽑아 놓았다. 그런 고모가 방 두 칸에 대한 자신의 소유권을 내세웠다. 그러나 조카만은, 나름으로 사랑했다.

어머니는 부엌 공간과 딸의 사랑을 나누어 갖느라 리타가 눈치챌 수 있었던 이상으로 힘들었다. 리타는 사람을 잘 따르고 붙임성이 있어 누구나 그녀에게 친절했으며, 누구나 리타를 잘 안다고 믿었다. 그러나 리타는 정말로 기쁘고 정말로 괴로운 것은 그 누구에게도 내색하지 않았다. 훗날 마을에 온 젊은 남자 선생님은 리타가 자주 외로워한다는 것을 알아차렸다. 선생님은 리타에게 책을 주었고, 근처로 산책을 나갈 때 그녀를 데려가곤 했다. 선생님은 또 리타가 학교를 떠나 바로 직장을 갖게 되면 얼마나 어려움을 겪을지도 알았다. 그러나 리타는 고집스럽게 자신의 결심을 밀어붙였다. 자신 때문에 어머니가 들판에서, 그다음에는 직물 공장에서 일했던 것이다. 어머니가 병이 났으니 이제 딸에겐 어머니를 보살펴 줄 의무가 있었다. "리타, 그래도 이따금씩은 힘들 거야." 선생님이 말했다. 선생님은 그녀에게 화가 나 있었다.

리타는 그때 열일곱 살이었다. 고집이란, 자기 자신을 극복해야 할 때는 좋은 것이지만 영원히 지속되지는 않는 법이다. 내키지 않는 일을 대담하게 결심하는 것은 좀 다르다. 내가 이런 말을 해도 된다면, 희생이야. 날이면 날마다 좁은 사무실에 앉아 혼자서(큰 보험 회사의 이런 작은 시골 지사에서 사람을 쓰면 얼마나 쓰겠는가?) 끝없는 리스트에 날마다 숫자들을 적어 넣으며 늘 똑같은 말로 늘 똑같은 지불 연체자들에게 그들의 의무를 상기시켜 주는 것, 그건 좀 다른 거야. 그녀는 자동차들이 오는 것을 권태롭게 바라보았다. 차들에서는 지시를 내리고, 칭찬하고, 비난하는 남자들이 그녀가 있는 사무실에 오려고 내렸다. 늘 똑같은 차들이었다. 그녀는 차들이 다시 떠나는 것을 권태롭게 바라보았다.

한때 그 젊고 창백하며 열정적인 선생님은 리타로 하여금 인생에서 더 많은 것을 바라도록 했다. 그녀는 무언가 특별한 것, 특별한 기쁨과 고통, 특별한 사건과 인식을 기대했다. 나라 전체가 불안하고 곧 무슨 일이 터질 듯한 분위기였다.(이런 상황이 특별히 그녀 눈에 띈 것은 아니었으나 모를 수는 없었다.) 그렇지만 이 거대한 흐름의 조그마한 일부분을 그녀 자신의 작고 중요한 삶으로 이끄는 것을 도와줄 사람은 어디에 있는 것일까? 누가 그녀에게 맹목적이고 불운한 우연을 수정할 힘을 줄 것인가? 문득 그녀는 자기 자신이 나날의 단조로운 흐름에 익숙해져 가는 것을 알아차리고 소스라쳤다.

다시 가을이 되었다. 그녀는 사무실 창문 앞 커다란 두 그루 보리수나무에서 잎들이 떨어지는 것을 세 번째로 바라보아야 했다. 어떤 때는 이 나무들의 삶이 그녀 자신의 삶보다 더 친숙해 보였다. 자주 그녀는 생각했다. 결코 이 창문에서 무언가 새로운 것을 보게 되지는 않을 거야. 십 년이 지나도 우편배달 차는 여전히 여기 설 테지, 낮 12시 정각에. 그때쯤이면 내 손가락 끝은 먼지로 메말라 가고, 나는 손을 씻겠지. 밥을 먹으러 가야 한다는 생각도 들기 전에.

리타는 낮에는 종일 일을 했고, 밤이면 소설책을 읽었다. 버려진 듯한 느낌이 그녀의 내면에서 번져 가고 있었다.

그때 만프레드를 만났다. 그리고 한 번도 본 적 없는 일들을 보았다. 그해에 나무에서 떨어지는 잎들은 색색 불꽃이었고, 우편배달 차는 이따금씩 늦었는데 그 몇 분이 끔찍하게 느껴졌다. 생각과 그리움은 탄탄하고 믿을 만한 사슬이 되어 그녀를 다시 삶에다 묶어 주었다. 그 무렵 그녀는 만프레드를 여러 주 보지 못해도 만족했다. 이젠 권태 따위는 없었다.

그다음 그가 크리스마스에 오겠노라고 편지를 썼다. 리타는 그가 그러지 말라고 부탁했는데도 역에서 그를 기다렸다.

"아, 갈색 아가씨께서 갈색 모자를 쓰고 오셨군. 러시아 소설에서처럼."

그들은 버스 정류장까지 걸어가다 어느 쇼윈도 앞에 멈춰 섰다. 편지에서는 서로 존칭을 쓰면서도 아주 친밀했는데, 현실에서 존칭을 쓰자니 영 친밀감이 느껴지지 않았다.

"이봐요." 하고 마침내 그가 입을 열었다. 그러자 그 깍듯한 존칭 앞에서 자기가 이미 그를 아주 영원히 실망시켰을 수도 있다는 두려움이 한순간 그녀를 엄습했다. "이런 상황은 피하고 싶었어요. 눈으로 질척거리는 길에 서서, 일이 어떻게 진행될지도 모르면서 물동이와 어린아이 목욕통을 바라보는 거요." "어째서요?" 하고 리타가 말했다. 리타는 그와 함께 있으면 정말이지 순식간에 배웠다. "소설은 그냥 줄거리가 진행되게 내버려 두지요."

"예를 들면?" 하고 그가 흥미 있어 하며 물었다.

"예를 들면 여자 주인공이 지금 남자 주인공에게 말하죠. 존칭을 쓰지 않고요. 자, 우리 저 파란 버스를 탈까? 저기 모퉁이를 돌아오고 있는 버스 말이야. 그다음에는 날 집까지 바래다 줘. 당신도 나하고 같이 우리 가족들한테로 가고. 이 세상에 당신이란 사람이 있다고는 예상도 못 하고 있으니까. 당신을 크리스마스 특식 거위 요리에 초대하자면 우선 당신을 알기라도 해야 되니까. 이 정도 줄거리면 하루치로는 충분하겠지?"

쇼윈도 유리에서 그녀 시선이 그의 시선과 부딪쳤다. "충분해." 그가 놀라서 말했다. "충분하고도 남는걸. 참 잘했어……." 그는 더 이상 존칭을 쓰지 않았다.

두 사람은 조금 웃고는 쇼윈도 앞에 와서 멈춘 파란 버스에 올랐다. 만프레드는 그녀를 그의 사촌 누이에게로 데려갔고,

그는 그녀와 함께, 이 세상에 그라는 사람이 있다고는 예상도 못 하는 그녀의 가족들에게로 갔다. 그녀의 가족들은 몇 분 동안 말없이 그를 살펴보기만 했다. 매우 남자답군, 고모는 생각했다. 하지만 저 애한테는 너무 늙었어. 화학 박사라니, 어머니는 생각했다. 저 사람이 데려가면 저 애 걱정은 덜겠지. 그럼 나도 안심하고 눈을 감을 수 있을 거고. 그다음 어머니와 고모가 동시에 말했다. "크리스마스에 거위 구이 좀 같이 들러 오겠어요?"

리타가 오늘도 그 생각을 하면, 눈 내린 작을 마을에서 보낸 크리스마스를 생각하면……. 크리스마스이브에 그래야 하듯 이 눈이 내렸고 그들은 아주 조용히, 팔짱을 끼고 호젓한 마을 길을 걸어 내려갔다. 이 생각을 할 때면 그녀는 자문한다. 언제 또 그런 때가 있었던가? 언제 또 그런 때가 오겠는가? 둘로 갈라진 땅은 그때만 해도 서로 꼭 들어맞았고 그들은 꿰매 붙인 자리 위를 거닐고 있었다. 마치 아무 일도 없는 듯.

그녀 집 문 앞에서 만프레드는 가느다란 은팔찌 하나를 호주머니에서 꺼내 그녀에게 주었다. 전에 그 어떤 여자에게 무언가 선물했을 때보다 서툴게. 리타는 더 능숙한 사람 노릇을 해야 하는 건 언제나 자기라고 벌써부터 파악하고 있었다. 리타는 두꺼운 털장갑에서 손을 뺐다. 장갑이 눈 속으로 떨어졌다. 그녀는 맨손을 만프레드의 차가운 뺨에 갖다 댔다. 그가 아주 가만히 그녀를 바라보았다. "따뜻하고 부드럽고 갈색이군." 하며 그는 그녀의 얼굴에서 머리카락을 훅 불어 내 주었다. 그의 눈이 붉게 충혈됐다. 그는 시선을 돌렸다.

"안심하고 나를 봐." 하고 그녀가 낮게 말했다.

"이렇게?" 그가 물었다.

"응, 그렇게." 리타가 답했다.

그의 시선이 찌르듯 그녀에게 와 닿았다. 그날 저녁 내내 그녀는 양손이 떨리는 것을 감춰야 했다. 하지만 그는 곧 그것을 알아차리고 미소를 지었으며, 그녀는 그의 웃음이 마음에 들지 않았다. 그래도 계속 그를 바라볼 수밖에 없었다. 그녀는 약간 지나치게 활발했다. 가슴 죄는 사랑을 어떻게 감추려고 애쓰는지를 고모와 어머니야 결코 경험해 본 적이 없거나 아니면 벌써 오래전에 잊어버렸다. 두 여인은 거위 구이가 잘될지 마음을 졸였다. 나중에는 다들 술잔을 들고 서로 축복의 말을 건네며 마셨다. "시험 잘 보시기 바라요."라고 어머니는 만프레드에게 말했다. "부모님을 위하여 들지요."라고 고모도 나름 말을 해 보았다. 지금까지 그 젊은 남자에 대하여 들은 게 너무도 적었던 것이다.

"고맙습니다."라고 그가 무미건조하게 말했다. 리타는 그의 얼굴을 생각하면 지금도 웃음이 나올 지경이다. 그때 그는 스물아홉 살이었고, 사랑스러운 사위 역할에는 결단코 적합하지 않았다. 그는 말했다. "지난밤에는 집에서 크리스마스를 보내는 꿈을 꾸었습니다. 제 꿈에서 저희 아버지께서 잔을 드시고 저에게 건배를 해 주셨습니다. 그때 제가, 꿈에서요! 제가 들고 있던 접시며 유리컵 들을 하나씩 죄다 벽에다 내던지질 않았겠습니까."

"꼭 그렇게 사람을 놀래야 해?" 리타가 나중에 현관 앞뜰

문에서 물었다.

그는 어깨를 으쓱했다. "왜들 놀라셨을까?" "당신 아버지……." "우리 아버지는 정말 독일 남자야. 1차 대전 때 한쪽 눈을 잃으셔서 2차 대전 때는 징집을 모면하셨지. 그래서 요즘도 눈 하나를 잃고 목숨을 부지하려는 분이지." "당신, 아버지한테 너무하는데." "아버지께서 나를 가만히 내버려 두시면 나도 가만히 있지. 하지만 나를 위해 축배를 드는 일 따위는 꿈에서조차 안 하실 분인걸. 왜 사람들은 우리 모두가 부모님 없이 자라났다는 것을 인정하려 들지 않을까?"

새해에 그들은 근처 구릉에 있는 작은 휴양 시설에 다녀왔다. 오후에는 스키를 타고 부드럽고 하얀 산기슭을 내려갔고 저녁에는 다른 투숙객들(모두 젊은 사람들이었다.)과 함께 1960년의 시작을 축하했다.

밤에는 둘이서만 있었다.

리타는 이 냉소적이고 차가운 사람이 스스로 냉소적이지 않고 따스한 사람이 되기를 갈망하고 있다는 것을 알았다. 그것이 놀랍지는 않았지만 그녀는 안도감에 조금 울었다. 그는 손가락으로 더듬어 그녀의 눈물을 훔쳐 주었다. 그녀는 두 주먹으로 그의 가슴팍을 두드렸다. 처음에는 약하게, 그다음에는 세차게.

"이런." 그가 낮게 말했다. "뭘 그렇게 두드려 대는 거야?"

그러자 그녀는 더 심하게 울었다. 그녀 또한 외로웠던 것이다.

나중에 그녀는 그의 얼굴을 자신에게 돌렸고 창문으로 비쳐 드는 하얀 눈빛 속에서 그의 눈을 찾았다.

"들어 봐." 그녀가 말했다. "그런데 당신이 만약 그때 마지막 춤을 나하고 같이 추지 않았더라면 어떻게 됐을까? 내가 이상한 질문을 하지 않았더라면? 내가 벌써 집 안으로 들어서려는데 당신이 끝내 아무 말도 하지 않았더라면?"

"상상할 수 없는 일이야."라고 그가 말했다. "사실 죄다 내가 미리 생각해 놓았던 거였어."

4

그 사람은 늘 그런 식이었다. 마지막까지 오만하고 파악하기 어려웠다. 한번은, 같이 보낸 얼마 안 되는 일요일들 중 어느 하루 그녀가 물었다. "내가 당신 마음에 든 첫 여자는 아니겠지?"

그녀는 그의 윗옷 단추들을 만지작거리고 있었다. 그가 그녀 손을 꽉 잡으며 생각했다. 이 여자가 자기를 '여자'라고 부르는구나, 이 여자도 다른 모든 여자들과 똑같을 수 있겠구나. 그녀가 모든 여자들과 다르다는 것이 전에 그의 마음을 얼마나 뒤흔들었던가 하는 생각이 이제 그를 휘저었다. "응." 그가 진지하게 말했다. "첫 여자는 아니야." 한참 후에 그녀가 내친김에 가볍게 물었다. "사귄 여자 많았어?"

그녀가 침묵하면서 이 질문으로 괴로워하는 모습을 그는 조용히 바라다보았다. 그러고는 고백했다. "더러 있었지."

그녀는 자신 없게 그를 쳐다보았다. 그러나 그는 냉소하지 않았다. "그럼 좋아." 하고 그녀가 한참 뒤에 말했다. "당신은 나를 세상 별일에 다 익숙하게 만드는군."

그가 그녀의 턱을 치켜들고는 그녀가 결국 그를 쳐다보게 될 때까지 기다렸다.

"이봐." 하고 그가 말했다. "약속 하나 해 주겠어? 절대로 나 때문에, 있을 수 없는 일에 익숙해지려고 하지는 마, 알았어?"

그녀는 머리를 그의 가슴에 올리고 어린아이처럼 그가 쓰다듬는 대로 가만히 있었다. 그녀는 여전히 훌쩍이고 코를 킁킁거리며 생각했다. 완전히 위로받은 상태로. 당신 때문에 나에게 무슨 있을 수 없는 일이 일어나겠는가?

일요일이 지나고 다음 일요일이 오기까지 한 주 한 주는 질질 끄는 듯 길었다. 어떤 때는 그에게서 받은 편지 위에 눈물 몇 방울이 떨어지기도 했다. 한번은 어머니가 "얘야, 너 행복한 거니?"라고 다그쳐 물어, 그녀는 어리둥절한 표정을 짓기도 했다.

행복한가? 자신이 그전 어느 때와도 다르게 살고 있다는 것은 느꼈다.

다양한 여자들과 다양한 사랑을 겪은 만프레드는 그녀의 사랑이 어떤 점에서 특별한지 리타 자신보다도 더 잘 알았다. 여러 차례 함께 밤을 보냈다고 해도 한 여자에 매인 적은 아직 한 번도 없었다. 새로운 여자를 만날 때마다 벌써 그는 언젠가 이별이 불가피하다는 냉혹한 사실을 함께 받아들였고,

만남의 횟수가 더해 갈수록 점점 무심해지곤 했다. 리타한테 그를 묶어 준 것은 그녀가 그에게 한 첫마디였다. 그는 흠칫 했다. 용납할 수 없게, 품위를 잃을 만치, 내심 상처를 받았다. 결심을 못 내리던 몇 주일, 그는 그녀에게서 벗어나려고 애썼다. 그러다가 마침내 자기 힘으로는 어쩔 수 없다는 것을 깨달았다.

믿을 수가 없었다. 그는 리타를 다양하게 시험해 보았다. 그녀는 모든 시험에 합격했다. 시험당하고 있다는 것을 알지도 못한 채, 웃으면서. 자신의 장점을 알지 못한다는 바로 그 점이 그의 마음을 샀으며, 그는 그녀에게서 그들 두 사람을 위한 모든 것을 찾아냈다. 이미 오래전에 파묻어 버렸던 희망들을 그녀가 일깨우자 그는 노여웠다. 하지만 곧 머뭇거리며 희망에 몸을 맡기게 되었다.

"우리 갈색 아가씨." 그가 말했다. "유감스럽게도 당신은 어린아이고 유감스럽게도 나는 늙은이야. 그러니 우린 잘 안 될 거야."

"아." 그녀가 말했다. "난 모든 사람들이 나보다 더 똑똑한 체하는 데 익숙해. 그렇지만 나도 나를 막 유혹해 놓은 사람을 달아나지 못하게 할 만큼은 똑똑해."

"내가 당신을 망쳐 놓을 텐데." 그가 말했다.

"딴 사람보다야 당신이 망치는 게 낫지." 그녀가 대꾸했다.

그랬다. 인생이 그들 앞에 놓여 있었다. 그리고 인생은 그들이 결정하는 것이었다. 모든 것이 가능했다. 서로를 다시 잃는 것, 오직 그것만 불가능했다.

3월 초, '교직 지원자를 모집하는 전권 대행'이 리타가 사는 지역으로 왔다. 비쩍 마르고 머리카락이 새까만 남자였는데, 필요한 모든 것을 커다란 서류 가방 하나에 다 넣고 다녔다. 그 사람이 머물 만한 빈 사무실을 못 찾았기 때문에 사람들은 그 남자를 리타의 사무실에 있게 하고 리타로 하여금 그가 필요로 하는 필기 작업을 도와주도록 부탁했다.

호기심에 차서 리타는 그의 활동을 관찰했다. 그 사람은 하루 온종일 돌아다니면서 이따금씩 전화를 하여 자신의 현재 위치를 알려 주곤 했다. 저녁이면 장차 사범 학교 학생이 될 사람들이 기입한 설문지 몇 장을 가져와 평을 덧붙이며 리타에게 건네주었다. 모퉁이에 사는 예쁘장한 금발 미용사의 이력서를 넘겨줄 때는 "이젠 머리를 좀 더 자주 잘라야겠군."이라고 말했다. 혹은 "작업조장들이란 나하고는 원래 앙숙인데 그 사람들이 자기 발로 걸어 나오겠어요, 늘 쳐다보는 그 한 사람*을 떨치고? 그런데도 지금 난 작업조장을 한 사람 낚았어요."

그러고 나서 그는 외투를 옷걸이에 걸더니 갑자기 한가해졌다. 지역 당간부들이 또 자기 욕을 했다는 이야기를 그는 태연하게 들었다. 그들은 일부러 리타의 사무실까지 와서 일손이 달려 겪는 모든 어려움을 그녀에게 이야기했다. 마치 그녀가 그들을 도울 수 있기라도 하듯. 에르빈 슈바르첸바흐는 방

---

* 당시 동독의 국가 평의회 의장이었던 발터 울브리히트의 초상화를 가리키는 것으로 보임.

어에 나서는 법이 없었다. 그는 느긋이 앉아서 담배를 피우며 리타와 여러 가지 이야기를 하다가(그가 읽으면 신문조차도 얼마나 재미있어지는지 리타는 놀랐다.) 끝에 가서는 늘 그녀가 아는 온갖 사람들에 대하여 꼬치꼬치 묻고는 그들의 이름을 적었다. 리타는 저녁마다 귀가가 늦어졌고, 슈바르첸바흐가 오래 머물수록 점점 더 흥분됐다. 처음으로 그녀는 직접 체험했던 것이다. 어떻게 보다 큰 손이 평범한 사람들의 운명에 개입하여 하찮은 미용사나 작업조장, 시청 과장을 움켜쥐게 되는가를. 아, 저 사람이? 하고 그녀는 이따금씩 믿을 수 없어 했다. 저 여자까지도? 거론된 사람들을 그녀가 늘 그들의 일상적인 테두리 안에서만 생각할 수 있었던 건 그녀에게 상상력이 빈곤해서였던가. 가장 평범한 사람들로 하여금, 자신들이 온갖 비범한 일을 할 수 있다는 것을 쉽게 납득시키기 위하여, 저 말똥말똥한 슈바르첸바흐 같은 사람이 굳이 먼 곳에서 와야 했던 것일까?

"스무 명이라." 지난 저녁 에르빈 슈바르첸바흐가 말했다. "한 지역에서는 괜찮은 편이군."

"열아홉 명입니다."라고 리타가 수정해 주었다. 그녀는 가벼운, 가슴 죄는 실망을 감추었다. 그 실망은 대체 어디에서 온 것이었을까?

"스무 명이오."라면서 그 사람은 여전히 아주 천연스럽게 리타에게 설문지 하나를 책상 너머로 건네주었다. 작성되지 않은 것이었다. 그러나 제일 위 칸에 그의 글씨로 그녀 이름이 적혀 있었다.

아, 내가? 하는 생각은 했지만 무척 놀랐어야 할 텐데도 그다지 놀랍지는 않았다.

"무슨 생각을 하죠?" 방 안에 정적이 흐르고 얼마 후 슈바르첸바흐가 물었다.

리타는 생각했다. 난 언제나 동생들이 있었으면 했지. 만프레드, 그녀는 생각했다. 그가 같은 도시에서 대학을 다니고 있었다. 그녀는 철도와 거리의 소음을 생각했고, 갑자기 옛 담임 선생님의 창백한 얼굴과(선생님은 지금 어디 계실까?) 교과서들, 도시 불빛들과 아이들 냄새를 떠올렸다. 그리고 마지막으로 숲에서 나와 그녀가 사는 마을로 오면서 "랄라라라라 봄이 왔구나." 하고 노래 부르던 학급 아이들을 생각했다.

"전 겁이 나는데요."라고 리타가 말했다. 슈바르첸바흐는 고개를 끄덕였다. 그는 아주 뚫어 보는 듯 사람을 볼 수 있었다. 저 사람은 정말로 내가 지원하기를 바라는 거야 하고 그녀는 생각했다. "전 할 수 없습니다."

"아니요." 슈바르첸바흐가 말했다. "할 수 있어요. 스스로 잘 알잖아요. 리타 씨 아니면 달리 누가 하겠어요? 지금 이력서를 쓰세요. 그러면 나는 하루 일찍 귀가해, 마치 신부에게 구애하는 신랑처럼 당신 마음을 사려 했던 저녁들을 돌이켜 볼 수 있어요."

여느 때 리타는 지나치게 서두르는 법이 없었다. 하지만 중요한 결심은 즉각 해냈다. 약간 얼이 빠진 채 늘 쓰는 펜을 찾아 손을 뻗치는 사이에 번개처럼 빠르게, 인생을 바꾸어 놓는 이 우연을, 자기 자신을 위한 필연으로 만들어 놓을 수 있었던 것이다. 충분히 오래 이것을 기다려 오지 않았던가. 빠르든 늦든 이렇게 오게 되어 있지 않겠는가. 이 일이 그녀를 더욱 굳게 만프레드에게 묶어 주지 않겠는가. 만프레드가 아니었다면 그녀는 결코, 결단코 그런 결심을 할 용기를 내지 못했을 것이다.

서류를 써 나가면서 그녀는 자신의 전 생애라는 것이 종이 반 장에 다 들어감을 알아차리고 부끄러웠다. 해마다 자기 이력서에다 적어 넣을 가치가 있는 문장 하나쯤은 덧붙일 수 있어야 하지 않겠는가? 하고 그녀는 생각했다. 이제는 그렇게 해야지 하고 그녀는 결심했다.

에르빈 슈바르첸바흐는 설문지를 훑어보고는 다른 서류들이 든 서류 가방에 넣었다. "또 봅시다."라고 그 사람은 헤어질 때 말했다. 그는 사범 학교 강사였던 것이다.

리타가 집으로 간 후, 예견했던 온갖 소용돌이가 일어나기 전 두 시간은 그녀 인생에서 가장 기억에 남을 만한 시간 중 하나였다. 오늘이 아직도 아침 일찍 집을 나서 시골길을 달리며 맞이했던 그날일까. 여기가 여전히 풀이 무성하고 지겨울 정도로 잘 아는 그 작은 도시일까. 리타는 날마다 만나는 똑같은 사람들에게 양옆을 보며 인사했다. 그렇지만 이번에는 몸을 돌려 그들의 뒷모습을 바라보았다.

사람들은 아무것도 몰랐다. 그녀 그리고 기차를 타고 출발한 그 남자 말고는 단 한 사람도 무언가 알지 못했다. 어떤 사람이 와서 그냥 말했다. 그거 그만둬 하고. 그러자 모든 것이 달라지기 시작했다. 이런 일이 있었다면 모든 것이 가능하다. 동화에서 일어나는 모든 기적, 모든 위대한 행위가 다 가능하다. 이 굼뜬 소도시가 잠에서 깰 수 있었다. 그녀는 세계 가장자리로부터 세계 한가운데로 던져 넣어질 수도 있었다. 무슨 중요한 문제들이 어느 날 그녀의 작은 사무실에서 결단되었는지 누가 알까?

리타는 똑바로 뻗은 길을 따라갔다. 그녀 앞에는 3월의 맨 마지막 빛이 천천히 숲 뒤쪽으로 물러나고 있었다. 이제 이 길을 다녀 봐야 얼마나 더 자주 다니겠는가. 오늘 그녀는 이별을 고했다.

어두워지기 직전, 양편으로 파도처럼 굽이치며 펼쳐진 땅은 다시 한 번 선명하게 자신의 모습을 드러냈다. 바다처럼 펼쳐진 갈색 농경지 위에서 하얀 눈송이가 두드러졌다. 아침이면 좀 더 따뜻한 첫 서풍이 그 모든 윤곽을 지우고 보다 딱딱한 새 윤곽이 드러나게 하리라. 땅 표면 몇 밀리미터 아래에서는 눈송이 같은 은방울꽃들이 기다리고 있겠지. 리타는 웃었다. 그 모든 것을 그녀는 죄다 알았다! 그건 그녀의 일부였던 것이다! 난 새소리 하나하나에도 감사해 하고 그녀는 생각했다. 차가운 강물도, 아침 햇살과 여름 나무 그늘도.

그녀는 더 빨리 달렸다. 양쪽 다리에는 감각이 없었다. 다리가 있는지조차 알 수 없었다. 다리는 자기 할 일만 하고 있었다. 그렇지만 저 바람! 바람은 더 세게 불었다, 빨리 달리면 빨리 달릴수록. 그녀는 온몸이 이글거렸다. 누가 그녀더러 약하다고 말하겠는가? 그래, 그래, 거기로 가야지. 이 모든 게 어떻게 될지 두고 봐야지…….

집으로 들어설 때 그녀는 예뻐 보였다. 자전거로 달려오느라 상기되기도 했고, 내면으로부터 나온 빛으로 밝아지기도 했다. 어머니는 깜짝 놀랐다. 어머니 경험에 비추어 봤을 때 모든 새로운 것은 모든 오래된 것들보다 나빴기 때문이다. 리타가 이야기를 들려주자 어머니는 눈물을 쏟았다. 그러나 늘 그래 왔듯이 자기 걱정은 하지 말라고 말했다. 어머니는 만프레드가 그 일에 대하여 뭐라고 말할 것인가만 걱정했다. 어머니는 자신이 결혼할 때는 딸의 이 결합에서처럼 마음 졸여 본 적이 없었다. 어머니는 이 결합에 대하여 정말 몸 달아 할 수 없으면서도 또 잘되기를 간절히 바라고 있었던 것이다.

고모는 리타가 자기 혼자서 모든 것을 결심해 버렸다는 데 마음이 상해 말없이 자기 방으로 올라가 버렸다.

"아무도 이해하지 못하지만." 하고 리타는 만프레드에게 편지를 썼다. 어지러운 장문의 편지 한 통을 찢어 버리고 난 뒤였다. "나는 선생님이 되려고 해. 더는 말하지 않겠어. 나를 이해하겠어?"

그가 신중하게 답장하기를, 다음 날 그녀가 무얼 할지 자신은 예상할 수 없노라고 했다. 아마도 그건 나중에 알게 될 거라고. 아무튼 그녀가 자기 집에서, 즉 자기 부모 집에서 지낼 수 있다고. "그렇지만 당신은 견디지 못할 거야. 아, 우리 갈색 아가씨. 내 말을 믿어. 당신은 인생을 몰라."

5

만프레드는 아주 정확하게 알았다. 유능한 사람을 냉담하
게 만드는 그런 유능함이 있다는 것을. 더 이상 계속 냉담할
수만은 없게 된 이제야 그는 자문한다. 나에게 대체 뭐가 잘
못된 걸까? 매사에 대한 이 무관심은 도대체 언제 시작되었을
까? 왜 나에게 아무도 말하지 않았을까? 왜 꼭 이 여자가 와서
물어야 했을까? 당신처럼 되는 건 힘들죠? 하고.

아주 새로운 긴장감을 느끼며 그는 이제 들고 있는 인조 섬
유 다발을 다양한 색 액체들에 담갔다. 그는 끊임없이 액체 조
합을 바꿔 가며, 더할 나위 없이 머리를 짜내 고안한 시료들에
그것을 다 넣어 시험해 보았다. 그리고 한층 더 엄정한 다음번
시험을 위하여 가장 아름답고 가장 내구성 강한 염료를 선택
했다.

작업은 거의 끝나 가고 있었다.

조금 전만 해도 그는 이 작업의 마무리 외에 다른 생각은 할 수 없었다. 그가 목표에 도달하고 나면 무얼 바라야 할 것인가? 무슨 새로운 목표를 세울 수 있을 것인가? 그런데 이제 갑자기 계획에 계획이 연이어 늘어섰다. 그는 넓은 공장 안을, 냄새가 좋지 않고 김이 나는 공간을 바라보았다. 그렇지만 이 공간은 그의 상상 속에서는 아름다웠다. 여기서 그가 고안해 낸 방식에 따라 섬유가 염색되었기 때문이다. 흰 가운을 입은 그는 염색 가마 옆을 지나가고 시료를 점검했으며 알칼리액 조합을 바꿨다. 그는 인정받고 있었다. 그가 하고 있는 일에 정통했으며 거만하지 않았기 때문이다. 그렇다, 자신이 그토록 오랫동안 어리석다고 치부해 온 것이 그는 갑자기 바람직해 보였다. 그것은 겸손이었다.

그때 선생이 되겠노라는 그녀의 편지가 왔다. 도대체 어째서 하고 그는 생각했다. 지금? 나한테 묻지도 않고? 그러니까 내가 집에 오면 공책들이며 보충 지도가 필요한 학생들 그리고 탄식하는 부모들이 있다는 거지? 그리고 밤에는 교육 문제들로 씨름하고?

그녀가 나만을 위해서 살지는 않을 것이라 생각하니 불쑥 시샘이 일었다.

그녀는 견뎌 내지 못할 거라는 것이 그다음 생각이었다. 그녀처럼 예민한 사람이! 그녀는 경험을 쌓고 난 다음에는 충분하다고 여기겠지. 그렇게 편지를 써 보내기도 했다. 그녀는 벌써 그에게 허락을 강요하고 있었다. 노여워서 그는 조금 시야가 좁아졌다.

그는 그녀가 자기 곁에 머물 수 있도록 배려해야 했다. 그래서 어머니에게 간략한 말로 리타의 존재를 알리고 리타가 그의 방을 쓰도록 관철했다. 그 자신은 오래전부터 자기 방은 두고 망사르드 지붕* 밑 방에서 지내고 있었던 것이다.

어머니는 자기에게서 아들을 앗아 간 여자를 받아들이기를 완강히 거부했다.

그는 어머니가 뭐라고 할지 미리 알았으며, 어머니의 울상에도 아랑곳하지 않고 어머니가 말을 다 끝낼 때까지 차갑게 바라보고 있었다.

"다 이유가 있습니다." 어머니가 진정되자 그가 말했다. "어쩌면 리타가 한동안 우리 집에서 견뎌 낼지도 모르죠."

"그게 무슨 말버릇이냐!" 하고 어머니가 야단쳤다. 그다음에는 아들의 시선에 다시 움츠러들었다. 아들이 남의 말을 받아들이지 않으며 폐쇄적이고 자기한테 중요한 일이라면 무슨 일이든 굴복하는 법이 없다는 데 익숙했던 것이다. 얼마 전부터, 만프레드가 부모에게 완전히 무관심해져 버린 이래로 아버지와 아들 사이에 증오의 폭발이 멈추었다는 것만으로도 기뻐해야 할 처지였다.

어느 서늘한 4월 일요일, 그녀가 이사를 왔을 때 만프레드는 장래의 아내에게 자기 부모의 집을 보여 주었다. "내가 사는 관(棺)이야. 거실관과 식당관, 침실관과 요리관으로 나뉘어

---

* 프랑스 건축가 망사르가 고안한 지붕으로, 경사가 완만하다가 급하게 꺾인 모양이다. 아래 지붕에 채광창을 내어 다락방으로 쓰게 되어 있다.

있지."

"왜 그렇지?"라고 리타가 물었다. 그녀 자신도 이 외떨어진 고급 거리며 이 오래된 저택, 이 무겁고 어두운 방들에 짓눌려 있었다.

"여기에서는 결코 무언가 생기 있는 일들이 일어나지 않기 때문이야."라고 그는 말했다. "내가 기억하기로는 없었지."

"그렇지만 당신 방은 환하네."라고 리타가 위안을 삼았다. 자신의 결심이 여기서 그대로 없어져 버리지 않도록, 이 무심한 낡은 가구들에 흡수되어 버리지 않도록 주의해야 했던 것이다.

"그만두자." 그가 말했다. "우리가 정말로 살 곳을 보여 줄게."

그다음 그들은 지붕 밑 방문에 서 있었다. 만프레드는 그녀를 옆에서 바라보았다. 이 치우지 않은 방이 그에게 무엇을 뜻하는가를 그녀가 알아차리는지 보려고.

"아하." 하면서 그녀는 두 눈을 천천히 이리저리 옮겼다. 작은 창문들 중 하나 아래 놓인 책상과 긴 의자, 정돈은 안 됐지만 줄은 꼭 맞추어 늘어선 책들, 벽에 걸린 요란한 색색 인쇄물 몇 개, 구석에 쌓아 놓은, 화학자의 온갖 잡동사니들로. 그녀는 결코 질문을 하지 않았다. 여전히 그를 가만히 쳐다보기만 했다. 어쩌면 약간 지나치게 뚫어 보는 듯한 시선으로. 그러고는 말했다. "꽃은 내가 늘 신경 써야겠네."

그는 그녀를 자기 곁으로 끌어당겼다. "당신은 착해." 그가 진지하게 말했다. "당신은 착해, 누구라도 더 착할 순 없을 거야. 대신 난 여기 꼭대기에서 저녁에 당신한테 멋진 샐러드를 만들어 줄게. 그리고 겨울에는 난로 뚜껑에다가 흰 빵을 구워 먹는 거야!"

"그래."라고 리타는 축제 기분으로 말했다. "그렇게 하자."

그러고 나서 그들은 웃었고 바닥에서 뒹굴었으며 나중에는 지쳐서 나란히 누워 밤을 기다렸다. 강 너머 멀리 평원으로 날카로운 기적 소리가 퍼져 나가는 가운데 봄이 다가오고 있었다. 온갖 잡동사니가 들어차고 두 거주자가 있는 그 작은 방은 거대한 그네에 매달린 곤돌라가 되었다. 이 곤돌라는 검푸른 하늘 돔 그 어딘가에 고정되어, 눈을 감아야만 느껴 볼 수 있을 만큼 넓게, 규칙적으로 흔들리고 있었다.

그래서 그들은 눈을 감았다.

이제 그들은 처음 뜬 별들이 있는 꼭대기에 올라갔다. 그다음에는 그들이 탄 곤돌라가 긋는 아치가 도시의 불빛들을 거의 스칠 듯했다. 그러면 그들은 입김처럼 얇은 노란 초승달을 향하여 어둠을 뚫고 흔들려 갔다. 그들이 되돌아올 때면 더욱더 많은 별들이 생겨났고, 땅 위에는 더욱더 많은 불빛들이 생겨났다. 끝이 없었다. 그들이 어지러워져, 연인들이 어디서나 그렇듯, 서로를 부둥켜안고 서로를 쓰다듬고 서로를 조용히 진정시킬 때까지.

아래서는 서서히 불빛들이 꺼지고, 그다음에는 높은 곳에 있는 별들이 스러지고, 붉그스름한 잿빛 아침 햇살 앞에서 마지막으로 달이 그 빛을 잃었다. 그때 둘은 창가에 나란히 서 있었다. 바람이 불어 들어왔다. 그들은 도시 한 부분을 높은 곳에서 내려다보고 있었다. 몇 그루 나무와 한 줄기 강물을,

그 모든 것이 천천히 어둠으로부터 떠오르는 모습을.

그들이 함께 어둠으로부터 떠올랐다. 그들은 서로를 바라
보고 미소 지었다.

6

그 미소가 남아 있었을까? 그 미소는 너무도 위협받지 않았던가? 그 극복할 수 없는 고독의 표지, 요란한 웃음에 희생된 것일까?

그 미소는 남았다. 오래, 가벼운 눈물의 베일 뒤에서도. 그것은 우리들 사이에서, 너 거기 있어? 하는 은밀하고도 경이로운 신호로 남아 있었다. 또한 그것은, 달리 어디에 내가 있겠는가? 하는 대답이기도 했다.

요양원은 하얗다. 슬픔 그 자체처럼. 리타가 여기에 들어온다. 바깥은 아직 따뜻하고 여름이다. 그러나 사람을 기운 빠지게 할 수 있는 그런 여름이다. 한 차례 바람. 그러면 잎들이 질 것이다. 폐문 직전의 이 모든 마술은 우리에게 무엇이란 말인가?

새 의사의 조용하고 삼가는 태도를 보며 리타는 맥없이 미소를 지었다. 저 의사는 정말로 호기심이 없는 걸까. 두고 봐야겠지. 시간은 있으니까. 어디서 이 몇 주를 보내느냐는 중요하지 않다. 분명 어딘가에는 중요한 것들이 있겠지. 분명 그것들을 나중에 다시 만나겠지. 지금은 저녁이면 에테르 냄새가 강하게 나는 작은 유리잔을 간호사의 손에서 받아 한 모금에 다 마시고는 드러누워 잠을 기다릴 수 있다. 그녀는 틀림없이 잠들 것이다. 아침까지.

리타가 눈을 뜨면 거기에는 빨간 양귀비꽃들이 여기저기 뿌려진 듯 핀 초록 풀밭이 있다. 붉은색이 특히 밀집된 비탈 발치를 고운 여인 하나가 걸어가고 있다. 여자는 양산을 들고 있고 그 옆에는 여자와 마찬가지로 주름 장식 옷과 치마를 입은 아이가 하나 있다. 위쪽, 훨씬 떨어진 곳에서 느긋하게 또 몇 사람이 걸어오고 있다. 그들도 풀밭과 양귀비꽃을 보는 것 말고는 달리 아무 생각도 없다. 배경에는 늘어선 나무들이 풀밭의 경계를 이루고, 나무들 사이에는 아이들이 그림책에 그려 넣는 것 같은 지붕이 빨간, 작고 하얀 네모난 집이 서 있다. 매우 자연스러운, 다 바랜 푸른빛을 띤 하늘에는 구름들이 흐르고 있다. 어린 시절부터 누구나 잘 알지만 나중에는 그저 어쩌다 쳐다보게 되는 구름. 그림 속 사람들도 정말이지 위를 쳐다보지 않는다. 그들은 이 구름을 볼 기회를 놓친다. 이제는 너무 늦었다. 그사이에 그들이 죽은 지 거의 백 년이 되었기 때문이다. 화가도 그렇다. 그러나 화가는 그 모든 것을 보았었다.

나는 창가에 서서 해묵은 커다란 정자나무 너머로 하늘을 보고 구름을 본다, 내가 보고 싶은 만큼 실컷. 살아 있어 누리는 장점이다. 어쩌면 아주 큰 장점은 아니겠지만 그래도 아무튼 장점은 장점이다.

아무리 생각을 해 보더라도 리타는 그런 양귀비꽃 핀 풀밭을 본 적이 없다.(그러나 풀밭이라면 익히 안다!) 처음에는 그 쾌적한, 오래전에 지나가 버린 감미로움 때문에 그 그림을 좋아할 수가 없었다. 그러나 곧 그녀는 스스로에게 말한다. 어찌하여 백 년 전에도 풀밭과 나무 들은 오늘과 다르지 않았을까? 곱고 창백한 저기 저 여인들은 아주 제쳐 놓고라도. 그다음 그녀는 이 그림이 빛에 따라 달라진다는 것을 알아차리고 마음에 들어 한다. 그녀는 안다. 그런 게 있지. 그래 맞아.

처음 도시로 왔을 때 리타는 아주 놀랐다. 그녀는 물건을 사러 혹은 누구를 찾아보러 와 본 적은 있었지만 도시를 몰랐다. 그녀는 모든 것이, 무엇이든 궁금했다. 자신의 미래가 펼쳐질 모험의 무대를 구경하러 갈 때는 가슴이 뛰었다. 그녀는 놀라지 않으며 끈기 있고 철저하게 행동하려고 했다.

그녀 눈에 띈 것은, 도시가 하나가 아니라 여러 개라는 것이었다. 도시는 해묵은 나무처럼 나이테를 그려 가며 덧붙여 자라나 있었다. 그녀는 둥글게 순환하는 거리를 한 걸음 한 걸음 걸으며 몇 시간 안에 어려움 없이 수백 년을 넘어섰다. 그녀는 도시 중심가로 이끌려 갔다. 중심가는 지금의 교통과 인파에는 전혀 맞지 않았다. 따라서 집으로 돌아가거나 장 보러 가거나 일터에서 돌아오는 저녁 인파가 한꺼번에 터져 나오면 그 이음새들에서 삐걱거리는 소리가 났다. 그녀는 그것이 재미있어 마냥 떠돌아다니며 인파에 부딪쳤고, 한 귀퉁이에 서서 사방에 불이 켜지기를 기다렸다.

조금 두렵기도 했다. 여기서는 그 누구도 다른 사람들을 눈여겨보지 않는다. 여기서는 한 사람이 얼마나 쉽게 없어져 버릴 수 있는가 하고 그녀는 생각했다. 젊은 사람들은 전차에서 그대로 눌러앉아 할머니들을 서 있게 하고, 자동차들은 거리의 오물을 다리까지 튀길 지경이고, 가게들에서는 사람들이 서두르다가 문에 머리를 부딪고, 커다란 백화점에서는 관리부로 오라고 여점원을 스피커로 불러 대고…….

그녀는 노동자 거주 구역에서 별 특징 없는 긴 막사 열을 따라 걸었고, 많은 길모퉁이에서 '1923년 3월 이곳 전투에서…… 동무가 전사했음'이라고 쓰인 표지판을 읽었다. 이런저런 거리에 갑자기 그 나름의 연도와 나름의 얼굴이 생겨났다.

수십만 명이 이곳에 사는 건, 여기 사는 것이 특별히 재미있기 때문은 아니었다. 이는 그들의 얼굴에서 읽을 수 있었다. 다른 종류의 흥분과 다른 종류의 확신, 다른 종류의 견실함과 다른 종류의 피로감이었다. 아마도 자발적으로 이곳에 오지는 않았을 것이다. 그러면 무엇이 그들을 이곳에 오도록 강요했던가?

리타는 20페니히를 내고 시장 광장에 있는 해묵은 높은 탑에 올라가, 위에 오래 머물며 멀리 고향의 산맥을 찾았다. 그러나 찾아낼 수 없었다. 멀리 나무 없는 평지로부터 바람이 곧장 도시 안으로 불어 들었다. 이곳에서는 모든 아이들이 어떤 냄새가 많이 나는지 맡아 보고서 바람의 방향을 단정할 줄 알았다. 화학 약품 냄새인가 맥아 커피* 냄새인가 아니면 갈탄 냄새인가에 따라. 모든 것 위에 둥그렇게 뜬 연무(煙霧), 무겁게 호흡하는 산업체 배기가스. 이곳에서 방위는 교외에 성채처럼 가로놓인 화학 공장의 굴뚝 실루엣에 따라 결정된다. 그 모든 것은 아직 낡지 않았다. 아직 백 년도 안 되었다. 오물과 그을음을 뚫고 이 풍경 위로 여과되는 흩어진 빛조차도 오래되지 않았다. 아마 한두 세대일 것이다.

나는 예감 따위에 신경 쓰지 않는다. 그러나 거기 나의 탑 위에 서 있을 때 알았다. 이따금씩은 기분이 무거워지리라는 것을. 수십만 얼굴이 있는데. 우리 마을 얼굴 백 개 가운데서도 나는 이렇듯 혼자이지는 않았는데.

오늘날도 젊은 여자가 평생 처음 대도시로 온다.

비스듬한 햇살 한 줄기가 몇 초간 그녀의 탑과 그녀를 똑바로 비추었다. 그녀는 구름들이 더 빨리 흐르는 것을 보았다. 4월 바람이 하늘을 비우려고 서둘고 있었다. 곧 해는 저 아래 거리로 지겠지. 그녀는 많은 계단을 내려와 천천히, 초록빛 너울을 쓴 낡은 저택가로 돌아갔다.

만프레드는 긴장하여 그녀를 바라보고 있었다. 그녀가 한숨 쉬었다.

"사람이 없는 곳이라곤 없어. 기껏해야 탑 위를 빼면……"

그는 웃었고 그때부터는 그녀와 함께 갔다. 그는 이 모든 낯

---

* 볶은 맥아로 만든 커피 대용 음료. 동독에서 커피는 바나나 같은 남국 과일들과 더불어 매우 귀했다.

설고 권태롭고 폐쇄적인 길거리며 장소 들을 위한 열쇠를 가지고 있었으니, 추억이라는 이름의 열쇠였다. 이 열쇠로 그가 그녀에게 도시를 열어 주었고, 그녀는 이 도시의 감춰진 아름다움과 풍요로움을 보았다. 그러나 만프레드는 그녀 곁에서 자신의 유년기와 젊은 시절 속으로 빠져들었다. 반쯤은 무의식적이었던 그 세월, 그의 마음속에 있던 불안이며 고뇌 들, 괴로움이며 부끄러움에서 벗어나 그는 자신을 깨끗하게 씻었다. 분명하게 이야기를 들려주지 못하는 것도(모든 것을 입 밖에 낼 수는 없다.) 이제 그로부터 떨어져 나가 그는 가벼워진 느낌이었다. 오랫동안 그렇지 못했는데, 나중에 그는 이따금씩 생각했다. 자주 퍼부어 내린 비로 말갛게 씻긴, 봄기운이 도는 도시, 낡은 잿빛 건물 전면들을 배경으로 한 리타의 얼굴, 옹색한 공원, 서둘러 스쳐 가는 많은 사람들의 그림자.

그리고 강물.

그들은 자신들이 살고 있는 고상한 저택가에 인접한 빈민가에도 갔다. 부스러져 떨어지는 목조 계단을 넘어, 햇빛이 들지 않는 서로 겹친 뜰들과 하도 밟아 파인 기왓장이 깔렸고 군데군데 곰팡이가 번진 집 마루를 지나 살금살금 숨어들자(그가 어렸을 때는 인디언 통로였다.) 갑자기 그들은 강가에 도달했다. 리타는 깜짝 놀랐다. 만프레드가 어린 시절 떠난 뒤부터 강은 점차 더 유용해지고 점차 더 각박해졌다. 강에는 탈지면처럼 허연 거품이 떠 있어 악취를 풍겼으며 화학 공장에서부터 멀리 떨어진 아래쪽 도시에 이르기까지 물고기를 독살했다. 요즘 아이들이 이곳에서 수영을 배운다는 건 생각조차 할 수 없었다. 물가 언덕이 평평하고 풀이며 버드나무로 둘러싸여 있어도.

그렇지만 강골짜기는 변함없이, 모든 계절이 오는 행군로였다. 여기서부터 겨울은 서릿발 같은 숨결을 사람의 온기로 찬 도시의 거리로 불어 보냈다. 지금은 이곳에서 봄이 그 기운을 모으고 있었다. 봄은 초록빛 덤불숲에 벌써 노르스름한 첫 꽃봉오리를 덧붙여 주었다. 그리고 내일이면 이 진지하고 바쁜 온 도시를 압도하여 그 앞뜰에서 부끄러움 없이 활짝 꽃 피어나리라.

강물 또한 사람의 얼굴을 비추는 법을 아주 잊어버리지는 않았다. 조용한 지점에서 충분한 거리를 두고 몸을 숙여 숨을 멈추고 흐르는 물을 한참 들여다보다 보면 강물에 얼굴이 비쳤다.

만프레드는 아직 한 번도 여자의 얼굴이 자신의 얼굴과 나란히 강물에 비친 모습을 본 적이 없었다. 이런 일이 처음이라는 것이 그의 마음을 움직였다. 그는 리타가 조그만 까만 풍뎅이를 조심스럽게 거들어 일으켜 주고 있는 모습을 보았다. 그러자 그가 그녀를 당겨 일으키고는, 처음인 듯 그녀를 찬찬히 살펴보았다. 그녀가 당황할 때까지. 그는 다만 놀란 듯 고개를 가로저었다.

그들은 빠르게 드리우는 어스름 속에서, 강이 마지막 집을 지나 도시를 떠나는 지점까지 강변길을 따라 걸었다. 거기서 돌아섰다. 갑자기 그들은 사람들 가운데 있고 싶어졌다. 그들은 손수건만큼 작고 좁은 변두리 극장에 들어가게 되었다. 어린이 영화가 한참 상영되고 있었다. 낡은 기기에서는 삐걱거리는 소리가 나고 화면은 껌뻑껌뻑했지만 그래도 아이들은 아랑곳없이 영화에 열중했고 그들 또한 그것으로 만족이었다.

스크린 속 작은 소년의 얼굴이 그녀를 사로잡았다. 그 얼굴은 영리했고, 악의나 우둔함이 아니라 슬픔과 기쁨에 어울렸다. 그 얼굴은 교활한 표정을 지었다가 실망했고 절망했으며 환호했다. 또한 그 얼굴은 더러움과 배고픔, 굴종과 야비함과 미움으로 일그러질 수 있었다. 하지만 얼굴은 순수함을 지킬 수 있었고, 앎을 통해 호의까지도 얻을 수 있었다. 모든 긴장된 노력과 희생이 가치가 있었던 것이다.

그 소년이 행운의 기대로 떨며 부모와 함께 바람이 스며드는 트럭에 타고 혹한 속에서 세상으로 나아가는 것으로 잘 마무리가 되었을 때 아이들의 막혔던 흥분은 한숨 소리로 한꺼번에 터져 나왔다. 불이 들어왔다. 만프레드는 리타의 얼굴이 눈물로 젖어 있는 것을, 그리고 그녀가 아직도 감정을 주체하지 못하는 것을 보았다.

이날 들어 두 번째로 그는 그녀를 내려다보며 고개를 가로저었다. "아휴, 어린아이로군." 걱정스럽게 그가 말했다. "당신을 어찌해야 할까?"

7

밤새 날씨가 달라졌다. 바람이 동쪽으로 돌아 거세져 폭풍이 되었고 아침 무렵에는 서리 기운까지 보였다.

이날 아침 리타는 처음으로 공장에 갔다. "오늘도 무사히!" 그녀가 방을 나오며 문을 닫을 때 만프레드가 등 뒤에서 소리쳤다. 그는 그녀를 놀려 댔지만 그녀는 슈바르첸바흐한테 했던 약속을 지켰다.("요새는 선생이 되자면 큰 공장 일을 알아야 해요!")*

만프레드의 아버지가 그녀에게 일자리를 마련해 주었다. 그는 차량 공장의 영업 사장이었던 것이다.

그녀는 소심했으며 그녀에게 용기를 불어넣어 줄 사람은 없

---

* 동독에서 대학 공부를 하려면 일정 기간 생산 현장에서 일한 경험이 필요했다.

었다. 그래서 그녀는 자기 자신에게 명령했다. 양옆을 돌아보지 말고 길을 가라. 눈을 크게 뜨라. 네가 무얼 잘못하거든 다시는 그런 일이 없도록 주의하라. 너의 마음이 어떤지 남이 알아차리지 못하게 하라. 그것을 혼자서 이루어 내 보도록 하라.

이제 그녀 앞에 놓인 몇 주는 그녀가 알던 그 무엇과도 비교가 되지 않는다는 것이 공장에 가는 도중 이미 분명해졌다. 시골 마을 생활은 이제 그녀 등 뒤에서 마지막으로 아득히 서늘하게 가라앉았다. 무언가 애석해할 시간은 찾으려야 찾을 수 없었다. 이른 아침의 황급한 리듬에 적응해야 했다. 전차 정류장에 섰을 때 파리하고 차가운 잿빛 아침 기운이 하늘로 조금씩 다가오기 시작했다. 몸이 얼었고 만원 전차에 밀고 들어가는 데 성공하면 기뻤다. 타고 나서는 내려야 되는 곳까지 정거장들을 헤아렸다. 차량 제조공들의 인파 한가운데서 그녀는 공장을 향해 갔다. 공장 정문으로 이어지는 길고 황량한 포플러 가로에서는 맞바람이 불어와 교외의 먼지를 날려 보냈다. 노동자들은 서류 가방을 얼굴 앞으로 비스듬히 쳐들었다. 그들은 손짓과 외침으로 서로 인사를 하며 둘씩 혹은 셋씩 걸어가며 이야기를 나누고 있었다. 리타는 그 모든 무리들 사이에서 혼자 걸었다. 외투 깃을 높이 올려 세우고 손으로 꼭 붙잡고 있어 얼굴이 반은 가렸다. 놀라워하거나 호기심에 찬 눈초리를 보고 싶지 않았던 것이다.

공장 정문에서 그녀는 다시 한 번 뒤를 돌아다보았다. 마침 태양이 포플러 나무 꼭대기를 조금 비춰, 갓 은빛을 띤 잎사귀 몇 개가 번쩍였다. 태양과 바람은 오늘도 잎사귀들을 가지고 작업할 테지.

공장 문에 들어서면 다른 계절이, 생산의 계절들이 흐르고 있었다.

아무튼 그들을 들이는 것은 넓은 대문이 아니라 좁은 출입문이었다. 그 문을 들어서자 곧장 공장 마당이 나왔다. 오늘날 공장에 한 번도 가 본 적 없는 사람이라도 누구나 잘 아는 곳이었다. 특별한 것은 여전히 시작되지 않았다. 여기서 나는 결코 길을 제대로 찾지 못하겠구나 하고 그녀는 생각했다. 이곳을 내가 매일 아침 헤매겠구나. 늘 십 분 일찍 오는 것이 제일 좋겠구나. 그녀는 길을 물어물어 갔다. 에르미쉬 작업조요? 나이가 좀 든 남자는 그 작업조를 알지 못했다.("난 여기 새로 온 사람이라오…….") 그다음에는 다른 사람들이 왔다. 그들은 다투고 있었다. 이 아가씨한테 제일 복잡한 길을 가르쳐 주지 말고, 어떻게 하면 제일 확실하게 거기로 가는지 요점만 말해 줘! 자 그러니까 잘 들어 봐요…….

내 이럴 줄 알았다니까, 작업조를 영영 찾아내지 못하겠구나!

그녀는 표지가 될 점 몇 가지를 새겨들었다. 왼쪽으로 칠판을 지나서(차량 제작자들이여! 3월 목표량을 확실히 달성하라! 3월? 어째서 3월일까?) 세모난 뜰을 지나, 그다음에는 반쯤 완성된 둔탁한 잿빛 차량들이 있는 커다란 작업 홀로 들어가, 불똥 튀는 용접공 작업장을 오른쪽에 두고 새 작업장을 또 하나 지나 마지막으로 목제 계단을 오르면 그 계단이 목공 작업조의 칸막이 방으로 이어진다.

거기까지 그녀는 씩씩하게 왔다. 그러나 곧 남자 열두 명으로 이루어진 작업조 전원이 그녀를 에워싸고 둘러섰다. 여느 때는 결단이 빠른 작업조장 귄터 에르미쉬가 이 여자를 어떻게 해야 좋을지 몰랐다. 그러자 그녀는 화가 나서 생각했다. 뭣하러 내가 이런 걸 필요로 한단 말인가? 슈바르첸바흐가 무언가 어처구니없는 걸 생각해 냈어. 다시 한 번 깊이 생각해 볼 일이야.

남자들이 농담을 하지는 않았지만 그들이 나중에 할 농담들을 생각해 내고 있다는 것은 눈에 보였다. 오늘 리타는, 아무것도 모르는 채 사람들 사이를 움직이던 서툰 자신의 모습을 거의 알아볼 수 없다. 둥지에서 막 나왔다는 것을 누구나 알 수 있는 이 애송이가 한 해 조금 더 되는 기간 동안 창백하고 눈 큰 젊은 여인으로 변신했다. 힘들게, 그러나 꾸준하게 인생의 얼굴을 정면으로 쳐다보는 법을 배우고, 점점 더 나이가 들면서도 그렇다고 더 딱딱해지지 않는 법을 배운다.

검은 머리에 강인한 삼십 대 중반 에르미쉬는 머릿속에서 자기 작업조원들의 상황을 후딱 어림짐작해 보더니 리타를 롤프 메터나겔과 작은 한스와 한 조로 만들어 주었다. 천재적인 판단임을 다들 금방 알아보았다. 한 사람은 리타 상대가 되기에는 너무 늙었고 다 큰 딸들이 있는 데다가 일에 신들린 사람이었고, 다른 사람은 너무도 어리지만 저돌적이지 않았으며, 솔직하게 말하자면, 생각하는 게 아주 명민한 사람은 아니었다. 사람들은 그 세 사람이 출발하는 것을 보며 그들 등 뒤에서 히죽거렸다. 자기들 처지에 아주 만족하는 것은 아니었지만.

처음 며칠은 거의 대화가 없었다. 물론 리타가 작업 과정의 가장 기초적인 사항도 이해하지 못하고 있다는 것이 매우 빨리 드러났다. 차량의 비좁은 칸과 복도 들에서, 마무리 작업 때의 위험한 인파 속에서 사람들은 그녀 곁에 붙어서 작업 요령을 하나하나 보여 주어야 했으니 직접 하는 게 차라리 빠를 지경이었으며 그 점은 그녀도 알아차렸다. 그런데 작은 한스는 바로 그 점이 마음에 들었다. 모든 점에서 자기보다 앞서 있기만 한 사람들이 얼마든지 있는 터에, 자기도 처음으로 누군가에게 무언가를 가르쳐 줄 수 있었던 것이다. "압착 문틀을 집어넣는 겁니다."라고 그가 말했다. "보기에는 간단하지요. 그렇지만 뭐든지 배워야 할 수 있답니다." 그러면서 그 자신도 여느 때보다 더 빨리 작업하는 것이었다.

끊임없이 돌아다니던 롤프 메터나겔은 며칠이 지나서야 리타를 보고 "이봐요."라고 불렀다. 리타는 수줍게 그를 "메터나겔 씨."라고 불렀으며 그의 수척하고 주름진 얼굴에서 신뢰를 느꼈다. 나사란 이렇게 죄어야 하는 거고, 드릴은 이렇게 갖다 대고, 그러고는 단단히 눌러야 해요. 안 그러면 튀어나가 버리지 하면서 그가 가르쳐 줄 때면 그녀는 눈여겨 바라보았다.

리타는 주위를 둘러보기 시작했다. 공장은 소란하고 더러웠으며 난장판이었다. 넓은 작업장이며 차고, 건물들이 가로세로 선로들로 연결되었고 차량이며 자동차, 전동 수레 따위가 왔다 갔다 했다. 공장은 도시를 빠져나오는 중앙 도로와 다른 공장 하나 그리고 철도 선로 사이의 몹시 작고 세모난 공간에 억지로 밀어 넣어진 모양새였다. "요즘처럼 많은 차량이 이곳에서 만들어진 적은 없지."라고 메터나겔이 말했다. "머지않아 우리는 차량을 포개 쌓아야 할걸." "안 그럴 수도 있지."라고 헤르베르트 쿨이 지적했다. 사람들이 냉정한 헤르베르트라고 부르는 사람이었다. "자네 지금 뭐라고 그랬나?" 하고 메터나겔이 불끈하며 물었다. "암말 안 했어요."라고 쿨이 아무렇게나 말했다. "우린 유명한 작업조잖아요." "그렇고말고."라고 메터나겔이 대꾸했다.

리타는 한 사람 한 사람을 바라보았다. 그러나 모두가 마치 아무 일도 없다는 듯 음식을 먹고 있었고 아무도 그녀에게 이런 언쟁은 아무런 의미도 없다고 설명해 주려 하지 않았다. 그녀는 헤르베르트 쿨과 아직 단 한마디도 해 보지 않았다. 그 사람은 그녀가 수줍어하는 유일한 사람이었다. 그는 결코 농담을 하지 않았고 말수도 적었으며 그녀가 있든 없든 간에 자신의 태도를 바꾸는 법도 없었다. 저 사람의 마음을 움직이는 것은 이 세상에 하나도 없겠구나 하고 그녀는 이따금씩 생각했으며 그 사람과 같이 일을 하지 않아도 되니 다행이구나 싶었다. 귄터 에르미쉬는 자기들을 다룬 신문 기사(「유능한 12인」)를 돌렸다. 그녀는 빵을 씹으면서 그 기사를 한 줄 한 줄 말없이 읽었다. 에르미쉬는 그 기사를 다른 기사들과 나란히 게시판에 붙여 놓았다.

커다란 주전자에서 따른 커피는 알루미늄 냄새를 풍겼고, 그것을 마시면 졸렸다. 리타는 등이며 어깨가 아팠다. 늘 그렇듯이 오전에 벌써 힘을 너무 써 버렸던 것이다. 그러나 퇴근 사이렌이 울릴 때까지 시간은 그런 대로 가기는 갔다. 그다음 그녀는 황량한 포플러 가로를 다시 걸어 내려왔다. 이제는 천천히 바람을 등으로 받으며, 또한 태양도 등지고.

만프레드는 처음에 그녀의 얼굴에서 실망이나 지겨움의 흔적을 찾았다. 그는 이미 자주 그녀가 어떤 일이 유용하지 않음을 알 때 끈기를 잃고, 부차적인 일에 쉽게 이끌려 들어가는 것을 보아 왔다. 그는 그녀에게 어울리는 블라우스를 선물하고, 머리를 어떤 모양으로 해야 할지 가르치며 재미를 느꼈고, 그녀는 모든 점에서 맹목적으로 그의 의견을 따랐다.

그러나 점차 그는, 그녀가 자기에게로 왔던 것과 꼭 마찬가지로 흔들림 없이, 선생이 되겠다는 목표를 향하여 나아가고 있다는 것을 알았다. 그것으로 정리가 되었다. '정리'라는 말조차 생각할 필요가 없었다. 이따금씩 저녁에 그녀가 어찌나 피곤해하고, 어찌나 맥이 다 빠져 있는지, 그는 그녀가 불쌍했고 이 무의미한 기력 탕진에 화가 났다. "좀 그만두지그래."라고 그가 말했다. 그러나 그녀는 고개를 가로저었다. "여기서 그냥 그만둬 버릴 순 없어."라고 그녀가 말했다. "그만두고 싶으면 그냥 그만두는 거지 뭐."라고 그가 그녀에게 훈계조로 말했다. "그렇다면 그만두고 싶지 않은걸."

그리고 저녁이면 헤어푸르트 씨네 커다란 원형 가족 식탁에 모두가 둘러앉았다.

만프레드의 아버지 헤어푸르트 씨는 늘 똑같이 큰 동작으로 신호기처럼 냅킨을 펼치고는, 음식 덮개를 들어 올리며 의례적으로 "다들 맛있게 들기 바란다."라고 말했다.

헤어푸르트 씨는 여전히 좋아 보였다. 늘씬하게 키가 컸고,

머리카락도 가늘어지기는 했어도 거의 세지는 않았으며, 유리를 박은 한쪽 눈도 거의 거슬리지 않았다. 저분과는 그런대로 잘 지내겠다고 리타는 느꼈지만 만프레드는 아버지를 미워하는 것 같았다. 그의 어머니에게서 풍기는 꽁한 고상함이 리타를 겁먹게 했다. 만프레드는 자기 어머니를 부담스러워했다.

그들 사이에서는 할 이야기가 거의 없었다. 넓은 공장 작업장의 부글부글 끓는 소란과, 끊임없이 위협을 받고 있지만 그래서 더욱 뚜렷한 헤어푸르트 씨네 저녁 식사의 정적이 이루는 대조보다 더 큰 대조란 생각도 할 수 없었다. 두 가지가 다 리타를 긴장시켰다. 일터 사람들의 분주함도, 헤어푸르트 집안의 긴장에 찬 정적도 그녀는 이해할 수 없었다. 그녀는 구경꾼이 되어 조명과 무대 장치가 번갈아 바뀌는 무대 앞에 앉아 배우들이 연기하는 것을 보고 있었다. 이 모든 단편적인 조각조각들이 끝에 가서는 하나의 연극 작품이 되어 나오리라는 생각이 줄곧 그녀를 뒤쫓았다. 그 의미는 그녀 혼자서 찾아내야 했다.

그녀는 만프레드에게 그런 얘기는 하지 않았다. 그가 불안하게 그녀를 바라보면 그녀는 미소를 지었고, 그가 물으면 "당신이 뒤에서 날 받쳐 주고 있잖아."라고 말했다.

"그게 뭐 당신한테 도움이 되나?"

"당신이 생각하는 것 이상으로."

이따금씩 헤어푸르트 씨는 얘깃거리가 많은 주제로 대화를 이을 실마리를 찾아내기도 했는데 그런 날은 좋은 날이었다.

그의 이야기는 한참 동안 매끈하게 좔좔 흘러갔다. 그냥 고개만 끄덕이다 보면 끝에 가서는 그해 수확 전망이나 유럽 지역 기상 상태에 대하여 통달하게 되는 것이었다.

불행히도 만프레드의 어머니는 남편이 오래 이야기하는 것을 가만히 듣질 못했다. 그녀는 고르게 흘러가는 그의 말 사이사이에 비꼬듯 짧게 토를 달았고 그럼으로써 심지어는 극적 요소 같은 것을 부여했다.

대체로 그녀는 대놓고 자기 말에 맞설 처지가 아닌 리타를 말상대로 삼았는데, 그녀의 타고난 성질 탓에 리타를 더욱더 가만 놓아두지 못했다.

"전에는." 하고 만프레드의 어머니는 한숨을 쉬며 말했다. "젊은 여자들이 기숙 학교에서 신부 수업을 받았는데. 요새는 신부 될 사람을 공장에다, 온통 낯선 남자들 한가운데다 집어넣어 놓으니⋯⋯." 만프레드의 어머니는 깔끔한 부인이었다. 짧게 자른 흰 머리 매무새는 단정했고, 집안일을 할 때는 꼭 고무장갑을 끼었으며, 쓰는 모자들은 세세한 부분까지 옷 색깔과 정확하게 맞았다. 그녀는 남편을 경멸했다. 삼십 년 결혼 생활 중 여러 가지가 그녀를 그렇게 만들었을 터였다. 그러나 남들 앞에서는 남편이 자기와 나란히 나서도록 신경 썼다. 그녀의 얼굴은 너그럽지 못한 괴로운 생각들에 침식당해 날카롭고 거의 남자 같은 표정을 띠게 되었으며, 그 위에 바른 분과 화장은 부자연스러운 인상을 주었다. 그녀는 엄격한 생식(生食) 계획에 맞춰 음식을 먹고 서방의 체조 방송도 규칙적으로 들으며 운동했기 때문에 말랐으면서도 막대기처럼 자세가 꼿꼿했다. 아무도 그녀가 히스테리를 일으키리라고는 믿을 수 없었으리라. 실은 그럴 수 있는데도.

리타가 같이 있었기 때문에 헤어푸르트 씨는 평소와는 달리 아내의 발작에 당황스러워하는 반응을 보여야 했다. "여보!"라고 부드럽게 경고했지만, 유감스럽게도 아내는 남편과의 말씨름에서는 물러서는 법이 없었다. 그녀는 남편이 서너 번 적절히 타이를 때까지 흥미롭게 그를 바라보고 있었다. 마치 아직도 그의 입에서 단 한 가지 생각을 듣는 기적을 기대하는 듯. 남편이 말을 끝내면 그녀는 약간 맥이 빠져 만족 반, 실망 반으로 계속 식사했다. 그러고는 천연스럽게 "일이 끝나지 않았어? 당 배지는 옷장에 걸려 있는데."라고 말했다.

헤어푸르트 씨는 넘겨듣는 기술이 대단했다.

그 대신 그는 자기 아내가 아들을 대화에 끌어들이려 하는 것을 즐겼다. 그녀는 이러한 시도가 어떻게 끝날지 알았지만, 자학적인 충동이 그녀를 몰아갔고 남이나 다름없는 리타로 하여금 거듭 자신의 패배를 목격하게 했다. 그의 어머니가 사랑에 찬 간절한 눈길을 보낼 때면, 리타는 만프레드의 얼굴 표정이 어떻게 변할지 가슴을 죄며 기다렸다. 그러나 만프레드는 어머니를 차갑게 바라보며 가까스로 최소한의 예의를 차렸다. 그렇지만 만프레드의 어머니는 그가 불쑥 던진 단편적인 말들을 잽싸게 잡아 오래오래 이리 돌리고 저리 굴려 반죽했다. 마침내는 그 말들이 열렬히 사랑하는 어머니를 향한 아들의 고백이 될 때까지. 심지어는 남편에게 "내 아들이 나한테 그랬어……."라고 알리는 일도 있었다. 그녀는 매우 자주 이렇게 표현했다. 아마 생각 속에서도 그랬을 것이다.

드디어 식사가 끝나면, 징징거리며 사람 마음을 상하게 하는 헤어푸르트 부인의 몇 마디 말을 들으며 드디어 식탁을 떠나면, 등 뒤로 거실 문을 닫고 나와 버리면, 그들의 작은 다락방이 저녁마다 새롭게 변신의 마력을 발휘했다. 그들은 조금 웃고 어깨를 으쓱했다. 만프레드는 부모 이야기를 하는 법이 없었다. 그리고 리타는 영어 문법책을 집어 들었다. 그 책은 그녀에게 적어도 이미 장래 직업을 위하여 무언가를 하고 있다는 느낌을 주었던 것이다. 그리고 만프레드는 공식들에 매달렸다.

그에겐 순간순간 자신의 일에 빠져드는 재능이 있었다. 그는 귀퉁이 선반 위에 세워 둔 작고 낡은 라디오를 켰다. 라디오에서는 윙윙거리는 소리가 나왔다. 그다음 그는 양손을 호주머니에 찌른 채 방 안을 왔다 갔다 하기 시작했는데, 그러면서도 눈은 먹이를 바라보는 여우처럼 책을 떠나지 않았다. 리타는 꼼짝 않고 앉아 있다가 그가 먹이를 깨문 것을 알아차렸다. 그다음 그는 신경질적으로 툴툴거리더니 라디오에서 나오는 멜로디를 따라 드문드문 휘파람을 불었다.("그걸 그대 나에게 밝혀 주오.") 그는 여전히 회의적인 태도로 몹시 지루해하며 종이들 위로 몸을 굽혔다. 그러더니 갑자기 난폭하게 뭔가 찾기 시작했다. 그는 도표며 계산한 것을 방바닥에 수북하게 쌓았다. 마침내 그는 필요한 것을 찾았다.

만프레드는 "아하." 하고 투덜거리며 자리에 털썩 앉아 뭔가 쓰기 시작했다.

리타는 그의 옆모습을 보았다. 좁은 광대뼈와 날카롭고 곧은 코, 이제는 자기한테 신경을 안 쓰는 머리를. 그녀는 그가 날마다, 일하려고 앉기까지 자신의 내면에서 거센 저항을 극복하고 있다는 것을 어렴풋이 느꼈다. 뭔가 부족하다는 느낌, 자기가 영원히 과제를 달성하지 못하리라는 일말의 불안감을 극복하고 있음을. 눈에 보이는 성과를 내야 할 연구 과제들 앞에서 그는 어린아이처럼 소심했다. 그녀는 자기가 점점 그에 대해서 발견하는 것들을 그가 알아차리지 않도록 주의했다. 이러한 섬세함 때문에 그는 그녀 앞에서 절대 아무것도 감추지 않았다.

"이제는 윙윙 소리가 나!" 한참 뒤에 그가 말하더니 그녀가 그러는 그를 두고 웃자 주먹으로 겁을 주었다.

"방금 쓰고 있던 게 뭐야?"

그는 공식과 라틴어 표현들 사이에 낀 문장을 하나 읽어 주었고 그녀는 알아듣겠다는 듯 고개를 끄덕였다.

"그런데 정말로 뭘 쓰고 있는 거야?"

"당신이 입게 될 풀오버가 어떻게 하면 좀 더 아름다운 파란색이 되나 하는 거지. 저 용액이 아니라 이 용액에 얼마간 넣어 두었을 때 말이야."

"어머." 그녀가 말했다. "맞는 말이네. 당신도 내가 파란색 옷을 입어야 한다고 생각해?"

"꼭. 코발트블루로. 다른 건 안 돼."

그럴 때면 그녀는 그를 위해서 짜고 있는 두꺼운 갈색 스웨터를 조금 떴다. 그 스웨터는 그해만큼이나 천천히 아직 먼 겨울을 향하여 늘어나고 있었다. 그러면서 그녀는 편안한 가운데 졸음을 느꼈다. 생각들이 구름 덩이처럼 무리 지어 그녀의 머리를 지나갔다. 이 몇 주일 동안 그녀는 조금 많은 일을 겪긴 했다. 공장에서의 흥분된 낮들, 만프레드네 식탁에서의 긴장된 저녁들 그리고 거기에다 고향에서 어머니가 보낸 슬픈 편지들. 그러나 영어 문법과 이 두꺼운 갈색 스웨터와 함께하는 밤이면 그녀는 모든 것을 아주 잘 마무리한 것 같은 느낌이었다.

8

"손님이 오셨어요."라고 어느 오후에 간호사가 말한다. "예외적으로 순서를 무시하고 들어오시게 했습니다."

리타는 놀라 펄쩍 뛰어 일어났고 롤프 메터나겔이 들어와서 두리번거리며, 천장이 너무 낮을까 봐 겁이라도 나는 듯 고개를 움츠리다가 침대가에 앉는 것을 믿을 수 없다는 듯 바라본다.

"자아, 누군가가 리타를 좀 몰아대야겠군, 그렇지?"라고 그가 말한다.

그는 도무지 시간이 없다. 그는 북부 지역에 감자 보급을 하던 중이었다. 물론 하필 그가 그 일까지 또 해야 했다. 그는 감자를 가득 실은 트럭 행렬을 이끌고 와 있었다. 트럭 톤수는 다양하지, 리타한테나 해 줄 수 있는 이야기지만. 트럭 행렬이 지금 저기 바깥 길 위에 서 있는데, 기사란, 아무튼 이런 외진

곳에서는 십 분 이상은 기다리려 하지 않아요.

"반갑습니다."라고 리타가 말하고 그 사람은 웃는다. 그는 하도 바빠서 녹초가 되어 있다. 그게 보인다. 하루 종일 그는 모자를 벗지 않아, 모자가 그의 머리에 테두리처럼 자국을 남겼다. 머리를 빙 둘러 가며. 그는 연거푸 땀을 씻어 냈다.

"바깥이 전혀 덥지는 않을 텐데요, 롤프."

"꼭 더워야만 땀을 흘리는 줄 아나 보지?"

두 사람은 말이 없다. "뭐 새로운 소식 없나요?"라고 한참 뒤에 리타가 묻는다. 롤프는 그녀를 잠깐 쳐다본다. 정말 알고 싶은 걸까? 그러고 나서 그는 말한다. "우리는 이제 한 차례 작업당 창문 열두 개를 만들지."

그 말을 그는 그냥 그렇게 해 버리지만 두 사람 다 안다. 그런 한 문장 뒤에는 소설 한 권 분량 이야기가 통째로 들어 있다는 것을. 열정, 영웅적 행위들, 책략. 그 무엇이 안 들었겠는가. 매일 신문마다 그런 문장이 열 개는 실려 있다. 그러나 이 한 문장을 리타는 완벽하게, 한 마디 한 마디 다 이해할 수 있다. "아." 하고 그녀는 말한다. 그러고는 더 강한 표현이 떠오르지 않아 "워낙 유명한 작업조잖아요." 한다.

그 말에 둘은 웃지 않을 수 없다. "저, 있잖아요."라고 리타는 말한다. "기차의 객차, 그건 바로 저한테 맞는 것이었어요. 전 물론 어딘가 다른 곳에서 살아가며 적응할 수도 있었겠지요. 그렇지만 다른 그 무엇이, 우리가 만든 기관차가 저녁에 새로 만든 객차들을 달고 떠나갈 때의 기적 소리처럼 제 마음에 들 수 있으리라고는 생각조차 할 수 없는걸요……."

저 차는 어디로 가는 걸까, 나는 자주 생각했다. 온 사방으로 가겠지. 시베리아로, 타이가로, 흑해로……. 이따금씩 나는 인사말을 실어 보냈다. 내 빨간 머릿수건에서 실 한 가닥을 뽑아내어 도관에 묶어 놓았던 것이다. 내가 언젠가는 따라가리라는 한 가닥 희망을 담은 실올이었다.

그러자 벌써 또 눈물이 나온다. 만프레드가 늘 이 머릿수건을 보면 자기를 화나게 하느라고 빨간 모자야, 빨간 모자야, 언제 늑대가 널 잡아먹니? 했던 생각이 떠올랐기 때문이다.

"아직 못 일어나는 건가?"라고 메터나겔이 묻는다. 리타가 엉엉 울지는 않겠지!

"웬걸요. 날마다 조금씩 나아지는걸요."라고 그녀가 말했다. 그러나 그는 사실은 무언가 다른 것을 곰곰이 생각하고 있었다. 자기가 일 년 반 전에 공장을 돌아다니던 모습이 막 보였다. 마치 미친 사람 같았지, 그는 지금 스스로에게 말한다. 마치 병든 수소 같았지. 그리고 자기가 이따금씩 멈춰서 그의 작업조원 하나에게 말하던 모습도 보였다. 우리 한 차례 작업당 창문 열 개는 만들어 봅시다, 내 말 명심해요 하고. 그리고 사람들이 그를 불쌍하다는 듯 쳐다보며, 꿈을 꾸고 있군 하고 말하던 것을. 그런데 지금 나는 리타에게 그냥 하루에 창문 열두 개라고 이야기해 주고 있다.

마치 아무것도 아니라는 듯. 마치 모든 것이 저절로 된 듯.

그런 일에 아직 놀랄 수 있는 사람이 늘 한 사람쯤 있다면 아주 좋다. 스스로는 배운 것을 잊어버려, 아무것도 되지 않는다. 그러나 여기 이 작은 여자, 이 여자가 다시 두 발로 탄탄하게 서게 되면, 끊임없이 모든 것 하나하나에 놀라워할 것이다.

"내가 우리 작업조 설명을 해 주던 것 아직 생각나?"

"네."라고 리타가 말한다. "생각나요."

그는 리타가 사람에 대해 호기심이 많다는 것을 남김없이 이용했다. 그것에 맞서 그녀는 속수무책이었다. 다른 사람들이 담배 연기에 대해서 아무것도 할 수가 없듯이. 슈바르첸바흐도 이 점을 금방 알아차렸기 때문에 자기 뜻대로 그녀를 붙들리라는 것을 그토록 확신했다. 그런데 메터나겔은 슈바르첸바흐보다 한층 더 능란한 사람이다.

그는 한참 그녀를 바라보았다. 마치 작업조 남자들 한 사람 한 사람이 속에 다이너마이트를 한 다발 지니고 있기라도 한 듯 그녀가 그들과 조심스럽게 지내는 것을. 그리고 남자들이 그 점에 재미를 느끼고 있다는 것을 알았다. 그래서 그는 혼잣말을 했다. 왜 저 여자는 누구든 처음에나 저지르는 어리석은 짓을 전부 반복해야 한단 말인가? 하고. 그는 그녀를 자기 앞에 세웠다.

"들어 봐."라고 그는 말했다. "알지, 우리는 유명한 작업조야."

"네."라고 리타는 순순히 말했다. 그러나 순순하기만 한 것은 아니었다. 그녀는 이 작업조에 대한 표창과 많은 신문 기사를 생각하기는 했지만 메터나겔과 쿨 사이의 싸움 또한 생각하고 있었던 것이다.

"좋아."라고 롤프는 말했다. "그렇다면 제일 중요한 건 아는군. 두 번째로 중요한 것을 가르쳐 주겠는데, 유명한 사람들하고는 어떻게 지내야 하는가야." 그는 더할 나위 없이 진지했다. 그의 목소리만은 그녀에게 섬뜩하게 느껴졌다. 저 사람은 보는 눈이 있는 모양이다! 하는 생각을 그녀는 그때 처음으로 했다. 저 사람은 대관절 몇 살이나 되었을까?

그러나 메터나겔은 자기 자신에 대해서는 빈말 한마디도 없었다. 도무지 뭐든지 다 이야기해 주는 법이 없었지만, 지나치게 조심스럽거나 지나치게 무모해지지 않도록 알아야 할 만큼만은 말해 주었다. 작업조라는 것이 독자적인 작은 국가 하나라는 것을 그녀는 알아차렸다. 메터나겔은 그녀에게 이제 끈을 당기는 사람들과 당겨지는 사람들에 대해 가르쳐 주었다. 그리고 통치자들과 피통치자들, 대변자와 논박자, 공개적인 친분 관계와 은폐된 친분 관계, 공개된 적대 관계와 은폐된 적대 관계에 대해 가르쳐 주었다. 그는 그녀로 하여금 이따금씩 날카로운 말 한마디에서, 자제력 잃은 눈길 하나에서, 어깨 한번 으쓱하는 데서 위험하게 위로 분출하는 땅 밑 흐름에 주목하게 했다.

그녀는 제자리를 바로 찾기 시작한다.

"그래도 알고 싶어요."라고 그녀가 지금, 생각에서 빠져나와 말한다. "어떻게 그때 그걸 벌써 다 아셨는지요."

"무얼 말이지?"라고 롤프가 묻는다.

"저한테 하셨던 말이오. 지금처럼 계속되지는 않을 거야, 내 말을 기억해 둬! 하는 말이오."

메터나겔이 웃는다. 그는 일어나 그녀에게 손을 내민다. "자아, 그럼." 하고 그가 작별을 고했다. "내가 했던 말들을 생각해 본 거지?"

그 당시 리타는 롤프 메터나겔이라는 소박한 이름 속에 그런 폭발력이 숨어 있을 수 있다는 것을 생각하지 못했던 것 같다. 어느 저녁 만프레드의 아버지가 상냥하게 동료들에 대해 물었을 때 그녀는 아무런 생각 없이 그 이름을 말했다.

그 즉시 그녀는 그 이름이 이곳에서 처음 거론된 이름이 아님을 감지했다. 식탁의 정적에 변화가 생겼던 것이다.

만프레드의 어머니가 입을 다물고 있을 줄만 알았더라면 모든 것이 다시 한 번 잘되어 갈 수도 있었으리라. 그런데 어머니가 자제력을 잃고 말았다. "세상에, 그 사람이 아직도 있다니!"라고 소리 질러 버린 것이다.

만프레드가 어머니를 쳐다보았고, 어머니는 자신의 외침을 도로 입에 거두고 싶은 심정뿐이었으나 그 외침은 이미 방 안에서 오래도록 여운을 남기고 있었다. "그럼 어머니는." 하고 만프레드가 비웃으며 물었다. "아버지가 잠깐 발 걸어 넘어트린 사람은 누구나 금방 죽어 없어지기라도 한다고 생각하시는 거예요?"

그러자 만프레드의 아버지가 펄쩍 뛰어 일어났다. 그가 지극히 친절한 태도를 보이다가 엄청난 분노에 휩싸이는 모습을 그 전까진 아무도 보지 못했었다. 그는 일어나는가 싶더니 이미 분노의 절정에 도달해 있었다. 그는 즉시 떠나갈 듯 소리치기 시작했는데, 자신 없는 사람이 그렇듯 목소리 높낮이를 잘 조절하지 못했다.

그는 그 일하고 상관 없는 여러 가지 일에 대해 소리쳤다. 무엇보다 그는 아들의 버르장머리 없는 말과 계속된 비방을 더는 못 듣겠노라고 딱 부러지게 잘랐다. 누구에게든 말을 붙일 필요가 없게끔 "내 아들의."라고 못을 박아 이야기했다. 펄펄 뛰며 발작 상태로 치달아 그 끝을 전혀 예상할 수가 없었다. 그러나 문득 아버지는 시작했을 때와 똑같이 갑자기 뚝 그쳤다. 만프레드가 조금도 동요하지 않고 계속 밥을 먹고 있는 것을 알아차렸던 것이다.

만프레드의 아버지가 자기 의자에 힘없이 풀썩 주저앉아, 손수건으로 얼굴을 닦으며 젊은 세대가 정신적으로 거칠다며 맥없이 몇 마디를 내뱉을 때 가서야 그가 하는 말을 믿을 수가 있었다.

만프레드가 일어섰다.

"그 얘기는 잘 알아요." 하고 그는 말했다. "하지만 오늘은 듣고 싶은 마음이 없는걸요. 아버지한테서 무슨 말이든 듣고 싶은 마음이라곤 이제 없어요."

그의 어머니가 문으로 가는 그를 가로막고 붙잡고는, 울면서 가지 말라고, 식탁 분위기를 깨지 말라고, 아버지를 존경하라고 하소연했다. 네 아버지잖니, 생각 좀 해 봐라, 이게 뭔지…….

만프레드는 창백해졌다. 여느 때보다 더 뻣뻣하게 그는 어머니 옆을 지나쳐 문으로 갔다.

리타는 이 광경을 바라보면서 모든 것을 동시에 느꼈다. 문이 만프레드 등 뒤에서 조용히 닫힐 때 가슴속에 느껴지는 쓰라린 아픔, 흐느끼며 의자 위에 털썩 주저앉는 부인에 대한 연민, 그리고 버림받은 느낌.

어떻게 끝이 날 것인가?

충분히 오래 다락방에서 만프레드를 기다리고 나서 마침내 그녀는 길로 나섰다. 그녀는 길에서 자정 직전까지 서 있었다. 그제야 그가 왔다.

"이런." 그가 말했다. "오늘은 혼자서 잤어야지."

그녀가 고개를 흔들고는 "다음번엔 나를 데려가 줘."라고 말했다.

그는 잠깐 그녀를 바라보았다. "당신을 데리고 가야 할지 어떨지 모르겠어. 정말로 모르겠어."

그는 정원 문의 꺼끌꺼끌한 기둥에 기대서 있었는데 리타는 한 발자국도 그를 향해 갈 수가 없었다. 그러나 마치 경련이 일 듯, 그가 늘 수양버들 옆에서 기다렸었다는 생각이 들었다. 저녁이면 저녁마다. 그리고 그것은 결코 오랜된 일이 아니었다. 그때는 그가 서 있는 것을 볼 때면 번번이, 자기는 그에 대해서 모든 것을 안다는 확신이 불쑥 들곤 했다.

그를 잡아야 하는 사람은 늘 나인가 보다 하고 그녀는 생각했다. 그리고 지금 즉시 나에게 어떤 말이 떠오르지 않는다면 (아니, 어떤 말이 아니라 단 하나, 맞는 말이 떠오르지 않으면) 그의 얼굴은 언제까지고 지금 그대로일 것이며 그는 오늘 밤 안으로 나에게서 도망쳐 버릴 것이다.

그가 정말로 갔다. 그러나 그녀는 움츠린 그의 어깨를 보고 알았다. 자기가 그의 곁에 머무르리라는 것을 그가 알고 있음을.

잠시 후 그가 말했다. "앞으로도 하느님 아버지처럼 입 다물고 있을 수야 있겠지만 이젠 조금은 이야기해 줄 수 있겠어. 별거 아니야, 벌써 알았겠지만. 그냥 내가 늘 익숙해질 수 없는 것뿐이야…….

아무튼 나는 거의 익숙해졌었어. 그런데 그때 느닷없이 당신이 나타난 거야. 갑자기 모든 것이 또다시 구역질 나게도 늘 그랬듯 똑같아진 거야.”

그 처음을 넘어서기가 그는 어려웠다. 그럼 좀 아무 말도 안 했으면!이란 말을 그녀는 제일 하고 싶었다. 해명해야 할 의무가 있는 듯 그녀에게 보고하는 투로 꼭 이야길 시작해야 한단 말인가?

아니면 혹 그가 그녀에게 해명할 의무가 있었던 걸까?

혹 바로 내가 그때 그를 자유롭게 해 줬어야 했던 걸까? 하고 그녀는 생각한다. 언제나 그 생각을 골똘히 하는 것 말고는 달리 아무것도 할 수 없기 때문에. 사람은 다른 사람의 고백을 들어 주어야 하며, 그에게 자신이 그런 고백을 감당할 만한 사람임을 보여 주어야 한다는 생각이 이 무렵 수시로 든다는 것, 이 점이 처음으로 그녀 눈에 띄었다. 공기는 고백으로 무겁다. 마치 지금은 인간의 가장 깊은 내면에서부터 진실이 드러나도록 하는 것에 많은 게 달렸다는 듯.

그녀는 생각한다. 그의 진실을 어떻게 다루어야 할지 내가 과연 충분히 알았던가?

9

"롤프 메터나겔이 그토록 중요한 건 절대 아니야."라고 만
프레드가 말했다. "난 그 사람 알지도 못해. 당신이 나한테 말
하는 걸 보니 그 사람 괜찮은 사람일 거야. 당신 말은 내가 그
대로 다 믿잖아."

"지난해만 해도 그 사람은 당신네 공장에서 마이스터였어.
그 말 당신한테 하진 않았지, 그렇지? 그 사람은 승진을 기대
하고 있었대. 재수 없게 된 건, 정직하지 못하거나 아니면 빚
이 있는 아랫사람을 그가 데리고 있었다는 것, 그리고 그의 상
관이 우리 아버지였다는 거야. 어떻게 된 셈인지 그 아래 메
터나겔이라는 이름이 적힌 청산 목록이 다달이 혼란스러워져
가는 것을 상관인 우리 아버지가 가만히 보고만 있다가 증거
를 충분히 챙겼을 때 가서 친 거야. 일대 감사를 가동했지. 실
제로 계산은 맞지 않았던 거야. 3000마르크 손실이 있었지. 메

터나겔은 그 자리에서 해고당하고. 그가 펄펄 뛰었다지만 모든 일이 더욱 나빠졌을 뿐이었지. 그리고 그때부터 그는 당신이 그를 알게 된 작업조에 들어가게 된 거야.

왜 우리 아버지는 그런 일을 했을까? 여느 땐 비겁하고 의존적이어서 위험한 일에 기꺼이 빠져 들어가지는 않는데. 틀림없이 그럴 이유가 있었을 거야."

리타는 옆에서 그의 큰 걸음에 보조를 맞추어 가며 말없이 걸었다. 그가 새로 할 말을 찾아내기를 기다리고 있었다.

"당신이 그랬지, 내가 아버지한테 너무한다고. 다른 사람들이나 잘하라고 그래. 난 필사적으로 저항하지. 내 기억에는 늘.

내가 아는 제일 오래된 이야기는 내 출생에 대한 동화야. 그 이야길 난 백번은 들었을 거야. 다른 아이들이 잠자는 숲 속의 공주나 빨간 모자 이야기를 듣는 만큼이나.

들어 봐. 옛날에 한 남녀가 있었어. 그들은 동화에서나 그럴 수 있을 만큼 서로 사랑했어. 여자는 그 남자와는 결혼을 못 할 것 같은데, 서른을 바라보고 있었고 다른 남자들은 그 여자가 지나치게 까다로우니까 겁을 먹고 가까이 오지 못했지. 그래서 이 하찮은 구두 공장 대표에게 자신을 맡긴 거야. 이건 동화는 아니고 그냥 당신한테 내가 이야기하는 거야. 동화는 이래. 그들은 서로 사랑했지만 아이가 없었어. 자꾸 유산을 했지. 이건 우리 어머니가 나중에 정확하게 알려 주신 건데. 그 말 하다가 또 동화에서 벗어나 버렸군. 그럴 것이 바라던 아이, 기적의 아이가 태어나긴 했는데…… 사내애였는데, 나 말이야, 조산이었고 너무 약해서 살 가망이 없었지. 의사의 의견에 따르면 말이야.

그때 동화 속 요정이 나타나지. 착한 간호사 엘리자베트가 그 약한 아이를, 찻숟갈로 남의 젖을 얻어 먹인 거야. 진짜 어머니에게 계속 돌봐 나가라고 넘겨줄 수 있을 때까지. 그 여자, 내 어머니는 아이 속에서 자신의 운명을 보고, 아이를 온갖 이기적인 모정의 사슬로 자기 자신에게 묶지. 어머니는 어느 동화에서든 기적 하나하나가 치르는 값을 치러 가면서 내가 그것을 계속 갚아 나가리라고 믿는 거야.

이걸로 동화는 끝나고 내 인생이 시작되지."

만프레드는 자기가 드디어 말했다는 것을 즐기고 있었다. 그러나 모든 말을 다 할 수는 없다는 사실이 그를 괴롭히기도 했다. 그래도 그의 곁에 있는 리타는 귀가 밝으니 결국은 한 사람이 다른 사람에게 이야기해 줄 수 있는 것 이상을 알게 될 것이다. 그리고 그의 이야기에 대한 말할 수 없는 원전으로서 한 무더기 이미지며 냄새, 말, 시선, 생각의 조각들이 그의 옆을 줄줄이 스쳐 갔다.

그는 가족 앨범의 사진들을 회상했다. 사진 속 그의 어머니는 아름다웠고 시선은 부드러웠다. 그 시선을 어머니는 남편과 같이 살아가면서 잃어버린 게 틀림없었다. 자주 그는 기억 속에서 어머니가 어떻게 서서히 변해 갔는지 그 희미한 자취를 찾았다. 또한 자신이 언제 처세에 능하고 따뜻하며 다정한 어머니의 모습을 보았던가 생각해 내려가다가는 언제나 거듭, 이 가족이라는 감옥이 없었더라면, 어머니 인생이 이렇게까지 비참하게 황폐해지지 않았더라면, 이 여인이 오늘날 어떠했을까를 그려 보곤 했다.

"어머니가 안됐다는 생각은 들 수 있어."라고 그가 리타에게 말했다. "그 점은 인정해. 어렸을 때 침실에서부터 악쓰는 소리, 우는 소리를 얼마나 자주 들었던지! 그 후에도 어머니는 또 알아냈지, 남편이 외도까지 하고 있다는 걸. 아버지는 구두 공장 최대 주주가 되었지. 어머니의 야심만만한 추진력 덕분이기도 했지. 아버지는 집에는 잘 안 들어오고 업무용 차를 몰았고 자신이 주도권을 쥐었다 생각했어. 어머니는 거의 언제나 마음이 상해 있었지. 그래서 아버지는 자신을 우러러보는 다른 여자들을 충분히 찾아냈지. 그러면서도 실은 이중생활을 해 나가기가 아버지한테는 벅찼어……

물론 아버지는 일찌감치 나치스 돌격대에 들어갔어. 복도 거울 앞에서 그리고 우리 어머니 앞에서 새 군복을 입고 빙 돌던 생각이 나. 그때 나는 겨우 만 네 살이 되었을 거야. 나는 그 두 사람의 시선이 거울 속에서 부딪치는 것을 보았어. 내게 그건 싸움보다 더 끔찍했어. 나는 외투들 사이로 숨었지.

그다음에 우리 아버지는 자기 상관과 친하게 지내기 시작했지. 업무 대행인이 되었어, 즉 모임에 나가 사람들과 어울릴 수 있게 된 거지. 일요일이면 우리는 상관 집에 갔고, 이따금 씩은 그 사람들이 우리 집에 오기도 했어.

전에 나는 아이들하고 놀도록 허락받은 적이 별로 없었어. 어머니가 커튼 뒤에 앉아서 지켜보곤 했지. '프레디야, 엄마는 거친 아이들은 질색이다.'라고. 그런데 이제 일요일이면 일요일마다 나는 아버지 상관의 아들 헤르베르트 손에 넘겨졌어. 그 애는 나보다 세 살이 더 많았는데 나를 자기 마음대로 했지. 나한테 좋지 못한 장난을 억지로 하게 했어. 늘 꾸중은 나한테 돌아왔고. 여느 때는 나를 거의 쳐다보지도 않던 아버지가, 늘 그렇게 무관심했던 사람이 사람들 앞에서 나를 벌주는 거야. 우리 집 주인이 누군가를 상관이 볼 수 있게끔 말이야…….

나는 학교도 들어가기 전에 벌써 아버지를 증오하게 되었지. 그리고 그 점은 오늘날까지도 내가 분명히 확신할 수 있는 유일한 사실이지."

그는 리타의 눈길을 찾았지만 그녀는 그의 시선을 피했다. 그녀는 고르게 계속 걷고 있는 자신의 두 발만 바라보았다. 발은 가로등이 그리는 둥그런 빛을 지나가기도 하고 다시 어둠 속으로 들어가기도 했다. 그녀는 만프레드가 그녀 손을 잡으려고 움직이다가 팔을 다시 그대로 떨군 것을 알아차리지 못했다.

"난 지금까지 얘기를 들어 주는 사람 없이도 아주 잘 지내 왔어."라고 한층 누그러져 그가 말했다. "어쩌면 계속 그렇게 해야 했을까?"

리타가 고개를 가로저었다. 그녀는 내면에서 들려오는 목소리에 귀를 기울이지 않으려 했다. 나중에 알게 되겠지, 자기에게 무슨 일이 있어났던가를. 지금은 그의 말을 듣는 것이 중요했다. 어쩌면 아침이 되면 모든 게 달라질 것이다. 어쩌면 그녀가 변화를 감당해 내지 못할지도 모르지만 그것에 놀라 겁을 먹기에는 이젠 너무 늦었다.

"학교에서 나는 늘 일등이었어."라고 만프레드가 말한다. "아이들은 나를 '칠삭둥이'라고 불렀어. 어머니는 매주 무언가 불평할 게 있어 선생님을 찾아오셨지. 그러자 아이들은 나를 그만 괴롭히고 그냥 피했어. 집에서는 있는 대로 친구 관계나 성공에 대해 거짓말을 꾸며 댔지. 사실은 전혀 그렇지 않았는데……

사람들이 나를 소년단에 집어넣었을 때는 벌써 전쟁 중이었어. 우리 아버지는 자기 상관에게 없어서는 안 될 사람이었지. 우리 식구는 다른 사람들처럼 아쉬운 대로 참고 견딜 필요가 전혀 없었어. 누구든 그때는 평화롭던 시절 품질의 구두 한 켤레만 주면 좋아했거든."

뭣하러 내가 당신에게 이 모든 이야기를 하는 걸까? 하고 그는 생각했다. 그녀가 이해나 할까, 그때 무엇이 잘못되었나를? 그녀는 그때 아직 태어나지도 않았는데……

우습군, 그녀와 나 사이 어디쯤에선가 새로운 세대가 시작되다니. 우리 모두가 일찍이 이 치명적인 무관심에, 다시 떨치기가 이토록 어려운 무관심에 감염되었다는 사실을 그녀가 어떻게 이해하겠는가?

"우리 무슨 이야길 하고 있었지?"라고 그가 물었다. "그렇지. 히틀러 소년단에도 나는 빠지지 않았어, 나야 그곳이 싫었지만. 명령이 떨어지면 나는 눈을 질끈 감고 어떤 높은 담벼락에서든 뛰어내렸어. 전혀 다른 일을 했어야 했을 텐데. 사람이 겁이 나서 범죄자가 된다는 이야기를 아무도 나에게 들려줄 필요가 없어. 그렇지만 사람들은 나를 아무 데도 끌어들이지 못했어. 나는 그들이 요구하는 유형이 아니었거든.

마지막으로, 그들이 우리 아버지를 향토방위를 위해 불러 왔을 때 나는 내 또래 사내아이들로만 이루어진 어떤 패거리에 우연히 들어갔어. 그들이 나의 두려움을 몰아내 주었고 나를 정상으로 만들어 주었어. 그 당시 정상이라고 불렀던 정상으로 말이야. 나는 담배를 피우고, 사람들에게 야비한 말을 하고, 길거리에서 고래고래 소리를 지르고, 집에서는 어머니 앞에서 두 다리를 탁자 위에 올려놓았지. 드디어 나는 역사 시간 중에 낡은 콜트 권총으로 교탁을 관통시켰어. 선생님은 훌륭한 나치였어. 물론 난 학교에서 쫓겨났을 거야. 마침 학교가 죄다 야전 병원으로 사용되는 일이 없었더라면.

우리는 한여름 내내 빈들빈들 돌아다니며 정확하게 보았어. 어른들이 우리 눈앞에서 상당히 짧은 시간 안에 옳은 척, 더 잘 아는 척하면서 저질러 놓은 일. 어디 또 그래 보지! 하고 우리는 말했어. 모든 것이 이제 달라진다고 현수막에 쓰인 걸 보면 우리는 큰 소리로 웃어 댔어. 달라진다고? 대체 누가? 이 똑같은 사람들이? 가을에 학교가 다시 열렸어. 우리는 떠들어 대면서 우리들의 낡은 교실 사물함에서 낡은 나치 노래책들을 꺼냈지. 새 사람들은 그 물건을 없앨 시간이 없었던 거야.

1945년 4월 어느 밤에 우리 어머니는 총통의 사진을 불태 웠지. 그때부터 이 가을 풍경이 우리 집 책상 위에 걸려 있는 거야. 생각나지? 이 풍경화는 전에 있던 히틀러 초상과 크기 가 똑같아서 벽지의 밝은 얼룩이 왜 생겼는지 이젠 아무도 말 할 수가 없어. 게다가 벽지도 새로 발랐고.

우리 아버지가 전쟁이 끝나고 일 년 후 부랑자가 되어 상당히 영락한 모습으로 다시 나타났을 때 아버지는 자기 갈색 군복*을 찾지 못했어. 아니, 못 찾은 게 아니지. 밀고 다닐 작은 구두 노점 하나 없는 다른 사람들처럼 우리 어머니도 그걸 염색하러 보낸 건 아니었으니까.

우리 어머니의 지위가 아주 높아졌어. 우리 거래 전체를 어머니가 조직해 놓으신 거야. 우리가 굶지 않았던 것은 어머니 덕분이지. 그럼 우리 아버지는 무엇이었을까? 치명적으로 자신감에 상처를 입고 무거운 짐을 진 사람이었어. 더도 덜도 아니고 공범자였어. 그걸 아버지는 나에게 자주 확인시켰고, 맞는 말이야. 독일적 공범자. 확신이라곤 가져 본 적이 없었어. 양심에도 별다른 문제는 없었어. 다른 사람들이 안심하고 악수하러 그에게 손을 내밀 수 있었지. 구두 공장 문서실에는 아직도 아버지 편지들이 있어. 그것들이 오늘날은 아버지한테 거북하겠지. 그냥 거북한 거지 구역질 나는 건 아니야.

그건 그렇고. 이때부터 메터나켈이 아버지를 잘 알았지. 아버지가 왜 그를 걸어 넘어뜨렸는지 당신이 알고 싶어 하기 때문에 하는 말이야. 더 이상 그 이야긴 하지 않겠어.

우리 어머니는 아버지를 다시 사업에 끌어들이려고 엄청난 힘을 쏟았어. 어머니는 성공하셨어. 아버지를 결국 굴복시키신 거지."

그리고 나를 결국 잃어버리신 거지 하고 그는 생각했다. 어

---

* 나치의 군복. 갈색은 나치를 나타내는 색깔.

머니는 그걸 오늘까지도 인정하려 들지 않지만.

그는 이제 혼자 이야기하는 것이 아무렇지도 않았다. 반대로 다시는 이야기를 그칠 수 없을까 봐 겁이 날 지경이었다. 그런 데다가 자정이 지난 지도 오래였다. 길은 축축하고 차갑게 그리고 외롭게 그들 앞에 펼쳐져 있었다. 다닐 수 없는 골짜기처럼. 그들은 어느덧 세 번째로 그들 집 대문을 지나쳐 갔고 그의 옆에 선 리타는 피로로 얼어 있었다. 그러면서도 그녀는 줄기차게 그의 옆에 머물러 있었다.

"어느 날." 하고 만프레드가 계속 이야기해 나갔다. "우리 아버지의 단춧구멍에 당* 배지가 나타났어. 아버지가 그걸 달고 오면 나는 커다랗게 웃음을 터뜨렸지. 그리고 그때부터 아버지는 나를 보기만 해도 모욕감을 느끼시는 거야."

그렇지만 아버지 혼자 그런 걸 달고 다니는 건 아닌데 하고 만프레드는 생각했다. 훨씬 더 고약한 사람들이 있지. 그렇지만 많은 사람들이 운이 좋았어. 그들은 바로 필요로 할 때 정직한 사람들을 만나게 되었거든. 나한테는 그런 일이 없었어. 내가 좀 더 자세히 바라보면 늘 다른 색깔이 스며 나오는 거야. 이 나라에서 모든 정직한 사람들은 또 어디에서 오는 걸까? 그밖에도, 내가 그들을 정말로 찾았던 걸까? 그런데 스스로 정직하다면 정직한 사람들을 찾아내는 게 그렇게 중요한 걸까? 마지막까지 그리고 거기에 필요한 온갖 노력을 기울여 찾는 게? 정말로 하고자 한다면 내가 그렇게 될 수 있을까?

---

* 동독의 통합사회당.

"우리는 학교를 대충 마쳤어. 당시에 우리 열다섯 살 아이들은, 반에 전사자 명단이 걸려 있지 않은 제일 위 학년이었지…….

노처녀 선생이 내게서 연극배우 재능을 찾아냈어. 믿지 못하겠지만, 곧 나는 이 도시에서 행사 때마다 시를 낭송하게 되었지. 당시에는 행사가 많았더랬어. 내가 뭘 읊었느냐고? 여러 가지지. 모두 감정이 가득 찬 것이었지, 진짜 감정이 담긴 시는 전혀 없었고. '아침의 찬란함처럼 그대 사방에서 나를 태우는구나, 봄이여, 연인이여…….'*라든가 '이 시대는 그대의 두 손을 필요로 하노라.' 따위. 아무튼 우리들의 비밀 지하 클럽에서 난 이렇게 소리쳤어. '그렇게 낭만적으로 눈깔 뜨고 있지 마!' 혹은 '마이 달링, 한나 캐시는 이 말만 묻는다네, 자기가 그를 사랑하느냐고.' 하며 주절주절 감정을 담아 흥얼거렸지."

얘야, 그는 생각했다. 그건 말이야 한 시절이었어! 그리고 그땐 네가 막 읽기를 배우기 시작했을 때였어…….

그는 이제 빨리 끝내고 싶었다.

"우리 어머니는 행사 때마다 맨 앞줄에 앉아 눈시울을 적셨지. 내가 위대한 연극배우가 되리라고 확신하셨던 거야. 인생이 어머니에게 가져다 줄 의무가 있는 명성을 내가 제공해야 했던 거야.

나는 연극배우가 되지 않았어. 알다시피. 복수심에 차서 나

---

* 괴테의 시 「가뉘멧」의 첫 구절.

는 어머니의 계획들에다 가위표를 쳤지. 그날은 내 생애 가장 멋진 날이 되어야 했어. 자연과학대학의 입학 허가서를 받던 날 말이야. 어머니는 또 엉엉 울고 펄펄 뛰었어, 내가 생각했던 대로. 그렇지만 갑자기 나는 그게 재미가 없어졌어.

도무지 그때부터 아무것도 정말 재미가 없어. 다만 내 직업, 그건 좋지. 충분한 정확성, 충분한 환상이 있으니까.

그리고 당신. 당신도 좋고."

"충분한 정확성, 충분한 환상." 하고 리타가 말했다. 작은 목소리로. 만프레드는 그것을 진지하게 받아들였다.

"그래, 갈색 아가씨." 그가 말했다. "바로 그거야."

10

오늘날 그녀는 안다. 그 당시, 저 밤에 그녀가 들이닥치려는 위험을 아직 입 밖에는 낼 수 없어도 느끼고 있었음을. 그녀는 어찌할 바 몰라 하면서도 혼자서 내색 않고 있었다. 그녀에겐 무의식적이었으나 만프레드에게 모욕을 주지 않는 용감함이 었다. 그녀에겐 바로 그가 필요로 하는 그런 용감함이 있었다.

공장에서 그녀는 자리를 더 잘 잡을 수 있었다. 모든 눈이 자기에게 쏠린다는 두려움이 점차 없어졌다. 어지러운 황망함과 욕지거리, 고함에서 어떻게 날마다 번쩍이는 암녹색 열차 두 대가 모양 좋고 견고하게 갓 만들어져 나오는지 그녀는 여전히 놀랍기만 했다. 근무가 끝날 때면 새 기차는 작업장에서 나와 시운전 선로에 밀어 넣어졌다. 기차가 달리는 도중에도 최종 조립공들이 연장통을 들고 뛰어내렸다. 이따금씩은 리타도 거기 있었다. 그녀는 검사관이 날마다 실망하는 데 대해 다른 사람들과 함께 웃었다. 그러고는 모두들 서서 그 작은 기차의 뒷모습을 바라보았다. 교외의 연기가 기차를 삼켜 버릴 때까지.

"생각해 보면……." 작은 한스가 생각에 잠겨 말했다. 그가 가장 즐겨 쓰는 말이었다. 그러나 무슨 이유에서인지, 생각해 보면 어떻게 된다는 건지는 말로 표현하지 못하고 말았다. "그러게 그럴 땐 아예 시작을 하지 마."라고 다른 사람들이 너그럽게 그에게 경고했다.

아무튼 대체로 그들은 같이 잘 지냈다. 더 말이 필요가 없었다. 각자 할 일이 있었고, 큰소리 나는 다툼은 없었다. 그 사람이라면 무슨 일이라도 할 수 있을 거라고 다들 생각하는 메터나겔조차도 뒤로 물러서 자제하고 있었다. 점심 휴식 시간이면 그들은 풀이 돋은 공장 뜰 한구석에서, 다리를 길게 뻗고 등은 판자벽에 꽉 눌러 붙이고 손은 호주머니에 쑤셔 넣은 채, 거친 널빤지 위에 의좋게 앉아 있곤 했으며, 모든 것이 그 순간 그대로 꽤 괜찮아 보였다. 그들은 눈을 가느스름하게 뜨고 아직은 포근한 태양을 바라보았다. 그리고 하얀 구름 깃털을 하나하나씩 떨어뜨리며 늘 똑같은 길로 하늘을 가로질러 흘러가는 구름을 보았으며, 점심시간 무렵 해서 공기가 얼마나 투명해지는지 놀라워했다.

멀리 도시로부터 제트기들이 귀를 먹먹하게 하는 폭음을 내며 음속의 벽을 깼고, 순식간에 그들 머리 위로 아주 높이, 아주 빠르게 날아올랐다. 굼뜨게 비행기들의 뒷모습을 바라보고 있노라면 평화를 이뤄야 한다는 생각은 점점 커졌다.

그 생각이 가장 커졌던 것은 그날이었다. 그날 이후 공장에 커다란 동요가 일어났다. 전쟁이 끝난 후부터 헤아려 공장에서 나온 오천 번째 차량을 축하하고 게다가 그들 작업조의 창립 기념일 축하도 벌이고 있었다.

리타는 아직도 모든 것이 눈앞에 선하다. 그날 있었던 자그마하고 사소한 일조차도 잊어버리지 않았다는 것을 알아차린다. 공장 뜰은 깨끗하게 비질되어 있었고, 바람이 그 위를 쓸어 가고 있었다. 한쪽에 화환으로 장식된 기념 차량이 서 있고, 1960년 4월 20일이라는 날짜 옆에 숫자 '5000'이 멀리까지 보이게 빛을 내고 있었다. 악단이 온갖 것을 연주했고, 그 다음에는 몇몇 연사가 연단에 올랐다. 누구나 갈채를 받았고, 모든 것이 별 탈 없이 계획대로 진행되었다. 리타는 늘 그렇듯 작은 한스와 롤프 메터나겔 사이에 서서 다른 사람들과 더불어 흡족해서 박수를 쳤다. 그녀는 고작 저급 맥아 맥주를 마셨을 뿐인데도 자꾸자꾸 이유도 없이 웃음이 나왔다. 하얀 블라우스에 알록달록한 치마를 받쳐 입은 무용단이 가설 무대 위에서 뛰고 있을 때 분위기는 더욱 고조되었다. 에르미쉬가 그냥 슬그머니 맨 앞줄로 밀고 들어오자 다들 기뻐했다. 사람들이 오늘 그를 연단에 초대하는 것을 잊었고 그는 자신을 다시 상기시켜 줄 다른 방도를 몰랐던 것이다.

낮게 드리운 회색 하늘이 드디어 물꼬를 터뜨리자 다들 혼비백산 흩어졌다. 오래전부터 비가 오리라는 것을 알고들 있었다. 하루 종일 벌써 맥아 커피 냄새가 났으니까. 즉 서풍이 불고 있었던 것이다. 바람은 아직도 축축하고 더러운 종잇조각을 판자 울타리들 쪽으로 몰아갔으며 뜰은 텅 비어 있었다.

에르미쉬 작업조 사람들은 창립 기념일을 맞은 자기들 작업조장과 함께 가까운 술집으로 갔다. 그들을 다 아는 곳이었고 거기서 그들은 창가 구석에서 탁자 몇 개를 붙여 기다란 연회석을 만들었다. 밖에서 비가 올 테면 오라지 하면서 그들은 에르미쉬가 주는 맥주며 맥주 곱빼기를 다 받아 그에게 건배하며 단숨에 마셨다.

연기 자욱하고 가죽 부대 같은 술집의 빛은 흐릿했다.

리타는 레모네이드 잔을 앞에 놓고 앉아 생각했다. 저 사람들은 얼마나 마실 것이며 자신은 얼마만큼 여기 오래 앉아 있어야 되는지를. 술집 주인이 급하게 왔다 갔다 하고 있었다. 주인에게는 이들이 제일 대접할 보람이 있는 손님들이었던 것이다. 식탁에서는 연기가 악취 나는 안개처럼 솟구쳤다. 다들 마시고 떠들었다. 리타는 점점 더 잠잠해졌다.

그사이 그녀는 이 열두 남자를 한번 꼼꼼하게 쳐다볼 시간도 미처 없었다.

제일 연장자는 예순 살로 동프로이센 출신의 백발 카르수바이트였는데 모두들 그를 그냥 성으로만 불렀다. 이봐요, 카르수바이트, 달걀하고 당신네 남작 이야기 좀 또 해 봐요! 그는 어느 진짜 남작 영지의 목수였는데 지금까지도 노동자들 가운데서 농부 같은 모습으로 앉아 있었다. 가장 어린 사람은 작은 한스로, 다들 그의 이름만 알았다. 그는 오늘 처음으로 같이 술을 마시게 되어 자랑스러워하고 있었다. 작은 한스는 썩 멋진 외모를 타고난 것도 아니었고, 여자 친구를 찾을 용기조차 없었건만 그래도 늘 즐거웠다.

　"……그다음에는 남작님이 몸소 들판으로 나와 한철 풀베기 노동자들에게 가서 말씀하셨지. 어디 내기 좀 해 볼까, 내가 달걀 한 꾸러미를 혼자서 다 먹어 치울 수 있겠는지라고 말이야. 그러나 노동자들이 말했지. 그렇게는 못 하실 텐데요, 남작님. 그러자 남작님은 달걀 바구니에 달려들어 먹기 시작하더니 해내는 거야. 그러곤 한 꾸러미 열여섯 개라고 말하고 그걸 또 적어 놓는 거야……." 그러면 늘 똑같은 대목에서 또 에르미쉬가 우스워서 얼굴이 게처럼 빨개져 가지고는 소리치는 것이었다. "이런 멍청한 작자들 같으니라고. 그게 다 너희들 달걀인데 남작 놈이 그걸 처먹었다고 감탄했다니." 그러고 나면 작업조 전체가 최고의 재담이라도 들은 듯 큰 소리로 웃어 댔다. 그러면서도 노상 자꾸만 시키는 대로 넘어가서 자기 남작 이야기를 하게 되곤 하는 카르수바이트는 무시하는 손짓을 하고는 입을 다물었다.

　대부분이 길거리에서 만나는 평균적인 얼굴들이었다. 젊은 사람보다는 웬만큼 나이 든 사람들이 더 많았다. 지금까지는 어떻게든 제일 잘 꾸려 온 사람들이다. 그걸 누가 묻지는 않지만. 전혀 상처 입지 않은 건 아니었어도. 그때그때 경우에 따라 상황에 순응하거나 큰 힘 앞에서 몸을 굽히긴 했어도. 전망 없는 상황에서 절망적으로, 그들만이 빠져나갈 수 있는 단 하나의 돌파구를 찾기도 하면서.

　"그런 건 절대 아무것도 아니야."라고 프란츠 멜허가 자기 옆 사람에게 낮게 말했다. "파리, 거 좋지. 그렇지만 자네 베두인 족 여자들 본 적 있지. 이른 아침 샘가에서 몸을 씻을 때, 쌍안경을 가지고 가까이 가면 말이야⋯⋯." 그는 아직도 말하고 있는 사람이 자기 혼자뿐이며 모두들 자기 말을 듣고만 있다는 것을 갑자기 알아차렸다. 그는 재빨리 흘깃 리타를 바라보더니 그만 입을 다물었다. "노래 하나 부릅시다."라고 탁자 맞은편 끝에 앉은 사람 하나가 소리쳤다. "왜 하나만 부르나. 세 곡, 네 곡 부르지!"

산에서 무울 흘러내리는 소리 들리고⋯⋯.

무슨 일을 그들이 겪지 않았으랴! 전사한 형제, 감옥에서 타살당한 친구들, 유럽 여러 나라의 여인들, 그리고 세계 많은 지방의 온갖 자취들.("어쩔 수 없는 일 이이잊어버리는 사람이 행복하아다!") 이제 그들의 경험은 그들에게 날마다 조금씩 쓸모가 없어진다. 그들에겐 이곳에서 아무것도 의지할 게 없다. 그러나 그렇다고 그 경험들을 억지로 버릴 수 있었겠는가? 열흘마다 두 사람, 세 사람 혹은 네 사람이 그들이 집으로 가져가는 돈을 기다리고 있었다. 음식과 집 그리고 라디오에서 나오는 음악을.

그것이 중요하지 않았던가, 아직도 여전히?

"살아야죠."라고 작은 한스가 식탁 너머로 소리치며 에르미쉬를 위하여 건배했다.

그들은 독한 증류주가 든 잔을 집어 단숨에 털어 넣었다, 모두가 똑같은 동작으로. 그런 다음 그들은 맥주를 벌컥벌컥 들이켰다.

"오, 그대 아아아아름다우운 베에에스터 숲이여, 따라라라

아라라라……." 그녀가 잘못 본 것일까, 아니면 헤르베르트 쿨의 얼굴에 떠오른 조롱 섞인 표정이 깊어졌던 걸까? 쿨은 함께 노래 부르지 않았다. 그러나 노래가 자신이 늘 생각했던 바를 확인시켜 주기라도 한 듯한 얼굴이었다. 다만 그는 이를 기뻐해야 할지 아닌지 정확하게 모르는 듯 보였다.

"그대 언덕에 바람이 차갑게 포효하네, 하지만……." 그때 한 사람이 또 들어왔다. 에른스트 벤트란트였다. 리타는 그 사람을 처음 보았다. 커다란 공장의 생산 관리자라기에는 너무 어려 보였고 도무지 눈길을 끌지 않는 사람이었다. 힘 있지만 다소 창백했고 곱슬거리지 않는 금발이었다. 에르미쉬가 그에게 식탁으로 오라고 신호했다. 벤트란트가 비록 마지못해서나마 와 앉았다. 리타는 그 사람이 한껏 고조된 분위기를 깨지 않으려고 애쓰는 것을 보았다. 그는 에르미쉬와 잔을 부딪쳐 건배를 하고는 몇 마디 농담도 했다.(서른아홉 살이 되면 사람은 어디로 가지?) 그러나 특별히 즐거워하지는 않았다. 벤트란트가 와서 앉은 다음부터 식탁이 더 조용해진 건 아니었다.

그렇지만 무언가 달라졌다. 이젠 똑같은 잔치가 아니었다. 리타는 갑자기 흐릿한 술집 불빛 속에 그녀의 작업조가 둘러앉은 식탁을 거리를 두고 바라보았다. 여느 때는 시간이 지나야 생기는 거리였다. 목소리들이 보다 낮으면서도 동시에 보다 정확하게 들렸다. 벤트란트는 다름이 아니라 바로 분위기를 맞추려고 애썼기 때문에 방해가 되었다. 다른 사람들을 위하느라고 자기 본연의 모습을 억누르는 사람들이라면 누구나 오히려 남을 방해하기 마련이듯. 갑자기 다른 사람들에게는 자신들 본연의 모습이 의심스럽게 생각되는 법이다. 저 사람은 혹 우리를 인정 못 하겠다는 것 아닐까?

사람들이 도발적으로 투덜거리며 술잔을 탁자 위에 쾅쾅 내려놓기 시작했다. 여기서 그 누가 그들이 창립 기념일 잔치를 하는 것을 못마땅하게 여긴단 말인가?

그렇지만 벤트란트가 내비치는 듯 보이는 불편한 심기가 그들에게는 놀랍지 않았다. 그들은 정말이지 그런 것을 예상했다. 지난 십오 년간 쌓은 경험으로 알 수 있었다. 정말 잘 지내고 있을 때면, 바로 자기 자신에 두루두루 만족할 때면, 사람을 다시 불만족스럽게 하거나 성마르게 하는 일이 꼭 일어난다는 것을.

그러면서도 에른스트 벤트란트는 적당치 않은 말은 단 한마디도 하지 않았다. 그는 심지어 점점 조용해졌다. 그는 자기 맥주를 빨리 비우고 주먹으로 상을 톡톡 두드려 작별을 고하고는 갔다.

메터나겔이 정적 속을 향해 말했다. 반쯤은 화가 나서, 반쯤은 만족해서.

"내 이럴 줄 알았지, 아니, 혹 몰랐던가?"

메너타겔이 무엇을 알았다고 주장하는지 모르면서도 아무도 대꾸가 없었다. 흥이 깨져 버렸다. 한스는 멋진 잔치가 파장이 되어 서운해진 나머지 모두가 벤트란트에게 복수하길 바랐다. 한껏 불끈해서 "아직 꽤 젊죠, 아마?"라고 말했다. 또 한 번 웃을 거리가 생긴 것이다. 그러나 그때는 이미 몇몇 사람이 자리를 뜨기 시작했다. "이 집 맥주 맛없는데, 주인장. 어디 직접 마셔 보쇼!"

리타는 그 사람들과 같이 갔다.

비가 그쳤고 축축하고 따뜻한 기류가 도시를 쓸고 갔다. 리타는 피곤하면서도 동시에 고무되어 그대로 멀리 걷고만 싶었다. 예를 들자면, 바람에 뜯긴 수양버들을 지나 그녀의 고향 마을로 이어지는 국도를 따라.

전차에서 내리자 만프레드가 앞에 서 있었다.

"나를 기다린 거야?" 그녀가 놀라서 물었다.

"좋도록 생각하지."

"오래 기다렸어?"

그는 어깨를 으쓱했다. "내가 '오래' 기다렸다고 하면 당신이 무슨 엉뚱한 상상을 할지 누가 알아? 날마다 이렇게 늦게 맥주 냄새며 담배 냄새를 풍기며 오려고?"

"낯선 맥주 냄새며 낯선 담배 연기 냄새를 풍기며 말이지." 라고 리타가 맞장구쳤다.

"어떻게 그걸 증명하려는 거지?"

그녀는 웃으며 얼굴을 그의 옷소매에 비볐다. 그러니까 다른 누구나처럼 저녁에 집으로 돌아오면 기다리는 사람이 있고 그날 하루에 대해 보고를 하고 오래 밖에 나가 있었다고 욕을 먹는 거구나. 이곳에서 국도란 무엇일까, 버드나무란 무엇일까?

집 현관문을 나오다가 그들은 시가에 불을 붙이고 있던 사람과 맞닥뜨렸다. 작은 불꽃이 내는 빛 속에서 리타는 그 사람을 알아보았다. 에른스트 벤트란트였다. 당황하여 그녀는 그에게 인사했다. 그 사람은 둘을 쳐다보더니 술집에서 열두 남자들 가운데 앉아 있던 리타가 거기 있다는 것을 그제야 뒤늦게 알아차렸다. 그는 모자를 쓰고는, 가까운 가로등 아래서 그를 기다리던 자동차로 빨리 걸어갔다.

"누구지?" 하고 만프레드가 물었다.

리타는 이야기해 줬다.

"나도 아는 사람 같긴 한데……."라고 그가 생각에 잠긴 듯 말했다.

만프레드의 방에는 헤어푸르트 씨가 당황한 채 앉아 있었다. 자기 아들과의 마찰은 생각지 않은 채 그는 무슨 일이 있었는지 성급하게 이야기했다. 차량 공장의 늙은 공장장이 업무차 베를린에 갔다가(서베를린 말이야, 알겠니!) 돌아오지 않았다는 것이다. 필경 그는 다음 달 공장에 들이닥칠 생산 실패의 책임을 모면하려 했을 것이다. 그는 파국을 제일 먼저 알아차렸던 게 틀림없었다.

이제부터 에른스트 벤트란트가 새로운 공장장이었다.

11

리타에게 그 당시 몇 주일에 대한 회상은 늘 어두운 연기가 솟는 뒤에서, 타는 듯 붉게 떠오르는 태양과 연결된다. 또한 어스름하고 불만족스러운 나날 그리고 꿈속으로까지 갈피 없이 방황하는 생각들과 연결된다.

그녀뿐만 아니라 모두가 느끼는 듯 보였다. 아주 크지도 않고 아주 현대적이지도 못하며 중앙 부처로부터 그다지 주목도 받지 못하는 그들의 공장에 갑자기 모든 것이 달려 있다는 느낌. 온 나라에 오래전부터 퍼져 있던 긴장들이 바로 이 한 곳에 다 모여든 것 같았다. 심지어 '저 건너편'*에서도 이제는 그들을 주목했다. 저쪽 방송들은 거의 매일, 예전에는 번창했으나 지금은 파산에 임박한 밀드너 차량 제작 주식회사에 대

---

* 서독.

한 새로운 소식을 유포하는 일을 서슴지 않았다. 진실한 것, 날조된 것, 반쯤 진실한 것을. 심지어는 옛 공장장이 서쪽 라디오를 통해 직접 말하기도 했다. 더 이상 가망이 없다는 것을 벌써 오래전부터 알았지만 최근에야 친구들 도움으로 단 하나의 올바른 결단을 내림으로써 양심의 갈등에서 해방될 수 있었노라는 것이다. 그러나 자기가 알기로 자유를 지향하는 자신의 공장 노동자들에게 독일의 보다 행복한 한쪽으로부터 인사를 보내며 자신과 똑같이 행동할 결정을 그들의 재량에 맡긴다고 했다.

다음 날 이 연설은 아침 식사 시간에 사내 방송을 통해 퍼졌다. 연설은 한 단락 한 단락 끝날 때마다 중단되었으며 모두들 잘 아는 매우 어리고 미숙한 사내 방송 여자 편집인의 목소리가 들렸다. "동무들! 동지들! 배신자가 우리 공장에 대고, 우리 국가에 대고, 우리 모두에게 대고 저따위 소리를 하고 있습니다."

두 주일 넘게 생산은 하루하루 저조해졌다. 작은 차량 인도 기관차는 저녁에 반 동강 난 차량 하나를 뒤에 달고 나와야 했으리라, 만약 그럴 수 있었다면. 흰색과 푸른색* 의사 가운을 입은 위원회가 근심에 찬 공장을 두루 돌며, 공장이라는 거대한 육체를 여기저기 두드려 보고 귀를 대 보았다. 노동자들은 처음에는 비웃으며, 그다음에는 생각에 잠겨, 그리고 마침내는 급박해져 그들의 뒷모습을 바라보았다.

---

* 동독에서 푸른색은 전형적인 노동자 작업복의 빛깔임.

리타는 넓은 작업장에서 고함을 지르고 발을 구르고 악을 쓰는 소리가 점차 가라앉는 것에 마음을 졸이면서 귀를 기울였다. 긴장한 채 그녀 작업조의 기대를 버린 채 체념한 얼굴들을 들여다보며, 이 얼굴들을 그때까지 식당 판자벽에 걸려 있던 신문 사진 속 얼굴들과 비교해 보고는 생각했다. 여기서 거짓말을 하는 사람은 누구일까? 점점 더 길어지는 휴식 시간은("할 일이 없습니다! 자재가 없어요."라고 에르미쉬는 대개 근무 시간이 되면 미리 알렸다.) 공장은 갑자기 미움과 다툼으로 채워졌다.

그렇게 큰 공장을 진창에서 끌어내는 일이 어떤 것인지 리타는 아직 체험한 적이 없었다. 늘 그렇듯 어떤 일이 결말나기 전에는 의기소침한 사람, 언짢은 사람, 심술궂은 사람 들이 특히 많았다. 망망대해 한가운데서 자기 자신이 탄 배가 가라앉는 것을 좋다고 고소해하며 날뛰는 것처럼 보이는 사람도 더러는 있었다.

"뭐가 잘못된 거죠?" 하고 그녀가 롤프 메터나겔에게 물었다.

"뭐가 잘못됐느냐고? 정상이야. 와야 할 게 온 거지. 아무도 책임을 느끼지 않고 다들 숨어들 구석만 찾아다닌다면, 저 꼭대기 집행부까지 말이야, 그러면 많은 작고 비열한 짓거리들이 언젠가 아주 큰 비열한 짓거리가 될 게 틀림없지. 그렇게 되면 자재 관리부는 새로 시작되는 생산에 대해서는 전혀 아는 바가 없고, 그다음엔 그러니까 자재가 계획안에 포함되지 않고, 그러면 기술도 완성이 안 되고 아무도 자기가 무얼 해야하는지 모르는 거지. 그다음엔 몇몇 공급 공장에서도 지금처럼 작업이 정지되고, 그렇게 되면 필요한 물건을 얻는 것도 다 끝장이지."

"그래도 우리 다시 빠져나오기는 하겠지요?"

메터나겔은 그냥 웃었다.

만프레드는 리타가 어쩔 줄 모르는 것을 보고 스스로에게 말했다. 저것 보게, 저렇게 빨리? 그는 그녀를 위로했다. 그녀에게 용기를 불어넣어 주었다. 그는 훨씬 더 어려운 처지에서 상황이 좋아진 예들을 들려주었다. 그녀가 밤낮으로 공장 이야기만 하는 것을 그는 불평하지 않았다. "나중에." 하고 그는 말했다. "아마 곧, 당신은 오늘의 절망을 두고 웃게 될 거야." 그러면서도 자기가 얼마나 옳은 말을 하고 있는지는 몰랐다.

리타는 일은 거의 없고 작업조들은 악성 침묵에 빠져 판자 방에 웅크리고 앉아 있던 저 가장 캄캄했던 나날에, 자신의 의기소침함이 초조함으로 급변하고, 마침내는 오고 말 변혁을 온 힘을 기울여 지지하겠다는 결심으로 급격히 뒤바뀌는 것을 놀란 마음으로 관찰했다.

그녀는 많은 작은 신호들도 다 눈여겨보았다. 그녀는 에르미쉬와 롤프 메터나겔 사이에서 오가는 눈길을 점점 더 자주 주의 깊게 바라보았다. 메터나겔의 눈길에는 비웃음이 담겨 있었는데 그는 미지의 대기층에 시험 기상 관측기를 보내듯 그 눈길을 던졌다. 에르미쉬는 처음에는 그 눈길에 거부 반응을 보이다가 곧 자신 없게 묻는 듯한 눈길로 응수했다. 이 무렙 드러난 사실에 대부분의 사람들은 놀랐다. 귄터 에르미쉬는 좋은 시절을 위한 좋은 작업조장, 즉 업무 실적이 좋고 임금이 높은 시절에 적합하며 방송 기자와 대중의 환호, 노동절 날 연단 위 명예로운 자리에 걸맞은 작업조장이었다. 하지만 그의 단호함과 확신은 좋지 않은 시절을 헤쳐 나가기엔 충분치 않았다. "왜 나를 노려보는 거지?"라고 에르미쉬가 물었다. "나한테 뭐 볼 거라도 있나?" "이것저것 많지."라고 롤프가 대꾸했다. "자기 자신이나 똑똑히 보시지." 아무 소용 없는 일이었다. 에르미쉬는 마지못해 허락하지 않을 수 없었다. 그는 라이벌 메터나겔이 자기 옆으로 올라오게 놔둘 수밖에 없었다.

작업조의 남자들이 이제는 더 자주 메터나겔에게로 갔다. 그는 계속 침착했으며 마치 모든 것을 예견한 듯, 전혀 별일 없었다는 듯 행동했다. 그들은 모두, 물론 산전수전 다 겪은 에르미쉬도, 작업조 안에서 분위기가 곧 급변할 기미를 느꼈다. 에르미쉬는 남모르게, 자기 사람들과 더불어 아주 뒤처지지 않도록 준비는 하고 있었다. 무엇을 해야 할지를 그가 알기만 했더라면 좋았을 텐데!

그러나 메터나겔은 침묵했다.

그 대신 헤어푸르트 씨네 식탁에서는 갑자기 말문이 열렸다. 다른 무엇보다도 이 점이 리타로 하여금 확신을 굳히게 했다. 만프레드의 아버지는 하얀 냅킨을 전보다 훨씬 덜 쾌활하게 흔들었다. 그날 있었던 모든 입맛 떨어지게 하는 사건들을 냅킨으로 식탁에서 쓸어 내는 것이 벌써부터 전혀 되질 않았다. 공장의 무질서는 잘 조직된 헤어푸르트 씨네 식사 시간의 체계마저 뚫고 들어와 유린하는 것이었다.

옛 공장장의 도피에 대한 조사가 아직 진행 중이었을 때, 만프레드의 아버지는 그가 서명한 어떤 서류들과 관련하여 처음으로 두려움을 품었다. 자료 요청이니 뭐 그런 비슷한 것 말이다. "결국 모든 것을 검사할 수는 없을 거야. 공장장이 내미는 것에 서명하지 않는 사람을 어디 찾아보고 싶구나." 그러나 경고 처분과 적절히 조절된 자기비판 정도로 위기를 모면하자, 그의 신경과민이 사라졌다. "뭘 좀 알고 장사 수완도 있는 공장장 하나를 어디 가서 무슨 수로 데려오나? 그런다면 정말 놀랄 일이지."

그 대신 이제 보다 깊고 지속적인 우울이 헤어푸르트 씨를 사로잡았다. 리타가 짧게 의견을 말하다가 새로운 공장장에 대해 이야기하게 되었는데, 새 공장장은 그로서는 감히 비판할 만한 사람이 아니기는 했지만 두려웠던 것이다. "젊은 사람이지."라고 그는 말했다. "갓 배워 생생한 지식에 올바른 공명심도 갖췄고. 왜 안 그렇겠어. 하지만 로마도 하루아침에 세워지지는 않지." 또 어떤 때는 이렇게도 말했다. "멋지지, 좋지, 분명한 조직자지. 그렇지만 그가 구상한 도식을 우리 공장에다 처음으로 시험해 보게 하다니, 이 사람들한테다…… 안됐어, 저렇게 젊은 사람은 그저 직접 부딪쳐 보면서 배워야 하는데 여기서는 그럴 시간이라고는 없을 테니. 자신을 빨리 망친 거지."

그런데 이 모든 것을 전혀 이해하지 못하며, 인민의 소유가 된 이래로는 공장을 바깥에서 본 적조차도 없는 헤어푸르트 부인, 바로 그녀가 모두를 그토록 흥분시킨 파멸에 대하여 가장 정확하게 반응한 것이다. 그녀는 자기 남편이 어떤 사람인지 알았고, 자기 아들과 결혼하려는 여자를 바라보았다. 그리고 비록 불과 몇 초였지만, 무슨 일이든 결심해 낼 수 있고 공명심에 찬 벤트란트를 생생하게 본 적이 있었다. 그리하여 그 사람을 지금 남편 코앞에 들이댄 것이다. 그것으로 충분했다. 증오가 그녀의 시선을 날카롭게 했다.

그녀는 십 년도 더 전부터 자기 집 바깥에서 일어나는 일들을 부담스러워했다. 왜냐하면 그 일들은 이를테면 기동 훈련이라 할 정도로 적응을 강요해 왔기 때문이다. 아무튼 그 일들은 상당히 어리석고 우스꽝스러웠으며 오래 지속될 것은 아니었다. 그런데 느닷없이, 그녀가 바랐던 일이 일어난 것이다. 자신이 부담스러워했던 이 새로운 상황이 존속을 위협받고 있었다. 분명 부분적으로는 그랬다. 늘 부분들부터 위협받기 시작하는 법이다. 그리하여 지금 그녀는 사람들이 이 위협을 없애기 위해 쏟는 갖가지 긴장된 노력을 관찰하고 있었다. 그렇게 행동하라고 누구에게 명령할 수는 없었다. 그러한 노력이란 어디까지나 자발적으로 떠맡을 수 있는 법, 즉 자기 자신에게 닥친 무겁고 대치할 수 없는 상실 앞에 홀로 섰을 때만 가능한 것이다.

그러니까 그동안에 바깥에서는 내내 무언가 심각한 일이 일어났던 것이다. 다시 말하자면 이 열성적인 사람들이 다른 사람들에게 자신의 어리석음을 감염시키는 데 성공했던 것이다.
따라서 이제는 거기서 결론을 끌어내야 했다.

그 무렵 헤어푸르트 부인은 서베를린에서 우체국 서기였던
남편을 잃고 혼자 사는 여동생과 다시 편지를 주고받기 시작
했다.

12

눈에 띄지는 않았으나 그 모든 사건이 벌어지는 가운데 리타는 어느덧 '신참'에서 벗어났다. 이제는 아는 사람들을 만나러 갈 때 아침 일찍 어느 전차를 타야 되는지 알았으며, 저녁 때는 롤프 메터나겔과 함께 집으로 돌아왔다. 그의 집 방향이 그녀와 같았다. 두 사람은 헤어지기 전에 일에 대해서, 다가오는 일요일에 대해서 몇 마디 대화를 나누곤 했다. 늘 똑같은 길모퉁이에서. 그 길모퉁이에서 그들이 서로를 알아 가는 사이, 라일락 나무가 꽃봉오리를 틔워 짙은 보랏빛 꽃이 피었고 이제는 어느새 시들기 시작했다. 6월 초 어느 오후, 리타는 그곳에서 스스로에게 놀라며 물었다. "얼마나 더 바라보시기만 할 건가요, 메터나겔 씨?"

그는 그녀가 무슨 말을 한 건지 바로 알아들었다. 그는 작업장에서 자신이 지나치게 자제하는 모습이 리타 눈에까지 띄었구나 싶어 화가 났으며 그의 노여움은 우선 그녀에게로 향했다. 불끈해서 그가 말했다. "대관절 얼마나 더 나를 '메터나겔 씨'라고 부를 거지?" 지금까지 누구라도 똑똑히 알 수 있었듯 롤프가 자기 이름이라는 것이었다.

그러고 나서 그들은 말이 없었다. 리타가 수줍게 작별 인사를 하려 했을 때, 그가 감히 거역을 못 하게끔 말했다. "같이 좀 가자고. 시간 있잖아."

그들은 입을 다문 채 몇 발자국 걸었다. 그러더니 그가 못 믿겠다는 투로 옆에서부터 그녀를 훑어보았다. 마치 정말로 이 여자에게 곧 무언가 중요한 사실을 알려 줘도 될지 다시 한 번 확인이라도 하려는 듯. 그리고 나더니 가능한 한 지나가는 말투로, 그러면서도 이 한 문장이 모든 것을 설명이라도 하듯 말했다. "나는 말하자면 간부로서 거꾸로 발전한 사람이지."

그가 이 말을 어쩌면 아직 한 번도 입 밖에 낸 적은 없으나 자주자주 생각했다는 것을 그녀는 알아차렸다.

리타가 지금 메터나겔에게서 들은 말은 나중에도 그와 함께 있을 때면 늘 생생하게 기억났다. 그녀가 가장 놀랐던 것은 그가 자신의 이야기를 일상적인 것으로 여긴다는 사실이었다. 나중에야 비로소 그녀는 알아차렸다. 그 점에서 그가 얼마나 옳았는지를. 그는 어둠으로부터 곧장 눈부신 빛 속으로 차였고, 이제 모든 시선이 자신에게로 쏠렸기 때문에 눈부시게 밝은 곳에서 아직 몸을 제대로 가누지 못하는 그런 사람이었던 것이다.

"전에는 대체 내가 무엇이었던가!"라고 그는 리타에게 말했다. "그렇지, 숙련된 목수였지. 그리고 그걸 자랑스러워했고. 그렇지만 저들은 우리를 자기들 원하는 대로 무엇으로든 만들 수 있었지. 전쟁은 바로 우리가 마침내 자라나기만을 기다리고 있었던 것 같아." 그렇게 해서 그는 행군에 동참했다. 몇몇 나라에서는 부상을 입고, 어떤 때는 유일한 생존자가 되기도 하면서.

리타는 그의 나이가 몇 살쯤일까 생각해 보았다. 그런데 그의 말에 따르면 그는 거의 쉰 살이었다. 그 말을 듣고 그녀는 매우 밝고 날카로운 눈매가 그를 젊어 보이게 한다고 생각했다.

"그다음 나는 삼 년 동안 나무를 베고 막사를 지었지, 아주 멀리 동쪽에서. 이 일이 가슴구멍이며 가늠쇠 너머 살아 있는 표적을 겨누어 총을 쏘는 것보다는 목공일에 더 가깝다는 사실을 한참이 지나서야 알았지. 믿을 수 있겠어?" 그러나 그가 그 사실을 이해했다면 지나칠 것 없다는 거야 그녀도 분명 인정하리라고, 하지만 그가 전쟁에서 돌아오자 곧장 서른여섯 살 나이로 당에 가서 입당 신고를 할 이유가 불충분하지 않느냐고 생각할 거라고. 하지만 그 당시만 해도 충직한 마음으로 오기만 했다면 얼마만큼 이해하고 있느냐는 끈질기게 묻지 않을 수 있었다.(그리고 급하다 보니 성실하지 못한 사람들도 무턱대고 많이 받아들였고 나중에 다시 내보내기도, 성실하게 만들어 놓기도 했다. 그런 경우도 있다.) 그는 곧 옛 친구 하나를 만나게 되었는데 그 친구는 옆방의 교육 담당관 자리에 '믿을 만한 인간'을 앉힐 수 있게 되어 기뻐했다. 덧붙여 지금은 자기들 둘 같은 사람이 권력을 집행해야 할 것이라는 말까지 하더니(그들이 아니면 대체 다른 누가 하겠는가!) 그다음에는 한숨을 쉬면서 다른 급한 용무들에 열중했다.

그다음 몇 해는 그에게 거친 꿈처럼 지나갔다. 사람들은 그를 인생에서 겪어 본 적 없는 힘으로 높이 던져 올렸고, 그가 할 수 있는 것보다 훨씬 많은 것을 요구했으며, 그에게 생각도 못 한 과제들을 맡겼고, 그 과제들을 어떻게든 처리하기 위하여 그가 필요로 하는 새로운 용어와 어투를 전해 주었다. 그러나 그는 결코 그런 말과 표현 들을 제대로 이해할 수 없었다. 시간이 그를 덮쳤다. 그의 밤들을 잠식했고, 그와 아내 사이를 서먹하게 했으며, 딸들은 거의 알아차리지도 못하는 사이에 그의 곁에서 커 갔고(그 애들이 어렸을 때도 얼굴도 제대로 모르고 지냈지만) 늘 새로운 핸들을 그의 손에 쥐여 주었다. 다만 이따금씩, 완벽한 정적의 순간에, 그는 아마도 생각했을 것이다. 내가 이 모든 것을 다스리고 있는가, 아니면 내가 다스려지고 있는 건가?

그는 자꾸자꾸 올라갔고 그러면서 자신을 유심히 바라보았다. 저게 아직 나일까? 그럴수록 그 말들의 의미는 점점 사라져 갔다. 절망에 찬 노력도 소용없었다. 그는 점점 더 거창한 말들을 사용하는 법을 배웠다. 그는 많은 것에 익숙해지는 법을 배웠고, 또한 명령하는 법도 배웠으며, 심지어는 달리 대답할 수 없을 때 대놓고 고함을 치는 법도 배웠다.

"내가 그랬으리라고는 믿을 수가 없지? 그런 나를 봤어야 하는 건데!"라고 그가 점점 격렬한 자조에 빠져들며 말했다. 리타는 그가 이 이야기를 할 수 있기까지 얼마나 오랜 시간을 필요로 했을까 하고 생각했다. 일어날 일이 일어났다. 그가 늘 그런 일을 예상하기를 이미 그만둔 어느 날, 사람들은 그가 심하게 태만하다고 인정했으며, 큰 과제를 해낼 만한 인물이 못 되는 것으로 보고 그를 차량 제조 공장에 마이스터로 인사 발령했다. 그의 이러한 실추에는, 온 국민에게 헌신적으로 봉사해 왔던 그라는 한 사람에 대한 불의 못지않게 국민 전체에 대한 정의가 결부되어 있었다. 그것은 확실했다. 더 젊은 사람들이 그를 대신하기 위해 그의 자리로 오는 것을 그는 보았다. 쓸쓸한 감이 없지 않았다. 그들은, 그가 부족한 지식으로 이를 악물고 자신을 한껏 괴롭히는 동안, 자기들이 알아야 할 바를 느긋하게 배웠던 사람들이었다.

메터나겔이 직접 말하지는 않았으나 리타는 그의 말에서 그의 두 번째 좌천(헤어푸르트 씨네 저녁 식사에서 이야기됐던 바로 그것)이 첫 번째 좌천보다 더욱 심하게 그의 마음에 상처를 입혔다는 것을 느낄 수 있었다. 이제 그는 그를 위하여 마련해 놓은 듯한 자리에서마저 능력 발휘를 못 하고 만 것이었다. 이제는 변명도 있을 수 없었다. 그의 책임으로, 몇 주일째 있지도 않았던 작업 과정에 너무 많은 돈이 지출되어 버린 것이었다. 그는 풋내기 소년처럼, 초심자처럼, 속임수에 넘어가고 말았다. 그것도 지금 함께 일을 하고 있고 한때 그가 믿었던 동료들에 의하여. 어느 누가 그들에게, 고의로 거짓 계산서를 그에게 밀어 넣은 건 그들이라는 사실을 나서서 증명해 보일 수가 있었겠는가. 작업조장의 실책을 막으라고 있는 사람이 바로 마이스터인데.

그런 판에 이제 와서 똑같은 작업조장과 그의 등 뒤에서는 아직도 그를 '마이스터'라고 부르며 히죽거리는 똑같은 동료들에게, 실정을 더 잘 아는 사람은 여전히 자기라고 그가 나설 수 있겠는가?

메터나겔은 리타를 자기 집까지 데리고 올라가 커피를 내오게 하더니 그의 아내가 살며시 나가자, 검은 기름종이로 표지를 입힌 커다란 책 한 권을 라디오 밑에서 꺼냈다. 그가 첫 장을 펼쳤다. '작업장 연구'라고 쓰인 것을 리타는 읽었다. "여기야."라고 그가 흡족하게 말하면서 딱딱한 책 표지를 툭툭 두드렸다. "여기 이 안에 모두 씌어 있지." 지난 몇 주일 동안 그가 온 공장을 누빈 것은 헛된 일이 아니었으며 아무도 자기가 조사한 것을 보완할 수 없을 거라는 것이었다.

"그 에르미쉬는 말이야, 무언가 예감하고 수고양이가 암고양이에게 그러듯 내 주위를 빙빙 돌고 있지. 그렇지만 아직 나는 이 책을 열지 않아. 지난 십이 년간 내가 배운 게 있다면, 기다리라는 거야. 적절치 않은 자리에서 발휘된 영웅적 행동처럼 어리석은 것도 없지. 저 벤트란트가 말이야, 난 그를 잘 알거든, 지금은 공장을 있는 대로 만지고 주무르지. 하지만 믿어도 좋아. 언젠가는 우리를 찾아올 게 틀림없어. 그날을 나는 기다리는 거야."

리타는 그 신비한 책을 단 한 번만이라도 볼 수 있다면 어떤 대가라도 치를 것만 같았다. 그러나 메터나겔은 벌써 한참 전에 그 책을 다시 라디오 밑으로 밀어 넣어 버렸다.

고향 마을 집에서는 매사가 간단했다. 다 꿰뚫어 볼 수 있었고 어린 시절부터 익히 아는 것들이었다. 창조의 마지막 날

"보아라, 다 잘되었느니라." 하던 말씀이 평온한 자연에, 그리고 자연과 가까운 인간에 아직도 얼마만큼 남아 있었다. 손대지 않은 영혼이라는 것이 있다면, 그녀가 예전엔 지녔지만 이제는 잃어버리고 말았다. 세상을 그녀에게 비춰 주는 거울은 차가운 입김이 서린 듯 흐릿했다.

그러니까 메터나겔 같은 사람을 그저 어떤 과제에다 던져 넣어 놓고는 그를 운명에 내맡겼단 말인가? 심지어 그에게 사기를 치고. 있을 수 없는 일이었다! 그와 날마다 한 식탁에 둘러앉아 밥을 먹는 사람들이! 게다가 그를 웃음거리로 삼기까지 한단 말인가? 그리고 그녀는 그런 불의에 순응해야 하는 걸까, 겉보기에 메터나겔이 그러듯이?

리타는 자기가 이제 비로소 진정으로 어른이 되는 문턱을 넘어서고 있음을, 자기가 이제 선의가 아니라, 결코 노력도 아니라, 오직 결과만이 한 인간에 대한 결단을 내리게 하는 영역에 발을 들여놓았음을 예감했다.

그러한 삶의 엄격함에 그녀는 맞섰다.

드디어 총회가 소집되었는데 이상하게도 작업조들 내에서는 그 이야기가 거의 없었다. 그러나 보통 때와는 달리 다들 왔다. 그들은 제일 큰 작업장에서 절반쯤 완성된 차량들 사이에 있는 임시 벤치에 웅크리고 앉았다. 금속과 기름, 땀 그리고 담배 연기가 뒤섞인 무겁고 자욱한 공기가 천장까지 치솟았고, 더러운 유리 지붕을 통해 흐릿한 빛이 새어 들어오고 있었다. 멀리 앞쪽에 폭 좁은 새빨간 현수막이 내걸려 빛나고 있었지만 그들은 거기에 적힌 글자를 읽으려고 애쓰지 않았다.

"동무들!" 하고 스피커에서 누군가 소리치자 정원 울타리 색깔이며 휴가 수표*에 대한 이야기들이 사방에서 일시에 멎었다.

많은 위원회들이 어쨌든 보고서를 작성했다는 사실이 드러났다. 당 서기관이라는 땅딸막하고 머리가 하얗게 센 남자가 그 보고서를 낭독했다. 보고서는 짧았다. 누구에게나 각자 몫의 책임을 돌렸다. 반론을 제기할 말은 많지 않았다. 깜짝 놀랄 만한 일을 기대했던 사람들만 실망했을 뿐이다. 그렇듯 작은 원인들에서 그렇듯 엄청난 결과들이 나온다는 데 대해서는 놀라지 않을 수 없었다.

에른스트 벤트란트가 마이크 앞으로 불려 나왔다. 몇몇 사람이 박수를 쳤다. 리타는 생각했다. 내가 술집에서 본 후로 저 사람은 더 대단한 사람이 되었을까?

공장장은 목이 쉬어 있었다. 지난 몇 주일간 그는 잠을 별로 자지 못했고, 커피도 선 채로 마셨다. "저 양반같이 되고 싶은 생각 없구먼." 하고 리타 뒤에서 누군가 말했는데, 이제까지 지도부에 대해서 이야기할 때처럼 심한 어조는 아니었다.

에른스트 벤트란트는 웅변가는 아니었다. 그리고 지금 여기서 가장 필요한 사람은 결코 웅변가가 아니었으리라. 그는 상황이 어떠한지 냉정하게 이야기했다. 계획에서 몇 퍼센트 차질인지, 그리고 자재 부족, 반제품 부족, 무엇보다 노동력 부

---

* 동독의 신어. 자유노조연맹 회원과 그 가족에게 저렴한 휴가 여행 권리를 인정하는 수표.

족을 이야기했다. 철물공, 목수, 용접공이 열차 공장에서 얼마 얼마 부족하며, 얼마 얼마가 전체 지역에서 부족한지 수치를 들었다. "아무도 우리를 돕지 않을 것입니다."라고 그는 말했다. "초과 근무로 말하자면 우리는 할 만큼 했습니다. 돌파구는, 각자가 할 수 있는 만큼 성실하게 일하는 것뿐입니다."

총회 날짜는 잘 선택되었고, 음조 또한 적절했다. 모두가 지난 몇 주일 동안 마음속 불만을 남김없이 끌어내어 욕을 했던 터라 이제는 마음속에 생긴 빈자리를 메우겠다는 욕구뿐이었다. 이런저런 약속을 했더라면 거부당했으리라. 그들은 철저히 생각하여 내놓은 제안들에만 귀를 기울였다. 뭐 그리 거창하게 떠들 이야기가 있었겠는가!

사람들이 넓은 작업장에서 앞으로 나가 동의와 의무를 공표하기 시작하자 에르미쉬는 불안해졌다.

이번에는 기회를 놓친 걸까? 그와 그의 패거리들이 너무 늦게 온 걸까? 메터나겔이 도전적으로 에르미쉬를 바라보았다.

"이제는 내 책을 펴겠다."라고 그는 말했다.

리타는 늦게 집으로 돌아와 곧장 다락방으로 올라갔다. 만프레드는 그녀가 상기되어 있으며 그런 모습을 자기에게 보이고 싶어 하지 않는다는 것을 그녀를 보고 알았다. 그는 빵과 차를 그녀 앞에 갖다 놔 주고는 결혼도 하기 전에 자기를 기다리게 한다고 불평했다.

그래 놓고는 "자, 그런데 누구 잘못이지?" 하고 물었다.

리타가 놀라서 쳐다보았다.

아니면 잘못한 사람을 골라내어 십자가를 지우자는 게 아닐는지.

"그래." 하고 리타가 천천히 말했다. "벤트란트 그 사람 말 잘하더라."

"그래서 이제." 하고 만프레드가 비웃듯 말했다. "당신네 공장에서는 모든 게 달라질 거다, 그런 말이야?"

"그러길 바라."라고 리타가 자신 없이 말했다.

"한데 당신 정말로 그렇게 생각하는 거야?" 하고 만프레드가 물었다. "총회 한 번 하고 모든 게 전보다 더 잘되어 갈 거라고? 갑자기 자재라도 충분해졌어? 갑자기 무능한 당 간부가 유능해지기라도 했나? 갑자기 노동자들이 자기 돈주머니가 아니라 커다란 전체 맥락을 생각하게 되었단 말이야?"

"모든 게 그대로일지도 모르지."라고 리타는 생각에 잠겨 말했다.

고요하고 달 밝은 밤, 그들은 잠들지 않고 나란히 누워 있었다.

"어느 공장에서나." 하고 만프레드가 말했다. "그런 모임이 수없이 많이 열리지. 당신은 그중 단 하나에 참석한 거고."

그래도 하고 리타는 고집스럽게 생각했다. 이 하나가 나에겐 중요한걸. 어떻게 그는, 나에게 중요한 무언가가 나를 그로부터 떠나가게 할 수도 있다고 두려워할 수 있는 걸까?

"이봐." 하고 그녀가 한참 뒤에 말했다. "우리, 총회를 질투하지는 말자고, 알겠지?"

13

9월이 지나갔다. 어느 날 밤, 고른 빗소리를 내며 느닷없이 가을비가 뿌리기 시작했다. 잿빛으로 어른거리는 커튼이 요양원 창문 앞에 드리우더니 몇 날 몇 밤을 다시 걷히질 않는다. 여름의 누기로 거뭇거뭇해진 나무들이 마지막 잎들을 떨구고 있다. 바닥이 물러진 공원이 쓸쓸하게 가로놓여 있다.

자기는 건강하다고 리타는 거의 날마다 의사에게 말한다. 의사는 언제까지나 조심스러운 태도를 보이며 재촉하지 않는다. 의사는 고개를 끄덕이며 생각한다. 이런 나이에는 그런 건 (그게 뭐든 간에) 비교적 빨리 극복해야 되는데. 다감한 인간은 살기가 어려운 세상이지 하고 생각한다. 그녀를 유심히 바라볼 때면 그녀가 애써 씩씩한 표정을 짓는 것이 의사는 마음에 들지 않는다. 그녀 눈 가장자리 거무스름한 그림자 또한 마음에 들지 않는다. 하지만 그 그림자는 진짜고 그것이 진실을 말한다. 이 환자는 피로하다고.

오래 잊으려고 애써 왔는데, 이제는 잊을 수도 있으리라고 생각하면 겁이 난다. 눈을 감으면 추억의 파도가 몰려와서는 부풀어 올라, 밤이면 고통스럽고도 감미롭게 그녀를 덮친다. 그의 얼굴, 거듭거듭 그의 얼굴. 수백 번 그녀는 이 얼굴의 선 하나하나를 따라간다. 그 선은 그녀가 꼭 잡으려고 하면 없어져 버린다. 그리고 그의 손 감촉. 그런 것들이 그녀를 뒤흔들고, 그녀는 이를 악문다. 가슴이 거세게 뛴다.

이 여름은 그녀에게서 사라져 버렸다. 이 여름은 정말로 끝났단 말인가?

어느 하루가 그녀 앞에 솟아오른다. 한 해의 한가운데 어느 완벽한 여름날 하루가. 선뜻 그녀는 그날을 받아들인다. 그녀가 보기에 그날이 되풀이될 수 있을 것만 같기 때문이다. 기억 속에서 그날은 단 하나뿐인 날, 즉 인생의 최고점, 절정이고 다시 한 번 그렇게 솟아오를 수 있는 힘은 없어져 버린 것 같다.

그날 그들은 아주 이른 새벽 도시를 둘러싼 자욱한 안개를 뒤로 하고 떠났다. 그들은 딱딱 모서리 진 폐석 피라미드가 있는 청회색 동(銅)기와 지붕 지역을 가로질렀다. 그들은 훼손되지 않은 구릉진 땅의 깨끗한 공기를 마셨다. 자욱한 아침 안개 속으로부터 현란한 빛깔 양탄자가 펼쳐져 나왔다.

만프레드가 자동차(좀 낡은 모델 중고차)를 박사 학위 받는 날 샀었다. 리타는 농담으로, 그가 새로 딴 학위보다도 저 수레를 더 좋아한다고 비난했다. 그들이 우윳빛 왁스로 문지르고 광을 내어 차는 번쩍번쩍했다. 그리고 이제, 아침 풍경이 빠르게 그들 옆을 스쳐 가서 리타는 이 초록빛 언덕들 중 한 꼭대기에 앉아 있는 자신의 모습과 멀리서부터 그들의 작은 잿빛 자동차가 철갑을 쓴 풍뎅이처럼 길 위를 기어가고 있는 모습을 한꺼번에 보았다. "더 빨리 달릴 수 없어?"라고 그녀가 물었다.

만프레드가 가속 페달을 밟았다.

"더!" 하고 그녀가 재촉했다. 그들이 커브 하나를 스치듯 돌고 나자 똑바른 길이 그들 앞에 펼쳐졌다. 사과나무가 늘어선 가로였다.

"더!"

만프레드는 운전에 능숙하지는 않았다. 그는 자신 없이, 바싹 긴장한 채 핸들을 잡고 앉아 있었다. 그는 땀을 흘렸고, 흥분했으며 긴장하여 모터 소리에 귀를 기울이고 있었다.

"더!"라고 리타가 소리쳤다.

사과나무들이 스쳐 가며 윙윙거리는 소리는 점점 더 높아졌다.

"아직도 부족해?"

"응, 더 빨리."라고 리타가 소리쳤다. "더, 더!"

그녀는 흘긋 돌아보는 그의 시선을 되받아 주었다. 도전적으로 가차 없이. 그녀 얼굴에 그녀 자신도 이제껏 알지 못했던 새로운 표정이 떠올라 있었다. 만프레드 덕분에 생긴 얼굴이었으며, 그녀는 그에게만 이 얼굴을 보여 주었다. 오늘 그리고 늘.

그녀는 이제 그에게 걸맞은 사람으로 성숙한 것이었다!

갑자기 만프레드가 이 말이 지닌 이중 의미를 이해했다. 그의 눈시울이 뜨거워졌다. 그는 그녀의 손을 더듬어 꽉 잡았다.

그들 앞 멀리 타르 가로는 번쩍번쩍 빛나는 물줄기 같았다. 그들은 빠른 속도로 다리를 향해 헤엄쳐 갔다. 다리는 멀리서 떠올라 점점 커지고 점점 가까워졌다. 다리에는 좁은 돌문이 있었고 그 뒤에서 광활한 세계가 열리고 있었다. 새로운 동경과 새로운 광활함이.

그들은 질주하여 다리를 통과했다.

"이제 됐어."라고 리타가 말했다. 자동차가 서서히 굴러 멈춰 섰다. 그녀는 눈을 감고 좌석에 푹 기댔다. 기진맥진했고 행복했다.

만프레드는 여유 있게 핸들을 잡고 있었다. 그는 담배에 불을 붙였고 연기를 차창 밖으로 내뿜었다. 이 길, 이 다리들, 씽씽 스쳐 가는 나무들. 그는 이 모든 것을 손에 쥐고 있었다. 충분히 음미하고 있었다.

만프레드는 리타에게로 몸을 굽혀 그녀의 콧등을 톡톡 쳤다. "요것 봐라, 당신 요술을 부릴 줄 아네."

오밀조밀한 오래된 광산촌을 지나 그들은 가까운 산맥을 향해 달렸다. 그들은 힘들이지 않고 가파른 길들을 지나갔고, 알록달록한 목골 가옥*들이 모여 있는 마을들을 지나 어지럽게 굽이치는 길을 달려 전나무로 둘러싸인 계곡을 내려갔다. 그 계곡은 분명 강물이(지금은 폭이 좁고 거세게 흐르는 작은 개

---

* 나무 기둥을 많이 드러내 지은 독일 전통 집.

올이었다.) 여러 지질 시대에 걸쳐 새겨 넣은 것이었다.

그들은 햇볕 잘 드는 숲 속 공터를 흐르는 개울가에서 쉬었다.

리타는 잿빛 도는 녹색 이끼 무더기들이 낀 둑에 누워 양손을 포개어 머리에 베고는 서늘한 푸른 하늘을 바라보았다. 만프레드는 그녀 옆에 앉더니 유심히 그녀를 보았다.

"왜 그래?" 하고 한참 뒤에 그녀가 물었다.

"여기에다 우리 오두막을 짓자."라고 그가 감동을 감추지도 않은 채 말했다.

그들의 사랑에서 변함없을 부분, 환멸과 소망 그리고 잘못 따위와 상관없고, 앎과 결단으로 확고해진 한 부분이 점점 뚜렷하게 드러났다. 나는 이젠 흔들리는 땅 위에서 걷고 있지 않아 하고 만프레드는 생각했다. 처음으로 난 굳은 땅을 디디고 있는 거야. 그녀가 해냈어, 그녀가 나를 삶에 굳게 자리 잡게 하고 있어. 행복하거나 불행할 수 있는 능력을 다른 무언가로 대체할 수 있다고 어찌 내가 생각이라도 할 수 있었을까? 어찌하여 사람들은 무관심에만 익숙해지는 걸까? 오르페우스는 에우리디케를 명부에서 데려온다. 하지만 그에게 와 닿은 첫 빛살이 그를 또다시 현실 법칙들에 예속해 버린다.

점심때 그들은 하르츠 산 북쪽 기슭에 있는 어느 깨끗하고 알록달록한 도시로 갔다. 처음에 도시는 장난감 상자들로 만들어진 것처럼 그들 발치에 펼쳐져 있었다. 곧 무수히 많은 작은 교회들에서 정오 종이 울려 대는 가운데 그들은 당당히 도시에 당도했다. 공기의 푸른빛이 작열하는 태양 가운데서 스러졌고 땅은 하늘의 궁륭을 가볍게 지고 있었다. 그 대신 더위가 길거리에 가늘게 뻗은 그늘로 사람들을 몰아넣고 있었다.

점심시간 후 그들은 관광객을 위한 꽃마차 행렬에 들어갔다. 행렬은 느릿느릿, 알 수 없는 본능으로, 옛 도시의 모든 명소를 지났고 마지막 노력을 기울여 산 위에 오밀조밀 자리 잡은 성에 도달했다. 그들은 크고 작은 탑들, 기사의 무장(武裝)들, 옛 접시며 그릇 들을 스쳐보았고 이야기며 안내도 맥을 놓고 대충대충 들었다. 전망 탑까지 계단도 이백 개 올랐다. 그들은 사방에서 불어오는 바람에 코를 대고 냄새를 맡아 보았으며, 온통 푸르른 벌판을 흡족하게 바라보았고 따로 뭐라고 말할 필요도 없었다.

서북쪽으로는 하고 성 안내인이 하는 말이 들렸다. 이제는 벌써 서쪽 땅이 되어 버린 B시를 보실 수 있습니다. 날이 맑으면요.

날이 맑았다. 탑 위 모든 사람이 서북쪽 귀퉁이로 몰려가 아스라이 보일 듯 말 듯한 먼 서독 도시를 신기루처럼 바라보았다.

어떤 이유 때문에, 매우 다양한 이유들 때문에 모두들 말이 없었다.

"아, 그래." 하고 만프레드가 내려오면서 말했다. "저 사람들 모두 여행 엽서에 쓸 거야. '서독이 보이는 곳'이라고 말이야. 이 도시에서 구경할 만한 곳 중 으뜸이잖아."

그들은 오후 열기로 졸음을 느끼며 계속 산맥 북쪽 가장자리를 따라 달려 어느 작은 도시까지 갔는데 거기서 붉은 완장을 두른 사람들한테 제지받았다. 기다려야 한다고, 막 축제 행렬이 이 거리를 지나고 있다는 것이었다. 이 작은 도시는 해마다 열리는 향토의 날 축제를 벌이고 있었다. 수백 년 전 어떤 사건과 연관된 날이었다. 그러나 어째서 그날을 기념하는지는 거의 잊혀 버렸다.

길 한쪽 다락방 창문에서 건너편 다락방 창문으로 걸쳐진 종이 화환들이 거리에 드리워 흔들리고 있었다. "온다." 하는 소리가 길가에 운집한 무리에서 터져 나왔다. 노인들은 쿠션을 대고 얕은 창턱에 엎드렸고 아이들은 축제 복장을 차려입고 인도 끝 하수구까지 바싹 나와 앉아 있었다.

리타는 행렬을 구경하자고 우겼다.

검은 천 정복을 입고 손목 부분이 접히는 기다란 하얀 장갑을 낀 행사 진행 요원들이 행렬 앞에서 걸어왔다. 그 뒤로 가벼운 옷차림을 한 젊은 여자들이 따라왔다. 이들은 축제 행렬을 위해 뽑혔고 얌전하다기보다는 즐거워하는 눈빛이었다. 그러나 구경꾼들이 자기들 이름을 불러도 양옆을 돌아보며 아는 척하지는 못했다. 리타 뒤에 서서 무슨 일이든 다 아는 듯 나서던 기운 넘치는 노인이 불끈했다. 그러니까 말씀이야, 저기엔 베르크만네 레기네가 아니라 푸줏간 집 리자를 행렬에 세웠어야 하는 게야 하고, 창문에서 내다보며 손발을 떠는 자기 아내에게 소리쳤다. 그 노인이 하는 제안들을 죄다 들어주기란 도무지 불가능해 보였다. 아무튼 그 노인은 이제는 또 동네 젊은 여자들이 꽃을 던져 주는 가운데 말을 타고 등장한 기사 시동을 놓고 시시콜콜한 부분들에 화를 냈다.

리타가 그 노인에게로 몸을 돌려 이것저것 물어보자 노인의 언짢음은 사라졌다. 이야기하다 보니 그 노인은 예전에 미장공 십장이었으며 이 도시의 역사에 대해 둘째가라면 서러울 만큼 정통한 사람으로, 바로 여러 해 동안 이 축제 행렬을 맡아 주관해 왔다. 그런데 이제는 자기 도움 없이도 축제가 잘 진행되기 때문에, 자신이 노년을 쓸모없이 보내고 있다는 감정에 시달리는 터였다. 이 노인은 도시 역사에 대해 설명해 주었는데, 가장 복장을 입고 땀을 흘리며 갖가지 백작이니 시장, 목수, 도시 파괴자 들 따위를 연출하고 있는 사람들에게 한마디씩 소리쳐 격려해 주느라 그의 말이 자꾸자꾸 끊겼다. 소금가마 노동자들과 기와용 동(銅)을 채굴하는 광부들이 무리 지어 등장했다. 그러나 그들은 실험실을 통째로 트럭에 싣고 온 근대 화학의 대표자들만큼 인기를 끌지는 못했다.

체조의 창시자인 얀까지도 당대의 가발과 복장을 하고, 기왓장처럼 뻘건 얼굴로 나타났는데 어쩨 좀 지나치게 인기가 많아 보였다. "하인리히, 브라보." 하고 미장공 십장이 그에게 소리쳐 주었던 것이다. 체조 창시자 얀은 이 도시의 역사와는 아무런 상관이 없는데 이 미장공이 개인적으로, 순전히 스포츠에 대한 열정 때문에, 몇 해 전 축제 행렬에 집어넣은 인물이었다. "발랄하게, 경건하게, 즐겁게, 자유롭게!"라고 노인은 얀의 구호를 외쳐 주었다.

살아 있는 사람들과 죽은 사람들 위에서, 압제자와 압제당하는 자 위에서, 정의로운 자와 불의한 자 위에서 태양이 고루 불타고 있었다. 행렬의 끝은 깃발이며 노래 그리고 푸른 머플러*로 마무리되었는데 그때쯤 해서 노인은 행렬에 그다지 관심을 두지 않았다.

노인은 자기 말을 들어 준 두 젊은이더러 친절한 자기 아내가 창문으로 건네주는 버찌 과자를 맛보라고 고집했다. 고명까지 얹은 버찌 과자요 하고 노인은 느긋이 즐기며 말했다. 그 노인으로서는 요즘 같은 세상에 보기 드문 느긋하고 즐기는 태도를 취한 것이었다.

인파, 특히 아이들과 젊은 사람들은 축제가 벌어지는 교외 벌판으로 몰려갔다. 리타는 구경거리가 잔뜩 있는 광장의 유혹을 아직 한 번도 이긴 적이 없었다. 그녀는 먼지며 땀 그리고 달콤하고 맵고 무언지 모를 온갖 냄새들로 가득한 공기를 만끽하며 숨 쉬었다. 그녀는 만프레드에게 억지로 같이 유령열차를 타자고 하는가 하면 싸구려 사탕을 좋아하는 자신의 취향을 내보이기도 했다. 그는 솜사탕과 박하사탕을 사 주었고, 그다음에는 그녀를 위해 주사위 던지기를 해야 했다.

자기들이 행운의 배를 탄 것도 두 사람은 놀랍지 않았다. 처음에 만프레드는 보드라운 헝겊과 얇고 가는 대팻밥으로 만든 엄청나게 커다란 고양이를 따더니 그다음에는 유리 접시와 대접을, 또 물망초 무늬 커피 주전자를 땄다. 리타는 기뻐서 홍조를 띤 채 상품을 받고는 그것을 이 운 좋은 남자 주위에 몰려든 아이들에게 곧장 줘 버렸다. 믿을 수가 없어서, 리타의 큰 씀씀이가 못 미더워, 아이들 반은 보물을 챙겨 들고는

---

* 동독 노동자 의상.

번개처럼 재빨리 사라져 버렸다.

작은 소녀 하나가 빈손으로 남게 되었다. 만프레드의 주사위 던지는 기술이 이제 효력을 잃은 것이다. 그 애는 벌써 울먹울먹하고 있었다. 무얼 갖고 싶으냐고 재차 묻자 그 아이는 마침내 풍선을 갖고 싶다고 말했다. 빨간 풍선 하나를.

그들은 오래 헤맨 끝에 드디어 풍선 장수를 찾아냈다. 리타가 아이의 뒷모습을 바라봤다.

"저, 있잖아." 리타가 말했다. "이렇게 해서 모두 해결된 거야. 우리 고모가 나 때문에 어떤 애한테 풍선을 주지 않은 적이 있거든. 저거랑 완전 똑같은 빨간색이었어. 고모가 시내에 다녀오시면서 가져다준 건데. 버스에서 어떤 애가 그걸 무척 갖고 싶어 부탁했대. '전 그런 걸 아직 한 번도 못 가져 봤어요.'라고 했다는 거야. 그런데도 고모는 풍선을 주지 않았어. 나를 이해하겠어? 지금도 그 생각을 하면 눈물이 날 것만 같아."

정말로 그녀 눈에 눈물이 맺혔다. 만프레드는 사람들이 모두 보는 앞에서 그녀를 안았다. "당신 이제 보니 하얀 까마귀구나."라고 그가 말했다. "그리고 제일 좋은 건 당신이 그걸 모른다는 거고."

"내가 모르는 걸 당신이 아네." 리타가 대답했다.

14

어스름 직전 그들은 지친 몸으로 말없이 그 도시를 다시 통과했다. 말 한마디 미처 다 하지 않아도 이제 그들은 서로의 말을 충분히 알아들었고, 아니면 손을 잡는 것만으로 족했다. 리타는 자기를 위하여 만프레드가 상품으로 받아 준 짙은 붉은색 종이 장미가 자랑스러웠다. 점점 날이 어두워졌기 때문에 이제 종이 장미는 매우 짙어 보였다.

등불로 장식한 작은 정원 카페 앞에서 만프레드가 갑자기 멈춰 섰다. "확실해." 그가 말했다. "확실해. 이제 알겠어, 어떻게 내가 그를 아는지."

리타는 그의 시선을 따라가다가 한 탁자에 앉은 에른스트 벤트란트를 발견했다. 그보다 조금 더 어릴까 말까 한 남자와 이야기 중이었다.

"어떻게?" 리타가 놀라서 물었다. "어떻게 저 사람을 아는

데?"

"좀 기다려 봐." 하고 만프레드는 아주 빨리 뭔가를, 어떤 특정한 일의 경과를 기억해 내려 애썼는데, 그로 하여금 기억을 더듬게 하는 이 재회가 기뻐해야 할 일인지 노여워해야 할 일인지 얼른 결단할 수가 없었다.

"아무래도 좋아."라고 그가 마침내 말했다. "지금 어디 한번 가 보자고."

그는 에른스트 벤트란트 쪽으로 방향을 잡지 않고 그와 함께 있는, 조금 더 젊고 피부색이 다소 더 거무스름한 사람을 향해 갔다. 만프레드가 말을 걸자 그 사람은 쳐다보더니 멈칫했고 몇 초가 지나자 상황을 파악했다. 리타는 그 사람의 얼굴에서 조금 전 만프레드에게서도 본 똑같은 불확실함을 알아차렸다. 이 우연한 만남을 유쾌하게 생각해야 하는가 아니면 불쾌하게 생각해야 하는 걸까? 그 낯선 남자도 같은 결론에 도달한 것 같았다. 그것은 상대방한테 달렸다고.

그사이 그 낯선 사람이 벌떡 일어나더니 만프레드의 손을 잡고 흔들었고 에른스트 벤트란트에게 몸을 돌리기까지 했다. "자네도 이 사람 틀림없이 봤을 거야, 그 당시에 말이야."

"맞아."라고 태도를 제대로 가다듬을 필요가 없는 벤트란트가 말했다. "어디서 봤는지까지도 알겠는걸."

"저도 그렇습니다."라고 만프레드가 의례적으로 말했다.

"으응, 나도 생각이 나는군." 하고 낯선 남자가 말했다. 그는 이 만남에서 최선의 결과를 얻어 내겠다고 이제는 결심한 듯했다.

모두 세 사람은 오직 리타만이 아무 영문도 모른다는 것을 의식했다. 그들 모두가 탁자에 둘러앉아 그녀에게 설명하기 시작했다. 조금 젊은 사람, 루디 슈바베는 만프레드의 동창생이었는데 상급반으로 올라가기는 했어도 학교의 자유독일청년단* 서기여서 누구나 그를 알았다. "한번은 저 친구가 우리를 궁지에서 구해 주기도 했지."라고 만프레드는 꾸며 낸 가벼운 어조로 말했다. "당신한테 그 지하 술집 모임 이야기해 줬지?" 그렇게 낭만적인 척 굴지 마! 다 알겠는데 뭘이라고 그녀는 생각했다. "갑자기 그곳을 정치적인 야당 집합소라고 하는 거야. 우리들은 호되게 대가를 치렀을 거야. 모두들 벌써 칼을 다 갈아 놓은 참이었는데, 성토 집회에서 루디 슈바베가 말이야, 그리고 저기 저분이." 하며 그는 벤트란트를 가리켰다. "우리를 그대로 내보내 준 거야. 그 당시 시의 자유청년단 지도부에 계셨더랬지요?"

벤트란트가 또 "맞습니다."라고 말했다. "공공연하게 여러분들에게 덫을 놓으려던 선생이 있었지요. 그래서 무언가 자구책을 썼지요. 아무튼 그 심리가 정치적인 궤도에까지 올려질 만한 문제였는지 어떤지 아직도 모르겠어요. 의미야 좀 다르더라도……."

"의심의 여지가 없습니다."라고 만프레드가 감정이 상해서 말했다. "적어도, 한 인간이 말하고 행동하고 생각하고 느끼는 모든 것이 정치라는 논리에 따르자면 그렇습니다. 우리야

---

* 동독에서 광범위하게 조직된 청년 정치 단체.

말로 정치적인 세대 아닙니까, 안 그렇습니까?"

벤트란트가 그를 살피듯 물끄러미 보았으나 태도는 여전히 친절했다. 자신은 그 이론을 그렇게 너무 넓게 해석하지 않는다고 말했다.

여자 종업원이 아이스크림과 생크림을 가져왔다. 그들은 말없이 먹기 시작했다. 그때 갑자기 카페 사방에 빙 둘러 매달아 장식해 놓은 등불들 속 전구들에 일제히 불이 켜지더니 수수한 악단이 연주를 시작했다. 공손한 루디 슈바베가 리타 앞에 와서 몸을 숙였다. 그렇지만 리타는 그 사람에게 나중에 같이 추겠노라고 용기를 내 말했다. 첫 춤은 만프레드와 추고 싶었기 때문이다.

만프레드는 아직 기분이 상해 있었다. 벤트란트가 그를 자극한 것이다. 만프레드는 루디 슈바베에 대해 분노를 터뜨렸다. "봤지? 저 친구 마음대로 웃지도 못하고 벤트란트 쪽을 곁눈질하는 것 말이야." 하는 것이었다. "저 친구 전에는 달랐어. 그때는 그래도 무언가 모험도 해 보고 그랬는데. 이제 보니 점잖은 직업 하나 제대로 얻지 못한 것 같군……. 전 방위 간부, 그게 혹 무슨 직업이 되는 걸까?"

리타는 아무것도 묻지 않았고, 대답도 하지 않았다. 다만 그를 점점 더 빨리 춤추게 했다. 어두운 거리 위에 환하게 색색으로 떠 있는 것 같은 무도장, 고운 살구 빛깔 하늘, 축제 분위기에 싸인 많은 사람들, 그녀는 그 모든 것이 좋았고 그 사실을 만프레드도 알아차리게끔 했다. 만프레드가 처음으로 자기를 아는 사람들과 합석시킨 것도 마음에 들었고, 누구나 자기들을 보고는 약혼한 연인임을 알아봐 주는 것도 마음에 들었다. 만프레드와는 너무나도 다른, 저 냉랭하고 철저한 벤트란트도 마음에 들었다.

"알긴 해? 우리가 오늘 두 번째로 같이 춤추고 있는 걸?"이라고 그녀가 물었다.

"정말 그렇네." 하고 그가 말했다. "아직 우리는 함께한 즐거웠던 일들을 꼽아 볼 수도 있군. 하나하나 말이야."

"그거 멋지지 않아, 그렇지?"

"그래." 하고 그가 말했다. "뭔가를 영원히 간직한다는 거, 그건 마음에 들어. 아무리 사소한 거라도."

"그럼 이날을 간직해. 벤트란트에 대한 당신 예민함은 잊어버리고."

"당신이야 그 묵은 이야기를 전혀 모르니 그렇지." 하고 그가 말했다.

"그 대신 당신을 알잖아. 지금 당신 얼굴로 봐서는 당신이 틀렸고, 그걸 인정하려 들지 않는 것 같은데."

"이런." 그가 말했다. "당신, 이젠 인간 개조까지 시작하는 거야?"

"이런 여자는 원한 적 없었지, 그렇지 않아?"

"분명히 그래."라고 그가 시인했다. "그렇지만 이제 와서 후회한들 무슨 소용이겠어?"

나중에 루디 슈바베와 춤을 추면서 리타는 탁자에 남은 만프레드와 에른스트 벤트란트가 그래도 대화를 하는 것을 흡족하게 바라보았다. 벤트란트가 만프레드에게 "루디를 어떻게 생각하죠?"라고 물었으며, 만프레드가 갑자기 마음을 열 생각이 들어 "몹시 변했어요. 기억에 남아 있는 건 젖은 강아지처럼 텁수룩한 루디인데. 지금은 아주 완전히 길들었어요." 라고 대답했다는 이야기도 뒤에 들었다.

벤트란트가 약간 놀란 듯 웃음을 터뜨렸다. 그러나 덧붙이는 말은 없었다. "이제는 좀 더 자주 보게 될 겁니다."라고만 말했다. "저 친구 대학 총장실에 들어가 일하게 됐거든요." 만프레드는 그 말에 시큰둥했다. 대학 행정 당국에는 별 상관할 일이 없었던 것이다.

그다음 그들은 한결 조용해진 거리를 조금 함께 걸어 내려가기도 했다. 에른스트 벤트란트가 리타 옆에서 걷게 되었다.

"메터나겔 작업조는 뭘 하죠?"라고 그가 물었다. 그 사람이 그녀의 작업조에서 분위기를 좌우하는 사람이 누군지 그토록 정확하게 아는 것을 보고 리타는 웃지 않을 수가 없었다. 그녀는 만프레드를 돌아보았다. 그가 자기 웃음소리를 듣지 않았나 하고. 그러고는 자기도 모르게 목소리를 낮추었다. 마치 자기가 지금 말하려는 것이 오직 자신과 벤트란트한테만 상관 있는 일이라는 듯. 그녀는 그가 옳았다는 것을 만프레드에게 말하지 않았던 것이다. 총회가 열린 후에도 모든 것이 만프레드 말대로 예전 그대로였던 것이다.

"말다툼들을 하고 있어요."라고 리타가 말했다.

벤트란트는 금방 그녀가 한 말을 알아들었다. "메터나겔이 너무 열을 내는 것 아닌가요, 어때요?"

"하지만 그분이 옳아요."라고 리타가 말했다. "왜 사람들은 그분을 믿어 주지 않는 걸까요?"

"그래서 실망했나요?"라고 벤트란트가 물었다. 목소리에 우월함을 내세우는 기색은 없었다. 그래서 그녀로서는 "네." 라고 하기가 수월했다. "나도 이따금씩 그런 일을 겪습니다, 아직까지도요."라고 벤트란트가 말했다. 갑자기 두 사람 사이에 툭 터놓고 이야기하는 분위기가 생겨났다. 어떻게 그렇게 됐는지는 설명하기 어려웠지만. 어둡고 오래된 거리가 그들을 북돋워 주었을 것이고 그들이 보낸 그 하루도 그랬다.

그녀는 무엇이 벤트란트로 하여금 자신과 똑같은 기분에 젖게 했는지를 자문하지 않았다.

"불신이지요."라고 그가 말했다. "늘 거듭거듭 사람에게 타격을 주는 게 불신이지요. 그렇지만 그건 우리 젊은 사람들한테만 타격이 됩니다. 그런 걸 벌써 알아차리셨던가요? 좀 나이 든 사람들한테는 살가죽이 하나 더 있지요. 일종의 역사적인 보호막일 거라고 생각해 보곤 합니다만……."

그는 마치 그것으로써 할 말은 충분히 했다는 듯 말을 그쳤고 리타는 그의 말을 곰곰이 생각해 보았다. 벤트란트가 선입관이 없고 자극을 받아 흥분하지 않는다는 것이 그녀는 좋았다. 다른 사람들 대부분과는 차분히 이야기가 되지 않았다는 사실을 그녀는 이제야 알아차렸다.

그들은 아주 조그만 집 앞에서 멈췄다. 그 집은 비스듬하게 구불구불 늘어선 광부 사택들 가운데 기우뚱하니 서 있었다. "우리는 여기서 지내죠."라고 벤트란트가 말했다. "한 해에 한 번, 어머니 생신 날 우리들은 모두 이곳에서 만난답니다. 우리 집 형제들 모두가요. 이번에는 루디 슈바베까지 오게 되었지요."

그는 손가락을 입에 대더니 요란하게 휘파람을 불었다. 어둠 속에서 어린아이 하나가 나타났다. 검은 눈에 호리호리하며 날렵한 사내아이였다. "제 아들입니다."라고 벤트란트가 말했다. 리타는 그에게 이런 아들이 있다는 사실이 놀라웠다. 벤트란트한테 어울리는 아내를 떠올려 보려 했으나 잘 되지 않았다. 그의 얼굴에는 이제 그녀가 예상하지 못했던 표정이 나타나 있었다. 부드러움과 살짝 무의식적인 괴로움이 드러난 표정이었다.

그다음 루디 슈바베와 에른스트 벤트란트 그리고 그의 아들이 집 안으로 사라졌다. 문 높이가 낮아 두 남자는 몸을 굽히고 들어갔고 아직 그럴 필요가 없는 소년도 어른들을 따라 몸을 굽혔다. 몇 초간 노르스름한 세모꼴 붉은빛이 거리에 드리우더니, 그다음에는 문이 닫혔고 리타와 만프레드는 어둠 속에 서 있었다.

두 사람은 다음 식당이 나올 때까지 느릿느릿 걸었다. 오래된 조그만 술집이었다. 그들은 한구석에서 자리를 찾았고 만프레드가 음식을 이것저것 골라 조합하는 통에 리타는 어리둥절했다.

"나의 이런 점 아직 몰랐겠지." 그가 말했다. "나는 먹는 걸 좋아해. 새벽에는 말이야, 미국 대통령처럼 먹고 싶어 하지. 그레이프프루트 주스를 말이야. 오전에는 영국식으로 홍차를 곁들인 런치, 점심에는 프랑스식 디너, 오후에는 우리 독일식으로 커피와 케이크를 먹고 저녁은 러시아 사람들처럼 푸짐하고 풍족하게 먹고 싶어."

"내가 요리 못한다는 거, 당신도 알겠지?"라고 리타가 놀라서 물었다. "내가 직접 하지 뭐."라고 그가 안심시켰다.

그들은 차가운 백포도주를 마셨다. 물을 섞은 것이었다. 그들의 손은 건배할 때 서로 쉽게 닿았다. 모든 것은 늘 다시 새롭게 시작될 수 있어 하고 리타는 생각했다. 늘 거듭 그와 함께. 이제 그들은 딱 서로에 대하여 확신할 만큼 서로 잘 알았다. 또 딱 거듭거듭 서로에게 놀랄 만큼 서로 잘 알지 못했다. 심지어 이제 리타가 벤트란트에 대해 느끼는 작은 신뢰감까지도 그녀를 만프레드에게 더 가까워지게 해 주었다.

"내가 아직 아무것도 안 먹은 거 알아?"라고 리타가 한참 뒤에 물었다. "그리고 나한테 이렇게 멋진 날은 여태껏 없었다는 것도? 어떤 아름다운 나날이 존재하는지 상상도 할 수 없었다는 것도?"

그들이 국도로 나왔을 때는 늦은 시각이었다. 고르게 펼쳐진 엷은 구름에 가려 보이지 않는 달은 비현실적이고 맑은 푸른빛을 퍼뜨렸고 그 빛이 하늘의 천장을 접시처럼 둥그런 새까만 땅과 뚜렷하게 구분 지었다. 리타는 이 빛을 아무리 봐도 싫증 나지 않았다. 뭐라 불러야 할지 무엇에 비교해야 할지 알수가 없는 이 빛은 부드러우면서도 동시에 딱딱했다.

갑자기 그들 왼쪽에서, 정확하게 하늘과 땅의 경계선에서 빛들이 섬 하나처럼 떠올랐다.

그들은 빠르게 그쪽을 향해 헤엄쳐 갔다. 곧 빛들의 다양한 색과 밝기가 구분되었다. 땅 위에는 노란 불빛들이 사슬을 이뤘고 좀 더 위에는 빨간 등불들이 하나씩 있었다. 그다음에는 새까만 굴뚝 그림자들이 조금 더 밝은 하늘에서 뚜렷하게 두드러져 보였다. 좋지 않은 냄새가 몰려들어 와 그들은 차창을 닫아야 했다. 그들은 다시금 큰 공장들의 세력권 안으로 들어갔던 것이다.

리타가 벌써 잠자리에 들어 벽 쪽으로 돌아누웠을 때 등 뒤에서 만프레드가 가만히 들어오는 소리가 들렸다. 종이 부스럭거리는 소리가 났다. 그가 말했다. "바로 이 순간 누군가 스무 살이 되지. 지금이 자정이야."

리타가 몸을 돌렸다. 거기 그가 커다란 카네이션 다발을 들고 서 있었다. 그녀는 카네이션을 헤아렸다. 스무 송이였다.

"고마워." 그녀가 말했다. "고마워."

15

그 당시에는 아무도 뜨거운 초여름 날에 이어 불덩이 태양이 심술궂게 이글거리는 주가 여럿 계속되리라고는 예감도 못 했다. 이 세상에 속하지 않는 존재가 뜨거운 호흡을 땅 위로 내뿜고 있었다. 사람들은 잠에서 깨어났고 낮 내내 빛에 겨운 이글거리는 눈으로, 바랜 푸른빛을 띤 높은 하늘에서 작열하는 태양이 위용스럽게 느릿느릿 움직이는 모습을 좇았다. 벌판들은 바싹 말랐고, 곡식들 줄기 끝이 타는 게 보였다. 한여름인데 어떤 나무들은 바싹 말라 버린 잎을 떨구고 새잎을 틔우기도 했다. 여태 보지 못한 일이었다. 정원들에서는 여느 때 남쪽에서나 나는 통통하고 달며 과즙 많은 열매들이 익어 가고 있었다. 이 충만을 통제할 이는 없었다. 밤이면 무르익어 물러진 사과며 배 들이 땅바닥으로 떨어지는 둔탁한 소리가 들렸다.

리타는 자연의 힘이 보여 주는 신비로운 무심함에 언제까지나 동요되지 않았다. 리타는 그 시절 다른 무엇보다도 롤프 메터나겔의 얼굴을 더 잘 기억한다. 그녀가 그때까지 비웃음을 띠고 기다리는 듯하다고 생각했던 그의 눈은 이제 보니 주의력과 결단력을 갖춘, 완강하며 굽힐 줄 모르는 눈이었다. 이따금씩 의심과 회의가 들 때 그 눈은 그녀가 의지할 수 있는 유일한 현실이었다. 그녀는 나중에 알았다. 허상을 향한 결실 없는 동경에 잠식당하지 않게끔 자기를 지켜 준 힘이 다른 무엇보다도 어쩌면 그 수척하고 끈질긴 사람으로부터 나왔다는 것을. 그런 일이 정말로 일어났다. 그리고 착각 때문에 일어난 일도 아니었다. 그녀 눈앞에서 한 인간이 무거운 짐을, 아무도 강요하지 않는데, 품삯도 묻지 않고 떠맡아 지고는 거의 승산 없어 보이는 싸움을 시작했던 것이다. 옛날 이야기 속 경탄받는 주인공들이나 그러듯. 잠이며 휴식을 다 희생했고 비웃음을 받았으며 쫓기고 배척당했다. 그가 바닥에 누워 있는 것을 보고 리타는 저 사람은 이제 다시는 일어나지 못하겠구나라고 생각했다. 그런데도 그 사람은 다시 일어났다. 이제 그의 눈길에는 두려움을 불러일으키는 무언가, 거의 거친 무언가가 담겨 있었다. 바로 그때, 그 자신도 거의 예상하지 못한 일이었는데, 다른 사람들이 그의 곁으로 와서 그가 했던 말을 했고, 그가 제안했던 것을 행했다. 리타는 그가 크게 숨을 내쉬며 마침내는 승리하는 것을 보았다. 그리고 그 모든 것은 언제까지고 잊히지 않았다.

롤프 메터나겔이 그의 책을 펼쳤다. 그는 책을 죽 돌려 모두가 마지막 장에 빨갛게 테두리 친 숫자 하나를 읽도록 했다. 세 자리 숫자였다. "우리 작업조가 지난달 낭비한 작업 시간입니다."

사람들은 어깨를 으쓱했다. 그다지 새로운 이야기가 아니었던 것이다. 그들은 권터 에르미쉬를 흘긋 보았다. 그는 자기 결산서 쪽지에다 뭔가 이리저리 끼적거리며 말이 없었다. 여기서 대체 누가 작업조장이었을까?

"원인들을 한번 찾아 모아 보았지."라고 메터나겔이 말했다.

"그런 건 공장 집행부에다 보여 주지그래."라고 누군가가 말했다.

메터나겔은 책의 다른 장을 펼쳤다. 그의 참을성과 조심스러움이 다른 사람들을 오히려 더욱 자극했던 것이다. 작업 조직의 결함 때문에 생긴 작업 손실이라고 그가 낭독했다. 그는 그것이 몇 시간인지 말했다. "헛되이 낭비된 시간의 절반입니다. 나한테 중요한 건 나머지 절반입니다."

"나한테는 아닌데."라고 프란츠 멜허가 말하더니 벌떡 일어나 가 버렸다.

"대관절 늘 뭐든지 극단까지 몰아붙여야겠나?"라고 늙은 카르수바이트가 비난하듯 물었다.

메터나겔이 권터 에르미쉬를 응시했다. 마침내 그가 일어나 잡동사니들을 주섬주섬 꾸리며 "뭔가 더 할 수야 있겠지."라고 할 때까지.

에르미쉬가 그렇게 말하면 그들에게는 별문제 없을 수 있었다.

"수탉이 새벽에 거름 더미 위에서 울면 날씨가 바뀌는 법이지, 아니면 그냥 그대로기도 하고."라고 헤르베르트 쿨이 메터나겔 옆을 지나가며 도전적으로 말했다.

　"착각하지 마!"라고 롤프가 그의 등 뒤에 대고 소리쳤다. 쿨은 늘 롤프를 화나게 했다. 다른 사람들은 전부 쿨이 그 자신과 그들 모두를 비웃을 기회라면 뭐든 놓치지 않는 데 익숙했다. 다만 리타만은 이따금씩 생각했다. 저 사람은 저러는 게 정말로 재미있는 걸까? 도무지 저러면서 재미를 느낄 수도 있는 걸까?

　다음 날 아침 롤프 메터나겔이 하얀 쪽지 한 장을 가져와 벽 게시판에다, 그들 작업조가 명성이 자자하던 시절의 먼지 앉은 신문 기사들 한가운데에 붙였다. '우리의 다짐'이라고 쪽지에 씌어 있었지만 아무도 그걸 읽으려 하지 않았다. 사람들은 큰 소리로 신나게 서로 이야기했지만 롤프하고만은 말하지 않았다. 리타는 그의 얼굴이 점점 더 긴장하는 것을 보았다. 그러나 그는 휴식 시간이 끝날 때까지 자제했다. 그러더니 모두들 놀라서 그쪽을 볼 만큼 펄쩍 뛰어 일어나 벽에서 그 쪽지를 홱 뜯어내 작업대 위에다 쾅 소리 나게 내려놓았다.

　모두가 '우리의 다짐'을 읽었다. 그들 각자가 매일 문틀 여덟 개 대신 창문틀 열 개를 끼워 넣어야 한다는 것이었다. "그리고 그렇게 할 수 없다는 이야기는 나한테 하지 마."

　"할 수 있는 일이야 많지."라고 프란츠 멜허가 말했다. "하지만 제 잠자리에다 똥칠하는 일이야 정상인 인간이라면 할 수 없지."

"뭘 보고 정상이라는 거지?"라고 헤르베르트 쿨이 재빨리 물었다. 리타는 그의 눈에서 진정한 관심의 불꽃을 보았다고 믿었으나 그것은 금방 다시 꺼져 버렸다.

"정상이 뭐냐고?"라고 롤프 메터나겔이 위태롭게 낮은 목소리로 물었다. 이제 비로소, 그가 소신대로 밀고 나가야겠다고 작심한 이제야 비로소 사람들은 그가 자제하느라 긴장하고 있다는 것을 알아보았다. "내가 자네에게 대답해 주지. 정상이란 우리에게 유익한 거고, 우리 같은 사람을 인간으로 만들어 주는 거야. 비정상이란 우리를 아첨꾼, 사기꾼으로 만들고 행군하게 하는 거야. 그런 노릇이라면 오랫동안 실컷 했지. 그렇지만 자넨 절대로 이해하지 못할 거야, 대위 나리."

주위가 아주 조용해졌다. 왜 아무도 말이 없을까? 리타는 생각했다. 왜 메터나겔은 쿨이 전에 대위였다는 이야기를 나한테 안 해 줬을까?

오로지 헤르베르트 쿨의 얼굴만이 조롱기 어리고 차가운 채 변함없었다. 그렇지만 그는 석회처럼 하얘졌다.

그러니까 그에게도 중요한 뭔가가 있기는 있었던 것이다.

"그때 자네 한 가지 실수를 했어."라고 귄터 에르미쉬가 나중에 메터나겔에게 말했다. 그때 롤프는 그 사람과 대화할 수도 있었는데 여전히 고집을 부렸던 것이다. "그렇기는 해도."라고 그가 말했다. "그런 실수라면 기꺼이 다시 한 번 하겠어."

메터나겔이 제안한 '우리의 다짐'에 서명을 한 사람은 단 한 명도 없었다.

왜 그들은 그렇게 거부하는 걸까? 리타는 생각했다. 그리고 대관절 무엇에 맞서는 것일까?

그녀는 세 달이 지난 지금, 자신이 한 사람 한 사람에 대해 아는 것을 애써 기억해 보았다. 그들에게 중요한 건 무엇이었을까? 신부, 상속받은 작은 토지, 오토바이, 정원, 아이들, 눈이 멀어 부양이 필요한 늙은 어머니, 새로운 작업 규정량, 배우 사진. 여러 가지가 그들을 괴롭힐 테지, 괴로우면서도 소중히 여기는 여러 일에서 빠져나올 수가 없겠지. 그들에게 유보된 커다란 만족 대신 일찍이 그들에게 주어진 소박한 만족들이 있을 테지. 그래서 그들은 습관에 매달리는 거고, 이제 메터나겔을 심하게 쪼는 거겠지.

그러나 그들을 한번 덮쳤던 일에 매달리면 한두 가지 점에서 앞으로 어떤 일이 일어날지 점점 자주 예상할 수 있었다. 어느 날 아침, 아직도 계속 하얗게 빈 채 까만 벽보판에 걸린 '우리의 다짐' 쪽지 위 메터나겔의 서명 옆에 새 이름 하나가 씌어 있었다. 말 없고 겸손한 볼프강 리벤트라우였다. 귄터 에르미쉬가 어리둥절하여 그에게 답변을 요구했다. 리벤트라우는 누가 무슨 요구를 하기라도 하면, 마치 자기같이 중요하지 않은 인물에 대해 관심을 가지게 한 것을 사과라도 하는 양 늘 당황하는 사람이었다. 지금도 그는 당황하여 말했다. "전, 당의 방침을 따르느냐 아니냐가 중요하다고 생각했습니다."

"그럼 나에겐 매사 당을 위해 일하는 자세가 부족하다고 생각한단 말인가?"라고 귄터 에르미쉬가 불끈하여 물었다.

"조장님을 보고 그런 걸 상상이라도 할 수 있는 사람은 없습니다."라고 리벤트라우가 깜짝 놀라 말했다. 어떻게 그가 자신을 작업조장 에르미쉬와 비교할 수 있겠는가! 그러자 귄터 에르미쉬는 말없이 벽보판으로 다가가 작업조장 연필에 침을 묻히더니 자기 이름을 종이에 적어 넣었다.

그리고 나서는 메터나겔과 리벤트라우 그리고 에르미쉬가 함께 작업조 탁자에 웅크리고 앉았다. 그리고 다시금 작은 한스는 누군가가 메터나겔과 이야기한다는 것이 몹시 기뻐, 문 앞에 서서 아무도 들어가지 못하게 했다. "당 분임 회의요."라고 말하면서 말이다.

이 주 후에 '이들이 길을 보여 준다.'라는 제목으로 다시금 에르미쉬 작업조의 사진이 신문에 실렸다. 리타는 맨 앞줄에 서지 않겠다고 버텼으나 결국 떠밀려 작은 한스 옆에 바싹 붙어 섰다. 작은 한스는 신문 스무 부를 사서 오려 낸 사진들을 제일 좋아하는 여배우들이라도 되는 양 늘 품고 다녔다. 그러나 승리자, 롤프 메터나겔은 느긋하게 다른 사람들 뒤로, 자기가 맞서 싸워 이겨 낸 사람들 뒤로 가서 서 있었다.

리타는 작업조 사진을 찬찬히 살펴보았다. 늘 그녀는 맨 마지막 줄에서 다른 사람들 머리로 거의 가려진 롤프 메터나겔의 얼굴부터 보기 시작했다. 그다음에는 다른 사람들을 보았다. 메터나겔과 사사건건 부딪치는 맞수 헤르베르트 쿨에게로 특히 자주 시선을 되돌리곤 했다. 쿨은 맨 앞줄에 서 있었는데 분명 그 사진을 보는 수십만 명, 특히 여자들은 호감을 느끼며 그의 얼굴을 바라볼 것이다. 사진에서도 그는 비웃음을 띤 차가운 표정이었으며 모든 사물과 사람을 향한 경멸을 드러냈다. 그 경멸이 그녀는 놀라웠다. 그렇지만 리타는 왜 메너타겔이 뒤로 물러섰는지, 심지어 이 헤르베르트 쿨 뒤로 물러서기까지 했는지 이해했다. 메터나겔은 용감했을 뿐만 아니라 영리하고 교활하기까지 했던 것이다. 그는 헤르베르트 쿨을 첫 줄에 세우고 자신은 마지막 줄에 섬으로써 모든 시선이 쿨을 향하게끔 했다. 어쩌면 주목받으며 살고 있다는 느낌이 서서히 그를 조금은 더 따뜻하고 친절한 사람으로 만들지도 몰랐던 것이다. 리타가 생각하기에 메터나겔은 이런 시선이 없어도 잘 지낼 수 있는 사람이었다.

그 모든 흥분 탓에 그녀는 자신의 두려움과 압박감은 잊어버렸다. 이제 그녀는 자기가 아침 일찍 제시간에 잠이 깨며, 눈을 감고도 언제 전차에서 내려야 할지 안다고 확신할 수 있었다. 포플러 가로의 늘 같은 곳에서 늘 똑같은 사람들을 만났으며 점심시간과 퇴근 시간을 알 수 있는 틀림없는 신호도 여럿 알았다.

이제 그녀는 대체로 작은 한스와 둘이서만 차량 안에 있었다. 메터나겔은 다른 사람들과 부대껴 기직맥진해지고, 너무 이야기를 많이 해서 목이 쉬면, 두 사람 곁에서 숨을 좀 돌리고 가려고 이따금씩 왔다. 두 사람은 그에게 자기들이 한 작업을 가리켜 보였고, 그는 고개를 끄덕이며 아직 다듬지 않은 차량 목재 의자에 털썩 앉았다. 그들 둘은 그 맞은편에 자리를 잡고(그 정도 시간은 늘 있었다.) 그가 편안히 담배를 피우게 해주었으며, 전기공들이 창문으로 두꺼운 전선들을 끌어와 차량 안에다 가로세로 늘어놓으며 투덜거려도, 칠장이들이 그들 머리 위에서 곡예를 하듯 천장 작업을 해도 아랑곳하지 않았다. 그들은 롤프와 함께 앉아 대개는 말이 없었다. 그의 얼굴은 점점 더 수척해졌으며 두 눈만 툭 불거져 나왔다. 얼음 같은 푸른빛을 띠고 광채를 발하며. 더러는 그가 리타에게 작은 과제를 주었고 그녀는 그 과제를 성실하게 수행했다. 그녀는 이제 수줍음 없이 공장 온 구석을 돌아다녔으며 누구에게나 말을 걸 수 있었다.

한참 뒤 메터나겔은 시계를 꺼냈다. 시계 껍데기에는 긁힌 자국이 난 누르스름한 뿔 뚜껑이 달려 있었다. 그는 한참을 생각에 잠겨 바라보다가 "메터나겔의 시계를 이제 온 공장이 다 알지."라고 말하고는 퉁명스럽게 웃으며 자리를 떴다.

작은 한스와 리타는 다시 작업을 시작했다. 작은 한스는 늘 그렇듯 커다란 나사 두 개를 오른쪽, 왼쪽 입가에 물었는데, 이 나사들은 그에게 자신감을 주는 강철 치아 같은 것이었다. 한참 뒤에 그가 말했다.

"왜 저러시는 걸까?"

리타는 말이 없었다. 몇 가지 답을 알 것 같기도 했지만, 그 답들이 너무 거창하게 여겨졌던 것이다.

작은 한스는 더 골똘히 생각해 보았다. "저분이 다시 마이스터가 되려고 한다는 게 정말일까? 그런 말을 여럿이 하던데. 아니면 혹 그냥 공장장 사위에게 알랑거리려는 걸지도!"

"누구한테 알랑거린다고요?"

작은 한스는 그녀가 아직 그 사실을 모른다는 것이 좋았다. 에른스트 벤트란트는 일 년 전만 해도 메터나겔의 맏딸과 부부 사이였던 것이다. 그런데 그 딸이, 벤트란트가 몇 달 교육을 받는 동안 아버지 면전에서(그녀는 아버지와 함께 살고 있었다.) 자기 남편을 제쳐 두고 다른 남자를 택했다. 메터나겔이 딸들한테 뭘 못 하게 하거나 반대하는 일이 없다는 건 누구나 다 알았다. 어쩌면 그는, 자기가 아버지로서의 권위를 주장할 권리를 얻어 내지 못했다고 느끼는지도 몰랐다. 그러나 그의 이러한 관용을 벤트란트가 잊지는 못했다. 아내와 이혼하고 나서도 잊지 못했다. 두 사람은 서로 피해 다녔다.

이제 리타는 여러 날 동안 그 일을 생각하지 않을 수 없었다. 오랫동안 친숙했던 사람들에 관하여 늘 또다시 새로운 이야기를 듣게 되는 데는 벌써 익숙했지만 그래도 메터나겔의 경우는 놀라웠다. 그러니까 메터나겔은 남편을 배신한 딸 하나를 키웠고 자기 쪽 결점 때문에 벤트란트 같은 사위를 떠나게 했던 것이다. 벤트란트는 이제 아내 없이 지냈고 머리카락이 뻣뻣하고 눈이 큰 그의 아들에게는 어머니가 없었다. 이제 그는 어떤 여자든 간에 여자라면, 혐오감을 느낄지도 모르겠구나.

아무튼 메터나겔 같은 사람이 그 왕성한 추진력에 개인적인 작은 자극을 더한다면, 예를 들어 벤트란트에게 뭔가 보여주자! 하고 생각한다면, 그에 이의를 제기할 말이 없기는 했다. 그렇다고 그의 정직한 노력들이 정직하지 못한 것이 되었을까?

리타는 차량 안에서 급하게 아침을 먹는 동안에 작은 한스에게 이러한 생각을 이야기했다. 한스는 듣더니 고개를 끄덕였다. 그녀가 그를 진지하게 대해 준 데 대한 보답으로, 그는 가장 최근에 모은 여배우 사진들을 그녀에게 보여 주며 한 사람 한 사람씩 장단점에 대하여 전문가적 견해를 피력했다. 그러니 밤에 침대에 누워 있을 때면, 그 아름다운 여자들 모두가 오직 자기만을 위하여 저토록 유혹적으로 미소 짓고 있다고 꿈꾸지 못할 이유가 어디 있겠는가?

저녁이면 리타는 피로감에 완전히 빨려 들어 있었다. 그녀는 헤어푸르트 가족의 둥글고 환한 저녁 식탁에서 눈을 깜빡깜빡하며 앉아 있었다. 모든 것을 보면서도 눈에 들어오는 것이 없었고, 거기 앉아 있으면서도 생각은 딴 데 가 있었다. 만프레드는 자주 그녀 쪽을 건네다 보았고 이따금씩 식탁보 밑에서 그녀 손을 쥐어 주었다. 그럴 때면 그녀도 그의 손을 꽉 잡았다. 만프레드의 아버지나 어머니가 알아차리든 말든 신경 쓰지 않고. 그럴 때면 이 환한 둥근 식탁이 송두리째, 매우 빠른 속도로, 그들로부터 휙 날아가 점점 작아지다가 끝에 가서는 눈곱만 해졌다. 그러나 없어지지는 않고 뚜렷하고 분명하게, 환하고 둥그렇게, 추방당한 자들이 사는 요술 걸린 작은 섬이 되어 머물러 있는 것만 같았다.

식탁의 대화가 낮게 그녀의 귓전을 때렸고, 그녀는 이따금씩 자기 이름과도 맞닥뜨렸다. 그리고 그녀는 '리타 씨'라고 헤어푸르트 부인이 부르는 소리를 들었다. "난 정말이지 리타 씨가 알았으면 좋겠어요. 우리 집에서는 날마다 양탄자를 청소기로 밀어 줘야 한다는 걸 말이에요. 양탄자란 믿을 수 없을 만치 먼지를 타거든요." "네."라고 리타는 공손하게 말했지만 양탄자 생각과는 동떨어져 있었다.

만프레드는 좋은 시절을 보내고 있었다. 그는 훌륭하고 당당하게 논문을 완성한 후 긴장이 풀린 채 행복하게 살고 있었다. 노력은 할 만큼 했고 이제 노력 쪽에서 보답하고 있었다. 그가 찾아낸 해결책에 대하여 관심을 보이는 곳은 그의 연구소만이 아니었다. 그는 그의 박사 학위 논문을 책으로 펴내겠노라는 제의들에 답하고 공장에서는 전문가 동료들 앞에서 이야기하느라 시간을 보냈다. 그는 사람들이 자기를 필요로 하는 것을 보았으며 그 점이 그는 사방에서 보내 주는 인정이나 존경과 꼭 마찬가지로 유쾌했다.

이렇듯 세상과 이룬 드물고 귀한 의견 일치 덕에 그는 쉽게 무한정 리타 편에 설 수 있었다. 흥분하고 짓찢긴 그녀가 살짝 암시만 줘도 그가 얼마나 빨리 자기를 이해하는지, 리타는 거듭거듭 놀랐다. 저녁 온기를 지닌 도시를 그들이 오래 거닐 때, 강가 버드나무들 옆에서 호젓하고 조용한 시간을 보낼 때 그는 그녀가 이야기하게끔 용기를 북돋워 줬다. 그녀가 일터 동료들을 묘사할 때면 그는 몹시 좋아했다. 그는 그녀의 정확하고 재치 있는 관찰들을 재미있어 했고, 그녀는 만프레드에게 상세히 이야기를 들려주면서 스스로도 여러 사람을 비로소 제대로 파악할 수 있었다.

"그런데 당신네 벤트란트는 뭘 하고 있지?"라고 그는 대개 끝에 가서 물었다. 그는 "당신네 벤트란트"라고 하는 데 익숙했다. 그녀는 항의했지만 결국은 그가, 벤트란트는 자기 자신과도 상관있다는 사실만은 인정하려 들지 않음을 알아차리고 말았다. "그 사람은 좀처럼 잘 보이지 않아."라고 리타가 말했다. "그렇지만 이제는 우리들도 그 사람의 존재를 느껴." 그녀는 날마다 벤트란트와 메터나겔의 행동들이 맞물리며 서로를 규제하는 것을 관찰했다. 두 사람이 명시적으로 합의를 본 적은 없었는데도 그랬다. 자기는 이제 확신하노라고, 그녀는 만프레드에게 말했다. 아래위에서 동시에 일이 제대로 되고 있다는 것을.

"그래, 그거 좋은데."라고 만프레드가 말했다. "그런 일은 정말 흔하지 않은데. 그런 걸 당신이 벌써 알아차리다니."

그는 자주 그녀에게 그냥 이야기를 시키기만 했다. 그녀를 차근히 바라볼 수 있도록. 그는 그녀 얼굴이 결코 지루하지 않았다. 그는 그들이 서로를 알고 난 다음부터 그녀 얼굴이 달라졌다는 것을 잘 알았다. 여전히 매끄럽고 흠잡을 데 없으며 흐릿하게 빛나고 갈색빛이 돌아도. 그러나 젊은 여자다운 표정 뒤에서 새로운 단호함 같은 것이, 새로운 성숙함 같은 것이 예고되고 있었다. 그는 그것이 매우 마음에 들면서도 불안했다.

그는 그녀를 늘 새롭게 확인해야 했다. 손가락 끝으로 가볍게 그녀 얼굴을 더듬어 보았다. 이마와 부드럽게 굴곡진 광대뼈를 거치며, 눈썹에서부터 벨벳처럼 보드라운 솜털이 난 뺨까지. 그녀는 뒤로 기댔다. 그녀의 살갗은 그의 손가락이 갈 길을 이미 알고 있었다. 그를 통하여, 그의 입술과 눈 그리고 손을 통하여 그녀는 자신을 알게 되었다. 그의 손에 쥐여 바스락거리는 따뜻한 머리카락에서부터 살갗 얇은 발바닥까지. 그는 그녀에 대해 끊임없이 놀랐고, 그녀는 그가 그녀를 위하여 아직 그 누구를 위해서도 하지 않았던 일을 하는 것을 보았다. 그리고 그는 그녀가 거듭거듭 자신의 부드러움에 감동받는 것을 느꼈다.

모든 연인들처럼 그들에게도 사랑을 둘러싼 불안은 있었다. 상대방의 무심한 시선에 자신이 싸늘해짐을 느꼈고, 참을성 없는 말 한마디가 두 사람의 하루를 온종일 어둡게 하기도 했다.

그들이 눈을 떠 흐릿한 초록빛 라디오 불빛으로 작은 방 안 물건들을 하나하나 뚜렷하게 볼 때면, 그들이 크게 움직이거나 멀리 떠나 있었는데도 모든 것이 굳게 자기 자리에 머물러 있는 걸 볼 때면 만프레드는 나직하게 물었다. "당신 이제 더 바라는 게 뭐야?"

"늘 똑같은 거지."라고 리타가 말했다. "살갗 하나로 우리를 둘러싸는 것, 둘이 한 번에 한 숨을 쉬는 것."

"그래." 그가 말했다. "그런데 지금 그렇지 않아?" 그녀가 고개를 끄덕였다. 그랬다. 그것에 대한 동경을 그녀가 버리지 않는 한.

어느 날 밤 그들은 지붕을 후드득 치는 빗소리에 잠이 깼다. 창가로 가서 신선하고 축축한 공기를 탐욕스럽게 마셨다. 그들은 팔을 내뻗었다가 서늘하게 젖은 팔을 다시 안으로 접었다. 그들은 서로 얼굴에다 물방울을 흩뿌렸다. 그들의 눈은 저 바깥의 어둠에 익숙해졌고 차츰 검게 흐르는 하늘이며 이따금씩 번득이는 강물로부터 새까맣게 딱딱 그어진 집들의 윤곽을 구분했다.

그들처럼 높은 곳에 사는 사람은 없었다. 비는 그들에게 제일 먼저 내렸다.

"나 꿈을 꿨어."라고 만프레드가 말했다. "우리 둘이 작은 보트에 타고 도시의 거리를 떠가는 꿈. 비가 오고 또 오는 거야. 길에는 사람이 없고 물은 쉬지 않고 불어났어. 교회, 나무, 집 들이 홍수에 가라앉았지. 우리 둘만 아직 파도 위에서 흔들거리고 있었어. 금방이라도 부서질 듯한 나룻배 안에서 딱 우리 둘만."

"누가 그런 꿈을 당신한테 가르쳐 줬을까!" 리타가 비난하듯 말했다. 그들은 서로에게 기댄 채 서서 바깥을 내다보았다.

갑자기 강물 위로 한 줄기 빛이 번득였다. 희미했지만 분명히 빛이었다. 리타는 흥분해서 탁상 등을 집어 들고는 창문 높이로 쳐들어 찰칵찰칵 켰다 껐다 했다.

"뭘 하는 거지?" 그가 물었다.

"우리는 등대야. 저기 저 바깥, 바다 위에 우리들의 작은 나룻배가 있어. 그 배가 위험 신호를 보내온 거야. 우린 그 신호에 답을 보내야 해."

만프레드가 그녀에게서 등을 받아 들더니 높이 쳐들어 불빛을 비췄다.

"그 배가 항구에 도착할까?" 그가 물었다.

"틀림없이." 리타가 말했다.

"가라앉은 도시에서 아직 사람을 찾을 수 있을까?"

"그럼." 그녀가 말했다. "도시는 가라앉지 않았어. 나룻배가 너무 멀리 떠내려갔어."

"그럼 위험에 처한 사람은 누구나 우리 등대를 보겠네?"

"그래." 리타가 말했다. "누구나 볼 거야, 뜻이 있다면."

"그리고 이제는 아무도 외롭게 가라앉지 않겠네?"

"그럼." 그녀가 말했다. "아무도."

그들은 등을 껐다. 강물 위 낯선 빛은 사라지고 없었다. 가라앉은 것일까, 집으로 돌아간 것일까? 그들 머리 위로는 비가 계속 좍좍 쏟아지고 있었다. 그들이 오래전에 잠든 후에도.

아침에는 맑은 물방울이, 그들 창문을 지나 지붕으로 이어지는 가느다란 전화선을 따라 흘러내리고 있었다. 물방울들은 늘 똑같은 속도로, 늘 똑같은 간격으로, 서두르지 않고 끝도 없이 서로 뒤를 잇고 있었다.

16

아홉 달 뒤 그 보트는 가라앉았다. 그들은 각자 다른 강둑에 서 있었다. 아무도 그들의 신호에 답하지 않았으며, 아무도 그들의 조난을 알아차리지 못했던가?

병원에서 지내는 단조롭고 창백한 여러 주 동안 힘든 내면의 작업을 이루어 내는 리타는 생각에 골몰하다가 거듭거듭 그 점으로 돌아가곤 한다. 그녀 자신은 위험을 제때에 보지 못했던가? 마음대로 쓸 시간은 없었기 때문에 그녀는 본능적으로 자기 자신과 그 사건 사이에 생각을 탑처럼 쌓아 올리고 차츰 그 일과 넉넉히 거리를 둔다. 그리하여 일의 전모를 처음부터 끝까지 볼 수 있게 된다.

시의원 집에서 차량 제조공들을 위한 저녁 축하 연회가 열렸다. 이 시 구역 가운데서 가장 큰 공장 중 하나인 그 공장이 인민의 소유가 된 지 십오 년이 된 것을 기념하여 열린 행사였다. 우연히도 몇 달 만에 처음으로 계획량이 달성된 바로 그날이었다. 그래서 사람들이 진정 축하하는 것은 계획량 달성이었다. 이제 비로소 사람들은 지난 몇 주가 얼마나 힘들었던가를 느꼈다. 빛과 즐거움을 향한 강한 동경이 그들 모두의 마음속에 봇물처럼 고여 있었다.

시내 미용사들은 최선을 다했다. 외투를 벗어 놓은 옷 보관소엔 벌써 여자들의 머리 위로 향기가 구름같이 감돌고 있었다. 여자들은, 뻣뻣한 검정 양복을 차려입고 같이 온 남자들보다는 분위기 파악이 빨랐다.

만프레드는 마지못해서 리타와 함께 갔다. 자기는 여왕 남편 역에는 걸맞지 않으며, 그 밖에도 연회라는 게 자기는 지루하다면서.

"나를 위해서가 아니야."라고 리타가 대꾸했다. 그녀는 조심스럽게 그날 저녁을 준비했다.

모두가 몰려 있는 홀 문에서 그들은 메터나겔 부부와 마주쳤다. 그들이 수많은 악수를 거치고 나서 드디어 홀 안으로 들어서자 홀 한가운데에 작은 한스가 서 있었다. 작은 한스는 촛불 수천 개가 꽂힌 수정 샹들리에 아래 거울 같은 쪽마루에 견진 성사 때 입었던 양복을 억지로 껴입고 서 있었으며, 옆에는 그림처럼 예쁘고 매혹적인 젊은 여자가 있었다. 그 여자는 그보다 나이가 적어도 두 살은 많아 보였고 즐거운 눈길을 사방으로 던지고 있었다.

"저 친구 그림엽서에서 저 여자를 오려 내 온 모양이로군!"

메터나겔이 말했다. 그러나 그 여자는 분명 살과 피로 된 사람이었고, 작은 한스는 홀을 가로질러 기품 있게 그녀를 인도했다. 그녀 이름은 아니타였으며 인형 같은 커다란 눈 하나만으로도 엄청나게 많은 것을 할 줄 알았다. 리타는 무슨 환영이라도 되는 것처럼 그녀를 응시하고 나서, 마치 처음 보는 듯 작은 한스를 찬찬히 뜯어보았다. 그는 당황해서 어찌할 바를 모르면서, 자랑스러움을 억누르지 못해 생긴 격한 흥분을 마음속에서 자제하느라 땀을 흘리며 애쓰고 있었다. "저 친구 마음에 드는데."라고 만프레드가 리타의 귀에다 대고 말했다. "이런 여왕 남편 역도 그렇고."

만프레드는 리타 곁에 우뚝 꼿꼿하게 서 있었다. 그는 그녀가 인사를 받을 때면 덩달아 고개를 끄덕였고 그녀를 아는 사람이 많은 데 놀랐다. 그들은 대부분의 사람들처럼 한 차례 홀을 가로질러 갔다가 돌아왔다. 축제가 시작되기 전의 일대 사열이요, 거창한 자기 과시며, 서로서로 비교하기였다.

"우리 아가씨." 하고 만프레드가 말했다. "아가씨께서 무도회의 여왕이시군요." 그녀는 얼굴이 빨개졌다. 스스로도 그렇게 느끼고 있었기 때문이다.

그녀는 그가 늘 마음속으로 그려 보았던 대로, 옥수수 빛 노란 원피스를 입고 있었다. 그가 선물해 준 옷이었다. 사람들은 정말로 넋을 잃고 공공연하게 그녀를 돌아보았다. 많은 남자들의 시선이 그녀를 달아오르게 했다. 그녀는 자기 눈에 담긴 광채를 눈꺼풀 아래로 감추려 했다. 그녀는 당황하여 그의 팔을 잡았다. 만프레드는 눈을 떼지 않고 그녀를 똑바로 바라보왔다.

"어째서 내가 이런 모임을 지루하다고만 느꼈었는지 도무지 모르겠네."라고 그가 말했다.

그사이에 얇게 썬 고기며 치즈 따위를 담은 쟁반들과 큰 샐러드 그릇들로 가득 찬 거대한 말굽 모양 식탁의 좁은 한쪽 끝에서 연설이 시작되었다. 기품 있는 남자들이 왼쪽 가슴 호주머니에서 하얀 종이를 꺼내 그들이 오전에 여비서에게 욕을 해 가며 받아쓰도록 시켰던 것을 낭독했다. 하객들은 그 진지한 연설들에 진지하게 귀를 기울였지만 조심스럽게 군데군데 집어넣은 유머러스한 인용에 대해서는 제때 맞춰 웃지 못했다.("우리의 위대한 괴테가 이미 이렇게 말했습니다. 낮에는 일, 밤에는 손님들…….") 물론 여러 연사들은 앞서 연설한 사람들의 생각에 기대었으나 결코 그 점을 지적하는 것을 잊는 법이 없었고 만사는 다 제대로 진행되고 있었다.

작은 한스는 엄숙한 태도를 취하느라 양쪽 귀가 빳빳해졌고 귀 위쪽까지 자줏빛이었는데, 만프레드는 그걸 재미있어했다. 리타가 그의 발등을 밟았고 그는 식사를 알리는 신호가 있기까지 참았다. 신호가 있자 그는 노련하게 식탁으로 밀고 나아가더니 순식간에 쓱싹 두 접시를 담아 가지고 왔다.

"이런 자리에서 연설하는 사람들은 힘들 거야." 음식을 씹으면서 그가 말했다. "무엇보다 부업으로는 말이야. 한번 당신이 저 노릇 한다고 생각해 봐. 낮 동안 내내 행정 업무에 매달리다가, 아니면 뭐 기계 제작을 하든지, 아무튼 그러다가 밤에는 또 이 연회 저 연회 돌아다니며 한마디씩 연설해야 한

단 말이야. 그런데 떠오르는 말이라곤 '그래서 우리는 늘 변함없이……' 아니면 '그래서 우리는 또한 계속 승승장구하며……' 어쩌고 하는 것뿐이어 봐. 끔찍하잖아."

"그런 사람들이야 그게 좋아서 하는 거겠지, 뭐."라고 리타가 말했다.

"좋아서 한다고? 저 사람들은 자기네 하는 말이 진지하고 지루하고 거창하게 사람들 위로 떨어져 내려야 한다고 생각해. 여느 때 자기들끼리는 그저 잘난 척하며 아무렇게나 지내고 싶어 하면서 말이야."

"샐러드 좀 더 갖다 줘."라고 리타가 말했다. "그리고 생각 좀 해 봐. 모든 사람들이 다 당신처럼 존경심이 없지는 않다는 걸 말이야."

"당신 말이 맞아." 만프레드가 말했다. "작은 한스는 안 그렇지."

"또 메터나겔 씨도 안 그렇고, 또 나도 안 그래."라고 리타가 말했다. 그러고는 그 이야기는 더 하지 않았다.

옆방에서 음악이 연주되기 시작했다. 자신들의 잔치에 손님으로 와 있다는 생각에 사람들은 점차 긴장이 풀렸다. 벽을 따라서 호기심 있는 사람들의 물결이 원을 그리다가 점점 더 많은 무리가 홀 한가운데로 몰려들면서 가장자리 인파는 엷어졌다. 홀 중앙에서는 웨이터들이 병이며 술잔을 들고 힘들게 지나가고 있었다.

무도장에는 겨우 몇몇 젊은 쌍들뿐이었다. 만프레드는 리타가 이제는 어느덧 많은 시선들에 익숙해져서 우아하고 자연스럽게 그의 팔에 이끌려 무도장으로 들어서는 모습에 감탄했다. 그녀는 지나가면서 거울을 하나도 들여다보지 않았다. 그녀는 지금 모두를 매혹하기 위하여 오직 있는 그대로 자기를 내보이면 된다는 것을 알았던 것이다.

만프레드는 그녀를 빙글빙글 돌렸다. 그가 차갑고 뻣뻣하게 그녀와 춤추었던 그 저녁은 얼마나 아득한 옛일이었던가! 그리고 그녀는 더할 나위 없이 즐거웠다. 다음 춤 차례에 젊은이 몇몇이 그녀에게로 오자 만프레드는 번쩍이는 승리의 눈초리를 했다. 그녀가 환하게 웃으며 이 팔에서 저 팔로 옮겨가는 동안에도 그는 다른 여자하고는 춤추지 않았다. 마지막으로 작은 한스가 그녀를 쪽마루 위로 밀고 나아갔다.

작은 한스는 불행했다. 충분히 예견할 수 있었던 사태지만 그래도 안쓰러운 일이었다. 아니타가 그녀의 큰 눈과 작고 날카로우며 흠잡을 데 없이 고른 치아에 작은 한스보다 더 잘 어울리는 남자를 찾았던 것이다. 작은 한스는 자기 친구의 여자 친구인 그녀를 하루 저녁 빌려 왔노라고 마침내 고백했다. 이러니 위로할 말이 없었다. 리타는 아니타를 욕했지만 작은 한스는 왜 그 여자가 자기를 그냥 내버려 두는지를 너무도 잘 이해했다.

리타가 혼자 있는 순간이면 만프레드가 그녀 옆으로 와서 놀리듯, 뭐 명령하실 게 없느냐고 물었다. "춤춰요!"라고 그녀는 번번이 말했다. 그리고 그들은 같이 춤추었다.

그녀는 사람들이 무슨 말을 하고 있는지도 이제 잘 모를 지경이었다. 그들은 많은 사람들 가운데서도 둘만이었고, 서로 미소와 눈길로 이야기를 주고받았다. 이 연회도 끝났다. 그러고 나선? 앞으로도 또 많은 연회가 있겠지? 홀의 등불들이 상대방의 눈 속에서 빙빙 돌며 스쳐 지나갔고, 무엇이 움직이고 있고 무엇이 고정되어 있는지 느낌도 없었다. 그들은 숨이 턱턱 막혀 홀 귀퉁이에 방치된 몇몇 의자에 앉았다.

어느 연회에나 있는 보이지 않는 전환점이었다. 그다음에는 마침내 얼굴들이 피로로 창백해지고, 여자들의 머리 매무새가 조금 흐트러지고 그들의 미소가 피곤한 기색을 띠며, 마침내 다가온 아침 그림자가 샹들리에의 광채를 죽이고, 먹다 남긴 음식들이 신선함을 잃게 되는 것이다. 아직도 술잔들은 부딪히면 맑게 울렸고, 아직 사람들은 가볍게 춤추었으며 향수며 포도주 향기가 사랑스럽고 아늑했다. 그러나 새로운 춤스텝 하나하나가, 음료 한 모금 한 모금이, 미소 하나하나가 즐거움과 긴장, 유쾌함과 저속함 사이에 그어진 경계선 가까이로 그들을 이끌고 있었다.

리타는 몇 초간 눈을 감고 있었다. 다시 눈을 뜨자 에른스트 벤트란트가 그녀 앞에 서 있었다. 그를 스쳐 그녀는 만프레드의 얼굴을 쳐다보았다. 그 얼굴은 얼마 안 되는 동안에 몹시 변해 있었다. 폐쇄적이었고 거의 불신을 띠고 있었다. 좋지 않은 예감으로 그녀는 벤트란트를 쳐다보고 깜짝 놀랐다. 그녀는 곧 무슨 일이 있었는가를 알아차렸다. 몇 시간째 홀을 거닐며 누구에게나 악수를 청하고 모두와 건배를 들어야 했던 벤트란트는 지난 몇 주일 동안 집중하느라 쌓인 신경의 긴장을 아직 풀지 못하고 있었다. 벤트란트는 마지막으로, 피곤하고 좀 쉬었으면 하는 마음뿐인 터에 리타가 춤추는 것을 보았고 아무런 생각 없이 그녀를 따라온 것이었다. 그는 만프레드는 안중에도 없이 지나쳐 왔다. 그 사람은 느긋하게 미소를 지으며, 만프레드를 정신이 번쩍 들게 하고 리타를 깜짝 놀라게 한 시선으로 그녀 앞에 서 있었다.

악단은 아직 똑같은 유행가를 연주하고 있었다. 그러나 모든 것이 변했다. 에른스트 벤트란트가 리타 앞에서 인사하며 춤을 청했다. 리타는 일어나며 불안하게 만프레드를 쳐다보았고, 만프레드는 지루하게 그녀를 바라보았다. 그가 그러는 데 화가 나 그녀는 벤트란트가 이끄는 대로 무도장으로 나갔다.

"당신이 춤추는 걸 봤어요."라고 벤트란트가 말했다. 리타는 자기만이 그 사람 이야기를 듣고 있으며, 그를 보고 있는 사람이 달리 없어 다행스럽게 생각했다. 그녀는 그 사람의 팔 안에서 뻣뻣하고 서툴러졌다. 벤트란트는 즉시 자기가 지나쳤다는 것을 느꼈다. 순간순간 그의 얼굴에서는 거의 도취되었던 표정이 사라져 갔고, 눈에 담긴 동경도 스러져 갔다. 리타는 그의 그런 변화가 괴로웠다.

그가 "그처럼 많이 긴장했던 시간을 보내고 이런 저녁을 맞으니 좋군요, 그렇지 않습니까?"라고 여느 때와 같은 목소리로 말하는 것을 들으며 그녀는 고통스러웠다.

무슨 일이 일어났었던가! 아무 일도 없었다. 아무것도 없었던 것이다. 굳이 말이 필요 없을 정도로 별일이 없었다. 지금도 그렇고 나중에는 더더욱 그럴 것이다. 나중에 가서는 흔적조차도 미미하고 사소해질 테니까. 그러나 리타와 만프레드는 둘 다 그들이 무엇을 보았는지 알았다. 그들은 그것을 잊어야 마땅했다. 그리고 또한 잊기도 했다. 더 이상 생각하지 않는 걸 잊는 것이라고 한다면.

리타가 벤트란트와 함께 다시 만프레드에게로 가자 만프레드가 일어나 에른스트 벤트란트의 인사에 삐딱하게 응답했다. 이제 제대로 된 인사가 시작되었다. 예절 바른 지인들이 연회에서 만난 것이다. 벤트란트가 모카커피 세 잔을 쟁반에서 집었고, 그들은 무릎을 높이 올린 채 낮은 의자에 앉아, 작은 찻잔을 손에 들고 균형을 잡으면서, 서로가 아귀 맞게 역할을 제대로 수행하는 것을 보아야 했다.

만프레드가 벤트란트에게 공장장의 의무들에 대하여 물었다. 온통 책임뿐이죠, 안 그렇습니까? 네, 그렇습니다 하고 에른스트 벤트란트가 말했다. 하지만 익숙해지게 마련이죠.

"그거야 물론이죠."라고 만프레드가 필요 이상으로 냉소적으로 말했다. "인간이란 익숙해진다는 사실에 우리의 온 역사가 근거하고 있으니까요."

"그렇게 자신하시나요?"라고 벤트란트는 물었을 뿐이다. 그는 기진맥진했고 언쟁을 벌일 생각은 없었다.

대화가 이상하게 흘러갔다. 나중에 리타는, 자기가 당시에 여자다운 나르시시즘에 눈이 어두워('저 사람들이 싸우는 게 다 나 때문이구나.') 상황을 완전히 이해하지 못했었노라고 스스로에게 말한다. 그녀는 만프레드가 멀리서 얼마나 정확하게 벤트란트를 주목했던가를 알았는데, 막상 그 사람이 자기 앞에 앉아 있는 이제 그는 무뚝뚝하게 굴고 있었다. 그는 인간의 역사란 무관심에 근거한다는 자신의 주장을 장황하게 증명하고 있었다. 아무도 자기 말에 귀 기울이지 않는다는 것을 그는 전혀 알아차리지 못했다. 사람을 거북하게 하는 열성으로 이야기를 늘어놓고 또 늘어놓다가 마침내는 "인간은 그렇지만 모두 같은 틀에 따라 만들어졌죠……."라고 단언하며 끝맺었다.

무엇하러 그는 저다지도 잘난 척하는 것일까? 하고 리타는 생각했다. 그녀는 자기가 가만히 있어야 한다고 느꼈다. 자기한테서 단 한마디라도 나오면 지금은 그를 더욱더 자극할 것이었다.

"똑같은 틀에 따라서요?"라고 벤트란트가 말했다. "그럴 수도 있겠지요. 이성의 발달이 서로 다르다는 점을 무시한다면……."

만프레드는 마치 바로 이 논박을 기다렸다는 듯 행동했다. 느닷없이 웃음을 터뜨렸다. 그의 웃음도 부자연스러웠다. "그런 의견을 들고 나오시는군요! 이성이 역사를 구성하는 요소였던 적은 한 번도 없었습니다. 인간이 이성에 의하여 행복해졌다고 느낀 게 언제부터입니까. 그런 것에는 차라리 의지하지 않는 게 좋습니다."

벤트란트는 미소를 지었다. 리타는 만프레드 때문에 얼굴을 붉혔다. "그러니까." 하고 그 사람이 말했다. "그걸 찾는 사람은 모든 희망을 버려라 이겁니까?"

"아마도 희망이 아니라." 만프레드가 말했다. "헛된 환상이겠지요."

이때가 자신이 두 번째로 불안 같은 것을 느낀 순간이었다고 리타는 회상한다. 그래 그거였어. 문제는 시샘이나 상처 입은 허영 같은 게 전혀 아니었다는 것을 자신이 문득 깨닫지 않았던가? 문제는 바로, 그들이 이야기하고 있는 주제 그 자체였던 것이다.

만프레드보다는 관심이 적은 벤트란트가 마지막 한마디를 포기했다. 그는 일어났고, 아내와 함께 망설이며 그들에게로 오고 있는 롤프 메터나겔에게 갔다. 리타는 만프레드의 격분에 마음이 조마조마했지만(벤트란트가 그에게 대답하지 않는 것에 심지어 실망하기까지 하지 않았던가?) 저 젊은 사람이 더 나이 든 사람에게 청하는 그 악수가 무슨 뜻인지는 알 수 있었다.

"안녕하세요?"

"잘 있었나? 힘든 시절이었지, 안 그런가?" 그러면서 메터나겔은 만면에 웃음을 띠었고, 벤트란트도 되받아 웃었다. "그렇게 볼 수 있겠지요."

"힘든 시절이었어, 그렇지만 우린 한 고비 넘은 것 같지?"

"그럼 축하하는 뜻에서 한잔하지요."

두 사람은 샴페인 잔을 들어 맞부딪쳤다. 샴페인은 잔에 담겼으니 터지는 소리가 없었지만 아무래도 좋았다.

그들은 잔을 다 비우고 내려놓았다. 그런데도 여전히 다들 서 있었다.

"우리 공장의 새로운 차량 이야기 들으셨습니까?"라고 공장장이 물었다. 그런데 메터나겔을 보고 그 이야기를 들었느냐니! 기존 것보다 몇 톤은 더 가볍고, 그러면서도 정말이지 꿈 같은 차량이었다.

"생각해 봤습니다만." 하고 벤트란트가 말했다. "메터나겔 씨께서 동참하실 수도 있겠다고요."

"내가?"라고 메터나겔이 믿을 수 없다는 듯이 물었다. 그는 빨리 정신을 가다듬었다. "자네 뜻이 그렇다면야……."

"네." 하고 벤트란트가 말했다. "메터나겔 씨의 경험 때문이 지요. 내일 일찍 좀 오시겠어요? 개발 수뇌부가 모이니까요."

메터나겔이 리타의 어깨에 손을 올렸다. "자, 우리 아가씨." 라고 말했다. "이제 우리가 그러니까 연구자들 사이에 끼게 됐군. 들었지?"

"롤프, 잘됐어요." 하고 리타가 말했다. 한껏 사무적으로. "하지만 전 동참하지 않겠어요. 저는 이제 떠나야 하는걸요. 아니면 제가 아직도 더 오래 여러분들 곁에 있을 수 있겠어 요?"

메터나겔이 웃었고 갑자기 리타도 다시 즐거울 수 있었다.

그녀는 만프레드가 맨 마지막 춤은 그래도 자기와 추게끔 했 다. 집으로 오는 길에 어둡고 고요한 시내를 지나며 그녀는 그 와 팔짱을 끼었다. 그들은 말이 없었고 그날 저녁에 만족했다.

그 직후 휴가가 시작되었다. 걸어서 그리고 그들의 작은 잿 빛 차를 타고 그들은 함께 리타의 고향 마을 주위를 두루 돌아 다녔고, 숲 속 호수에서 수영을 하고 신선한 맑은 공기와 여름 의 가벼운 기운을 온몸 가득 들이마셨다. 그다음 만프레드는 장래의 제자 대학생들과 이 주일 동안 불가리아 흑해 연안으

로 갔고 검게 타서 활기찬 모습으로 돌아왔다. 그는 리타에게
줄 작은 회갈색 거북 한 마리를 가져왔다. 그들은 그 거북에게
클레오파트라라는 이름을 지어 주고는 그들의 작은 다락방에
딸린 욕실에 모래 상자를 갖다 놓고 그 안에 거북을 넣었다.
가을이 시작되기 조금 전 그들은 다시 그 다락방으로 올라갔
던 것이다. 막 북쪽 광야에서 떠나온 철새들과는 반대로.

그들은 서로 사랑했으며 함께 맞을 두 번째 겨울에 대한 새
로운 기대로 가득 차 있었다.

17

함께 보낸 세 번째 겨울은 없었다.

이 말의 더없이 혹독한 의미 가운데서도 되풀이될 수 없게 기억에 남아 있는 것은 그해 마지막 몇 달 동안 작고 네모난 창문 속에서 일어난 색채 변화였다. 눈부시게 환하고 뜨겁고 현란했던 것이 빛을 잃고 서늘하고 창백해져 갔다. 도시의 지붕들, 강굽이, 평평한 평야 위를 비추는 빛의 서서한 변화도 되풀이될 수 없게 남아 있다. 반사하여 만프레드의 눈에 담긴 이 소중한 빛도 되풀이될 수 없게 남아 있다.

그때 우리는 알지 못했다, 아무도 알지 못했다. 어떤 한 해가 우리 앞에 놓여 있는지. 감내하기 쉽지 않은, 더없이 혹독한 시련의 한 해. 후에 사람들이 역사적인 해라 부를 한 해가 우리를 기다리고 있었다.

함께 살아가는 사람들은 살갗을 태우는 역사의 냉엄함을

견디기가 어려웠다. 그 해를 곰곰이 생각하며 리타는 느낀다. 저 엄격하나 지속적인 빛과 하루하루 우연적인 조명의 차이, 그것을 나는 그때 이해했었다고. 그렇지만 아직 그녀가 아는 많은 얼굴들 위에서 빛과 그림자가 그때그때 기분과 장점에 따라 바뀐다. 힘과 관심, 정열과 재능의 엄청난 총량이, 전쟁이 끝난 지 십오 년째인 지금도 물론, 쉽게 극복되지 못한 일상적인 일을 하느라 낭비되는 것을 그녀는 본다.

그럼 그가 옳았던 것일까, 그녀는 자문한다. 그는 늘 말했다. 오늘날 사랑은 불가능하다고. 우정도 이루어질 희망이 없다고. 우습지, 우리와 우리가 품은 소망들 사이에 있는 힘에 맞서다니. 그 전능한 힘을 우리는 상상조차 할 수 없는데. 그래도 우리에게, 당신과 나에게 사랑이 이루어진다면, 그렇다면 우린 아주 가만히 있어야 해. 그렇다면 우리는 늘 '그래도'를 생각해야 해. 운명은 시샘이 많거든.

그가 옳았던 것일까? 그리고 내가 틀렸을까? 우리 둘에 대한 나의 엄격함이 부자연스러운 것이었을까? 당신은 끝까지 버텨 내지 못할 거야 하고 그가 늘 말했다. 당신은 인생을 몰라. 그러나 그는 안다고 했지. 사람이란 금방 눈에 띄어 파멸당하지 않으려면 보호색 한 가지쯤은 띠어야 한다는 것을 그는 알았다. 그는 그것을 알았고 그 점이 그를 외롭게 했다. 거만하게 하기도 했지만. 이따금씩은 음울하게도 했고. 반대로 나는 나 자신을 잃을까 두려워해 본 적이 없다. 그가 말해 주기 전까지 나는 결코 우리가 불운한 시대에 태어났다는 생각에 이르러 본 적이 없다. 그는 이따금씩 변신을 상상했다. 백 년 전에 살았더라면, 아니면 백 년 뒤에 살았으면 하고. 나는 이 유희를 결코 같이하지 않았으며 그는 나더러 상상력이 없다고 나무랐다……

만프레드는 무엇으로도 바꿀 수 없는 단 하나의 인생을 건 모험이 그녀를 송두리째 뒤흔들고 있음을 보았다. 그는 이제 사범 학교에서 의기양양했던 처음 몇 주일이 지나자 그녀를 엄습한 낙담을 잘못 해석하거나 잘못 사용하지 않을 만큼 충분히 그녀를 알았다. 그녀가 어느 날 저녁(9월이 어느덧 끝나 가고 있었다.) 처음으로 진지하게 "나를 사랑해?"라고 물었을 때 그는 귀를 기울였다. "그렇지 뭐." 하면서 그가 그녀를 좀 더 자세히 바라보았다. 그때 그는 자기가 그녀의 두 눈 아래 나타난 피로와 창백함을 지금껏 간과했던 것을 자책했다. 그는 책을 옆으로 밀어 놓고 지금 바로, 오늘 밤에 가볍게 드라이브를 나가자고 그녀에게 제안했다. 비가 오든, 가을답게 날씨가 싸늘하든 간에.

차 안에서 그는 히터를 켜고 라디오를 낮게 틀어 놓았다. 그는 도시를 지나 남쪽으로 가면서 오래 말이 없었다. 리타가 자기 옆에서 긴장이 좀 풀리고 더 이상 떨지 않는다고 느꼈을 때까지. 한참이 지나자 그녀는 늘 그렇듯, 그들이 어디쯤 가고 있는지 몰랐고, 어디냐고 물었고, 그러자 그는 늘 그렇듯 그녀를 놀렸다. 그가 조심스럽게 조금씩 그녀에게 말을 시켜 보았더니, 그녀가 학교생활을 낯설고 외롭게 느낀다는 사실이 드러났다.

전혀 아무 일도 없었다. 그는 그녀 말을 마침내 믿어야 했다. 아무도 그녀를 모욕하거나 비난하지 않았다. 계속 주목하고 격려하는 것은 아니었어도. 배우는 것에도 어려움은 없었다. 모든 것이 별 탈 없었다.

"거기 사람들은 모두 얼마나 똑똑한지 몰라."라고 그녀가 말했다. "다들 모르는 게 없어. 정말이지 무엇에도 더 놀라지 않아."

"그건 내가 잘 알아."라고 만프레드가 말했다. 그는 정말 그것을 잘 알았으며 다시 한 번 그녀보다 우월해졌다. "대개 일이란 마냥 계속되는 게 아니야. 한번 무슨 일이 일어나도 대개는 그냥 지나가 버리게 마련이지."

"그 사람들한테는 아무 일도 일어나지 않아."라고 리타가 말했다. "그래도 그래."

만프레드가 웃었다. "누구에게나 무슨 일인가 일어나, 그건 믿어 둬."

예를 들면 나한테는 말이야, 그는 생각했다. 당신을 만나게 됐잖아. 그때부터 나는 꽉 막힌 사람들의 완고함을 의심하고 있어.

그렇지만 그가 그녀의 시름을 처음에 진지하게 생각하지 않았다면, 그가 틀린 것이었다. 그는 너무 일찍 안심했다. 그 다음부터 곧, 그가 학교 앞에서 그녀를 기다릴 때면, 그녀가 이제껏 본 적 없는 아름다운 금발에 소년처럼 날씬한 어떤 여자와 즐겁게 계단을 내려오는 것을 자주 보았기 때문이다. 그 여자는 오래전 리타가 근무하던 보험 회사 사무실이 있는 작은 도시의 미용실에서 온 마리온이었다. 만프레드는 리타가 이 친구와 함께 있다는 것을 알면서 만족했다. 이런 우정이란 정해진 경계선을 넘어서지 않을 것이며 그것이 바로 그가 바라던 바였던 것이다.

마리온 옆에서는 우울한 생각을 달고 다니는 것이 불가능했다. 그 여자는 자기 마음을 흔드는 것, 기쁨과 근심과 노여움을 뭐든지 지체 없이 다른 사람과 나누지 못하는 것은 생각도 할 수 없다고 여기는 사람이었다. 리타는 자기가 그 작고 지루한 소도시에서 여러 해 동안 어떤 사람과 이웃해서 살았던가를 이제 비로소 진짜로 알게 되었고, 저녁이면 전에 같은 곳에 살던 사람들의 이상한 운명들에 관한 이야기로 만프레드를 유쾌하게 해 주었다.

마리온은 패션 잡지에 오래 빠져 있을 수 있었다. 그 여자가 황홀해하는 것을 볼 수 있는 유일한 기회였다. 그 여자가 리타의 습관을 근본적으로 바꾸어 놓기 시작했다.

"분명 넌 저녁에 물과 비누로 세수할 거야."라고 그 친구가 말했다. "아무튼 그게 너한테는 비슷하게 보일 테지. 내가 없었더라면 넌 네가 어떤 모습이 될 수 있을지 예감도 못 했을걸. 내가 없었더라면 죽을 때까지 이 말도 안 되는 자주색 립스틱을 발랐을 거야. 물론 너한테는 안 어울리는 걸 말이야."

리타는 마리온을 만프레드와 합석시켜 그가 비웃는 듯 예의를 차리는 모습을 보고, 또 자기 친구가 즐겁게 애교를 부리며 그것에 대해 수다를 떨도록 하는 게 재미있었다. 만프레드는 마리온이 존경하는 유일한 사람이었다. 그러나 그녀는 자기한테 그런 남자 친구가 있다면 너무 피곤하리라는 점을 남들에게 드러내 보였다.

시간이 흐르면서 마리온은 리타와 더욱 친해졌다. 자기가 원래는 마리안네였는데 스스로 이름을 마리온으로 바꿨다는 이야기하며("요새 아직도 마리안네가 뭐니, 촌스럽게.") 근처 모터 공장 젊은 철물공과의 행복하고도 극적인 사랑 이야기를 한 단계 한 단계 다 리타에게 들려주었다. 오래지 않아 그 철물공, 요헨이 오토바이를 타고 저녁이면 만프레드와 나란히 학교 문 앞에서 기다렸다. 가을 저녁의 우수가 그들을 서로 묶어 주었고, 만프레드는 똑같이 여자를 기다리는 신랑 역할을 받아들였다. 그는 리타와 함께, 마리온이 요헨의 오토바이를 향하여 당당하고 우아하게 걸어가는 모습과 두 사람의 요란한 인사 의식을, 또 이어서 오토바이가 갑자기 요란스럽게 출발하여 어둑어둑한 광장 위를 대담하게 리본 모양으로 누비고는 꽁무니에 연기를 달고 다음 모퉁이를 돌아 사라지는 뒷모습을 지치지 않고 바라보았다.

그렇지만 지속적으로 보면 마리온과의 우정이 도움을 필요로 하는 리타의 상황을 해소해 준 것은 아니었고, 이 점은 간과될 수 없다. 오랫동안 만프레드는 혼자서 리타의 본성이 무언가 변했다는 것을 부인했다. 하지만 거의 눈에 띄지 않게, 다만 이따금씩 익숙지 않은 표정 변화에서 그것을 느낄 수 있었다. 만프레드는 이러한 변화의 근원을 철저히 파 볼까 말까 오랫동안 망설였다. 그는 무엇인가 중요한 일이 일어나고 있다는 사실을 처음에는 그의 어머니가 보여 주는 연민에서 보았다. 어머니는 리타에게 손수 제일 맛있는 요리 부위를 권했고 그걸 먹지 않을 수 없게끔 했다. 가엾어 보인다는 것이었다. 놀랄 것도 없지, 사람들이 그녀에게 얼마나 많은 일을 시키는가! "네 신부 걱정 좀 해라."라고 어머니는 둘만 있을 때 만프레드에게 이야기했다. 마치 비밀이라도 하나 알려 주듯. 리타를 위한 이러한 모의에서 그가 거칠게 몸을 뺄 수는 없었다.

남을 위하는 어머니의 마음을 못 믿는 건 아니었지만, 자신의 이익이 문제 될 때 그것을 감지하는 어머니의 예민한 코를 그는 믿었다. 어머니는 만프레드가 여러 달 전부터 보기를 바랐던 약함과 무력함의 신호를 이제 후각으로 느끼고 있었던 것이다. 그는 이제 마리온과 조심스럽게 리타에 대해서 이야기할 정도까지 되었다. 마리온은 존중받는 느낌이었고, 눈을 크게 뜨며 그에게 다짐했다. 리타의 영리함과 재능에 자기 이상으로 경탄할 수 있는 사람은 아무도 없노라고. 자기는 참으로 애석하게도 그 두 가지는 아마도 넉넉하게 갖지 못한 것 같다고. "리타는 자기 자리에 있는 거예요."라고 마리온이 말했다. "부러움을 살 만한걸요." 마리온은 한숨을 쉬어 자기가 스스로를 제자리에 있지 못한 사람, 제자리에서 떨어져도 한참 멀리 떨어진 사람으로 느끼고 있음을 암시했다. 거기에 이르자 만프레드는 대화를 중단했다.

그녀로 하여금 이 어려운 시기를 넘어서게 해 주려고 그는 감동적인 노력들을 했다. 그는 그녀에게 다가오는 모든 사람과 모든 것에 대한 질투를 극복했고 그녀를 직접 마르틴 융에게 소개하기도 했다. 마르틴 융은 삼사 주일마다 한 번씩 튀링엔 지방의 소도시 S에서 와 자기 졸업 논문의 진전을 만프레드와 상의하는 사람이었다. 만프레드가 그를 학문적으로 지도해 주고 있었다. 만프레드는 어느 화학 공장의 엔지니어이며 자기보다 어린 이 인물이 논문을 써 가면서 해내는 일에 경탄하고 있었다. 그는 '제니 방적기'를 다루는 작업에 골몰하지 않을 수 없게끔 된 자기 자신을 보았다. 융이 개선하려고 하는 이 기계에 그는 마치 애인을 대하듯 매혹되기도 하고 노여워할 수도 있었다. "보시잖아요. 이게 저한테 다른 여자들 쫓아다닐 시간을 주지 않는걸요." 리타가 그의 그런 은둔자 같은 생활을 나무라면 그 사람은 그렇게 말했다.

마르틴은 속을 끓이지 않는 사람이었지만 그렇다고 해서 경박한 청년은 절대 아니었다. 매사에 관심을 가졌지만 전공에 제일 관심이 많았고 여자들에 제일 관심이 없었다. 어쩌면 여자들 쪽에서 그를 쫓아다니기 때문일지도 몰랐다. "너무 잘생기셨나 보네요."라고 리타가 그를 비난했다. "잘생기면 남자는 누구나 우쭐대지요." 마르틴은 그녀가 무슨 질책을 해도 다 좋아했다. 그가 오면 언제나 즐거웠다. 그는 새로운 음반들을 가져왔고, 만프레드가 질색하는 탓에 만프레드한테서는 받아본 적 없는 싸구려 사탕을 리타 몫으로 가져왔다. 저녁이면 이따금 정적에 찬 듯 보이는 작은 방은 마르틴이 들어설 때면 곧장 생기로 가득했다. 먼지 낀 어두운 다락방에서 마르틴은 들고 온 판의 음악에 맞춰 리타와 함께 춤을 추거나 아니면 만프레드와 리타에게 자기가 좋아하는 재즈에 대해 강연했다.

"이런, 마치 늙은이가 된 것 같군." 마르틴이 가고 나면 만프레드가 이따금씩 그런 말을 했다. 그는 마르틴에게 애착을 가졌고 리타는 놀라면서 기쁘게 그 모습을 바라보았다. 만프레드와 다섯 살 이상 나이 차이가 나는 이 청년은 자기보다 나이든 사람들에 대하여 수줍고 감격적인 존경심 같은 것이 있었다. 친구가 없다는 사실이 만프레드에게는 흠처럼 붙어 있었다. 이제 이 흠이 지워지는 것, 이 남모르는 소망까지도 이루어지는 것을 그는 리타의 등장과 함께 그의 인생에 받아들였다.

"자네가 나한테 행운을 가져왔어." 마르틴이 와 있을 때 공기조차도 그에 의해서 움직이는 듯 보일 때면 만프레드가 그렇게 말했고, 이제 그들 모두에게 편안한 정적 속에서 그녀는 혼자 미소를 지으면서 그들을 바라보고 서 있었다.

그녀는 아직도 밤이면 그의 곁에 누워 있었다. 머리를 꼭 맞춘 듯, 그의 우묵한 어깻죽지 안쪽에 두고. 그의 숨결은 그녀의 섬세한 머리카락 끝을 흔들었으며, 늘 그렇듯 그녀는 그의 따뜻함을, 그는 자기를 부드럽게 해 주는 그녀 살갗의 매끄러움을 서로 치켜세워 주었다. 그러나 이제는 리타가 자기에게로 바싹 다가오는 바람에 그가 자정이 지나서 잠을 깨기도 했다. 그럴 때면 그는 리타가 눈을 뜨고 누워 있는 것을 보았다. "무슨 일이지?"라고 그가 물으며 그녀의 머리카락을 쓰다듬었다. 그녀는 고개를 흔들며 자는 척했다. 그녀는 이야기하려 들지 않았다. 그녀는 어떻게 자신을 표현해야 할지 몰랐고 무엇이 자신의 마음을 짓누르는지 그가 정말로 알고 싶어 하는 건 아니라고 느꼈다.

흐릿하고 우중충한 가을이 되었다. 잎들은 젖은 걸레처럼 진득한 포장도로 위로 질척질척 떨어졌고 한데 쓸어 모으면 지저분하고 묵직하게 뭉쳐져 쓸려 나갔다. 10월에 벌써 안개가 끼기 시작했다. 여느 때 그 어디에도 없었던 무겁고 두껍고 악취가 밴 안개였다. 그런 안개가 여러 주일 이 도시를 뒤덮는다. 사람들은 울타리를 따라 죽 더듬고, 안개 방에 앉은 듯 어스름한 방에 외롭게 앉아 있다. 그러다 보면 인생에서 놓쳐 버린 모든 기회에 대한 슬픔에서 벗어나기가 어렵다. 잃어버린 사랑, 이해받지 못한 고통, 남모르는 기쁨 그리고 낯선 나라 위에 뜬, 본 적 없는 태양에 대한 슬픔에서. 바깥은 교통마비 상태다. 다른 곳에서라면 빵을 기다리듯 도시 외곽 공장들에서 원자재를 기다리는 가운데, 원자재를 실은 화물 트럭의 강한 헤드라이트 불빛조차도 불그스름하게 허연 안개 벽을 거의 뚫고 들어가지 못했다.

그런 어느 저녁 만프레드는 리타를 기다렸지만 허사였다. 식사 때는 부모 앞에서 그녀를 위하여 믿기지 않는 억지 변명을 꾸며 댔다. 물론 부모는 그의 불안을 알아차렸고 그것을 남김없이 이용했다. 수치를 모르는구나, 진정하지 않은 사랑이 다 그렇듯. 어머니는 리타의 운명에 근심을 보였다. 무슨 교통사고 소식을 듣지 못했니? 그러나 그다음에는 모든 것을 잊어버리고 모반자의 표정으로 서쪽에 사는 여동생에게서 온 소포의 내용물을 탁자 위에 펼쳐 놓았다. 여러 해 만에 처음 받는 소포였다. 드디어 어머니도 서방 커피 한 잔 마시라고 이웃집 여자를 초대할 수 있는 사람들 대열에 낀 것이었다. 만프레드는 마냥 무관심했다. 그는 그 이모를 거의 알지도 못했다.

그러나 그의 몫으로 온 담배는 받았고 감사 답장 아래 인사도 한마디 적어 넣었다.

그는 지루해져서 그 이모의 딸들에 대해서 물었다. 그러자 사진들이 나왔다. 이제 사진까지 봐야 하는 것이다. 아, 네, 이미 알아요. 하나는 작고 뚱뚱하고, 또 하나는 키가 크고 마르고, 밀짚 같은 금발에다 둘 다 멋없지요. 그러면서 그는 문에서 나는 소리 하나하나에 귀를 기울였고 가족 식탁 위에 매달린 등불이 그리는 따뜻하고 아늑한 동그란 빛에서 떠나지 못했다.

"전차가." 하고 아무것도 잃을 게 없는 어머니가 말했다. "오늘 오후에는 전차가 기어갔지. 어떤 것들은 전혀 다니지도 않고. 정말 기다릴 수밖에 없겠다."

그리고 등불이 줄곧 타고 있었다. 여러 해 전 어린 소년인 그가 이 탁자에 앉아 숙제를 했을 때도 등불은 그렇게 타고 있었다. 그때 어머니는 이따금씩 뒤로 와서 손을 그의 머리 위에 놓지 않았던가? 그를 편안하게 해 주는 가볍고 따뜻한 손을. 어머니가 리타 걱정을 할 때 어머니의 목소리에 진심이 담기지 않았다고 도대체 누가 말할까? 도대체 누가 그로 하여금 결국은 약한 사람이며 나름 최선을 다하려는 아버지에게 연민을 느끼지 못하게 훼방을 놓았을까? 무언가가 그를 이 가족 공간의 어렴풋한 온기 속으로 끌어당겼다. 자기가 다시 튕겨나갈 탄력을 잃는 것 같이 느껴져서 그는 거기에 저항하며 펄쩍 뛰어 일어나서 갔다. 자신의 내면에 있는 불확실한 무언가에, 뭐라고 이름 붙일 수 없는 무언가에 노여워하며. 자기 방으로 가서 혼자 있게 되자 노여움은 더욱 커졌다.

　그는 담배를 피우며 뉴스를 들었다. 안개로 인한 고속도로 사고 이야기가 나오고 있었다. 그는 방 안을 오락가락했다. 갑자기 방 안에 그가 필요로 하는 것보다 넓은 공간이 나타났다. 서서히, 그러나 그다음에는 육중하게 모든 것을 휩쓸어 버리는 눈사태처럼, 그녀에게 무슨 일이 일어났다는 확신이 그의 마음속에서 퍼져 갔다. 경악으로 인한 마비 상태를 겨우 극복하고 가장 가까운 공중전화 부스에서 병원 응급실로 전화해 보기 위하여 일어나려는 순간에(외투를 벌써 옷장에서 꺼냈다.) 문이 열렸다.

　리타가 들어왔다.

　안개가 외투며 머리카락 곳곳에 잔 물방울로 내려앉아 그녀가 움직일 때마다 반짝거렸다. 얼굴은 발갛게 상기되었지만 죄의식은 없었다.

　그녀가 그렇게 문에 서 있는 모습, 번쩍번쩍하며 생기를 띠고 김에 감싸인 채 얼굴에는 거의 인지할 수 없는 반항(아니면 사실은 평온이었을까.)을 담고 있는 모습을, 그가 그 뒤로 멀찍이서 얼마나 자주 바라보았는지 헤아릴 수가 없다. 번번이 그는 그때처럼 몸이 빳빳해지는 느낌이었다.

　"어딜 갔었지?" 하고 그가 물었다. 그의 목소리에서는 불안이 아니라 해명을 하라는 요구가 울려 나오고 있었다. "슈바르첸바흐 씨 댁에." 그녀가 말했다. 그녀는 자기 몫의 저녁 식사를 옆으로 밀쳐놓았다. 벌써 저녁을 먹었던 것이다. 그러나 차는 마셨다.

만프레드가 그녀를 보았다. 슈바르첸바흐 씨 집. 그녀가 대학에서 역사학 강사로 다시 만난 교직 지망생 모집자의 집이었다.

그녀는 이제 말하지 않으려 했던가? 아니었다. 이 폐쇄적이고 차가운 얼굴에다 대고는 더 말하지 않은 것이었다. 그녀는 잠자리로 갔고 그는 책상 앞에 앉았다. 그녀는 자지 않았으며, 그는 일하지 않았다. 그는 자신의 등에 와 박힌 그녀의 시선을 느끼고 몸을 꼿꼿하게 세웠으며, 그녀는 그가 신호를 보내길 기다리고 있었다. 하느님 맙소사, 우리가 대체 어린아이들이란 말인가?

그날 저녁만 해도 그는 자신의 뻣뻣한 태도에 제동을 걸 수 있었다. 과감하게 그녀를 향해 침대가로 갈 수 있었던 것이다. 그는 그녀에게 몸을 숙이며 말했다. "아직도 안개 냄새가 나는군."

같은 날 밤 그녀는 그에게 많은 이야기를 들려주었다. 그들은 보고하고 질문하고 되물을 시간이 필요했다. 그동안 안개는 뒤로 물러났거나 아니면 아주 사라져 버렸다. 안개가 마침내 사라져 어디로 가는지 누가 정확하게 알겠는가? 아무튼 아침이면 다시 도시의 모습이 보일 것이다. 그토록 오랫동안 놓쳤던 많은 것을 갑자기 깨닫는다.

"슈바르첸바흐 씨와." 그녀가 말했다. "학교 계단에서 마주쳤어. 나도 한번 만났으면 하던 차였는데." 그 사람이 지금 리타를 이해할 수 있는 유일한 사람이었다. 그러지 않아도 예전에 저녁이면 사무실에서 이야기를 나누던 사이였기 때문에 아직도 조금은 친밀함이 남아 있었다. 그는 당시에 그녀가 자신의 모집 권고를 처음에 거절하면서 했던 말을 금방 기억해 내고는 같은 말로 그녀를 놀렸다. 그녀는 그가 기대한 대로 대꾸했다. "그렇지만 제가 옳았어요. 그냥 거기 그대로 있을걸 그랬나 봐요."

"그래요."라고 그가 말했다. "시간 좀 있어요?"

만프레드가 자기 걱정을 할 줄 알면서도 그녀는 고개를 끄덕였다.

두 사람은 곧 안개 속을 오래 걸었다. 전차가 거의 다니지 않았기 때문이다. 슈바르첸바흐가 그녀와 같은 구역에 사는 것은 그래도 다행이었다.

그의 집 문 앞에서 그녀는 두 아이를 데리고 오는 한 부인과 마주쳤다. 그의 아내와 아이들이었다. 그들은 곧장 아버지에게 돌진하듯 달려들었다. 두 아이는 탄가루를 뒤집어쓴 듯 새까맸다. 그 애들은 서로 다른 유치원을 다녔고 부모는 저녁마다 아이들을 모아 데려오는 것이었다.

"복도에서 그 사람은 아내에게 키스했어. 내가 있는데도." 그녀는 그 가족이 모두 마음에 들었다. 지금 곧장 슈바르첸바흐와 이야기를 한다는 건 말이 안 됐다. 하루 온종일 흩어져 매우 바빴던 식구들이 이제 비로소 저녁 활동을 시작하는 것이다. 요리하기, 아이들 씻기기, 그러면서 아이들한테 하루 종일 있었던 일을 들어 주고 올바르게 해석해 주기. 모든 일은 그 부부 사이에서 정확하게 분담되어 있었다. 리타는 즐겁게 바라보고만 있다가 맏이의 산수 숙제를 봐 줘도 좋다는 허락을 받았다. 장난스럽게 멋을 부려 조금씩 꼬부려 쓴 삐딱하고 자신에 찬 소년의 글씨였다.

"가득 차고 시끄러운 방에서 참 편안해졌어. 처음에만 해도 슈바르첸바흐 씨 같은 분이 그런 걸 좋아한다는 게 놀라웠어. 그런 사람은 오히려 주위가 조용한 걸 좋아하고 부드럽고 사려 깊은 부인을 사랑하리라고 생각했거든. 그런데 그분 부인은 정반대야. 슈바르첸바흐 씨보다 훨씬 젊고 활발하고 즐거운 사람이야. 숱 많은 새까만 곱슬머리였는데 머리카락이 바깥 습기 때문에 풀려 사방으로 뻗쳐 있었어. 그런 모습을 난생처음 봤어. 그런데도 전체적으로는 오히려 밝은 인상을 주는 거야……."

그 여자, 에르빈 슈바르첸바흐의 아내는 선생이었다. 그녀는 자기 남편과 리타가 저녁 식사 후 함께 앉았을 때 그들 곁에 그대로 머물러 있었다. "리타 씨는 내 욕을 많이 할 거야." 라고 에르빈 슈바르첸바흐가 자기 부인에게 말했다. "내가 고향 마을에서, 그 조용한 사무실에서 빼내 왔거든. 그 당시 나의 지루한 저녁 시간을 달래 주었지."

"그 순간 모든 것이 어느새 그렇게 나쁘게 느껴지지 않는 거야."라고 리타가 밤에 만프레드에게 이야기했다. 정말로 그녀는 그들과 말 한마디 주고받기도 전에 벌써, 마치 자신의 모든 의심에 대한 대답 하나를 받은 것만 같았다. "정말이지 자주 나 자신도 몰랐었어, 내가 그때 무슨 망상에 빠져 뛰어들었는지. 그러나 슈바르첸바흐 씨네 사람들은 나한테 뭔가 변명하려는 기색은 전혀 없었어. 그들은 좀 기다려 달라, 익숙해질 거다 뭐 그런 말조차도 하지 않았어."

좀 기다려라, 익숙해질 거다, 그런 말은 만프레드가 이따금 씩 했던 말이다. "그런데 대체 뭐가 문제였지?" 이제 만프레드가 물었다. "뭐가 당신한테 그렇게도 힘들어?"

"그건 그 사람들도 나한테 물었어."라고 리타가 말했다. "난 설명을 잘 못하겠어. 누구에겐가 그걸 떠밀다시피해서 설명하면 어리석게 들려. 그렇지만 슈바르첸바흐 씨는 금방 알아들었어. 사람들은 우리에게 계속, 만골트를 보고 배우라고 요구해. 나는 그럴 수가 없는데. 그리고 싶지도 않은데. 정말로 그 사람처럼 되어야만 하는 걸까?"

"만골트가 누구야?" 만프레드가 물었다.

"알잖아, 이야기했잖아. 그 사람은 아무튼 어떤 위원회의 분과 위원장이었어. 우리들한테 오기 전에는. 우리 과에서 공부하고 있지. 서른을 많이 넘지 않았어. 그 사람이 벌써 해 놓은 일을 보면 정말 놀랄걸. 난 정말로 모르겠어. 그 사람이 전에 있었던 곳에서는 사람들이 그를 어떻게 대했을는지.

그 사람이 대답을 못 하는 건 아무것도 없어. 우리 모두를 겁주지."

"맙소사."라고 만프레드가 말했다. "당신 너무 예민한 거 아니야?"

"그런 건 괜찮다고 슈바르첸바흐 씨가 그랬어. '예민한 사람들이 바로 우리가 필요로 하는 사람이죠. 무딘 사람들을 뭐에 쓰겠어요'라고."

"그 사람 말 한번 잘했군." 만프레드가 말했다. "난 예민한 사람들한테는 예민함을 버리라고 충고할 줄밖에 모르는데. 또 그런 걸 각색해서는 안 되지. 좀 들어 봐. 이런 건 전혀 새로운 성과가 아니야. 젊은 사람들이란 약간 지나친 이상을 품고 인생에 뛰어들고, 거친 세계와 물론 부드럽지 않게 접촉하게 되는 거야. 오래 되었고 어쩌면 심지어는 잘 지켜지고 있는 관행들을 엉망으로 헝클어 놓고, 머리를 한 방 얻어맞게 되지, 서너 차례. 물론 즐거운 일은 아니지. 그럴 땐 고개를 움츠리게 되지. 거기에 무슨 새로울 게 있겠어?”

당신은 마치 모든 것을 겪고 지나온 것처럼 말하는군 하고 리타는 생각했다. 요즘 무슨 일들이 일어났는지 이야기를 들려주자 슈바르첸바흐 씨는 나처럼 격분했는데. 그렇지 않아도 자신이 없어 줄곧 자기가 뭐 틀리지 않았나 하고 두리번거리는 우리 학교 젊은 사회학 강사가 한참 강의를 하는 도중 만골트에게 말려들어 그만 중요한 문장 하나를 잘못 인용했어. 만골트는 모든 인용을 외우고 있지. 인생의 여러 해를 거기에 썼을 게 틀림없어. 그 강사가 만골트의 어조에 얼마나 놀랐는지. 만골트는 지금 바로 이 인용을 잘못하면 꽤 심각한 문제가 될 수도 있다는 것을 그 강사에게 암시했거든! 강사가 얼굴이 아주 빨개졌다는 것, 그가 가까스로 수업을 끝마쳤다는 것, 만골트가 이 상황을 어떻게 남김없이 이용했는가, 그리고 무엇보다 우리들 모두는 쳐다볼 엄두도 못 내고 가만히 앉아 있었고 저항할 용기를 내지 못했지 하는 등등 이야기……. 끔찍했는데.

“진보에는 대가가 있게 마련이지.”라고 만프레드가 말했다. “우리가 이 만골트 같은 사람들을 참아 내야 한다는 것, 그게 우리가 치러야 할 대가야."

아니 하고 리타는 생각했다. 나는 그렇게 생각하지 않아. 슈바르첸바흐 씨도 말하지. 그런 걸 참고 견딜 권리는 없다고. 그가 아주 진지하게 말했다고 나는 생각해. 그리고 그분 부인이 아주 화를 냈지. 그런 사람들 아니면 우리지 하고까지 말했더랬지. 그 '우리'란 말에는 나도 포함되어 있었어. "편협한 소시민보다 더 질긴 건 거의 없을걸요."라고 슈바르첸바흐가 말했다. "우리가 등장했을 때 처음에 편협한 소시민은 쥐구멍 속으로 기어 들어가서는 살그머니 잽싸게 변신을 꾀했지. 그러더니 이제 다시 기어 나와 우리에게 매달리는 거야. 우리에게 봉사하는 척하며 우리를 더욱 해치고 있지."

"당신의 슈바르첸바흐는 공산주의자야."라고 만프레드가 말했다. "그렇지만 당신은 아니야. 그 사람은 싸우라지, 얼마든지 자기가 원하는 사람에게 맞서서. 그런데 그 사람이 당신한테 바라는 게 뭐야?"

"난 모르겠어. 그는 우리가 이 모든 일에 의견이 같다고 전제하는 것 같아."

"이봐."라고 만프레드가 말했다. "당신이 내 충고를 듣겠다면 말하지만, 그런 데 빠져들지는 마."

"그러고 싶어도." 하고 리타가 말했다. "싸우고 다닐 생각은 없어."

그 후 그녀는 빨리 잠들었다. 어린아이같이 편안한 얼굴로. 만프레드는 깨어 누워 있었다. 마치 그녀의 불안이 이제 그에게로 옮겨 온 듯.

18

　어느 날 아침(요양원에 들어온 지 사 주째다.) 리타는 건물 남쪽 정면을 따라 죽 길게 나 있는 발코니에 서서 모든 것이 달라졌음을 발견한다. 아주 갑자기, 예고도 없이.

　비바람 치던 밤이 지나고 처음으로 맑게 갠 차가운 가을날. 그녀는 잠을 별로 못 잤으나 자고 싶은 마음은 없었다. 밤에는 공원에서 비바람이 울부짖으며 포효했었다. 전선들에서는 위협적으로 윙윙거리는 소리가 났었다. 12시쯤 그녀는 자기 목소리에 잠이 깼다. 소리를 지르고 있었다. "도와주세요, 도와주세요."라고. 그녀는 이유 없이 비명을 지르다가 뚝 그쳤다.

　잠이 깨기 직전의 꿈을 기억 속에 간직하는 것이 그녀는 중요하게 여겨졌다. 그 꿈은 깨고 난 후 처음 몇 초간 너무나도 또렷하고 없어질 것 같지 않았고, 심지어는 오래 생각해 볼 수만 있다면 무슨 뜻인지 알 듯도 했다. 그러나 그 꿈이 자신 안에서 걷잡을 수 없게 해체되어 가는 것을 그녀는 벌써 알아차리고 있었다.

그녀가 모르는, 끔찍하게 긴 길이 아직도 눈에 선하다. 그렇지만 그 길을 죽 올라오던 동안의 느낌은 정확하게 알았다.(불안과 호기심이 뒤섞인 느낌이었다.) 곁에 만프레드가 없고, 이곳에는 어울리지 않는 에른스트 벤트란트가 있다는 것이 이상했다. 벤트란트가 있다니, 꿈인데도 놀랍다. 그러나 그는 매우 자연스럽게 행동하고 이따금씩 말한다. 저를 용서하세요. 그렇지만 그 사람은 용서하지 말고. 그리고 그녀가 대답하거나 질문하기도 전에 그들은 어느새 고모 집에 있는 리타의 작은 옛 방에 앉아 있다.(열린 창문으로 들어오는 공기에서 풀밭 냄새가 나자 바로 알아차린다.) 이곳에 한 번도 그와 함께 와 본 적이 없기에 그녀의 놀라움은 커진다.

그때 그녀가 잠에서 깼고 벌써 꿈을 잊어버리기 시작했다. 오히려 꿈은 그것을 붙잡으려는 그녀의 생각 앞에서 입김처럼 물러섰다. 놀라움은 남아 있다. 그 놀라움은 처음으로 '나'라는 것을 생각하는 어린아이의 놀라움과 비슷하다. 리타는 어른의 놀라움으로 완전히 채워져 있다. 아프다는 것은 이젠 아무런 의미도 없다. 더 이상 그럴 필요도 없다.

냉랭하고 맑은 빛에 그녀는 약간 눈이 부시다. 이따금씩 약간 몽롱한 유년의 윤곽을 그리워하지 않는 사람이 있겠는가? 그러나 그녀는 감상적인 것에 집착하지는 않는다. 그녀는 어느덧 이 빛에 개의치 않는다.

그녀는 발코니 귀퉁이에 오래 서서 공원을 내려다본다. 햇빛이 포석 위에 그린 세모가 너무 좁고 각이 날카로워져 더 이상 그녀를 따뜻하게 해 주지 않을 때까지.

바람이 잔다. 리타는 거기 서서 생전 처음으로 색깔들을 본다. 어린이 그림책의 빨강, 초록, 파랑은 아니다. 그러나 땅바닥의 스무 가지 다양한 잿빛 색조들과 나무들이 연출하는 무수한 갈색 유희들을 본다. 나뭇잎들도 늦은 시기에, 비가 많이 온 뒤 떨어질 때가 되면 알록달록하지 않고 그저 갈색이다. 그리고 그 모든 것은 푸른 조각하늘을 조금씩 겨우 내보이며 격하게 움직이는 구름장 아래서 이루어지고 있었다. 시간이 지날수록 점점 더 푸르러진다. 그러고 나면 이 빛바랜 차가운 태양이 나와 다시 한 번 모든 것을 바꾼다.

빛, 공기, 차가움. 이들은 번득이는 칼날처럼 습관의 두꺼운 덮개를 파고 들어온다. 균열들이 있다. 그럴 수밖에. 돌아다본다. 들여다보아라, 살아 있다. 모르는 사이에 많은 것이 분명해졌다. 이제는 자기 손을 쓰듯 그 분명함을 쓴다. 온갖 있을 수 있는 일들을 보게 되었고, 많은 것을 맛볼 만큼 다 맛보았다. 이런 아침이면 사람들은 떫은 것, 쓴 것, 산뜻한 것, 단 것, 그 모든 것을 맛보는 데 동의한다.

리타는 공원으로 내려간다. 모든 것을 잡아 보고 싶은 마음이다. 벤치의 나무 등받이, 타는 듯 붉은 너도밤나무의 죽죽 갈라진 줄기, 잎들, 가지들, 메마른 이끼. 그녀 없이도 존재하는 사물들에게로 지금 다시 몸을 돌리듯, 그녀는 동시에, 다시금 한결 침착하게 자기 자신을 향했다. 자신을 보고 자신을 느끼며, 이제는 더 이상 어느 수렁 바닥에 내던져진 물건이 아니다.

다른 방법이 없기 때문에 그녀는 이 새로운 자신감의 대가를 상실로 치른다.

만골트에 대해서 만프레드와 이야기했던 그날 밤 이후, 자기들 둘은 고립되어 서로만으로도 충분하며, 그들 방이라는 곤돌라에 타고 모든 것 위에서 흔들리고 있다는 느낌은 다시는 그 순수한 모습으로 되돌아오지 않았다.

그 대신 대화가 있었다. 만프레드는 그녀에게 그가 보는 대로 세상을 보여 주려 했다. 인식할 수 있지만 아직 인식되지는 않은 모습으로. 그리고 인식된 만큼조차도 거의 인식이 가닿지 않은 채로. 우악스럽고 모순에 찬 한 무더기 질료, 그리고 겨우 견습생이면서 대가인 척하고 싶은 인간. 인간은 뭔가 앙심을 품은 보상 심리로, 모든 가능한 것을 예언하려는 수학자들의 노력을 뒤쫓는다. 그 가운데는 이를테면 대규모 경제 투기의 성패 혹은 계획된 전쟁의 결과 등 수학하고는 조금도 상관없는 것들도 있다. 그렇지만 전자두뇌의 예언조차 지상에서(뭐 지상의 일부라 해도 좋겠지만) 앞으로도 계속 대규모 투기가 이루어지고, 앞으로도 계속 대규모로 무장할 것이라는 사실은 조금도 변화시키지 못했다. "그렇지만 인간은?" 하고 리타는 물었다. "인간의 운명은 대부분 나란히 진행되지. 무한 속에서나 서로 만나는 평행한 직선들이야."라고 만프레드가 대꾸했다. 그리고 그는 미소를 지으며 덧붙였다. "한없이 가다 보면 꼭 만난다고 하지."

그래도 만프레드는 자신이 예언자들의 길드에 속한다고 생각했다. 그의 학문이 인간의 미래 일상생활에 큰 몫을 할 것이란 사실이 그를 흡족하게 했으며, 그가 혹 초조라는 것을 안다면 그것은, 온 도시들이며 나라들이 빨리 자신의 실험 대상이 돼 주지 않아서 애가 타는 실험자의 초조함이었다.

"그렇지만 사람들이 그런 걸 원하잖아요."라고 그가 어느 날 에른스트 벤트란트에게 말했다. "잘 기름칠된 기계처럼, 저절로 청소되고 난방이 되고 수리되며 돌아가는 집. 정확하게 계획된 인간 생활이 마찰이나 막힘없이 순환하는 도시들, 자동으로 조절되는 양육까지. 좋잖아요, 그런 것까지 된다면. 아무튼 기계적인 불완전함 때문에 헛도는 일 없는 현존. 집중 강화를 통한 생명 연장. 그런 게 우리 세기의 학문적 과제죠. 그런데 그걸 오직 우리만이 보증할 수 있어요. 자연 과학이 말입니다."

"서두르셔야겠네요."라고 벤트란트가 말했다.

그는 그의 공장을 위한 어떤 분석 때문에 이 연구소에 와 있었다. 아무튼 처음은 아니었다. 긴 복도를 걸어 만프레드의 이름패가 달린 문 앞을 지나간 것도 처음이 아니지만, 잠시 망설인 후 오늘 처음으로 그 방에 들어갔다. 마침 제자 하나와 길게 늘어선 반응 시약 컵들을 살펴보고 있던 만프레드는 딴 사람도 아니고 벤트란트가 자기를 찾아온 것에 놀랐다. 그러나 거부하는 표정은 만프레드의 얼굴에 떠오르지 않았다. 벤트란트는 그의 표정이 좋지 않으리라 예상했었으며, 혹 그랬다면 즉시 돌아섰을 것이다. 그의 방문은 만프레드에게 반가운 일이었다. 벤트란트 씨, 차량 공장의 공장장이십니다. 이쪽은 제 동료들이고요, 뮐러 박사, 자이페르트 박사. 인사들 하시지요. 반갑습니다. 안녕하세요.

이날 과민할 정도로 눈이 밝아진 벤트란트는 모든 것을 단번에 감지했다. 번쩍거리는 기기들이 많이 있는데도 깨끗하고 한눈에 둘러볼 수 있는 넓은 방, 그리고 그 안을 있는 그대로 비추는 빛, 물건 하나하나의 엄격한 합목적성, 화학자들의 얼굴. 온통 한결 젊은 얼굴들이었다. 그들은 몰두했던 일에서 막 빠져나와 객관적이고 긴장된 표정을 그를 위하여 공손함으로, 이곳에는 전혀 맞지 않는 공손함으로 바꾸고 있었다.

벤트란트는 죽 늘어선 시약 비커들을 훑어보았다. "전부 똑같은 겁니까?" 하고 그는 만프레드에게 물었다. 만프레드는 전문가가 문외한에게 짓는 미소를 띠고 있었다. "완전히 똑같지는 않습니다."라고 그가 대답했다. "우리 분야에서는 미세한 차이가 문제가 되거든요." 만프레드는 그를 자기 동료들에게 안내하여(얼마나 자주 공장장이라는 사람들의 방문을 받았던가!) 그들이 하는 작업을 설명해 주었다. 그는 벤트란트가 생각했던 이상으로 벤트란트에게 친밀하게 대했으며 적수가 자기 홈그라운드에 나타난 이점을 이용했다. 벤트란트는 눈썹한 번 까딱하지 않았다.

한 바퀴 다 돌아봤을 때쯤 두 사람의 시선이 부딪쳤다. 여느 때 서로 바라보는 것보다도 길지는 않았다. 벤트란트는 비웃는 듯, 다 안다는 듯 살짝 곁눈길하다 만프레드와 시선이 마주쳤지만 물러서지 않았다. 그는 마음을 열고 무장 해제 상태로 미소 지었고, 만프레드도 똑같이 웃었다. 비록 더 엷은 웃음이었지만. 그는 어깨를 으쓱했다. 자, 그래, 이 친구, 나를 꿰뚫어 봤군.

휴전. 누가 적수의 순간적인 약점을 남김없이 이용할 만큼 비열하겠는가? 적수가 다 무슨 말인가! 여자 때문에? 좋다고 치자. 그러나 그런 것이 남자들 사이에서는 서로를 묶어 주는 끈이 되지도 않는가?

그런 이야기는 하지 않는다.

만프레드가 자기 담배를 권했다. 두 사람은 넓은 창가로 다가가서 뿌연 초겨울 빛이 내린 활기찬 거리를 내려다본다. 두 사람은 그 빛을 처음으로 의식해서 보는 것이었다. 그들은 담배를 피웠다. 이어서 만프레드가 자기 분야의 전망에 대하여 이야기를 시작했다. 그보다 더 꺼내기 쉬운 얘기가 어디 있겠는가? 그리고 벤트란트는 자신의 대답을 반복했다. "서두르십시오. 아니면 저한테서 무언가 자연 과학에 반대하는 말을 들으시겠다는 겁니까?"

반대한다고요? 정말 반대하는 건 아니겠지요. 그러면 퇴보가 될 테니까. 그러나 혹 작은 제동이라면? 과학의 자만에 대한 작은 제동 장치 하나쯤은?

자만심에 찬 것은 기껏해야 과학자들뿐이라고 벤트란트가 대꾸했다.

그럼 자만심 이야기는 그만두기로 합시다.

그들은 곁눈질로 서로를 재 보며 거기서 재미를 느끼고 있었다. 이런, 내가 멜빵 집게도 안 걸고 바지를 입고 있잖아.

"자, 그럼." 하고 만프레드가 이윽고 말했다. "저를 꿰뚫어 보셨으니까 여쭤 보죠. 과학이 다른 어딘가에서는 우리한테

서보다 더 빨리 일상으로 뚫고 들어가고 있다고 생각하시지 않습니까?"

"예를 들면 엘베 강 서쪽*에서 그렇지요."라고 벤트란트가 덧붙였는데 비난하는 투는 없었다.

"예를 들면 그렇죠."라고 만프레드가 확인했다. 그는 번쩍 번쩍 펼쳐진 잡지 하나를 책상에서 집어 들어 벤트란트 앞에서 뒤적였다. 여기요, 우리도 이만큼은 되어 있어야 할 겁니다. "그런데 왜 우리는 안 되어 있을까요?" "거기에 대해서 책임이 있는 사람들한테 물어보십시오!" "왜 직접 물어보시지 않으십니까?"

틀렸다. 만프레드는 잡지를 소리 나게 탁 덮어 책상에 다시 놓았다. 저 사람들은 다 저렇지. 저렇게 사람을 따돌리지. 우리 같은 사람이 그런 질문을 하면 무슨 대답을 얻는지 저 사람은 모른단 말인가? 기껏해야 훈계지. 애들한테 하는 훈계들이지.

그는 화가 났다. 왜 저 사람 뜻대로 말려들어 버린 걸까. 그는 뒤로 물러나려 했다. 자기는 책임이 없다는 인상을 만들어 내는 일이라면 능숙했다.

"아시겠지만." 하고 그가 말했다. "화학자가 된 덕분에 저는 이 행성에 생명이 태어나게 한 우주적인 우연을 맛볼 수 있습니다. 그런 우연의 산물 가운데는 저나 당신 같은 사람도 있지요. 그런 우연에서 나온 우리가 우리들 자신에게 너무 지나친 요구들을 하는 건 아닐까요? 그것이 아주 사소한 우연은

---

* 서독.

아니었다고 대관절 누가 우리한테 말하지요? 왜 모든 것을 그토록 진지하게만 받아들이는 겁니까?"

"들어 보십시오."라고 벤트란트가 말했다. 불친절한 어조는 결코 아니었다. "그 문제를 저하고 같이 해결하실 수는 없습니다. 목숨을 건 공중제비를 보고 싶으면 저는 서커스를 보러 갑니다."

다시금 그들은 웃었다. 상대방에 대한 인정 같은 것이 만프레드의 마음속에서 솟구쳤다. 벤트란트가 시계를 흘긋 보더니 같이 식사나 하러 가자고 제안하자 그는 즉시 그러자고 했다.

더 이상 아주 젊지는 않지만, 지금 자신의 처지를 매우 편안하게 느끼기에는 충분히 젊은 두 남자는 연구소 문을 나서서 파리한 11월의 햇볕 속으로 걸어갔다. 날씨가 서늘해졌음을 둘 다 느끼고는 제각기 외투 깃을 세웠다. 그러고는 의기투합하여, 한쪽으로 민숭민숭한 관목들이 늘어선 약간 경사진 길을 따라 내려갔다. 이 시간쯤이면 사람들이 대부분 시내에서 나오느라고 그들 맞은편에서 왔다.

"당신이 우리를 봤어야 하는 건데."라고 만프레드가 나중에 리타에게 말했다. 물론 이 만남에 대해 시시콜콜 다 이야기하진 않았지만 중요한 것들, 있었던 일들은 말해 주었다. "우리를 봤더라면 기뻤을 거야."

리타는 다른 누구에게서도 그날 저녁 만프레드한테서 들은 만큼 벤트란트에 대해서 많은 이야기를 들어 본 적이 없었다.

그와 벤트란트가, 만프레드가 잘 알며 대개 농부들이 오는 모퉁이 술집에서 사람이 빽빽한데도 자리를 하나 찾아서 여기서 많이 먹는 양배추 절임을 곁들인 아이스바인*을 주문한 후, 우악스럽고 기지 넘치는 여자 종업원이 맥주를 먼저 가져온 후,(그 여자는 나무 식탁에 맥주를 아무렇게나 내려놓고는 흘러넘친 거품을 행주로 쓱 닦아 냈다.) 건배를 하고 맛있게 들라는 인사와 더불어 식사를 한 후,(이 집은 아이스바인을 잘하죠, 연하고 기름기가 없어요, 어떻게 만드는지는 나도 모르겠어요.) 그 모든 것이 끝난 후 무언가 평온 같은 것이 찾아들었다. 자세히 보면 얼마만큼 공허감도. 공허감의 시작, 그러나 그거야 뭐 늘 그런 거고.

그때 벤트란트가 두 사람 몫으로 모카커피를 주문했고, 이제 사람이 좀 빠져 조용해진 술집에서 커피를 기다리는 동안 벤트란트가 이야기를 시작했다. 어쩌면 그는 이 순간에 비로소 그 이야기를 하겠다고 결심했는지도 몰랐다. 어쩌면 이 만남은 전부 처음부터 그런 목적을 위한 것이었는지도 모른다. 아무튼 만프레드는 자기가 거의 우연히 이야기 상대가 되었다고 생각했으며, 점잖게 자신의 역할을 수행했다.

그는 벤트란트의 이야기에 흥미를 느끼기도 했다.

"오늘은 저에게 여느 날과는 다른 날입니다."라고 에른스트 벤트라트가 말했다. "생일이죠. 서른두 살이 되었습니다. 그러나 축하해 주실 생각일랑 마십시오. 벌써 혼자 축하했으니까요…….

앞서 실수에 대해서 이야기했었는데요. 전기 장치가 차량에

---

* 돼지 다리를 삶아 만든 요리.

필요하다는 거 정도는 아시겠지요? 그럼 좋습니다. 우리는 베를린에 있는 어느 공장에서 전기 장치를 다년간 구입해 왔는데요, 사 주 전에 그 공장이 갑자기 공급을 중단했습니다."

벤트란트 여느 때보다 천천히 이야기했다. 그가 흥분했다는 것을 보여 주는 유일한 신호였다.

"물론 베를린에 편지를 보냈지만 계속 답장이 없었습니다. 전보도 치고 전화를 해 봐도요. 아무 말도 않겠다고 나오는데 어쩔 수 없잖습니까. 그러나 여기에는 차량이 서 있는 거예요, 산뜻하게 다 완성되어서요. 그런데 불만 안 들어오는 겁니다. 그래서 제가 베를린으로 갔지요. 무엇이 문제였는지 아십니까? 그 공장이 전기 장치 생산을 그냥 중단해 버린 겁니다. 그게 뭔지 생각하실 수 있겠지요. 사 주 전부터 다른 물품을 생산하고 있는 겁니다. 분명 상부의 지시에 따른 것일 테지요. 공장장은 휴가 중이고요. 세상에 어느 공장장이 연말 직전에 휴가를 간답니까? 주무 부서 사람은 외국 어딘가에 회의차 나가 있고요.

그런 걸 그냥 참고 있을 수는 없지요. 그 공장장은 나한테서 전보를 받았습니다. 출타 중인 주무 부서 사람 명의로요. '휴가 중지!'라고요. 그 사람이 돌아와서 무엇이 잘못되었는지 알았을 때는 펄펄 뛰었지요. 나는 마침내 우리가 필요로 하는 장치를 계속 만들도록 해 놓았습니다. 나중에 그 사람은 물론 상부에다 나에 대해 불평했지요.

그래서 오늘 내가 지역 지도부에 다녀왔습니다. 멋들어진 축하 알현이었죠. 당신네는 계획을 달성하고 있다지, 벤트란트 동무? 탁월하오! 그런데 물어봐도 괜찮다면, 어떤 방식으로 하고 있는 거요? 자, 그리고 그다음은 온통 늘 듣는 설교죠. 이건 무정부주의보다 더 심한 상태다. 작업 이기주의, 개인적인 방종 상태, 근무 기능의 월권 등등."

그런 말을 한참 하면서도 벤트란트는 생각했다. 그런데 왜 나는 하필 이 사람에게 모든 것을 이야기해 주는 거지?

만프레드는 벤트란트가 그 생각을 하고 있다는 것을 정확하게 느꼈다. 그는 이제 최종적으로 확신했다. 벤트란트가 여기서 자기를 학습시키려는 게 아니었다는 것을.

"간단히 하겠습니다."라고 벤트란트는 말했다. "그들이 저를 혼쭐냈고, 나는 마침내 가만히 있게 되었습니다. 무얼 해야 된단 말입니까? 그들이 옳고, 나 또한 옳습니다. 그런 일이 세상에 있어요."

그는 입을 다물고 커피를 단번에 다 마셨다. 할 말을 다 끝낸 것처럼 보였다. 하지만 그러더니 다시 한 번, 마치 가장 중요한 것을 잊은 듯, 다시 한 번 이야기를 시작하는 것이었다. "그런데 염료 산업체 쪽 사람들은 어떻습니까? 실수 없습니까?"

"이제 없습니다, 제 생각에는요."라고 만프레드가 말했다. "잘 훈련된 조직이죠. 제동을 거는 사람은 누구든 배제해 버리거든요."

"좋군요." 하고 벤트란트가 말했다. "그 말을 나도 했어요. 나를 불만스럽게 여긴다면 내보내라고요. 그 말에 아무도 꿈쩍도 안 했죠. 만일 우리가 동무에게 만족하지 않는다면, 그전에 동무 자리에 보다 나은 사람을 필요로 했을 테지. 자! 논리적이지 않아요, 어때요?"

"논리적이군요, 위에서부터 내려다보면요."라고 만프레드가 머뭇거리며 말했다. 그는 벤트란트 같은 사람의 처지에서 생각해 보는 데 익숙하지 않았다. "그렇지만 당신 관점에서 보면……."

아, 이럴 땐 너무 점잔 빼면 안 되는데. 그는 이미 그런 일을 겪었는데, 1945년에. 늙은 상사 하나가 벤트란트가 소속된 공군 보조병 분대를 집으로 보냈다. 집으로! 쉽게 말하자면 전쟁 말기 뒤죽박죽한 분위기 속에서 한결같이 어린 신출내기 소년병들을 집으로 보내 준 것이었다. 그는 친구와 함께 십사 일을 걸어서 함부르크에서 하르츠 산중의 작은 도시까지, 조그만 그의 집까지 왔다. 다시 말하자면, 더러는 헤엄치기도 했고 더러는 기기도 했다. 왜냐하면 중간에 엘베 강이 가로놓여 있었고 사방에 온갖 정찰대들이 돌아다녔기 때문이다. 일부는 이 땅의 옛 통치자들이 보낸 병력이었고, 일부는 새 통치자들의 병력이었는데 둘 다 그들에게는 똑같이 위험했다. 도착했을 때는 발에서 피가 흘렀지만 그들은 마침내 집을 찾아낸 어린아이들처럼 기뻐했다. 그는 하룻밤을 자신의 옛 침대에서 잤다. 딱 하룻밤이었다! 아침 동이 틀 때 가택 수색이 있었다. 특별히 그를 찾으려는 것은 아니었다. 온갖 녀석들이 다녀간 데 이어 소련군 정찰대가 왔다. 그런데 그의 집에서 권총이 발견되었다. 그가 도중에 길가 구덩이에서 주워 들고 온 것으로, 집에 도착하는 대로 곧 버리려던 것이었다. 그런데 그만 잊어

버리는 바람에 화근이 된 것이다. "따라와!"

"아무튼 그래서." 하고 벤트란트가 말했다. "그다음 삼 년을 시베리아에 있었지요, 광산에요. 논리가 안 맞지요, 어때요? 내 말을 믿으실 겁니다. 이런 생각도 했어요. 내 침대 옆 석회 벽에다 못으로 새겼지요. '이러자고 나는 도망쳐 왔던가?'라고요. 물론 모르겠어요, 잡혀가지 않았더라면 뭘 했을지. 아무튼 그곳에서 나는 삼 년을 채우고 나서 반파시즘 학교에 보내졌지요. 돌아왔을 때 내가 처음으로 간 길은 자유독일청년단이었죠. 그런데 나와 함께 집으로 걸어왔지만 제때 권총을 내버린 내 친구는, 벌써 오래전에 저 건너*에 가 있어요…….

어쩌면 어떤 일의 논리란, 위에서부터도 아니고 아래서부터도 아니고, 그 끝에서부터 가장 빨리 확정되는 것일까요?"

만프레드는 생각했다. 이런, 지금부터 무슨 이야기가 나올지, 그건 내가 잘 알지. 이제 뻔한 선동 작전이 돌아가기 시작하는 거지.

그는 일어섰다.

어쩌면 상대방이 그가 좋아할 이상으로 그에 대해 알면서 그냥 능숙하게 그렇게 일을 꾸며 놓은 것이었을까? 하는 생각이 들면서, 다른 한편으로는 또, 저 사람이 나에 관해서 이미 아는 게 뭘까? 숨길 거라도 있는 건가? 싶기도 했다.

"저는 가 봐야겠습니다."라고 그가 말했다. "매우 흥미로운 문제였습니다."

---

* 서독.

벤트란트가 서먹해져서 그를 바라보았다. 그러자 만프레드가 충동적으로 손을 내밀고(이 저주받을 불신 좀 제발 없어졌으면.) 좀 더 부드럽게 다시 한 번 말했다. "정말 재미있었습니다. 그리고 마지막으로, 그래도 축하 인사도 드리죠." 그들이 길거리로 나섰을 때 아직도 해가 빛나고 있었다. 창백하고 힘없이. 그들은 눈을 약간 깜짝였다. 그들은 술집 문 앞에서 작별하고 서로 다른 쪽으로 갈라졌다.

19

그사이 이 해가 나아가고 있다. 시간들은 이젠 서로 뒤엉키지 않는다. 그 흐름이 멈춘 것이다. 꿈도 없는 잠으로 넘칠 듯가득한 긴 밤들과 의사의 지시에 따라 규제되는 빡빡한 낮, 그것은 오늘이다. 저 걷잡을 수 없이 빠르게 흘러가는 시간, 획획 스쳐가는 영상들, 그것은 그때였다.

그렇다면 모든 것이 정지하고 서로를 바라보며 둘이서 시계를 다 멈추어 놓고 싶다고 소망했던 순간은? 그 저녁 모임에서였지, 생각나? 만프레드의 지도 교수 집에서 열린 저녁모임이 끝날 때였다. 가르마를 반듯하게 탄 교수 집이었지? 마치 가르마가 그의 가장 중요한 특징이라도 되는 듯! 물론 아니지. 하지만 내가 그의 모습을 다시 그려 보려면 무엇에 의지해야 된단 말인가? 그의 아내 쪽에 생각을 집중해 봐. 날씬한금발 부인, 남편보다 훨씬 젊고 그녀가 가거나 서 있는 곳이면 남편이 꼭 쫓아가던 그 부인? 아, 맙소사, 그렇다. 그 모든 것을 내가 잊었구나…….

그 저녁 때문에 우리는 크리스마스를 넘겨 도시에 머물렀지. 나는 고향 마을이 그리웠는데. 어쩌면 섬광을 뿜는 커다란 겨울 별들은 전혀 없는지도 몰라. 어쩌면 내가 그 별들을 본 적조차 없는지도 몰라. 그렇지만 크리스마스와 새해 사이에 밤마다 마을과 숲 위로 그 별들은 떠 있었던 것 같아.

기억 하나하나는 뭐든 확실치가 않다. 객관적인 증명서에는 적합하지 않다. 그러나 분명 있었다. 크리스마스 전 사방에서 이 도시로 불어닥쳤던 무시무시한 바람이. 그 바람은 개가 커다란 먹잇감을 물고 당기듯 도시를 뒤흔들었지. 마치 아무것도 아니라는 듯 집들의 바다를 뚫고 들어오는 바람. 그리고 바람은 어디쯤에서 멎었을까? 축제일의 그 정적! 잘 차려입은 사람들과 더불어 거리로 쏟아져 나오던 그 권태! 여러 주 전부터 준비해 온 것, 축제란 무엇이었을까? 사람들은 서로의 앞에서 가까스로 실망을 감추었다.

교수 집에는 차를 타고 가지 않았다. 아무튼 예전에 가지고 있던 차는 타지 않았다. 그 차를 다른 사람들의 번쩍번쩍하는 자동차들과 나란히 그 집 앞에 세워 놓을 수는 없었다. 차라리 걸어가는 게 나았다. 미안하지만, 그게 나한테는 좋았다. 그렇지만 어떻게 다른 사람들은 새 차를 사는 걸까, 다 그 봉급을 받는데? 그런 사람들이야 바깥 치장을 더 중시하는 거지 뭐.

자이페르트 박사나 뮐러 박사의 부인만 봐도. 소소한 것 하나하나까지 얼마나 공을 들였는지! 그런 건 난 결코 못 배워…… . 처음 삼십 분은 그저 자동차 이야기뿐이었다. 교수는 중요한 인물이었지. 그렇지만 그게 꼭 그가 중요한 인간이라는 뜻은 아니야. 단도직입적으로 말한다면 그 사람은 허영심이 강했어. 위대한 화학자였지. 만프레드는 그 교수가 그들의 모든 노력을 천재적인 생각 하나에 모아 담는 순간들을 그녀에게 상세히 이야기해 줬었다. 그러나 그가 무엇보다도 가장 사랑하는 것은 자기 자신이었다. 자신의 성공. 자신의 명성. 자신의 성과에 쏟아지는 찬탄을 믿을 수 없었던 것일까?

"그럼요. 1930년대부터 내 차를 몰았는데. 그 디젤 자동차가 얼마나 성능이 좋은지 여러분들은 아마 상상도 못 할걸요!"

그의 아내, 이 금발 말라깽이가 그의 말을 가로막고 나섰다. 늘 그렇듯 남편이 너무 겸손해서 그가 당시에, 즉 '우리들의 약혼 시절'에 크로스컨트리 경주에서 받곤 했던 상 이야기를 잊어버리고 하지 않았다는 것이다.

그러자 다들 교수의 겸손에 대해서 이야기했고, 교수는 일어서서 양손을 쳐들었다. 마치 이런 압도적인 찬사에 항복했다는 투로. 그러나 굳이 다 부인하겠다는 건 아니었다.

그런데 정말로 교수가 문제였던가?

리타는 처음으로 이 모든 사람들 가운데 있는 만프레드를 보았다. 손님은 다 모이고 보니 열두 명이 넘었다. 그리고 지금 와서 누가 그녀더러 그때 벌써 그 연회 모임을 그렇게 예리하게 보았느냐고 묻는다면 그녀로서는 그렇지는 않았노라고 대답할 수밖에 없으리라. 시간이 그날 저녁의 모습을 더욱 선명하게 조명한 것이었으며, 그녀는 거기에 다만 차원을 하나 덧붙인 것이었다. 당시에 리타는 실은 놀랐을 뿐인데, 나중에 일어난 일들이 비로소 그 놀라움에다, 정확하게 말하자면, 심지어 과도한 노여움이라는 색채를 더했다.

원한다면 이따금씩은 그 교수에게서 우수 같은 것을 찾아볼 수 있었다. 그의 눈길이 살짝 자신을 망각하여 이 제자 혹은 저 제자를 물끄러미 바라보고 있을 때 그러했다. 비록 금방 다시 기운을 내기는 했지만. 그는 누구든 자기에게 걸맞은 제자들이 있다고 스스로에게 말했는지도 모른다. 그리고 너무도 자주 다정하게 만프레드 쪽을 건너다봤다. 밀러 박사나 자이페르트 박사로서는 썩 기분 좋은 일은 아닐 터였다. 리타는 만프레드에게 귀엣말로 그 점을 알려 주었다. 그러나 그는 아무 말도 못 들은 듯 행동했고 교수 부인을 향해서 술잔을 들었다. 빳빳하게 드리운 하얀 식탁보 아래에서 남몰래 가만히 그녀 손을 쥐는 일도 없었다. 오직 그녀만을 위한 미소나 시선은 없었다.

리타는 마르틴 융한테 의지하는 자신을 보았다. 그 사람은 그날 우연히 이 도시에 왔고, 실은 이 '가까운 사람 몇만 부른 모임'에 낄 처지는 아니었는데도 만프레드 덕분에 교수에게 초대받았다. 어떤 다른 이해관계가 아니라 오직 자신의 논문을 통해 그는 그 유명한 인물과 연결되어 있었다. 온갖 생각의 저울질로 짓눌린 사람들의 무리 속에서 그 사람을 보니 얼마나 편안했는지!

마르틴은 비웃음이 담긴 눈을 번득이고 있었다. "우상 숭배로군요."라고 리타에게 귓속말했다. 어떤 뜻으로 이렇게 말한 걸까? 그들, 만프레드와 뮐러 그리고 자이페르트 모두가 우상인 교수에게 경배를 드렸단 말인가? 마르틴이 자기 친구를 그렇게까지 비판해야 했을까? 아니면 그들 모두가 보다 큰 권위에 경배하고 있다는 것을 암시하려 했던 것일까? 그렇다면 그건 무슨 권위였을까? 학문이었을까?

자이페르트가 특히 자주 말을 꺼냈다. 오늘 저녁은 전공 이야기는 그만둡시다! 하는 협정을 지키라고 경고를 받았는데도 그랬다. 그러나 결국 그는 무슨 이야기를 늘어놓아야 했던가?

자이페르트 박사는 키가 크고 뼈대가 굵었으며, 뭐라고 꼭 집어낼 수 없는 빛깔의 머리에 세심하게 가르마를 탔으며, 신중하게 선택한 아내가 있었다. 그 여자에 대해 말한다면, 기분이 좋지 않아 괴로워하고 있는 것 같았으며 그것을 감추지 못했다. 그러나 결국 그녀는 이 자이페르트를 직접 택해 결혼했을 것이고, 다른 사람들한테 그 책임을 지울 수는 없었다.

자이페르트는 처음부터 전쟁에 끌려들어 갔으며 전쟁 탓에 충격적일 만큼 수가 줄고, 나중에 다시 두 발로 굳은 땅을 딛기까지 특별한 노력이 필요했던 세대에 속했다. 그런 노력은 아무나 해낼 수 없었다. 자이페르트가 엄청나게 유능하고 명예욕이 있다는 것, 교수가 그를 각별히 사랑하지는 않는다는 것, 그러나 교수가 자신에게 돌진해 오는 이 정확성과 열성에서 벗어날 수 없다는 것을 사람들은 알았다. 가장 오래 근무한 조교인 자이페르트가 교수 의자에 가장 가까이 앉아 있었다. 아마 아직 당분간은 해당 사항이 없겠지만, 언젠가 교수 자리가 빌 경우에도 그는 교수직에 가장 가까운 사람이었다……

거기에 대해서 누구든 원하는 대로 생각할 수는 있겠지만 엄연한 사실이었다.

자신이 날이면 날마다 그러한 사실들에 에워싸인 것을 만프레드는 보았다. 아니면 포위당했다는 것이 더 나은 말일까?

그 생각을 당시에 이미 내가 했어야 했던 것일까? 그렇지는 않다. 당시에 나는 루디 슈바베와 뮐러 박사의 신부에게 가장 넋이 팔려 있었다. 그녀, 그 신부는 작고 너무 날씬했다. 그녀는 아스팔트처럼 새까만 머리를 크고 높게 틀어 올렸고 말이 별로 없었다. 뚱뚱한 편이고 얼굴이 불그스름한 그 뮐러 씨 옆에서는 말하는 것이 그녀가 할 일이 아니라는 점 또한 너무도 분명해졌다. 아니, 자이페르트 박사는 자기 친구의 취향에 대한 경멸을 완전히 감추지 못했다. 어떤 점은 생각할 수 있는 일이고 또 자명했다. 한 남자의 감정 세계가 통제할 수 없이 함몰했었던 거지만 문제 될 건 없었다. 그렇지만 어떻게 금방 약혼을 하고, 마치 물건을 소유한 원시인 같은 자랑스러운 얼굴로 여자를 교수 앞까지 끌고 올 수 있을까? 이런 일에서 예절이 시작되는 건데. 그렇지만 그런 말들이 물론 식사할 때 나올 수는 없었다. 식사는 탁월했다. 비록 다소 규격화되기는 했어도. 왜냐하면 식사가 식기와 서비스까지 함께 시 주방에서 공급된 것이었기 때문이다.

아, 만프레드! 그때 그곳엔 또 사람들이 있었다. 이제 처음으로 교수 아래서 일을 시작한 젊은 사람들이었다. 그들은 식탁 아래쪽 끝에 앉아 있었으며 웃고 조롱하고 싶어 했다. 내 마음은 그들한테 끌렸지만, 당신은 그렇지 않았지.

그리고 거기에는 루디 슈바베도 있었다. 하르츠 산으로 소풍 나갔을 때 만났던 바로 그 사람. 맞아, 그가 이제 그 허물없는 사람들 무리에 끼었다. 교수가 학부의 학장이었고, 루디는 학장 사무실에서 연구 관련 분야 연락 담당관이었던 것이다. 물론 그런 모임에 가 본 적이 없었을 터인 데다가 절망적으로 열등감에 빠져 있는 루디에게는 이목을 끌지 않겠다는 소망만이 절실했다. 다른 사람들이 암암리에 동의만 해 주었더라면 그는 눈에 띄지 않게 있을 수 있었을 것이다. 그러나 사람들은 그러지 않았다. 사람들은 그들의 수적 우세를 남김없이 이용했다.

언제 사람들이 루디와 게임을 시작했는지는 이젠 생각이 안 난다. 나는 마르틴 융과 함께 옆방으로 들어간 만프레드에 주의를 기울이고 있었다. 그들은 뷔페 탁자 옆에 가서 코냑을 따르고 있었다. 그다음에는 함께 그저 짤막짤막한 이야기를 나누었다. 이런 일이 그다지도 중요했단 말인가?

마르틴이 말했다. "자, 그냥 그대로 웃고 계세요, 선생님. 우리 프로젝트 거부당했습니다."

거부당했다고? 배기가스를 빨아들이는 개선된 장비를 갖춘 우리 새 방적기가 간단하게 거부당했다고? 여러 달에 걸친 작업이? 그리고 어디 작업뿐만이었으랴! 갑자기 만프레드는 자기가 이 물건, 이 기계에 얼마나 집착했었는지 분명히 알게 되는 것이었다. 갑자기 자기가 이 작업에 남모르게 신탁이라도 걸어 놓은 것 같은 생각이 들었다. 이게 성공하면 모든 것이 성공하고, 이게 실패하면 이제 난 완전히 끝장이라고. 성공이 의심의 여지가 없었던 동안은 우호적인 신탁이었다. 지금 만프레드의 처참한 얼굴이 그 사실을 나타내고 있었다.

만프레드는 아무 말도 하지 않았다. 마르틴을 물끄러미 바라볼 뿐이었다. 조금 눈이 가느스름해지더니 이윽고 그는 아무 일도 아니라는 듯 잔을 비웠다. 이미 전부터 어려움이 없지는 않으리라고 암시했었던 마르틴이 처음으로 터놓고 말했다. 공장에서 온, 섣부른 티가 역력한 다른 프로젝트 하나 때문에 밀려났다는 것이다. 이상한 일들이 있었던 것이다. "한번 치받아야겠습니다. 하지만 한바탕 시끄러울 거예요."

만프레드는 더 이상 아무 말도 들으려 하지 않았다. 마치 그 일에 특별한 관심은 없는 듯 냉정하게 "그래?"라고만 했다. 그러고는 다른 사람들한테 돌아갔다. 훨씬 나중에 마르틴이 리타에게 말하기를, 그는 그 순간 만프레드를 움켜잡아 흔들어 주고 싶은 걸 애써 참아야 했으며, 한동안, 내가 증명해 보이겠다, 내가 증명해 보이고 말겠다는 생각밖에 없었다는 것이다.

그래도 만프레드에게는 아무 소용없었다. 저들이 이제는 자기를 필요로 하지 않는다는 사실이 이미 증명된 것이나 다름없다고 생각하는 것이었다. 한 인간이 품었던 커다란 희망들을 글자 한 획으로 말살해 버리는 사람들이 존재했던 것이다. 정의에 대해 떠드는 그 모든 말들은 그저 말뿐이었던 것이다.

자이페르트가 벌써 비웃으며 그를 건너다보는 건가? 아, 아니구나. 그는 루디 슈바베에게 볼일이 있었다. 루디 슈바베라는 불길한 까마귀가 지닌 무언가가 그들 모두를 매우 유쾌하게 해 주는 듯했다. 드러내 놓고 나타낼 수는 없었지만. 그러나 그 자신은 그들을 잘 알았다. 그들은 아직도 오 분 전과 똑같은 사람이었으며 구역질 날 만큼 늘 변함없이 똑같을 터였다.

이제 더 이상 그들과 엮이지 않았으면.

만프레드는 심술궂게도 후련함을 느꼈다. 지금 똑똑하게 보였다. 그가 그 사람들을, 그리고 자기 자신을 리타의 눈으로 볼 수 있었던 이날 저녁(리타가 옳았어. 그러나 이 모든 것에 전혀 얽혀 들지 않았다면 또 어떻게 됐을까?) 그가 신경을 엄청나게 곤두세워 모든 것을 이 프로젝트에 쏟았던 지난 여러 주들(달리 어떻게 저 자이페르트며 뮐러 같은 이들과 맞서며 동시에 그들을 극복해야 한단 말인가?) 그리고 그가 의식하고 살아온 모든 세월이 결국은 이런 순간을 준비하기 위한 것이었다. 그는 내면에서 현재와 미래에 대한 모든 책임으로부터 자신을 해방했다. 그는 사로잡힐 채비를 다 했던 것이다. 이건 치욕적이다, 그러나 이런 일이 또다시 벌어지는 일은 없으리라.

만프레드는 새로운 인상을 풍겼다. 건드릴 수 없는 차가움.

창백하게, 그러나 미소를 띠고 그는 다른 사람들에게 다가갔다. 사람들이 편안하게 느끼는 어스름 속으로.

거기 리타가 있었다. 오직 그녀로부터만이 아직 고통과 기쁨이 올 수 있었다.

리타는 왜 화가 나 있었을까? 그녀는 아무것도 모르는데. 대체 무엇이 문제였을까? 아, 루디 슈바베, 그 영원한 어린아이. 물론 예견할 수 있는 일이었다…….

누군가가(아마 뮐러 박사였을 것이다.) 그에게 질문해 대기 시작했다. 처음에는 악의 없는 질문들이어서 루디는 약간 성급하게 대답했다. 그런 식으로 더 나아갈 수 있음을 사람들은 알았다. 교수의 승인 없이도. 교수는 소극적인 태도를 취했다. 사람들은 노인 부양 문제를 이야기했다. 겨우 서른 살 먹은 사람들의 화제가 국가가 보장하는 노인 부양 문제였다. 가장 시급한 문제는 제쳐 놓고. 그러면서도 그 문제를 우습게 여기려 하지는 않았다. 드러내 놓지 않은 협박의 증인이 된 것 같은 느낌을 받았던 것이다. 루디 슈바베라는 국가의 대리인이 협박받고 있었다. 동료 전공자들의 이름이 떠올랐다. "제일 역량 있는 사람들인데, 아시죠……." 특권이 너무 뒤늦게 주어진 탓에 거기서 과격한 결론을 이끌어 내기를 서슴지 않았던 이름들이었다. 오늘날 독일에서는 모든 것이 이중으로 가동됩니다. 화학도 그렇습니다. 물론 그런 사람들이 떠나가 버리는 것은 유감입니다. 제일 큰 손실은 국가 쪽이죠. 국가란 결국 과학자들에게 의존하잖습니까……. '어느' 국가든지요, 안 그렇습니까?

루디가 그것을 인정했다.

'모험'이라는 말이 나왔다. 모험을 해 보려 했다, 아닙니다. '그럴 수가 없었습니다'. 상부에서도 아마 과학자들과의 모험은 뭐든지 피해야 한다는 통찰에 이르렀을 겁니다. 결국 과학자들이란 실험실에서 하는 실험이라는 모험으로 충분한 것 아닙니까? 그렇지 않아요?

루디는 땀을 흘리고 있었다. 아, 이런 데 대비하여 들어 둔

바는 없었던 것이다! 그는 당의 지시들을 생각하면서 모든 말에 그렇다고 하고 있었다.

"독일."이라고 누가 말했다. 자이페르트였다. 그가 이 단어를 꺼내자 모두가 말을 그쳤다. "독일은 늘 화학 분야를 주도해 왔지요. 내기 걸 필요도 없어요! 한번 생각해 보십시오. 어느 독일이 이 전통을 이어 가고 있는지. 서쪽 독일일까요? 동쪽 독일일까요? 현실에 달린 문제입니다. 정치가 아니고요, 덧붙이자면요. 우리들의 두뇌가 현실입니다. 결코 하찮은 현실은 아니죠, 그렇게 말씀드리고 싶어요. 프롤레타리아 국가가 인기를 얻기 위해 인기 없는 부르주아 화학자들을 희생한 겁니다. 그렇지 않습니까, 슈바베 씨?" 루디는 가벼운 항의조차 하지 못했다. 그러자 자이페르트가 만프레드를 바라보았다. 만프레드가 자기한테 너무 말을 안 했던 것이다. 자이페르트는 다른 사람들에 대해서, 그들이 내보이는 것 이상을 아는 사람이었다.

"물론입니다."라고 만프레드가 짤막하게 말했고, 자이페르트는 이 대답을 어떻게 이해해야 할지, 수락으로 이해해야 할지 항의로 이해해야 할지 분명치 않았는데도 미소를 지었다.

젊은 사람들, 내내 말이 없었던 그날 저녁의 단역들은 지금도 여전히 당황한 얼굴로 말이 없었다. 저 사람들은 자기들끼리 있으면 무슨 말을 했을까? 저 사람들은 아직도 얼마나 더 시간이 지나야 만프레드처럼 자이페르트에게 동의할까?

이제 사람들은 루디 슈바베 주위를 맴돌기 시작했다. 마치 개 한 마리를 둘러싼 듯. 그들은 이곳저곳에서 그에게 뼈다귀를 보여 주다가, 막상 그가 덥석 물려고 하면 뼈다귀를 도로 빼 버렸다.

거기에 만프레드는 참여하지 않았다. 리타는 여전히 그를 바라보고 있었다. 그가 추측했던 바로 그 표정을 눈에 담고. 그는 그녀가 안쓰러웠다. 자기야 모든 것을 익히 알았다. 그렇지만 그녀가 그것을 어떻게 감내하겠는가? 지금 그는 그녀의 머리카락을 쓰다듬어 주었으면 싶었다. 그러나 그는 그대로 서서 그녀의 시선을 받으며 가만히 있었다.

그녀가 그를 처음 보았단 말인가? 그런 건 아니다. 그렇지만 사랑하는 사람을 현실적으로 바라보는 게 얼마나 어려운지 누가 모를까? 이 짧은 몇 초간 만프레드는 가까이에서 시야를 흐리지 않도록, 그녀가 자신을 점검해 보고 재 보고 판단할 수 있을 만큼 멀리 물러섰다. 이 불가피한 순간은 사랑의 끝이라고도 한다. 그러나 그러한 순간은 다만 매혹의 끝이며, 사랑이 견뎌야 하는 많은 순간 중 하나다.

두 사람이 동시에 이 사실을 알았다는 것은 대단한 일이었다. 무언의 협정 같은 게 있었다. 말 한마디라도 하면 오히려 상처를 입을 뿐이었으리라. 그러나 시선들……. 그의 눈에서 그녀는 결단을 읽었다. 이제는 아무것도 더 믿지 않겠으며, 아무것에도 더 희망을 두지 않겠다는 결의를. 그리고 그는 그녀의 시선에서 결코, 결단코 난 그걸 인정하지 않겠다는 응답을 읽었다.

동시에 그녀는 이 상황에서 위로나 격려 따위는 문제도 되지 않는다는 것을 느꼈다. 그는 인생이 실패할 수 있으며, 어쩌면 벌써 실패했다는 것을 명백히 알게 되었다. 어제만 해도 생각할 수 있었던 많은 것이 오늘은 영원히 지나가 버린다. 이제는 아주 젊은 축에 끼는 것도 아니었다. 이젠 기적이 불가능했다.

그렇지만 리타는 약간 떨었다. 그녀는 그에게 가서 그의 어깨에 머리를 기대고 싶었지만 꾹 참았다. 마법에 걸린 사람을 건드리면 마법이 풀린다는 미신도 어린 시절의 믿음으로나 그쳐야 했다. 만프레드는 그녀를 기만하려 하지 않았다. 그녀는 여러 자세를 한 그를 봤다. 이제 그는 그녀에게 그중 어느 자세를 현실로 생각해야 할지 가르쳐 주고 있었다.

이윽고 그들의 시선이 서로에게서 떨어졌다. 사람들의 이야기 소리가 다시 귀에 들려왔다.

이번에는 루디 슈바베가 방어하고 있었다. "아닙니다."라고 그가 곧장 말했다. "아닙니다, 틀렸습니다. 그렇지만 혁명의 실책을 필요로 하는 사람들이 있지요."

"그렇다면 어째서 실책을 필요로 한다고 생각하십니까?" 이 말을 한 사람은 자이페르트였는데 지극히 공손했다. "어째서 그런 것을 필요로 합니까? 그…… 실책을요. 실책이라는 말은 '당신'이 쓴 겁니다, 우리가 아니고!"

루디가 그만두라고 손짓했다. 그런 말들은 치웁시다! 말꼬리 잡고 늘어지는 거야 내 잘 알긴 하지만.

"어째서냐고요?"라고 그가 물었다. "물론 변명을 위한 거죠. 자기 자신의 태만 혹은 비겁함에 대한 변명으로들 쓰지요……."

어디 보자. 매우 노련하지는 않지만 그렇다고 그대로 남들한테 자기를 맞추지는 않는다. 그가 이제 닥치는 대로 휘두른다. 그는 숨겨진 의도가 있는 이 게임을 망쳐 버린다. 그들은 이 게임에 아주 능숙하다. 그가 인습을 손상시키는 것이다.

물론, 그는 별로 유머를 보이지 않는다. 여기선 마구잡이 투석기가 아니라 펜싱 검을 능숙히 다룰 수 있어야 하련만. 그는 자주 틀린다. 방어할 필요가 없는 것을 방어하기도 하고, 웃음거리밖에 안 되는 예언에 정신이 팔려 휩쓸려 들어가기도 한다. 그가 말한다. 지금의 견해를 돌이켜보게 되실 때쯤이면 당신도 다시 한 번 즐거워하시게 될 겁니다.

그렇지만, 그렇지만……

루디는 자기가 하는 말을 믿는다. 어떻게 보면 낭만주의자다. 리타는 루디의 입장이 되어 이 사람들과, 또 만프레드와도 이야기하고 있는 자신을 발견한다. 뮐러 박사 같은 사람한테 뭐라고 대답했을까?

"혁명……." 하고 그가 거의 꿈꾸듯 말했다. "독일에서 혁명이라? 그 자체로 모순이죠, 그렇지 않아요? 러시아 사람들, 네, 놀랍지요. 그렇지만 우리가 그 점을 못 볼 정도로 우매하다고 여기시면 곤란합니다. 그러나 왜 우리나라에서 혁명이란 죄다 딜레탕티슴으로 끝나야 한단 말입니까?"

루디가 장황하게 대꾸하는 것을 리타는 초조해하며 들었다.

"그렇지만 슈바베 씨!" 하고 자이페르트가 말했다. "우리를 그렇게 반동분자로 낙인찍지는 마십시오. 혁명, 안 될 이유가 뭐 있겠습니까? 다만 제발 당신네들 환상을 우리한테까지 강요하지는 말아 주십시오……. 아무튼 꼭 알아 두셨으면 하는 게 있어요. 혁명이란 제 자식을 잡아먹는다는 사실 말입니다. 그리고 혁명이란 제 자식을 잡아먹지 않으면 제 자식을 박아 넣지요…… 자, 예컨대, 대학 총장실에요.”

성공했다. 이제 입 다물었군, 이 친구. 당 징계를 받고 자유 독일청년연맹 지역 지도부에서 쫓겨나 우리들한테로 왔지. 그러고는 이제 다시 사랑스러운 자식으로 되돌아가고 싶어 우리들을 십자가에 매달고자 했지…….

루디의 얼굴이 시뻘게졌다. 그러니까 누구나 그것을 알고 있었던 것이다. 그러니 어떻게 거기서 일을 하겠는가?

리타는 아무것도 몰랐었다. 그녀는 빨리 대답하는 훈련이 안 되어 있었다. 그러나 그녀가 이번에는 좌중의 정적을 깨고 몹시 큰 소리로 말하고 나섰다. “저한테 물으신다면, 저라면 자기 자신을 돌보지 않다가 실수한 사람을 자기 자신의 이익만 찾는 사람보다 높게 평가할 거예요.”

자이페르트가 재빨리 정신을 차렸다. “당신이 그런 말을 하는군요.”라고 외치며 그는 루디와 리타에게 잔을 부딪쳤고, 이제 사람들은 숙녀들까지 정치 논쟁에 끌어들인다고 탄식하는 교수 부인에게 적극적으로 동의했다.

리타는 만프레드에게 자기와 의견을 같이하느냐고 묻지 않았다. 나중에도 묻지 않았다. 시선으로조차 묻지 않았다. 그녀는 감격하여 고개를 끄덕이는 마르틴 융에게 미소로 응답했으며 전보다 더 우울하지도 더 비참하지도 않았다. 루디 슈바베가 그녀에게 호감을 준 것은 결코 아니었다. 대체 무엇이 그녀로 하여금 그를 옹호하도록 한 것인가? 그런 일이라면 만프레드가 했어야 하는데. 그랬더라면 그녀는 행복했을 것이다.

자이페르트 박사는 별로 부끄러움을 타지 않는 사람이었지만 쉽게 모욕받았다. 이제 나한테 분풀이를 톡톡히 하겠군 하고 만프레드는 생각했다. 그러나 그건 아무래도 좋았다. 그는 나중에도 리타와 이날 저녁 이야기를 한 적이 없었다. 잘 생각해 보면, 그들이 남김없이 터놓고 이야기하지 않은 일들이 점차 너무도 많아졌다.

거의 한 해가 지나서 다시금 그들 모두에 대해서 곰곰이 생각해 보는 이제, 그녀는 자신을 비난하지 않을 수 없다. 당시에 문제 되었던 게 무엇인지 제대로 파악하지 못했던 것이다. '아직 아님'과 '더 이상 아님', 그 사이에 그들 모두가 서 있었다. 자이페르트, 뮐러, 만프레드. 그렇다, 만프레드도. 나는 겪어 본 적 없는 일이다. 어쩌면 도약이란 개개인의 힘을 넘어서는 것이리라. 그리고 그들 모두는 개개인이었다. 아, 누가 늘 올바를 수만 있으랴!

리타는 바가 설치된 옆방으로 들어갔다. 사람들은 이제 술을 많이 마시고 있었다. 어차피 망친 저녁이었던 것이다. 교수는 모든 일이 조화롭게 되지는 않았다는 사실을 어떻게든 만회해야 했다. 그래도 여러분, 편안하게 계십시오. 토막 난 오후라도 뭔가 시작해 봐야 합니다. 자, 보십시오, 소재는 풍부합니다! 교수가 직접 자기 방식대로 칵테일을 만들었다. 자기가 대접하는 음료로 흥을 돋웠다. 교수가 소리쳤다. "제일 좋은 칵테일 이름을 짓는 분에게 사탕 한 상자나 샴페인 한 병을

드립니다."빼어난 착상이었다. 모두가 다시 모여들었고 신이
났다.

"숙녀들을 위한 겁니다!"불그스름한 액체가 든 술잔들
이 돌았다. "자, 이건 이름을 무엇으로 할까요?""현상!"이라
고 교수 부인이 거창하게 말했다. 그러나 뮐러 박사의 신부는
"사랑의 묘약."이라고 속삭이듯 말했다. 사람들이 오늘 저녁
에 그녀한테서 들은 첫마디였다. 그러나 그 말은 예상했던 대
로 약간 거북했다. 그렇지만 그녀가, 신의 이름으로, 상을 받
았다.

그리고 이제 신사들 차례였다. 조심들 하십시오. 엎지르면
안 됩니다. 카펫에 구멍 날 테니까요. 유리처럼 맑았다. 아무
것도 보이지 않았다. 눈속임이었다. "건배!"진짜가 아니라
고? 아뇨, 진짜라고 생각합니다. "그럼, 무슨 이름을 제안하시
겠습니까?"

"살인적인 매혹!""불타는 물!"젊은 사람들이었다. 교수가
온화하게 미소를 지었다. 그때 뮐러 박사가, 벌써 거의 취한
뮐러 박사가 기침을 해 대며 나섰다. "전 '초토화된 땅'에 찬성
하겠습니다."

왁자지껄한 웃음. 갑자기 정적.

'초토화된 땅'에 상을 줘야 한다?

잠잠했다.

상처가 드러나 있었다. 아름다운 광경이 아니었다.

그곳에 그들이 서 있었다. 어른들이. 그들은 그러한 구호가
사람으로 가득 찬 거대한 광장에서 함성으로 터져 나왔을 때

거기 있었다. 그 구호를 그들은 고래고래 복창했다. 깃발을 뒤따르듯 그 구호를 뒤따라 세계 절반을 행군했다. 그리고 이곳에 우리가, 아이들이 있었다. 늘 어른들이 진지하게 하는 일에서는 어린아이들이 배제당하듯, 배제되어. 끔찍한 비밀 앞에서 경악하여 몸을 떤다…….

그녀는 느닷없이 어디로 공동의 회상을 이끌고 가는 것인가? 사람들 속 이 밀림! 얼마나 많은 세대만큼 그녀를 이제 되던져 넣는가? 빙하기, 석기시대, 야만?

이어서 자이페르트의 날카로운 목소리. "몸에 아무것도 안 받는 사람은 마시면 안 되는 법이에요."

뮐러 씨를 위해서 전화로 택시를 불렀다. 교수 부인이 그일을 떠맡았다. 그녀는 몹시 금방 무언가에 매우 심기를 상하는 사람이었다. 떨어진 냅킨, 어떤 농담에 대해서 반응이 없는일 따위……. 그러나 이번에는 자기가 봐도 그럴 계제가 아니었다.

이제 가는 게 나았다. 그렇지만 그에 앞서 작별의 한 잔을 빠뜨릴 수 없었고 모두가 다시 한 번 교수 주위에 모였다. 교수는 살아오면서 이 세기의 긴장감 도는 현장을 굳이 찾아다닌 건 아니었지만, 결국 그 또한 이젠 철부지가 아니었으며, 때때로 왼쪽 가슴에서 심장이 불규칙적으로 뛰며 경고를 보내는 것을 느꼈다.

그럼 샴페인을. 이해할 수 없게도 잔 하나가 모자랐다. 샴페인 잔 하나가. 교수 부인에게는 평생 잊히지 않을 상황이었다. 그렇지만 그녀가 당황하여 다른 잔을 가져오려고 뛰쳐나가기 전에 만프레드가 말한다. "저희 둘이 한 잔으로 마시겠습니다."

그가 리타를 바라보았다. 그녀는 고개를 끄덕이면서 얼굴이 빨개졌다. 교수로서는 그날 저녁을 무사히 마무리하는 게 매우 중요한 터라 맨 먼저 박수를 쳤다. 그는 뭔가 일가견을 가진 사람처럼 표정을 지으려 했다. 좋습니다, 그렇게 서로 사랑하신다면 나야 인정해야지요. 갑자기 두 사람은 한가운데 서 있었다. 리타가 만프레드와 맺은 협정이 흔들렸다. 마치 사람들이 서로를 믿노라고 고백할 때 자기를 다 드러내는 것과도 같다. 그렇지만 그는 그것을 알고도 놀라 물러서지 않았다.

교수가 자기 잔을 들었다. 그럼 무엇을 위해 축배를 들까요?

"우리들의 잃어버린 환상을 위해서요."라고 만프레드가 크게 말했다. 그게 또다시 잘되질 않았다. 젊은 사람들은 오늘날 대체 왜, 그들이 그토록 신세 진 게 많은 그들의 스승을 계속해서 궁지로 몰아가는 걸까?

교수가 자기 아내 앞에서 몸을 조금 숙이면서 동시에 리타를 건너다보고 인사했다.

"우리가 사랑하는 모든 것을 위하여."

그렇게 해서 그들은 매우 다양한 것들을 위하여, 서로 상반되는 것들을 위하여 축배를 들었다.

만프레드는 한 모금만 마시고는 리타에게 잔을 건네주었다. 그녀가 그걸 한입에 다 마셨다. 그들은 서로 바라보지 않았다. 그들 둘 다 같은 순간에 같은 것을 바라고 있었다. 시간이 그냥 그대로 멈춰 버렸으면 하고. 우리가 흘러가는 시간에 대하여 두려워할 게 뭐가 있는 걸까? 하고 생각했을 때 느낀 당황스러움을 리타는 나중에 기억한다.

빠르게, 거의 황급하게, 양심의 가책에 몰린 듯, 사람들은 그 모임에서 흩어졌다.

20

시간은 교수 집 저녁 모임들도 비켜 가지 않았다. 어떤 의미심장한 뒷배경은 나름 매력 있을 수 있다. 그 매력은 그러나 배경이 바뀌면 금방 사라져 버린다. 그리고 새로운 소망과 동경은 모래벌판에 들어서는 거대한 공장처럼 쑥쑥 자라나지는 못한다…….

물론, 나름 논증되는 사실들이 있다. 그러나 그것이 꼭, 사실의 길은 나의 길이기도 하다는 뜻이겠는가? 미래의 희망에 의거하여 현실의 삶을 세울 수는 없다. 아내가 있고 집이 있고 자동차가 있고 먹을 것, 마실 것과 더불어 흘러가는 낮들, 밤들, 주일들, 해들…….그렇다면 이제부터 하나하나 정확하게 생각하라는 뜻이다, 그렇지 않은가? 자주 무신경한 태도를 보이곤 하는 만프레드는 환멸이라면 몰라도 패배에는 익숙하지 않았다. 그 점이 이제 보였다. 지금까지 그는 게임에서 돈을 얼마 안 걸고도 모든 것을 이루어 왔다. 이 나라는 재능 있는 사람을 찾느라 혈안이었으니까. 그는 돈을 더 많이 걸었다. 이 몇몇 도면에, 새로운 기계의 출생증명서에 그가 무엇을 안 걸었으랴. 고안해 낼 수 있는 가장 완벽한 물건, 그가 만든 이 기계에. 그런데 이제 그 기계의 탄생이 무산된 것이다. 의기소침한 스스로에게 그 자신도 놀랐다. 이제 비로소 그는 그토록 오래 자기를 앞으로 밀어 주었던 등 뒤 순풍을 알아본다. 오직 마르틴 융을 위해서(그를 실망시키는 일은 할 수가 없었다.) 그는 새해 첫 몇 주일간, 그들의 기계를 시험하지 않겠다고 한 튀링엔 지방 공장에 가 보기로 결정했다.

그가 공장이라는 데를 처음 가는 건 아니었다. 그러나 처음으로 그는 그곳에서 좋은 인상을 주려면 어떻게 해야 할지 깊이 생각했다.

"어떤 때는 사소한 것들에 많은 게 좌우되잖아."라고 그는 말했다. "예를 들면 말이야, 넥타이를 맬까 매지 말까? 베레모를 쓸까? 중절모를 쓸까? 자네 생각은 어때?" 그는 짐 꾸리는 것을 바라보며 그를 놀리고 있는 마르틴 융에게 물었다.

"베레모도 중절모도 필요 없겠는데요."라고 그가 말했다. "참을성만 있으면 되죠, 뭐."

"그보다는 그냥 확신이라고 해."라고 만프레드가 대꾸했다.

그게 최선일 거야. 확신에 찬 인간에게는 아무도 그렇게 쉽게 맞서지 못하지.

마르틴이 조심스럽게 자신의 친구로 하여금 앞으로 닥칠 불쾌한 체험에 대비하도록 하고 있다는 것이 리타 눈에는 띄었다. 만프레드는 아무것도 알아차리지 못했을까?

그는 마르틴을 주의 깊게 쳐다봤다. 그리고 "나한테 꼭 병든 말한테 하듯 말해야겠나?"라고 물었다.

마르틴은 웃는 것이 보기 좋았다. 그는 정말로 아직 아주 젊었다.

리타는 책상다리로 거기 쪼그리고 앉아, 두 사람 사이에서 일어나는 일을 놓치지 않고 주의 깊게 바라보면서, 기뻐해야 할지 슬퍼해야 할지 몰랐다. 그런 상황을 만프레드는 '는개'라고 불렀다. 그 말이 나오면 그녀는 번번이 부슬비면 부슬비지 는개는 또 뭐냐고 맞섰다. 늘 그렇듯 맞설 때는 비난할 게 있다.

"나한테 하다못해 잉꼬라도 선물하지 그랬어, 클레오파트라 대신. 쟤는 겨울 내내 상자 속에서 잠만 자잖아. 새였더라면 뭐 노래라도 불러 줄 텐데. 특히 내가 혼자 있을 때 말이야. 날마다 기뻐할 게 좀 있어야지."

첫째, 혼자 있는 게 아니고 하면서 만프레드가 훈계했다. 그렇게 친구들이 많으면서. 그럼, 친구라는 게 뭔지 알고 하는 말이야. 둘째, 분별 있는 여자라면 떠나는 사람의 마음을 무겁게 하는 게 아니야. 셋째는…….

셋째가 뭔지는 마르틴이 잘 알았다. 그는 그들이 키스할 때면 돌아선다.

"아무튼 거기서는 우리가 가는 걸 아무도 모릅니다."라고 그가 한참 뒤에 말했다.

만프레드가 깜짝 놀라서 그를 바라본다. "나더러 짐을 다시 풀란 말이야?"

"좋을 대로 하시죠."

좋을 대로 하라고? 그는 기계가 돌아가는 모습을 보려 했다. 그것도 즉시, 아무런 문제없이. 그는 이제는 기계만이 문제가 아니라는 것을 서서히 이해했다. 마르틴이 문제였던 것이다. 그는 지금 마르틴에게 실컷 욕을 해 주었다.

리타는 한결 흥이 났다. 무엇 때문인지는 자신도 몰랐다. 그녀는 전열기로 커피를 끓이고 후추 과자가 담긴 접시를 상에 올려놓았다. 그녀는 고향에서 보내온 상자에서 꺼낸 물건들을 상에 가득 늘어놓았다. 상자에는 물건이 끝도 없이 많았다. 마르틴은 감사의 표시로 만프레드가 여느 때 긴 공식들이 끝난 다음 마지막 선을 그리곤 하는 기다란 자를 퉁기며 그녀에게 세레나데를 불러 주었다. 그 자를 마르틴은 마치 치터*처럼 다루었다. 그러면서 그들의 신청곡을 모두 불러 주었다. 그들의 소리를 들을 수 있는 사람이 아무도 없어서 좋았다. 이게 내 친구구나 하고 스스로에게 말할 수 있다는 것은 기쁨이었다.

리타는 마르틴과 함께 만프레드에 대해서 이야기할 수 있었다.

"저이한테서 눈을 떼지 말아야 할 거예요."라고 리타가 말했다. 마르틴이 장난스럽게 몸을 숙였다.

"들어 봐요, 마르틴. 저이는 정신을 바짝 차리고 있지 않으면…… 걸핏하면 무례해져요. 그래서 많은 사람들을 상처 입히지요."

---

* 골무로 퉁겨 연주하는 현악기.

"무례하다고요?"라고 마르틴이 말했다. "세련되지 못한 거죠. 선생님은 사람들하고 어떻게 이야기해야 되는지 몰라요. 그냥 이마를 들이박아요. 선생님은 오만하시거든요. 하지만 기계는 좋아요."

리타는 한숨을 쉬었다. "아시잖아요. 딱히 영웅도 아니고요……."

"영웅이라고요?" 하며 마르틴이 비꼬았다. "그곳에서 필요로 하는 건 화학자와 엔지니어입니다. 영웅은 아니죠. 영웅이설 자리는 예산안에 없어요."

그래, 벌써 알아. 나를 안심시키려는 거지. 친절하군, 아주 친절해. 당신은 정말 친절한 사람이야.

"그이를 조금은 통제할 수 있겠지요, 그렇죠?"

"리타."라고 마르틴이 말했다. "이제는 좀 푹 기대고 앉아 얼굴에서 그 근심스러운 주름살 좀 지우세요. 당신이 당신의 만프레드를 얼마나 현명하게 통솔하는지 난 늘 경탄해 왔는데요. 드문 일이죠. 그대로 현명하게 행동하세요. 제가 계속해서 경탄할 수 있게요."

한 주, 기껏해야 두 주 그곳에 있을 텐데 뭐…….

그런데도 그 시간이 그녀는 지루했다. 처음에는 마리온을 불렀다.

맥없는 무색 2월. 눈도 거의 안 오지만 갑자기 매서운 추위가 들이닥치고, 얼음같이 찬 맞바람이 학교로 가는 곧은 길에서 몰아쳤다. 그리고 애타게 봄을 기다리는, 거의 견딜 수 없는 초조함. 재 속에서 타오르는 불…….

마리온이 리타와 함께 작고 따뜻한 다락방까지 왔다. 오토바이 모는 사람은 혼자 가게 했다. 그들은 좁은 책상에 마주 앉았다. 둘이서 같은 숫자와 공식에 몰두해 있었다. 그것들은 마리온이 지루해하며 쳐다보자 좌르륵 떨어져 먼지가 되어 버렸다. 죽은 숫자 하나가 살아 있는 현란한 세계를 심술궂게 삼켜 버리다니. 그러면 한숨밖에 내쉴 게 없는 마리온은 작은 창문으로 갔다. 그 위로는 진짜 하늘이 어두워지고 있었다.

리타에게는 책에서 현실적인 세계가 하나 펼쳐졌다. 아니, 마리온은 이해할 수 없었다. 계속 그것에 경탄하기는 하지만. 아무튼 슈바르첸바흐도 그 점을 잘 알아본 터라 그녀를 볼 때면 미소를 지어 주었다. 봐, 내가 옳았지. 이제부터 우리한테는 정말 별일 없을 거야. 아주 현명한 인식들에 빠져 시대와 너무 멀리 떨어져 사는 데 재미를 느끼지 않으면…….

만프레드는 편지를 보내오지 않았다, 한 줄도. 튀링엔 지방 작은 도시의 역에서 마르틴이 엽서 한 장을 보냈다. 그 도시를 실제 모습처럼 아름답게 담은 엽서였다. "우리는 막 도착했으며 이 세기에 도전하고 있습니다. 마르틴과 만프레드가 인사 전합니다."

그다음에는 더 아무것도 오지 않았다. 이따금씩 밤이면 커다랗고 쓸쓸한 도시 전체가 벽돌장처럼 그녀 가슴 위로 굴러떨어졌다.

"크리스마스에 우리 결혼한다."라고 마리온이 말하며 책을 보다 말고 리타를 쳐다보았다. "그런데 너희는?"

우리? 머잖아 하겠지 뭐…….

리타가 점점 더 큰 원을 그리며 요양원 주위를 돈다. 가을의 자연이 별달리 감흥을 주지는 않았다. 가볍게 파도치듯 언덕진 땅을 가로지르는 번쩍이는 선로 옆에 그녀는 서 있곤 했다. 화부가 기관차에서 손을 흔들어 주면 기뻤다. 그녀는 시샘없이 명랑하게, 그러나 동경에 차서 마주 손을 흔들어 주었다. 그녀의 몸 상태에 잘 맞는 맑고 서늘한 날이었다. 그녀는 자신을 통제할 수 있게 되었으며, 정확한 생각을 통해 한결 빨리 건강해지는 법을 배우고 있다. 상처를 건드리지 않는 법도 배운다. 그런 것까지도.

그녀는 마가목 가지를 꺾어다 화병에 꽂아 침대 옆 탁자에 두었다. 같은 병실을 쓰는 환자며 간호사들과 다정하게 이야기했고, 밤이면 갓을 씌운 전등 옆에서 책을 읽는다. 바깥에는 밤 기차들이 다니고 있었다. 공원의 나무들은 바스락거리는 메마른 잎들과 함께 나지막이 움직였다. 그녀는 아직 말하지 않은 것을 둘러싼 매우 큰 어둠을 조금씩 밝혀 나가는 시인들의 노력에 감응된다.

그러나 요양원에서 보낸 마지막 몇 주 동안 그녀의 현실 생활은 매일 십오 분에 집중되었다. 그녀가 견뎌야 하는 고단한 십오 분에.

이 하얗고 조용한 건물로부터 멀지 않은 곳에서 벌판길이 타르 입힌 국도와 예각을 이루며 만나고 있었다. 국도는 작은 마을들과 지방 도시들을 여럿 거쳐 도시로 이어진다. 이 각의 꼭짓점, 제일 바깥 모퉁이, 노란 이정표 바로 옆에 리타는 날마다 같은 시간에 서서, 오후 열차에 대어 역에 들렀다가 오는 버스를 기다린다.

누군가가 그녀에게 꼭 신호를 줘야 한다. 그녀에겐 안정이 필요하다는 지시를 누군가가 깨뜨려 줘야 한다. 이제는 그녀를 다시금 불안에 익숙해지게 할 시점임을 누군가가 느껴야 한다.

마리온이 제일 적임자일 것이다. 어려움이 있었다는 것을 전혀 모를 마리온이라면 적절한 어조를 찾아낼 수 있을 것이다.

리타는 마리온이 오기만을 간절히 바라며 여러 날을 보냈다. 마리온은 벌써 오래전부터 학교에 오지 않았던 것이다. 3월에 그녀는 떠났다. 그녀 때문에 무슨 다툼이 있었던 것도 아니었다. 누구나 마리온이 잘되기를 빌었고 그녀를 좋게 기억했다. 여학생들은 그녀에게 머리를 손질해 달라고 했고 새 소식을 전부 들려주었으며 마리온 또한 모든 것을 알고 싶어 했다. 마리온이 와야 될 것 같아, 그 친구가 제일인데.

어느 날 정말로 마리온이 버스를 타고 온다. 그녀는 리타가 자기를 기다리고 있다는 사실에 전혀 놀라지 않는다. 마리온은 굽 높은 구두를 신고도 리타 옆에서 자신 있게 들길을 따라 또각또각 잘도 걷는다. 그들은 마치 어제도 만났던 사람처럼 웃는다. 두 사람은 만프레드의 이름을 들먹이지 않고는 같이 할 말이 없다. 그래서 애초부터 그의 이름을 피해 가려고 하지 않는다. 그리고 마리온은 그 이름을, 다른 사람들이 '집'이니 '달'이니 하는 말을 할 때처럼 자연스럽게 발음할 줄 안다.

직접 겪어 본 적 없는 문제지만, 마리온은 사랑 때문에 끝도 없이 괴로울 수 있다는 것을 이해한다. 그들은 숲 가장자리를 따라 걷는다. 성긴 전나무 숲, 그 뒤로는 금빛으로 붉게 해가 지고 있다. 나무줄기들의 그림자가 그들 얼굴 위로 어른어른 스쳐 간다. 하이힐로 걷자니 아무리 마리온이라도 이런 길에서는 힘이 든다. 그러나 자기가 받은 결혼 패물 이야기에 온통 정신이 팔려 있다.

"지그리트는 뭐 하니?"라고 리타가 묻는다. 지그리트가 인사 전해 달라더라. 리타가 미소를 짓는다. 물론 마리온과 지그리트는 자기를 두고 여러 시간 대화했을 것이다.

지그리트는 그들 학과에서 가장 눈에 띄지 않는 여학생 중 하나였고 기다란 벤치에서 리타 옆자리에 앉았다. 그들은 서로 상냥하게 대했지만 피차 상대방에 대해서는 아는 게 거의 없었다. 어느 날 지그리트가 한 시간 내내 압지에 무언가 낙서를 하고 있는 것을 리타가 보기 전까지는 그랬다. '어떡하지, 어떡하지······.'라고. 그날 오후에 어느 작은 카페의 제일 어두운 구석에서 리타가 들은 이야기는 예상했던 대로였다. 지그리트는 두려움과 미숙함으로 어려운 상황에 빠져 있었다. 같이 살던 부모가 작은 동생들 둘을 데리고 "떠나 버렸다."라는 것이다. 그것이 무슨 뜻인지는 누구든 알아듣는다. 지그리트는 그 계획을 알고 있었다. 하룻밤을 집에 들어가지 않고 (추운 겨울 도시 어디서 혼자 밤을 지냈을까?) 그다음 날 낮에도 집에 들어가지 않았다. 저녁 늦게야 들어가 보니 예상하고 두려워했던 대로 집은 비어 있었다. 살아오면서 지금껏 겪은 많은 두려움 중에서(얼마나 아버지를 무서워했던가. 맞설 수는 없었다!) 이제 그녀에게 남은 것은 딱 한 가지, 사람들이 알게 되면 퇴교당하리라는 것이었다. 그녀는 온갖 힘과 상상을 다 동원하여 틈 없는 방어벽을 이 도피 주위에 쌓았다. 이웃들에게는 부모님이 겨울 휴가를 가셨노라고 말했다. 물론 아주 갑자기. 그런 일은 그래도 있을 테니까. 아버지가 다니던 공장에는(아버지는 용접공이었다.) 전화로 아버지가 편찮으시다고, 진단서는 나중에 보내겠노라고 했다. 두 동생에 대해서는 학교에 결석 신고를 했다.

그 친구는 거미줄처럼 짜인 거짓말을 십사 일 동안 유지하느라고 있는 힘껏 긴장했을 게 틀림없었다. 리타는 갑자기 눈앞에서 새로운 지그리트를 보고 있는 것 같았다. 그 친구는 마냥 약하면서도 끈질겼다. 그런데 두 주일이 지난 지금, 지그리트는 이제 나는 어떡해야 하나? 하는 질문에 완전히 잠식되어 있었다.

그녀 자신이 알았다. 길이라고는 한 가지뿐이었다. 그러나 그녀는 여러 날을 기다렸다. 그리고 리타는 친구를 재촉하지 않았다. 그러다 지나가는 말로 아버지 직업에 대한 질문을 받자 그 친구는 서슴없이 대답했다.

"아버지는 떠나 버리셨습니다."

놀라지 않은 사람은 리타 하나뿐이었다. 그녀는 처음으로 지그리트에게 쏠린 많은 얼굴들을 바라볼 수 있었다. 한동안 어지럽게 질문과 대답이 오간 끝에 만골트의 목소리가 튀어나왔다. 날카롭고 건조한 목소리였다. "그런데 그걸 아무도 몰랐단 말이야?"

아니, 알았어, 리타가 침착하게 말했다. 내가 알았어.

그래. 리타가 알았다고. 이건 진짜 모반인걸! 노동자 하나가 자신의 국가, 공화국을 버리고 떠났다. 그의 딸은 그 국가에게 거짓말을 했다. 똑같이 노동자 정권의 장학금을 받는 그 딸의 친구가 거짓말을 도와주었다. "그래. 이건 한번 얘기해 봐야겠습니다."

한 가닥 실에 꿰인 듯 얼굴들이 일제히 지그리트를 떠났다, 마치 벌써 너무 오래 그녀를 바라보았다는 듯. 그리하여 그 얼굴들은 다시금 어쩔 줄 몰라 하는 그들의 선생에게로 향했다. 만골트처럼 많은 인용을 빠르고 정확하게 할 줄 모르는 그 젊은 선생은 지금은 당황하여 "그건 한번 얘기해 봐야겠습니다."라고 되풀이할 뿐이었다.

리타는 생각했다. 마리온이 와서 좋구나. 그녀와 나란히 걷고 있으면서도 그녀가 하는 이야기는 거의 듣지 않는다. 마리온은 이제 막, 새로 산 옷 이야기를 시작했다. 그녀는 새 옷으로 많은 것이 좌우되고, 지그리트처럼 늘 운이 없는 사람들을 무의식적으로 약간 경멸하는 그런 행복한 사람 중 하나였다. 그녀는 자부심을 쉽게 드러낼 수 있는 사람이었다. 아직도 어린 시절 불안의 압박에서 헤어나지 못하는 지그리트와는 달랐고, 리타와도 달랐다.

그녀는 그날 있었던 일 하나하나를 기억한다. 그때는 당황해서 의식적으로 깨닫지는 못했지만. 우선 그녀가 믿었던 건, 단호해야 무언가를 이룰 수 있다는 것이었다. 이야기를 해야 한다면 당장 그 자리에서 해야 할 거라고 그녀가 만골트에게 말했다. 만골트는 그 말을 간단하게 물리쳤다. 그런 이야길 하자면 준비가 필요하지 않겠느냐면서.

　그런 순간에는 무슨 의도가 담겼는지 매우 예측하기 어려운 시선에 민감해지는 법이다. 아무도 지그리트며 리타에게 이야기하지 않았다. 아무튼 만골트가 볼 때는 말을 하지 않은 게 사실이다.(이런 모든 '요란한 말'에 대하여 도무지 신경을 쓰지 않았던 마리온은 물론 예외였다.) "쟤들이 우리를 쫓아낼 거야." 라고 지그리트가 말했다. "그럴 줄 알았어."

　오후에 리타는 여러 시간을 꼼짝 않고 혼자서 방에 앉아 있었다. 만골트 같은 사람의 판단이 자기한테 무슨 해를 끼칠 수 있는가를 자문하지는 않았다. 확실한 것은, 그녀가 어떤 결정을 두려워하고 있었다는 점이다. 그 결정은 이미 아득하게 멀어진 지점으로 그녀를 도로 던질 수 있었다. 무엇보다 만골트가 의견을 관철시킬 수 있다면, 그녀에게서 선생이 되는 가능성뿐만 아니라 그 이상을 파괴할 수 있다는 것을 그녀는 느꼈다. 메터나겔과 벤트란트 그리고 슈바르첸바흐가 지닌 인생의 원칙이 다시 한 번 모든 사람의 삶을 결정하리라는 확신이 아직은 있었지만, 매우 강하지는 않았다. 그렇지만 쉽게 상처받을 수 있는 이 첫 확신이나마 그녀에게는 한없이 귀중했다.

　그런 확신이 없었더라면 헤어푸르트 가족 같은 사람들이 세상에 넘칠 테니까. 그런 사람들이 세상 어디서나, 잘 차려진 저녁 밥상에 앉아 때를 기다리고 있었다. 그들은 벌써 코를 쳐들고 낌새를 맡고 있었다. 헤어푸르트 부인이 그녀한테 친절하면 할수록, 그만큼 더 리타는 조심스러워졌다. 그 부인이 하는 이야기를 말없이 들었다. 섬뜩한 일들이 일어나요. 예전에 알던 착한 친구들의 도피가 점점 잦아졌어요. 이해할 수 없어, 안 그래요, 여기서 그렇게 잘 지내던 사람들이. 그다음에는 존경받을 만한 사람들이 갑자기 범죄자라며 폭로당하고 재판에서 판사들로부터 별별 소리를 들었다.(인력을 빼돌리는 자! 인신매매꾼! 묻겠는데 우리가 중세에 살고 있는 겁니까?) ……인민이, 헤어푸르트 부인의 말이었다, 인민이 생각한다는 것이다. 이렇게 계속될 수는 없다고!

왜 전에는 헤어푸르트 부인과 만골트의 유사점이 내 눈에 뛴 적이 없었을까 하고 리타는 생각했다. 똑같은 맹목적 극성, 똑같은 무절제와 자기중심주의……. 똑같은 수단으로 정반대 목적을 위해 싸울 수 있단 말인가?

그녀는 만골트의 얼굴을 그려 보려 했다. 그가 언제나 잿빛 양복을 입고 다닌다는 것은 생각났다. 그러나 그의 얼굴은 그려 볼 수가 없었다. 한 번 봐도 다시 알아보기 어려운 얼굴이다. 얼마든지 있는 흔한 얼굴이어서가 아니라(부분부분은 그려 볼 수 있었다. 우뚝한 코, 부드러운 입, 핏기 없으면서도 너무 통통한 뺨 등.) 동요하지 않는 표정 때문이었다. 위장용 마스크를 쓴 것처럼 하고 리타는 생각했다. 그렇지만 누구한테 맞서 위장하는 것일까? 모든 사람 앞에서 행위의 진짜 이유를 영원히 숨길 수 있을까?

그렇다면 진짜 이유는 무엇일까? 사실에 대한 솔직한 근심일까? 아니면 걱정을 구실로 사람들을 선동해 힘을 휘두르는 습관일까? 냉소주의일까? 이기심일까? 불안일까? 그녀의 두려움은 커 갔다.

그녀는 어둠 속을 달려 메터나겔한테 갔다. 처음 온 게 아니었다. 메터나겔 부인이 말없이 방문에 나타났다. 그 뒤는 시끌시끌했다. 방 안에 남자들 네댓이 모여 앉아 있었는데 모두 리타가 아는, 오래 마이스터를 해 온 사람들이었다. 담배 연기가 하도 자욱해서 잘 알아보기도 어려웠다. 그들은 어이 하며 리타에게 인사하고 그녀를 즉시 끼워 주었다. 그들은 마침 작업 공정이 계속 정체되는 데 대해 공장 지도부에 항의서를 쓰던 참이었다. 그다음 날로(리타의 기억에는 그렇다.) 차량 공장에서 큰 소동이 일어나고 나중에는 신문에도 실리게 될 것이었다. 사람들은 금방 다시 그녀와 친해져 그녀더러 재깍재깍 잘 깨친다고 악의 없이 놀렸으며, 쓰고 있는 항의서에 들어갈 날카롭고 신랄한 표현을 말해 보라고 요구했다. 그 모든 것이 그녀는 좋았다. 그러나 그녀는 곧 떠났다. 롤프와 둘이서만 이야기하려 했던 것이다. "내일 다시 와."라고 롤프가 문에서 말했다.

"이제 됐어요."

그녀는 슈바르첸바흐에게도 갔다. 거기서도 부인이 문을 열었다. 이 사람이 그 씩씩하고 쾌활하던 부인이란 말인가. 슈바르첸바흐 부인의 얼굴은 무서운 충격을 받았다가 그대로 굳은 것처럼 보였다. 리타는 말없이 그 말없는 부인 곁을 지나쳐 에르빈 슈바르첸바흐의 방으로 들어갔다. 그는 아무것도 하지 않고 안락의자에 앉아 있었다. 그가 쳐다보았다. "아, 리타 씨였군요."라고 하는데 거의 안도하는 듯한 어조였다. 마치 다른 누군가가 들어오리라고 생각했던 것 같았다.

바로 지금, 이 순간에 아들이 수술을 받고 있었던 것이다.

며칠 전부터 가벼운 통증이 있었다, 오른쪽에. 그러다 갑자기 염증이 확산되어 몇 시간 사이 빠르게 악화되었다. 아이 혼자 집에 있었는데, 부모는 너무 늦게 오고…….

"잊지 않겠어요."라고 슈바르첸바흐 부인이 말했다. 그녀가 생각할 수 있는 유일한 말이었다. 그녀는 전화기 옆에 앉아 있었다. 거기서부터 구원이 올 수도 재앙이 올 수도 있었던 것이다. 자기 파괴의 싹이 그녀 속으로 밀고 들어와 점점 더 큰 힘을 얻고 있었다. 슈바르첸바흐 자신도, 전에 중요했던 모든 것을 위태롭게 하는 압도적인 불안에 완전히 사로잡혀 있으면서도 아내의 어깨에 손을 올렸다.

다시 길거리로 나와 빠르게 걷다 보니 언젠가 자기가 검사해 준 적 있는 슈바르첸바흐 아들의 공책이 눈앞에 어른거렸다. 두꺼운 수직 획으로 살짝 기울여 쓴 숫자들, 깨끗하게 구분된 과제물 칸들…….

비가 조금 내리고 있었다. 첫 봄비였다. 약하고 거의 즐거운 빗소리가 한 번씩 몰아쳐 오는 돌풍과 섞여, 겨울답게 굳어 오래 말이 없던 도시가 내쉬는 안도의 한숨이 되었다. 리타는 아직도 표면이 얼어붙은 눈 쌓인 길모퉁이를 디디며 걸었다. 그러나 미지근하고 부드러운 물이 벌써 그 위로 흐르고 있었다.

사람들을 별로 만나지 않았다. 이제는 사람을 만나고 싶지도 않았다. 이 큰 도시에서 오늘 그녀 편에서 말해 줄 사람이 하나도 없다는 것이 우연의 뜻이라면, 받아들여야 하리라. 이런 국외자의 감정을 느낀 것이 처음은 아니었다. 그렇지만 이토록 고통스럽고 부끄러운 적은 아직 없었다. 여느 때 친숙했던 이 도시의 얼굴이 뒤집혀 이제 그녀에게는 찡그린 얼굴이 되었다.

그녀는 모든 것이 정말 달라졌다고 생각했다. 모든 것이 다르다.

나에게는 이런 일이 일어나 마땅하다.

그녀는 어린아이처럼 믿었던 것이다. 어떻게 그런 자신을 용서해야 한단 말인가! 그녀는 이 모든 요란한 말들(요란한 말들, 그것이었다!)에 말려들어 버렸다. 인간이란 선하다. 하지만 그럴 가능성이 주어졌을 때만 선하다. 이 무슨 당찮은 소리인가! 얼굴들 대부분에서 보이는 저 벌거벗은 이기심이 언젠가는 통찰과 너그러움으로 바뀔 수도 있으리라고 희망하다니 얼마나 어리석은가.

그녀는 실패했다. 그녀 자신 말고는 분명 누구나 예상했던 대로. 그리고 그녀는 적어도 그 결과들에서 빠져나오는 수밖에 없었다. 그건 해 봐도 소용없는 일이었다.

그녀의 정신력이 아주 갑자기 바닥까지 다 고갈되었다.

그녀는 마치 모든 것이 오래전에 생각해 두었던 일인 듯, 집으로 돌아가 낡은 가방에 짐을 싸 가지고 눈에 띄지 않게 그 집을 떠나 밤 기차에 닿았고, 기차는 그녀의 고향 소도시에 섰다. 그녀는 몇 시간을 떨면서 외풍 센 역 통로에 오그리고 앉아 있었다. 그런 작은 도시에는 절망한 밤 여행객을 위한 시설은 없었던 것이다. 그녀의 기억, 그녀로부터 독립하여 움직이는 그녀의 기억이 이 시간쯤에는 낙농장에서 오는 우유 배달차가 마을로 나간다는 것을 제때 알려 주었다. 기사는 아직도 같은 사람이었다. 기사는 그녀를 알아보았고, 그녀는 트럭 운전석에서 기사와 조수 사이에 잘 자리 잡고 앉아 마침내는 따뜻하게 안정되었다. 그들은 우회로로 빙빙 돌아서 고향 마을로 들어갔다. 그러나 그거야 아무 상관없었다.

서서히 날이 밝아 왔다. 뿌연 잿빛을 띤 몽롱한 여명이었다. 그다음에는 색깔들이 나타났다. 처음에는 인공적인 빛깔들, 마을 가장자리 새로 덮은 지붕들의 붉은빛, 정원 울타리의 초록빛, 현수막. 나중에는 땅의 파스텔 색조. 점점 밝아져 가는 빛바랜 잿빛 하늘을 마주한 들판의 짙디짙은 잿빛. 그 하늘 위로 아직은 소리 없이 새들이 솟았다. 길거리에 늘어선 날씬한 마호가니 빛깔 너도밤나무들. 그리고 마지막으로 톱니 모양을 한 짙은 색 숲 가장자리 위로 푸른빛이 떠오른다. 그 앞에는, 무슨 일이 일어나든 간에, 길 하나가 바람에 뜯긴 수양버들 옆을 지나 오른쪽으로 굽어들었고 야트막한 오르막을 이루다가는 급경사로 떨어져 내리며 마을로 이어졌다. 마을은 믿음직하게 그 자리에 그대로 있었다. 제일 가장자리에 있는 그 작은, 말할 수 없이 작은 집으로 들어서 필요한 모든 것을 찾아내자면 마을을 가로질러 가야 했다.

21

리타는 하루 종일 잠을 잤고 그다음 밤도 그랬다. 일요일 아침 교회 종소리에 잠이 깨었다. 아무것도 잊히지 않았다. 그러나 여기로 온 것이 얼마나 잘한 일이었는지 분명하게 느끼고 있었다. 가볍게 베일이 드리운 높고 둥근 하늘은 이 풍경에서 가장 중요한 것이었다. 이 둥근 하늘은 집들이 모여 있고 굴뚝들이 늘어서도 침해받지 않았고, 리타가 고통스러울 만큼 잘 아는 숲과 들판 그리고 작은 언덕의 선들 위에 놓여 저절로인 듯 모든 것을 자연스러운 중심점 둘레에 정돈했으며, 리타가 자제심을 잃고 괴로워하지 않도록 했다. 리타는 어린 시절의 땅을 발걸음으로 재 보며 걸었다. 어느 방향으로 가도 한 시간. 그녀는 웃었다. 작은 나라였구나! 그리고 드러난 것처럼, 결코 침범당하지 않는 나라는 아니었다. 그녀가 도중에 만난 사람들에게는 뉴스거리가 잔뜩 있었다. 다들 리타가 알던 모습 이상으로 많이 흥분해 있었다. 어떤 사람들은 그녀에게 무언가를 속삭여 줄 때면 입 앞에 손을 갖다 대기도 했고, 어떤 사람들을 말하다 말고 중간에 뚝 그치면서 무엇인가에 귀를 기울이다가는 고개를 가로저으며 가던 길을 갔다. 전에는 한 번도 그런 적이 없었는데, 아이들이 참 많이 눈에 띄었다.

서서히 그녀는 풍경의 얼굴에서 새로운 선들을 발견했다. 예전에는 경작지의 경계선들이 태곳적 파인 땅의 주름을 따라 나 있었는데 이제는 방향을 달리하여 지평선으로 빠지고 있었다. 사람들의 얼굴에는 그처럼 빠르게 새로운 표정이 새겨지지는 않았다. 그러나 그들의 불안이며 상실에 대한 두려움 그리고 승리에 대한 아직 불확실한 희망은 거의 몸으로 느껴졌다.

마을에서는 방학을 맞아 온 다른 대학생들도 만나게 되었다. 리타는 그들과 서로 인사를 하고 몇 분간 같이 서 있었다. 친숙함 가운데 일말의 당황. 그들은 알았던 것이다. 상대방도 자신이 마침내 유년에서 벗어나 커 버렸다는 것을 피차 알아차렸음을.

그런 것이나 경험하자고 이곳으로 왔던가? 어느 외딴 마을이 영원히 변하지 않는 피난처로서 그녀를 기다리고 있으리라고 생각했더란 말인가? 정말로 그런 걸 원했던가?

그녀는 갑자기 자신을 사로잡는 나태와 의기소침을 경멸했다. 처음으로 그녀는 생각했다. 누구든 언젠가는 자신의 인생을 점검하며 되돌아보게 된다고. 만족하며, 체념하며, 혹은 자기를 기만하며 흡족하게.

그것이 여덟 달 전이었다. 그 후로는 그 일은 더 생각하지 않았다. 그러나 오늘, 옆 사람이 자기 말을 듣든지 안 듣든지 아랑곳없이 제 흥에 겨워 이야기를 늘어놓는 마리온 옆을 걷는 오늘, 모든 것이 그녀 마음속에서 솟구친다. 왜 그런지도 이제 안다. 그 당시와 똑같은 초조함, 자신과 자신이 아는 모든 것에 대한 불만족이다. 그 때문에 그녀는 다음 날 아침에 바로 도시로 되돌아갈 수밖에 없었던 것이다. 똑같은 느낌이 오늘도 그녀를 사로잡는다. 아주 완벽하고 빈틈없는 마리온이 버스에서 내려 그녀를 향해 왔을 때부터. "곧 돌아가게 될 거야."라고 그녀가 마리온에게 말한다. "물론 그럴 테지." 하고 마리온이 태연하게 대꾸했다. "안 그러면 어쩌겠니?"

도시로 돌아오던 그때 어디에선가 틀림없이 만프레드의 작은 잿빛 자동차가 기차를 향해 달려오다가 기차를 지나쳐 갔을 것이다. 만프레드는 집에 돌아와 보니 그녀가 집에 없자 무슨 일이 있었는지 마리온한테서 듣고는 곧장 그녀를 데려오려고 출발했던 것이다.

그리고 리타는 다락방에 돌아와 탁자에 놓인 그의 쪽지를 보자 그에게 전화를 걸려고 가장 가까운 우체국으로 달려갔다.

그녀는 그곳에서 작은 한스를 만났다. 그는 몸이 아파 쉬던 터라 심심해하고 있었다. 그는 우체국 직원이 리타의 고향 마을에서 만프레드를 전화기 앞으로 불러올 때까지 같이 기다려 주기도 했다. 작은 한스는 부모님이 돌아가신 후 자기를 키워 준 누이 집을 이제는 떠날 거라고 조용히 말했다. 누이가 자기한테 강요하는 건 아니지만 집이 정말 비좁다는 것이었다. 방 두 개에 쪽방 하나가 딸렸는데 아이가 둘이니 그렇다고 했다. 매형은 자기 식구들끼리만 살고 싶어 하는데 자기는, 작은 한스는 그러니까 매형이 생각하는 식구가 아니라는 것이었다. 리타는 생각했다. 그가 없이는 돌아가지 않기 때문에 그를 정말 꼭 필요로 하는 그런 생활을 한스에게 마련해 준다는 것이 얼마나 어려울까를……. 맙소사, 그녀는 생각했다. 이제는 만프레드가 전화받으러 와야 하는데. 아니면 사람들이 그를 찾지 못한 걸까? 그러면 나는 두 시간 더 그를 기다려야 하는데. 그건 못 견뎌! "애들이요." 하고 작은 한스가 말했다. "애들이 나한테 매달려요. 정말로 그 애들이 그래요."

그때 그녀의 고향 마을 이름이 들렸다. 리타는 곤두박질치듯 전화박스로 들어가 수화기를 귀에 갖다 댔다. 수화기는 다른 사람의 손 온기로 아직도 따뜻했다. 만프레드의 목소리가 바로 나왔다. 아주 가깝게 들렸다.

"그러니까 내가 당신을 떠나갔던 건가, 그렇지?"

"그래."라고 그녀가 말했다. "그리고 편지 한 장 없었어. 이주 동안."

"그랬군."이라고 그가 말했다.

그들은 말이 없었고 두 대의 전화기를 잇는 수십 킬로미터 길이 전화선에서 나는 소음에 귀를 기울였다. 그들이 내는 숨소리가 전화선을 타고 흘렀다.

나는 당신 얼굴을 보고 있어. 그렇게 비웃지 마. 당신한테 속진 않아. 난 당신을 나 자신처럼 아는걸. 이제 그럼 충분하지 하고 말하겠지. 그렇지만 나에 관한 일이라고 뭐든지 다 당신 바라는 대로 잘되기만 하는 건 아니야. 그리고 당신 생각대로 거기에 나름 좋은 점이 있다는 건 인정하겠어……. 아무튼 우리 이젠 아무 말도 더 할 필요 없어. 조금도. 알았어? 우린 그냥 이 전화에 매달려 있는 거야. 아주 다른 일에 익숙한 전화선에 모든 걸 내맡기고 있는 거야…….

나한테 화난 거야, 갈색 아가씨? 몹시 화낼 때면 그런 것처럼 여전히 주름을 짓고 있겠지?

여전히 그래. 나는 완전히 추해졌어. 이 주일 동안 나를 봐 주는 사람이 아무도 없었으니까.

봐 주기만 하면 되는 거지?

아, 이런. 나는 저녁에 외출할 때면 늘 초록색 등을 켜 놔. 집으로 돌아오면서 상상할 수 있거든. 저기서 누가 나를 기다리는 구나 하고 말이야.

리타는 자신이 그 모든 말을 했는지 안 했는지 이제는 알 수가 없다. 그러나 그 대화는 그의 얼굴과 마찬가지로 그녀 기억 속에 있다. 매우 친숙한 얼굴만이 그렇듯 아주 가깝지만 닿을 수 없다. 그리고 신체적 허약함과 그를 향한 그리움이 끔찍하고 갑작스럽게 그녀를 덮친다.

"그럼 갈게."라고 만프레드가 말했다. 그리고 멀리에서 무심하고 중립적으로 들려오는 신경 거스르는 윙윙 소리가 그친다.

제일 중요한 일은 그렇게 일어났다. 리타가 그토록 두려워했던 저 분임 모임이 열리기도 전에. 이제 그녀가 배울 수 있는 것은 혼자 힘으로 배웠다. 그것이 진정으로 보다 영리해지는 가장 확실한 길이었다. 수업에 빠진 것을 나무라며 무력한 젊은 강사가 그녀에게 징계를 통보했을 때 그녀는 고개를 끄덕였다. 만골트의 격분을 눈앞에 그려 보면, 징계는 그 강사가 취할 수밖에 없었던 최소한의 조처였던 것이다.

만골트는 길게 말했다. 그가 무슨 말을 할지 리타는 알았다. 그의 말에 귀를 기울이지는 않았지만 그를 주의 깊게 바라보았다. 그는 신통력을 잃어버린 것처럼 보였다. 그의 입에서 나오는 말이 얼마나 공허한지 아직 아무도 알아차리지 못했는가? 그의 격정이 얼마나 우스꽝스러운가를? 이 사람들을 움직이고 있는 메커니즘이 눈에 보이는 것 같았다.

그녀는 만골트 앞에서 시선을 떨구고 있는 모든 사람이 부끄러웠다.

지그리트는 울먹울먹했다. 리타는 그녀를 안심시키듯 미소를 지어 보였다. 그러나 오래가지 않았다. 만골트는 아직도 한동안은 겁주어 다른 사람들을 움츠러들게 할 것이다. 그러나 마침내는 그 또한 실패 선고를 받았다. 그라는 존재가 아무에게도, 자기 자신에게마저도 이롭지 않았기 때문이다. 그리고 남을 겁주어 움츠러들게 하는 일 또한 더 이상 할 수 없다는 사실이 드러났다.

"누구를 위하여 말하고 있는 겁니까?"라고 에르빈 슈바르첸바흐가 그에게 물었던 것이다. 모두 멈칫했다. 만골트도 일순 멈칫했다. 그러더니 자기는 여러 동무들을 위하여 말하고 있노라고 도전적으로 말했다. 이제는 판정이 내려져야 한다고…….

 "판정이라." 하고 슈바르첸바흐가 말했다. 리타는 그날 저녁 이래로 아직 그와 대화를 나누지 못했다. 그의 아들은 어떻게 되었을까? 그녀는 생각했다. 그 애가 살아난 게 틀림없어. 그렇지 않다면 슈바르첸바흐가 저렇게까지 침착할 수는 없을 거야. 슈바르첸바흐가 계속 말하는 소리가 들렸다.

 "지그리트가 왜 그런 행동을 했는지에 대해선 어떤 판정을 내리겠습니까? 왜 지그리트가 학급을 신뢰하지 않았습니까?"

 이 물음에 부딪혀 리타는 생각했다. 모든 것이 깨지고 영원히 끝장나 버리겠구나. 모두가 이제 말하겠구나……. 그러나 아직은 만골트 혼자 떠들고 있었다. 그가 믿음이 두터운 것은 인정해야 했다. 당 노선에 대하여 이야기할 때 그의 어조는 마치 가톨릭 신자가 무염 시태(無染始胎) 이야기를 하는 것 같았다. 그 점을 슈바르첸바흐가 지적해 주기도 했다. 미소를 띤 채. 그럼으로써 그는 만골트를 여지없이 화나게 했다. 그렇다, 슈바르첸바흐가 없었더라면 모든 것이 아주 달라졌을 수도 있다. 왜 그들만이 자신을 신뢰하지 않았던가? 슈바르첸바흐가 방금 했던 것 같이 단순한 인간적인 질문을 하고 불신 없이 누군가에게 주의 깊게 귀 기울이지 못하게끔 무엇이 지그리트를 가로막는가? 날마다 지금처럼 자유롭게 숨 쉬는 것을, 이렇듯 늘 터놓고 바라보는 것을 가로막는 게 무엇인가?

 "명료하게 말하세요!"라고 만골트가 외쳤다. 모순의 핵심에 접근하자면 무슨 질문이든 다 명료해야 한다고! 그게 당의 뜻에 부합한다는 것이다.

여기서 만골트는 슈바르첸바흐로부터 한마디 날카로운 대답을 들었다. 슈바르첸바흐는 모두가 이 논쟁에 참여하여 이 문제와 관련해 그를 가차 없이 바라보는 것을 중시하는 것 같았다. 슈바르첸바흐가 그토록 흥분한 모습을 리타는 본 적이 없었다. 그가 만골트를 향하여 소리쳤다. "차라리 배려하세요. 학급이 지그리트를 주목하도록. 지그리트 같은 사람을 위하여 당이 있는 겁니다. 그 사람한테 무슨 일이 일어나더라도요. 그런 사람을 제쳐 놓고 다른 누구를 위하여 당이 있겠습니까."라고 그는 낮게 덧붙였다.

이 지점에 이르자 지그리트가 울기 시작했다. 최대한 눈에 안 띄게. 그러나 모두 다 그녀가 울고 있음을 알아보았으며 그것이 그녀를 진정시켰다. 만골트만이 자신의 계획을 포기하지 않았다.

"하지만 그건 정치적으로 순진한 태도입니다."라고 말하는 것이었다. 그는 울고 있는 지그리트와 '세계 제국주의'라는 말을 서슴지 않고 연관시켜 발언했다. 아무튼 자기는 당에서 호된 학습을 거친 사람이라는 것이었다.

"그러시리라 믿습니다." 하고 슈바르첸바흐가 잽싸게 응수했다. 추측했던 것이 확증된 듯. 그는 마치 만골트와 단둘이 있는 듯 이제 한결 온화한 목소리로 말했다. 그러자 모두에게 갑자기 만골트가 다르게 보였다. 이제 그를 부당하게만 볼 필요가 없었다.

"난 말입니다." 하고 슈바르첸바흐가 여전히 낮은 목소리로 만골트에게 말했다. "전쟁이 끝나 갈 때 노동자의 아들이었고 나치 돌격대 빨치산 부대로 가거나 죽으려고 했던 사람입니다.”

슈바르첸바흐는 평생을 그들, 즉 제자들을 위해 건 사람이었다.

“당시에.” 하고 그가 말했다. “우리는 증오와 경멸의 대상이었고 응당 그러리라 기대했습니다. 하지만 당은 우리들한테 너그럽고 참을성 있었습니다. 까다롭기는 했지만 말이죠. 그때부터 나는 이러한 특성을 조금 지니게 되었지요. 너그러움, 참을성. 그런 거야말로 혁명적인 특성들이지요, 만골트 동무. 동무는 한 번도 그런 데 의지해 본 적 없지요?”

만골트는 어깨를 으쓱했다. 너그러움, 참을성이라니! 오늘날 누가 그런 걸 찾을 만큼 한가합니까? 그 말은 거의 비참하게 들렸다.

“그렇겠지요.”라고 슈바르첸바흐가 말했다. “하지만 난 자주 생각합니다. 이 독일에서 내가 다른 무엇이 되었겠나 하고요……. 전쟁이 끝났을 때 몇 살이었죠?”

“열여덟 살이었습니다.”라고 만골트가 머뭇거리며 말했다, 아주 깊은 비밀을 밝히기라도 하는 듯.

그들은 그러고 나서도 오래 함께 앉아 있었다. 처벌 이야기는 더 이상 없었다. 만골트가 침묵했다. 그는 쉽게 상처받는 사람이었다. 지금 상황이 그로서는 쉽지 않을 게 틀림없었다. 슈바르첸바흐는 아무도 고소해하며 만골트를 바라보지 않게 하는 데 성공했다. 리타도 처음으로 혐오감 없이 그에 대해 곰곰이 생각해 보았다.

"분명." 저녁에 그녀가 만프레드에게 말했다. "나쁜 경험을 너무 많이 해서 인간을 믿지 않게 되었나 봐."

"그런데 당신은?" 하고 만프레드가 물었다. "당신은 믿어, 인간을?"

"당신한테 이야기해 줄 게 있어."라고 그가 말했다. "지금까지는 당신한테 말하지 않았어. 나 자신도 잊으려 했던 얘기거든. 마르틴이 내 제일 가까운 친구라고 당신도 생각하지. 그런데 여러 해 전에도 그런 친구가 하나 있었어. 마르틴하고 똑같이 착했지."

아, 그래. 똑같이 착했어. 지금과는 역할만 달랐지. 그 친구가 나보다 나이가 더 많아서 내가 그를 올려다봤지. 우리가 함께 쪼그리고 앉아 온갖 이야기를 다 나누던 그 밤들! 그가 나에게 끌어다 준 책들! 아무것도 우리를 갈라놓을 수 없었던 그 여러 해. 여자들도 싸움도 아무것도…….

그런데 단 하루가 우리를 영원히 갈라놓았어. 그가 거부한 눈길 하나. 그가 하지 않은 말 한마디. 그가 쓴 글 하나가 말이야.

"그는 베를린에서 언론인이 되었어. 우린 오랫동안 만나지 못했지. 그다음에 대학들이 모인 회의에서 그를 만나게 되었어. 우리는 아직 친구로서 반갑게 인사했어. 그런데 몇 시간 후에는 말 한마디 없이 갈라지게 되었지.

무슨 일이 일어났느냐고? 거의 아무 일도 없었어. 그렇게도 볼 수 있어. 놀랄 만치 별일 없었지. 내가 발언을 했어. 연구 운영의 결함들에 대해서. 우리를 부담스럽게 하는 미친 잡동사니들에 대해서. 좋은 점수로 보상받는 위선들에 대해서 이야기했지."

"당신이 그런 말을 했어?"라고 리타가 놀라서 물었다.

"생각해 봐, 나라고 물고기처럼 늘 말이 없겠어?"라고 만프레드가 물었다. "내가 강단에 올라서자 모두가 나를 향했어. 내 견해들이 얼마나 위험하며 얼마나 썩어 빠졌는지 지적하는 것이었어. 나는 그 친구만 쳐다보았어. 그는 나를 잘 아니까. 내 말 뜻을 그 친구는 정확하게 알았거든. 그에게 쪽지를 써 보냈어. '무슨 말 좀 해 봐.'라고 말이야."

그 쪽지를 안 썼더라면 얼마나 좋았을까! 내가 그에게 도움을 구걸하다니! 그런데 난 그때 거기 앉아 있는 게 내 친구가 아니라 만골트 같은 사람이었다는 걸 그때까지 몰랐던 거야. 난 아직도 그가 부끄러워, 이렇게 세월이 지나고도!

"그 친구는 제일 먼저 자리를 뜬 사람들 중 하나였어."라고 만프레드가 말했다. "그는 글을 하나 썼고 나는 그 글을 거듭 거듭 다시 읽었어. 많은 사람들이 자기를 망치는 독약을 계속 복용하는 것처럼 말이야. 그는 나에 대해서 이렇게 썼어. '현장의 삶으로부터 격리되어 캡슐 안에 들어가, 그릇된 부르주아적 사상에 사로잡혀, 우리 대학들을 이념적인 수렁으로 다시 던져 넣으려 하는 지성인들'에 대하여 글은 쓴 거야."

오늘 그가 내 앞에 서 있다면 난 손도 내밀지 않을 거야. 대체 무얼 원하느냐고 그가 묻겠지. 이젠 신문들도 당시에 네가 요구했던 것들로 가득 차 있잖아? 하겠지. 난 대답조차 하지 않을 거야. 그였어. 상(像)을 하나 만들어 놓고, 내가 거기에 맞지 않다는 것을 더 잘 알면서도 나더러 그 상과 비슷해지라고 강요했던 사람이 그였어.

그는 피곤했다. 그런 대화는 그 자신에게도 즐겁진 않았을 것이다. 이건 내 일인데, 왜 내가 이 여자를 끌어들이고 있는 거지? 하고 그는 생각했다.

리타가 그의 어깨에 손을 올렸다.

그에게 맞서야 되는데 하고 그녀가 생각했다. 그런데 무슨 말을 해야 하지? 난 그에게 아무런 도움이 되지 않는데.

이젠 나이나 더 먹는 수밖에 하고 그녀가 슬프게 생각했다.

22

　리타는 풀밭 그림을 바라볼 때면 늘 웃음을 띤다. 저 그림이 그리울 거야 하고 생각한다.

　그때 편지가 온다. 실은 마르틴 융의 글씨가 적힌 봉투 속에 든 편지 두 통이다. 그러나 이 중 하나가 중요하다. 그녀는 자기 몸이 차갑고 무거워지는 것을 느낀다. 만프레드가 이 편지를 썼다. 무의미한 희망의 번득임. 아직도, 몇 주일이 지나고도. 모든 것이 영원히 끝이라고 어떻게 생각할 수 있었을까…….

　그녀는 읽을 수 있을 때까지 기다려야 한다. 그림을 쳐다본다. 지금 나를 버리지 마. 아, 제발, 나를 버리지 마. 곱고 창백한 여인이 아무것도 모른 채 그녀를 바라보며 미소 짓는다. 리타는 무시하며 생각한다. 아, 당신이 뭘 알겠어.

　얼마 전에 서베를린에서 마르틴 융에게 쓴 그 편지는 이름도 부르지 않고 곧바로 시작됐다. 리타는 읽는다.

정의를 위하여 자네에게 알리는 거야. 나는 이제 정말로 S시 출신의 그 브라운을 이곳에서 다시 만났어. 많은 직책 중 하나에 앉아 있더군. 자네가 추측했던 대로야. 그래, 자네 말이 옳았던 거지. 내가 그 점을 안다는 것을 자네도 알아야 해. 내가 멀리 떠나왔다고 우리들 사이의 공정한 규칙도 모두 없애 버려야겠어? 아무튼 나한테야 이제 아주 상관없는 일이지만. 자네도 알다시피 그 당시에는 그저 그를 죽여 버리고만 싶었지. 이제 나는 한순간도 그에게 말을 걸 마음이 없어. 왜 내가 이제 와서 당시에 정말로 무엇이 문제였는지 들어야 한단 말인지. 그것이 의도였던 단순한 무능력 때문이었던…….

아무것도 달라질 건 없어. 나는 편안하게 몸서리치기 위해 규칙적으로 장벽을 순례하는 사람은 아니야. 하지만 아직도 그쪽 방송은 듣고 있지. 그리고 벌써 아무 생각도 안 날 만큼 떠난 지 오래된 것도 아니고. 1960년대…… 우리들의 토론을 아직 생각해? 아직도 믿어? 그들이 인류의 큰 심호흡으로서 역사 속으로 들어가리라고? 나는 물론 알아, 오랫동안 많은 것에 대해 스스로를 기만할 수 있다고.(그리고 또 살자면 그래야 한다고.) 그렇지만 자네들 모두가 지금까지도, 최근 모스크바 전당대회에서 드러난 것을 보고도, 인간 본성에 대한 전율을 느끼지 않으리라고 어찌 생각할 수 있겠어? 그런 판에 사회 질서라는 게 다 뭐야, 역사의 앙금이 사방에서는 개개인의 불행과 불안이라면…….

그런 말은 '독창성과 위대함이 별로 없는 이야기'라고 하는 자네 말이 들려. 그때처럼. 그러나 다시 한 번 처음부터 시작하지는 않겠어. 할 수 있는 말은 다 했지, 오래전에.

행운을 빌어.

만프레드

아직도 극복되지 않았다. 고통이 아직도 그녀에게 와 닿는다. 그녀는 가만히 있어야 한다. 그녀는 그 편지를 외울 때까지 읽는다. 그녀는 그대로 누워 여느 때 함께 산책을 나가는 사람들에게 혼자 있게 해 달라고 부탁한다. 방이 비고 복도에서 나는 소리도 작아지고 마침내 온 건물이 조용해지자 한결 편안해진다.

그녀는 겉으로는 고요하게 눈을 감고 누워 있다가 얼마 후 마르틴 융의 편지를 읽는다.

'리타'라고 그는 썼다.

난 오랫동안 곰곰이 생각해 봤어요. 이 편지를 보내 드려야 하나 어쩌나 하고요. 이건 만프레드가 저에게 보낸 단 한 통의 편지입니다.(이곳을 떠난 사람들은 누구나, 자기한테 무엇인가 불명예스러운 것이 붙어 다니기 때문에, 남아 있는 사람들한테 자신이 내디딘 발걸음의 이유를 밝히려 들지요. 그런 점에서 그도 예외가 아닙니다.) 제가 보기에 이 편지는 저보다는 리타 씨가 받아야 할 편지 같습니다.

'정의를 위하여' …… 우리들 사이에 그런 구호가 있었던 것

아시죠? S시에서 생긴 구호입니다. 이 투쟁 구호를 외치며 우리는 날마다 싸움터로 갔더랬습니다. 만프레드가 리타 씨에게 무슨 이야기를 하고 무슨 이야기를 하지 않았는지는 모르겠습니다. 그렇지만 믿어 주십시오. 힘들었습니다. 저항들은 음험했고 파악할 수도 극복할 수도 없었습니다. 그때 무엇보다 그가 요즘 서베를린에서 만났다는 브라운이 있었습니다. 우리 분야에서 노련한 전문가죠. 그가 우리에게 반대한다면, 그것은 사실 오로지 악의 때문이었습니다. 그것을 납득하는 사람은 아무도 없었습니다만. 그 사람은 벌써 네 달 전에 떠나 버렸습니다. 해임되었다고, 대체로 그렇게들 이야기합니다.

저는 매우 바쁩니다. 우리 공장에서는 마침 당 운영 위원회가 열리고 있습니다. 위원회는 우리 기계에 관심이 있죠. 선생님은 여덟 달을 견딜 수 없었을까요? 생각하면 그 점이 제일 아쉽습니다. 선생님이 강제로라도 여기 남았더라면, 이제 분명 모든 것을 잘 처리하려 했을 겁니다. 이제는 선생님이 더 이상 물러서실 일이 없는데…….

그렇지만 그런 이야기는 실은 쓰고 싶지 않습니다. 건강해지시길 빕니다!

마르틴

리타는 마르틴의 편지를 손에 쥐고 있다. 그녀는 아주 가만히 누워 천장을 바라보며 갈라진 틈과 물 얼룩이 그린 무늬를 시선으로 좇는다. 그녀가 이미 잘 아는 무늬다.

마르틴은 그에게 좋은 친구였을 것이다. 나는 좋은 아내였을 것이고. 시간이 그대로 지났더라면. 나는 감히 그렇게 말할 수 있다. 그는 틀림없이 알았을 것이다. 그렇지 않았더라면 그렇게 불행해진 모습으로 S시에서 돌아오지는 않았으리라. 거절당한 이상으로 나빴다. 장차 성공하리라는 희망도 죄다 잃고.

아무튼 그의 불행이 그를 마지막으로 그녀에게 가까이 다가오게 했다. 그는 그녀에게 자기들이 S시에서 부딪혔던 음모에 대해 자세히 이야기해 주었다. 지쳤지만 저항감이 없지는 않았다. 추위하며 그들이 믿고 속내를 털어놓으려 했던 사람들에게서 받은 불신. 그들의 계획이 점점 희망을 잃을수록 이상하게도 그가 아니라 마르틴이 사려가 없어지고 불손하고 무분별해졌다. 리타는 그 이유를 미루어 헤아렸다. 마르틴이 만프레드를 위하여 모든 수단을 동원했던 것이다. 그는 이 경험이 모든 점에서 자기 자신보다는 대비가 부실한 친구를 어디로 몰아갈지 알았던 게 틀림없었다. 마르틴이 명망이고 서열이고 이름이고 가릴 것 없이 아무한테나 대고 분통을 터뜨리고 살인적 광기를 보였다는 이야기를 듣고 리타는 걱정했다.

만프레드는 일이 주 동안 심한 몸살로 집에 누워 있었다. 그럴 만도 해 보였다. 그는 책을 많이 읽었고, 무엇보다 거듭거듭 젊은 하이네를 읽었다.("내가 알고 싶은 것은, 우리가 죽으면 우리 영혼은 어디로 가는가 하는 것. 꺼진 불은 어디에 머무는 것일까? 벌써 다 분 바람은 어디에 있는가?")

"하이네는 그가 좋아했던 독일인들과 끝내 해결을 못 봤지."*라고 그는 말했다.

"거꾸로야."라고 리타가 말했다. "독일인들이 그와 해결을 못 본 거지." 만프레드가 미소를 지었다. 그는 이제 그녀에게 한결 자주 미소를 지었다. 어른이 애들에게 미소 짓듯. 그녀는 그것에 대해 아무 말도 안 했다. 그녀는 당시에 아직 그와의 관계에 대한 두려움이 없었다. 그러나 그는 어쩌면 남몰래 이미 선택을 마치고 모든 정력을 오로지 거기에 집중시켰던 것일까? 그들 둘을 파멸시키는 일인데?

만프레드의 어머니가 보인 만족이 그녀를 주춤하게 하기도 했다. 그가 어머니에게 자신의 체험에 대해 이야기한다는 것은 거의 생각하기 어려웠지만, 그래도 어머니는 아들의 상태를 본능적으로 제대로 판단했던 게 틀림없다. 리타와 마주치지 않을 수 있을 때면 아들에게, 몸이 아픈 그에게 얼른 달려갔다. 아들이 다시금 어쩔 줄 몰라 자기에게 의지하는 것을 즐겼다. 리타는 이따금씩 응석받이 아이처럼 변덕이 심한 만프레드와 맞닥뜨렸다. 그런 그를 그녀가 평소처럼 놀렸지만 그는 이 무렵 자기 연민에 빠져 그녀의 말에 반응을 보이지 않았다.

마르틴 융이 연구에서 배제되었을 때야 비로소 그의 암담한 기분이 차가움과 숨김없는 비웃음으로 바뀌었다. 그가 리타에게 한 마지막 고백은, 마르틴을 위해 이야기하려고 루디 슈바베에게 간다는 것이었다. "나 자신을 위해서라면 이런 일

---

* 유대인이었던 하이네는 법학 박사 학위를 받고 개종까지 했으나 독일 시민 사회에 진입하지 못하고 인생 후반을 자의 반 타의 반 진보적 성향에 대해 좀 더 개방적인 파리에서 살다가 죽었다.

은 절대로 하지 않아."라고 그가 말했다. 그는 절망과 만족과 냉소적인 체념 상태로 돌아왔다. 전에는 볼 수 없었던 새로운 모습이었다. 그는 루디 슈바베가, 자기가 얼마 전부터 예상했던 대로, 바로 약자의 모습을 보였던 것에 대해 기이할 정도로 흡족해했다.

"그가 어떻게 나를 바라보았는지 알아? 내가 마르틴이 내 친구라고 했을 때 말이야. 자신을 배척당한 사람의 친구라고 하는 것은 자연스럽지 못하다는 투였어. '자네 친구라고? 그래…… 우린 유감스럽게도 그를 제적해야 해. 최근 공장에서 있었던 사건들…… 아무튼 그는 아직 대학에서 연구할 자격이 없어. 그러나 자넨 알겠지. 우리가 그 누구도 아주 버리지는 않는다는 것 말일세.' 등등. 귀가 닳도록 들은 판에 박힌 이야기들이었어.

그는 자기한테 하는 말을 전혀 듣고 있지 않았어. 내가 이야기를 하고 또 했지. 나 자신이 아주 비참해질 때까지 말이야. 그렇지만 그는 말을 듣는 것도 안 된다잖아. 그에게는 이제 마르틴 융이니 뭐 그런 건 문제가 아니었어. 당신 알아, 그자가 앉아 있는 자리는 말이야, 무엇보다 한 가지만 할 수 있으면 되는 자리지. 즉 주저 없이 지시를 수행하는 것."

"그런데 대체 마르틴에겐 뭐가 잘못된 거였어?"라고 리타가 끼어들었다.

뭐가 잘못되었느냐고? 신경이 곤두선 나머지 폭발해 버린 거야. 공장 모임에서 벌떡 일어나 정면으로 그들의 본색을 까발려 버린 거야. 술수나 쓰는 자들, 아무것도 할 수 없는 자들,

제동기나 다름없는 인간들이라고 말이야. 거기에 대한 복수를 당하게 된 거지. 그리고 슈바베 씨께서 복수를 수행한 기관이고. "그 모든 것이 얼마나 더럽고 치사한지!"

마르틴은 제적당했다. 만프레드 말고는 그를 진정으로 아는 사람이 거의 없기 때문에 소동이 별로 크지 않았다. 만프레드는 큰 소란 없이 작업 파트에 그냥 남아 있었다. 언제까지 남아 있을 수 있는지 그 자신은 알 수 없으니 다른 많은 일들 가운데서 쉬운 일이 아니었을 것이다. 그게 여덟 달이 되었나 보다 하고 리타는 생각한다. 마르틴 자신은 잘 견뎌 낸 것이 틀림없다. 만프레드는 그러지 못했다. 여덟 달은 그에게는 너무도 길었던 것이다.

리타는 생각한다. 언제 그가 자신의 생활이 견딜 수 없다는 것을 분명하게 확인했는지 나는 몰라. 언제부터 우리 대화가 겉돌기 시작했는지도 모르겠어. 첫 신호를 내가 못 보고 지나친 게 틀림없어. 내가 그에 대해 지나치게 확신했던 거야. 무슨 일이 일어나더라도 우린 서로 사랑할 거야 하고 속으로 늘 되풀이하면서 나 자신을 속였던 거야. 그것을 그가 믿도록 한 거야. 무슨 일이 일어나더라도.

그녀는 아직도 마르틴의 편지를 손에 들고 있다. 오후가 끝나 간다. 그녀는 몸을 일으켜 편지를 침대 옆 탁자 서랍에 넣는다.

무언의 자기 비난에서 오는 이 혹독한 압박!

23

만프레드가 건강해져 겉보기에는 거의 변함없이 연구소에서 다시 자기 일을 맡고 난 직후, 벤트란트가 그에게 전화했다. 그가 두 사람을, 리타와 그를 새로 개발한 경량 차량의 시승에 초대했다. 만프레드는 망설였다. '리타'를 초대한 거겠지, 내가 아니라 하고 생각했던 것이다. 그다음 그는 그래도 가겠다고는 했다.

리타는 그가 "그럼 우리 그냥 집에 있자."라고 자기가 말해주기만 기다리고 있다는 것을 느꼈다. 그러나 그녀는 그 말을 하지 않았다.

약속한 날은 1961년 4월의 어느 서늘한 잿빛 아침이었다. 그들은 매우 일찍 집을 나서 공장으로 향했고 처음으로 나란히 그 포플러 가로를 따라 내려갔다. 아침 근무조의 작업이 벌써 시작되었기 때문에 길은 텅 비어 있었다. 그곳에서는 늘 바람이 얼굴로 불어닥쳤다. 리타는 외투 깃을 높이 올리고 한 손은 만프레드의 외투 호주머니에 넣었다. 자기가 추우니 팔을 어깨에 둘러 주어야 한다는 것을 그가 알게끔. 그녀는 그의 옆에 바싹 붙었으며 그의 긴 다리와 보조를 맞췄고 걸어가면서 머리를 그의 어깨에 비볐다. 저 멀리 뒤쪽에서 소년 하나가 롤러스케이트를 타고 그들 쪽으로 왔다. 그 소년은 바로 그들을 스쳐 가는 순간에 능숙하게 획 돌면서 신 나게 소리를 질렀다. 리타는 그 소리가 자신의 마음속에서 강하게 메아리치는 것을 느꼈다. 그녀는 심호흡했다.

"정말 봄이 돌아왔나 봐."라고 그녀가 말했다.

"그게 놀라워?"라고 만프레드가 물었다.

방금 무엇이 자신의 머리를 훑고 갔는지 말하는 대신 그녀는 고개만 끄덕였다. 따뜻함과 광활함 그리고 움직임과 빛을 이토록 그리워한 적은 없었다고. 늘 똑같은 그녀의 하루 일과. 학교에 가기, 수업, 대화, 언쟁, 시험. 도서관에서 말없이 보내는 겨울 오후들. 외롭게 책을 읽는 사람, 늘 똑같은 사람들, 그들의 좌석 위로 어스름이 내리면 작은 초록색 등이 하나씩 하나씩 켜진다. 몰입의 신호들, 그 앞에서 그녀는 이따금씩 사악한 마술을 피하듯 도망쳤다.

"곧 당신의 유명한, 이룰 수 없는 소망도 하나 나타나겠군." 만프레드가 말했다.

"그래." 그녀가 재빨리 말했다. "멋지게 옷을 입고 멀리멀리 떠나기. 그것도 '아주' 멋지게 그리고 '아주' 멀리여야 해."

"그리고 나는 빼놓고." 그가 덧붙였다.

뭐든 탄식을 하면 그가 그것을 곧장 자기에 대한 불만의 표출로 받아들이는 것이 그녀는 두려웠다. 그녀는 말이 없었다. 그들은 어느덧 공장 길을 내려가고 있었다. 그렇지만 여기 와서까지 싸울 수야 없지 하고 그녀는 생각했다. 그녀는 손짓으로 공장 건물 두 채 사이에 있는 좁은 통로를 그에게 가리켰다. 전문가들만 아는 지름길이었다. 그들은 여전히 입을 다물고, 몇 걸음을 갔다. 그때 만프레드가 말했다. "이젠 당신하고 말도 못 하나?"

리타는 뭔가 들킨 듯해서 벗어날 방도를 찾고 있는데 그가 낮게 말했다. "그만둬. 아니까."

"뭘 아는데?" 그녀가 물었다.

"내가 견딜 수 없는 사람이 되었다는 것. 견딜 수 없게 믿지 못할 사람."

"뭘 믿고 싶은 거지……." 그녀가 머뭇거리며 말했다.

"안다니까." 그가 반복했다. "이러는 거 나도 별 재미없어. 나는 운이 별로 좋지 않아……."

"태어날 때부터 운 좋은 사람은 동화에나 있어."라고 그녀가 말했다. "그리고 그런 경우에도 당사자는 고약한 모험을 겪고 나서야 자신의 운명이 어떠한가 알게 되고."

"그럴 수도 있겠지." 그가 말했다. "다만 지금은 동화를 위한 시대가 아니니까. 당신도 그걸 알아야 했어. 내가 그걸 당신한테 말하고 싶진 않아. 당신에게서 가장 마음에 드는 점을 내 손으로 망가뜨리란 말이야?"

그녀는 이 말을 아직도 자주 생각하게 된다. 아무리 울어

도 씻어 낼 수 없는 문장 중 하나였다. 그때는 그러나 눈물 이
야기는 없었다. 그들은 예전에는 붉었던 높은 벽돌 건물 두 채
사이 좁은 통로에 서 있었다. 머리 위에는 얼룩진 좁고 긴 하
늘 한 조각이 있었고 기계 소음이 벽을 뚫고 그들에게까지 밀
려 나왔지만 사방을 다 보아도 인적이라곤 없었다.

"키스해 줘." 리타가 말했다. 이상하게 감동을 받아 만프레
드가 그녀 얼굴을 커다랗고 따뜻한 양손으로 감싸 쥐고 키스
했다. "우리는 그래도 잘 어울리잖아."라고 서로를 쳐다보는
동안 그녀가 낮게 말했다. "당신 손은 나한테 꼭 맞아. 입도 그
렇고."

그가 웃으면서 그녀의 코를 툭 쳤다. 자기가 훨씬 나이 많다
는 생각이 들 때 늘 그러듯. 그들은 좁은 통로를 끝까지 갔다.
이제 곧 꺼림직한 땀 냄새가 나리라는 것을 리타의 코가 두뇌
보다 빨리 알았다. 그리고 몇 초 뒤에는 그녀가 좋아하지 않던
이 냄새를 실컷 마셨다. 그녀는 아직도 모든 것을 잘 알았다.
지나가면서 그녀는 만프레드에게 넓은 작업장에서 무슨 일이
이루어지고 있는지를 설명했다. 여기서는 차대를 만들고, 여
기서는 측벽과 정면을 잘라 만들고⋯⋯. 여기 모든 것이 얼마
나 좁고 각진지 이제 보이지? 절도 있는 생산은 거의 불가능
해! 그들은 단조 작업장 옆을 지나갔다. 수 톤짜리 단조 망치
가 리듬에 맞춰 굉음을 내며 떨어질 때마다 발밑 땅바닥이 흔
들렸다. 리타는 만프레드에게 차량이 탄생하기 시작하는 이
단조 작업장이야말로 얼마나 나쁜 상황에 처해 있는지 명확
히 설명해 주려 했다.

그들은 모퉁이를 돌았다. 바람이 다시금 그들 맞은편에서 휘몰아쳤다. 여기서 그들은 벌써 선로와 맞닥뜨렸고, 100미터 남짓 떨어진 곳에서 시운전 열차가 서 있는 것이 아주 작게 보였다. 아침 빛 속에서 번쩍거리는 짙은 녹색 차량 열 대, 2000명이 여러 날에 걸쳐 작업한 결과물이 작업장의 먼지와 더러움과 정신없는 소음을 산뜻하게 떨치고 목적에 걸맞게, 아름다운 모습으로 서 있었다. 그중 새로운 경량 열차가 있었다. 겉모습으로는 다른 차량들과 구별이 안 되었다.

리타는 무리 지어 서서 담배를 피우며 사소한 일들에 대해 이야기하는 사람들에게서 고조된 주의력과 홍분된 기색을 알아볼 수 있었다. 아는 얼굴이 없어 어느덧 낯설어하기 시작했을 때 누가 리타의 소매를 잡았다. 돌아다보니 메터나겔이었다. 그는 기뻐하고 있었다. "하지만 마르셨군요."라고 리타가 말했다. "리타도 그런걸." 하고 그가 되받았다. 그들은 웃었고 매일 보는 사람들처럼 금방 다시 친숙해졌다. 에른스트 벤트란트가 남자들 무리에서 나와 인사를 건네며 기차를 가리켰다. 그들더러 벌써 타라는 것이었다.

리타는 높은 발판을 디딜 때 몸을 휙 날리는 것을 아직 잊어버리지 않았다. 그녀는 차량 통로 문을 밀어 열고는 멈춰 섰다. 어찌나 텅 비었는지!

"교회 안을 보는 것 같지?"라고 메터나겔이 말했다. 마지막 작업 공정들에서 차 안에 사람들이 가득 몰려 있을 때 그가 토해 내던 거친 욕설들이 리타의 귀에 아직 생생했다.

"그럼 모자를 벗어야죠." 리타가 말했다.

메터나겔이 그 말을 따랐다. 그는 먼지 끼고 테두리 없는 단순한 회흑색 모자를 벗었다. 모자를 안 쓴 그의 모습을 아는 사람은 공장에서 아무도 없었다. 그는 눌려서 납작해진 채 앞으로 흘러내린 머리카락을 털었다. 모자는 허벅지에 대고 툭툭 털어 접더니 철물공 작업복 호주머니에 꽂아 넣었다.

머리카락 색이 밝은 사람들한테서는 머리카락 세는 것이 늦게야 눈에 띈다.

"몇 살이셨죠?" 리타가 물었다.

"마흔여덟이잖아. 왜 그러지?"

그들은 객실 문 세 개를 지나 통로를 죽 걸어갔다. 네 번째 문은 밀어 열고 들어섰다. 아직 페인트와 거품고무 그리고 화학 섬유 냄새가 났다. "이제 목재는 없는데."라고 메터나겔이 말했다. "왜 우리가 아직도 목수라고 불려야 하는지 모르겠어……. 합성수지 가공사가 맞을 것 같은데." 그들은 쿠션 덮개를 손으로 더듬어 보며 자리에 앉았다.

아직 바깥에 서 있던 사람들은 잠깐 차가운 소낙비가 내리자 차량 안으로 피해 들어왔다. 벤트란트가 안을 들여다보며 자기 자리도 남겨 달라고 부탁했다. 점검 팀이 기차 전체에 흩어져 작업을 시작했다. 녹음기는 벌써 모든 스피커로 유행가를 내보내고 있었다. 방송 시설 점검이었다. 바깥에서는 바람이 점점 더 세졌다.

7시가 되자 기차는 기적 소리도, 역의 소음도, 흔드는 손수건도 없이 천천히 움직이기 시작했고 몇 분 지나지 않아 중앙 철로에 도달하여 북쪽 교외를 거쳐 도시를 떠났다.

다섯 시간 내에 돌아올 거라고 했다.

그 시각쯤에만 해도 날은 흐렸고 그날의 진정한 얼굴은 아직 보이지 않았다.

선로가 땅을 가로지르며 절단했다. 그리고 양옆에서는 수천 명이 활동하며 일상을 직조하고 있었다. 리타는 그것을 알아보면서도 보지 않았다. 그 뉴스가 나와서 습관의 가면을 그날의 얼굴에서 떼어 내기 전까지는.

그들은 평원 위를 달렸다. 깊은 지평선은 포플러들로 경계 지어졌고 이따금씩 활기차고 날래게 자동차가 달려가는 똑바른 길들과 엇갈렸다. 초록색, 빨간색 고압선 전주들이 들어찬 벌판이, 잿빛 하늘을 배경으로 얽혀 있는 전선들의 까만 그물망이 천천히 그들을 스쳐 가며 맴돌았다. 왜냐하면 그들이 탄 기차가 넓게 아치를 그리며 달렸기 때문이다. 그다음에는 곧장 화학 지대와 석탄 지대 한가운데로 들어섰다. 그곳에서 디젤 기관차가 크게 덩이진 짙은 색 갈탄이 가득 찬 무개 화차를 달고 그들이 달리는 선로를 엇갈려 지나갔다. 다 채굴한 산비탈 벌판들의 음산한 풍경이 펼쳐졌다. 내려진 건널목 차단기 앞에 씨감자를 실은 경운기가 멈춰 서 있었다. 이곳저곳에서 풀밭을 태우고 있어 연기 기둥들이 솟았다. 철둑 덤불 속에서는 소년들 몇몇이 숨어 처음 담뱃대로 담배를 피우고 있었다. 나이 많은 사람들은 뜰에서 일하고 있었고 그 너머로는(이제야 비로소 보였다.) 벌써 초록빛 너울이 드리워 있었다.

그들 모두(자동차, 기차 기관사, 농부, 노동자들, 아이들, 노인들)가 그 뉴스를 아직 듣지 못했다. 그들은 수백만 번 손을 움직이고 말하고 생각하면서 하루를 만들어 가는 데 골몰해 있었다. 지상의 평범한 하루, 저녁이면 별 소란 없이 비슷한 또 다른 하루 옆에 놓일 지상의 평범한 하루를. 그 하루가 거의 보이지도 않게, 그러면서도 대치될 수 없게, 인생에 덧붙여 준 얼마 안 되는 것에 만족하면서.

리타는 피곤했다. 기차 안이 따뜻해졌다.(그러니까 난방이 제대로 가동되는구나 하고 그녀는 생각한다.) 나른해서 의식이 가물가물한 가운데서도 전기공의 항의가 들려왔다. 점검 반장이 일지에 써 놓는 틀에 박힌 지적들, 숫자며 결함 들…… 그녀는 머리를 뒷벽에 기댔고 넓은 차창을 통해 하늘이 더 높아지고 더 환해진 것을 보았다. 투명하고 푸른 무수한 빛 위에 짓찢길 듯 팽팽하게 펼쳐진 얇은 한 꺼풀 잿빛. 푸른빛은 이곳저곳 찢어진 곳들에서 벌써 나오고 있었다.

땅은 색색 팔레트로 눈을 즐겁게 했습니다. 땅은 부드러운 푸른 후광에 감싸여 있었습니다. 이어서 이 획은 서서히 짙어지고 터키석 빛깔, 푸른빛, 자줏빛이 되고 그다음에는 석탄처럼 까만색으로 변하고 있습니다. 매우 아름다운 광경입니다…….

그렇지만 아니다 하고 그녀는 생각한다. 그것을 그때는 아직 알지 못했다. 그녀는 하얀 병실에 누워 있다. 밤이다. 그녀는 자지 않지만 잠을 못 이룰까 두려워하지도 않는다.

천장에는 나뭇가지 그림자가 어른거리고 있다.

내가 보았고 또 누구나 보았던 것을(구름이 찢긴 사이사이로 엿보이는 하늘의 푸른빛, 그 연한 얼룩들을) 처음으로 그 한 분이 우리 모두를 위하여 보아 두었던 것과 어떻게 비교할 수 있을까? 하지만……. 우리들의 눈이 저 몇 초간 아래도 위도 떠나(요새 세상에는 '아래'도 '위'도 없다지만) 이 하늘의 같은 한 점에서 만나는 것이 불가능할까? 아주 영영 불가능할까?

그럴 것이 시계는 그때 벌써 엄청나게 빠르게 가고 있었다. 숨 막히고 의미심장한 지상의 구십 분이 시작되었다. 그렇지만 우리는 그 뉴스를 아직 듣지 못했다.

우리는 아름답고 편안하고 현대적인 차량 속에서 도시 거리들의 부식된 낡은 뒷벽들을 지나, 색색 발코니가 있는 새 주택들을 지나, 범람한 벌판과 수양버들 늘어선 강줄기를 지나, 자작나무와 소나무가 있는 언덕을 지나, 또 전에는 기와지붕으로 붉었으나 지금은 비바람에 상해 추하고 무질서한 마을들을 거듭거듭 지나쳐 갔다. 마을들은 이성과 아름다움의 법칙이 아니라 불안과 욕망의 법칙에 따라 나란히 끊길 듯 말 듯 이어져 있었다.

"저것 좀 보십시오."라고 만프레드가 말했다. 나는 벤트란트가 우리 옆에 와 앉은 지 한참 되었다는 것도 제대로 알아차리지 못하고 있었다. 또 그들이 무슨 이야기를 하고 있는지도 듣지 못했다. 그러나 그때는 그 뉴스를 듣기 전이었다. 그것만은 정확하게 안다. 왜냐하면 나중에는 그들의 대화 분위기가 달라졌기 때문이다. "저것 좀 보십시오, 현실주의자로서요. 이 재료들로 불꽃을 만들어 내시렵니까?"

"무슨 이야기를 하려는 거죠?" 벤트란트가 물었다.

"사소한 것 한 가지죠." 만프레드가 대꾸했다. "이 나라를 위한 어떤 노력들은 너무 늦게 온다는 사실요. 역사적인 지각이죠. 우리는 독일인으로서 그것을 마땅히 알아야 합니다."

"사회주의란 동쪽 민족들을 위하여 만들어진 것 같습니다."라고 그가 말했다. "당신은 개인주의와 보다 고도로 발달한 문명에 의해 타락하지 않은 채 새로운 사회의 단순한 장점들을 충분히 만끽하실 수 있는 겁니다. 우리 같은 사람한테는 어떤 길도 그곳으로 되돌아가지 않아요. 당신네들이 필요로 하는 것은 불굴의 영웅들입니다. 당신네들이 이곳에서 찾아내는 건 이미 으스러진 세대들이고요. 비극적 모순이죠. 그리고 적대적인 모순이고요."

알지, 이보게, 자네가 쓰는 어휘는 익히 안다고…….

"작은 공간을 보면 오류가 많이 보입니다."라고 벤트란트가 말했다. 이 박사에게 자신의 세계상을 정면으로 들이대는 게 그로서는 별로 재미있지 않았다. 그는 리타 옆에 앉아 있는 만프레드의 모습을 거듭거듭 보며 즐겁지 않았다. 그렇지만 대답할 만큼은 충분히 예의 발랐다. 만프레드가 서방 민중들의 지배 계급과 민중 자체를 혼동하고 있는 것 같다고.

기대했던 논거가 나오자 만프레드는 얕잡아 보며 웃어 주었다. 벤트란트는 자신의 대답이 격정적이지 않았다는 것을 스스로도 알아채 화가 났다. "수백 년 전에는." 하고 그가 말했다. "연금술 분야에서, 아마 인문학에서도 그렇겠지만, 당신네 위대한 선구자들 중 하나가 자기한테 대드는 악마를 뭐

라고 공격했는지 아세요? 이 똥과 불 사이에서 태어난 놈아*
라고 했지요. 화가 나서 한 말이지만, 아무튼 체념하고 우울해
서 한 말이기도 하지요.”

"그렇고말고요." 만프레드가 말했다. "그러나 이 파우스트
적인 분노와 우리들 사이에는 수백 년이 가로놓여 있습니다.
그게 제가 하고 싶은 말입니다."

그들은 언짢게 말이 없었다.

리타는 롤프 메터나겔이 만프레드를 말없이 주의 깊게 살
피는 것을 보았다.

그렇지만 그는 즉시 감지했다. 기차 속도가 점차 떨어지고
있는 것을. 그들은 이제 한 시간 이상 달리고 있었다. 다들 일
어나 지체의 원인을 알아보려고 복도에 나갔을 때 이날의 의
미 깊은 구십 분 중 육십일 분째가 시작되었다.

그러나 그들은 그 뉴스를 아직은 듣지 못했다. 리타는 회상
한다. 우리가 창밖으로 몸을 잔뜩 내밀어 숙였을 때 우리는 기
관차 앞 '정지' 신호를 보았다. 하필 브레이크 시운전을 막 시
작해서 속력을 높여야 했던 참이었기에, 우리는 그렇게 하는
게 기차에 타고 있는 사람의 의무라도 되는 양 욕을 했다. 그
러나 실은 휴식에 대해선 반대할 이유가 하나도 없었다. 기차
가 다시 쾌속력을 내게 하는 것이야 기관사의 일이었다. 우리
는 창밖을 내다보았다. 오른쪽으로는 마을이었고, 왼쪽으로
는 가볍게 굽어 들어간 숲 가장자리와 경계를 이룬 초원 지대

---

* 파우스트가 메피스토펠레스에게 홧김에 하는 말.(『파우스트』 3536행.)

였다. 숲 가장자리에서 한 남자가 아무것도 하지 않고 덩그러니 서 있는 모습이 까맣게 보였다.

바로 그 순간에 차량 열 대의 모든 스피커에서 일제히 굉음을 울리며 터져 나온 유행가가 나중에도 거듭거듭 떠올랐다.(그이가 뱃사람이어서, 난 그이를 보고 감탄했지, 드넓은 바다 위에선 그 누구도 그이를 따르지 못하니까.) 요즘도 이 노래가 들리면 꼭 그 청년의 모습이 눈앞에 보인다. 50미터 뒤에서 옆 선로를 수리하던 선로 노동자 중 하나였다. 선로 노동자들은 대체로 모자를 이마까지 푹 눌러쓰고 옆에 기차가 와도 거의 쳐다보지 않는 나이 든 사람들이었다. 그런데 그 청년은 곡괭이를 흙더미에 꽂아 놓고 천천히 쉰 걸음 정도 걸어 우리에게 다가왔다.

우리 모두가 처음 보는, 다시 만날 일 없을 그 사람이 우리들에게 그 뉴스를 전했다. 그는 옆 선로 자갈들 위에 서서 우리 쪽을 올려다보았다.

"벌써들 아세요?" 그가 말했다. 별나게 큰 소리는 전혀 아니었다. "한 시간 전부터 소련 사람들이 우주에다 인간을 하나 띄워 놓고 있다는데요."*

나는 구름들과, 저 멀리 아름다운 지구 위에 드리운 가벼운 구름 그림자들을 보았습니다. 한순간 내 마음속에서는 농부의 아들이 눈을 떴습니다. 완전히 새까만 하늘은 갓 쟁기질한 밭처럼 보였고, 별

---

* 소련은 1961년 4월 12일 최초의 유인 우주선 보스토크 1호를 발사했다.

들은 뿌려진 씨앗이었습니다.

그 젊은이의 말을 천둥 치듯 뒤따른 정적이 언제 그쳤던가?
이로써 지금까지 일어난 모든 일이 의미를 지니게 되었다. 농
부의 아들이 하늘을 갈고 별들을 씨앗 삼아 그 위에다 흩뿌리
고 있다니…….

언제 그 정적이 멈추었던가?

그러나 사람들은 침묵하고 있진 않았다. 환호성이 나오고
물음이 나왔다. 어떤 사람은 휘파람까지 불었다. 훌륭한 복싱
경기를 볼 때 그러듯 길게 끌면서. 그 청년은 자신의 성공에
만족하여 실패한 이를 드러내며 웃었다. 그런데 스피커에서
는 변함없는 목소리로 아직도 유행가가 나오고 있었다.

그런데도 고요했다. 그러니까 모두가 이 순간, 잘 아는 오래
된 지구의 콘서트에 덧붙은 새로운 음에 조용히 귀를 기울였
던 것이다.

잘 안다고? 번개 같은 캡슐의 그림자가 메스처럼 자오선 위
를 가로질러 펄펄 끓는 시뻘건 핵까지 지각을 찢지 않았던가?
살아 있는 짐을 싣고 당당하게 우주를 거닐고 있는 것이 아직
도 그 사려 깊고 둥근 지구란 말인가? 지구가 자기 아들의 도
전으로 갑자기 젊어지며 노여워하는 게 아닐까?

송두리째 뒤흔들리고 있는 걸까? 네게 무슨 짓을 했든 간
에, 네 존재의 유일한 가능성으로서 너를 감싸 주던 너의 세
계가. 지금까지 세계를 지탱하던 끈들을 고통스럽게 당긴
다……. 너는 '이렇게밖에는 달리 될 수 없음'으로부터의 갑작

스러운 해방을 감당할 수 있을 것인가? 우리 인간의 보잘것없는 온기가 우주의 차가움을 견뎌 내기에 충분할 것인가?

저기 저 작은 마을, 선로 옆 부지런한 노동자들, 숲 가장자리에 있는 남자. 그들이 지금도 똑같은 사람들일까? 그 뉴스가 불꽃처럼 지구를 다 돌며 여러 세기에 걸쳐 곰팡이가 핀 지구의 거죽을 잠식하는 동안에. 우리가 탄 기차가 소리 없이 출발하며 초원과 마을 그리고 외로운 사람이 서 있는 가볍게 굽어든 숲 가장자리를 영원히 떠나는 동안에……

그들은 자신을 드러내고 싶지 않아 여러 가지 구실을 대며 흩어졌다. 갑자기 기차가 텅 비었다. 리타는 제동 반장 뒤에 섰다. 그 사람은 창가 작은 탁자에서 점검 일지를 펼쳐 들고 1961년 4월 12일 날짜 밑에 "방금 8시 15분에 소련의 유인 우주선이 우주에 있다는 소식을 들음."이라고 썼다. 그다음에는 호주머니에서 초시계를 꺼내 낡은 부드러운 모직 천에서 풀어 내어 일지 옆에 놓았다. 기관사는 지금 무엇이 중요한지를 알았다. 그는 속도를 급격히 올렸다.(앞에는 짧고 곧은 제동 구간만 있을 뿐. 이제 브레이크를 걸어 봐야 했다. 안 그러면 기회를 놓치니까.) 제동 반장은 시계를 손에 쥐었다. 그는 창문에서 점점 더 빠르게 휙휙 스쳐 지나가는 이정표를 긴장하여 바라보았다. 초시계는 거의 필요 없었다. 십 년 전부터 그는 공장을 떠나는 차량의 브레이크를 전부 점검해 왔던 것이다. 그러나 그는 속도를 양심적으로 점검 일지에 기입한다.(브레이크를 점검할 때 기차는 시속 80킬로미터 이하로 달려서는 안 된다.) 손톱이 굳어서 갈라진 그의 엄지손가락이 시계의 시각 기록 단추를

눌렀다. 시간이 질주하듯 흐른다. 다음 이정표. 또 한 번 엄지 손가락으로 단추를 누른다. 시계에 묶인 시간이 순식간에 거리로 나누어져 속도로 바뀌었다.

에른스트 벤트란트는 이날 브레이크를 직접 당겨 보고 싶어 했다. 그가 벌써 손을 비상 브레이크에 올려놓은 채 문가에 서 있었다. 제동 반장에게서 눈을 떼지 않으면서. 그의 얼굴은 집중하고 있었다. 그는 이제 오로지 제동 반장의 신호가 떨어지기만을 주목하고 있었다. 제동 반장은 여전히 속도가 부족하다고 느꼈다. 드디어 반장이 팔을 쳐들었다. 벤트란트가 팽팽히 긴장했다. 제동 반장은 다음 이정표가 그들 옆을 스쳐 지나는 순간에 팔을 홱 내렸다. "지금입니다!" 같은 순간에 벤트란트가 있는 힘을 다하여 비상 브레이크를 당겼다. 귀를 찢는 듯한 끼익 소리가 나더니 자꾸자꾸 계속되며 그칠 기미를 보이지 않았다…….

제동 반장이 긴장하여 내다보았다. 전봇대가 한결 느리게 지나가고 있었다. 기차는 억지로, 마지못해, 마침내 이치를 거스를 수는 없다는 듯 멈춰 섰다.

사람들이 뛰어내려 제동 거리를 측정하여 계산해 내기도 전에 제동 반장이 고개를 가로저었고 다른 객차에서는 시운전에 도가 튼 노련한 사람들이 우연인 듯 그에게 모여들었다. 모두가 재 보고 계산해 보지 않아도 아는 사람들이었다. 제동 거리가 너무 길었던 것이다.

여러 해 동안 없던 일이었다.

리타는 함께 불안해하고 걱정했다. 드러내 놓고 말은 안 해도 불안과 걱정이 모두를 사로잡고 있었다. 이제 무슨 말을 하고 무엇을 합의하고 어떤 결정을 내릴지 그녀는 꿰뚫어 볼 수 있었다. 이곳에서 그녀는 그냥 겉만 봐도 잘 알았던 것이다. 겉보기에는 매끄럽고 번쩍이는 이 차량의 거죽 밑이 들여다보였다. 그녀는 그것이 기뻤다. 내가 이곳에 속하는구나 하는 생각이 들었던 것이다.

잠시 자리를 떴던 만프레드가 그 점을 알아보았다. 그가 사람들에게 다가설 때였는데, 마침 그들의 당황이 웃음으로 바뀌었던 바로 그 순간이었다. 조립공 하나는 제동 거리가 200미터나 초과되었다는 이야기를 듣자 인정 못 하겠다는 듯 고개를 가로저었다. 그는 엄지손가락을 어깨 위로 높이 쳐들어 공중을 가리키며 말했다. "저 양반한테 지금 이런 일이 일어난다면!"

만프레드는 리타가 웃는 것을 보고 그녀가 이제 자신은 배제된 행복을 느끼고 있다는 것을 알았다. 그가 얼굴을 찡그리는 것을 보고 그녀는 놀라서 생각했다. 어쩌다가 내가 저이 마음을 상하게 했을까?

그사이 이날의 주인공인 또 한 사람*이 불덩이 한가운데서 노래를 부르며 쏜살같이 지상으로 하강하고 있었다. 그는 안전했다. 깨끗한 양심으로 착륙했고, 고향 땅에서 한 여자와 작은 소녀 그리고 얼룩송아지로부터 영접받았다.

우리는 그러나 뒤로 돌아가 다른 제동기로 성공적으로 제

---

* 최초의 우주인 유리 가가린을 가리킴.

동을 걸었으며, 이제 우리의 낡은 기관차가 마냥 선로에 서 있었기 때문에 우리도 한낮의 태양 아래서 철둑에 누워 기다려야 했다. 그때 만프레드는 더 이상 침묵을 견디지 못했다.

"이제 앞으로 무슨 일이 일어날지." 그는 눈을 뜨지 않고 얼굴을 햇볕으로부터 돌리며 말했다. "그게 아주 뻔히 보이는군. 첫 우주 비행사를 두고 거창한 선전전이 벌어지겠지. 전화선에 온통 불이 날 거고. 온통 인쇄된 종이로 홍수가 날 거고. 그 와중에서도 인류는 계속 살아가겠지. 예나 다름없이. 저기 농부." 만프레드는 멀리 뒤쪽 밭에서 달구지를 끌며 일하고 있는 농부를 가리켰다. "저 농부는 내일도 말을 수레에 매겠지. 그리고 우리를 섬길 대로 다 섬긴 이 기관차, 이 지나간 세기의 수레는 벌써 오늘부터 비웃듯 우리를 곤경에 빠뜨리는군. 쓸데없는 일상의 노고가 이렇게 쌓여 있어! 제아무리 휘황찬란하게 비범한 인물들이 성층권을 누비고 있다 해도 이런 노고는 눈곱만큼도 나아지지 않지……."

만프레드는 대답을 듣지 못했다. 벤트란트는 예의를 차리느라 말이 없었다. 그는 결코 명백한 약자에게 맞설 수는 없었다. 리타는 부끄럽고 화가 나서 말이 없었다. 당신답지 않은데! 어째서 그렇게 편협하게 구는 거지?

"역사의 앙금은 개인의 불행이지."라던 그의 말을 그녀가 지금은 좀 더 잘 이해한다. 그때 이미 그는 그런 무기력한 생각을 마음속에서 굳히는 데 전력을 다했던 것이다.

한참 뒤에 벤트란트가 공손하게 물었다. "아버님께서는 새로 맡으신 일에 잘 적응하셨나요?" 그 말을 함으로써 그는 자기 생각이 그녀의 생각과 같은 길을 갔다는 것을 드러냈다.

만프레드가 귀를 기울였다. 새로운 일이라고? 무슨 새로운 일?

어떻게 그가 몰랐을까? 헤어푸르트 씨가 부기 계장으로 일한 지 벌써 사 주째인데.

"그럼, 강등당한 겁니까?"

벤트란트는 자신을 저주했다. 오늘은 이 사람하고 나누는 대화가 죄다 거북한 데로 빠져 버리는 것이었다. 그 늙은 헤어푸르트가 집에서는 연극을 했단 말인가. 하기야 내가 상관할 일은 아니지. 그 사람다운 일이지. 그렇지만 이제 그 아들이 하는 말 좀 보라지. 이 콧대 높은 까다로운 친구의 머릿속에 무슨 엉뚱한 생각들이(누가 알랴.) 들어차 있어 저렇듯 앞뒤 없이 형편없는 논리를 펴게 하는 걸까? 아, 그렇지. 함께 점심 식사를 했었지.(모퉁이 술집에서 아이스바인과 양배추 절임을 먹었지.) 그리고 끝에 가서는 터놓고 악수하지 않았던가?

벤트란트는 이제 만프레드에게 그 사실을 상기시켰다. "누구나 다."라고 그가 말했다. "누구나 좋건 나쁘건 이판사판 기다려야 하는 건 아닙니다. 자기한테 벅찬 과제에 짓눌려 죽을 때까지요. 유감스럽게도 저는 그러고 있습니다만."이라고 농담조까지 섞었다. "아버님 이야기를 좀 더 하자면…… 제 생각에 아버님께서는 지금 한결 편안하실 겁니다."

그는 만프레드를 위해서 황금 다리를 만들어 주었으나 만프레드는 그 다리를 건너갈 생각은 하지 않았다. 자기 아버지의 강등이 그에게 그렇게 모욕을 주리라고 누가 예상할 수 있었으랴? 그는 내색하지 않으려 했고 그래서 사태가 더욱 악화되었다.

"아, 그래요." 만프레드가 말했다. "귀가 닳도록 들은 그 노래, 무어 인은 그 의무를 다했다······."* 물론 하필 그가 주제넘게 아버지의 변호사 노릇을 할 생각은 아니라는 것이었다. 우스꽝스러운 노릇일 거라고. 그래도 실례지만 하나 묻겠노라고, 경계를 게을리하지 않는다는 명목으로 오늘날 이렇듯 과도하게 퍼진 불신이 무엇에 유익하느냐고 하는 것이었다.

"서로 다른 일들을 혼동하시는군요."라고 벤트란트가 조심스럽게 말했다.

그렇지만 그런 조심스러움이야말로 만프레드가 지금 제일 견딜 수 없는 것이었다.

"그래요." 만프레드가 말했다. "제가 혼동하고 있다고요. 좋습니다. 어쩌면 제게는 학문적 사고의 유리처럼 단단한 냉철함이 없나 봅니다. 그러나 확실한 모순들을 재치 있는 언행으로 얼버무리는 걸 알아보는 감각은 있습니다. 예를 들면 수단과 목적 사이의 모순을 보는 감각이요."

그렇습니다 하고 벤트란트가 대꾸했다. "그 두 가지를 일치시키기는 아주 어렵습니다."

"불가능하다고 하시지 그래요." 만프레드가 말을 가로막았다. "누구든 사람을 돋보이게 하는 건 솔직함이잖습니까!"

"또 당신도 돋보이게 하는 거지!"라고 리타가 격하게 말했다.

---

* 프리드리히 쉴러의 희곡 「피에스코의 반란」에 나온 구절을 변형하여 인용.

그는 자제하고 있었다. 앉은 채로 몸을 숙이며 싸늘하게 말했다. "노력해 보죠." 그러면서 어느덧 다시 벤트란트를 향했고 계속 말했다. "여기서 내가 오해받고 있는 것 같군요. 나를 고발자로 여기시는 모양인데. 나하고는 거리가 멀어도 한참 먼 겁니다! 내가 애석해하는 것은 다만, 불가능한 것에 탕진되는 어마어마한 헛된 환상과 에너지입니다. 이 세계에 도덕을 가져오는 것! 그것이 여러분들이 하려는 일이죠, 그렇지요?"

"인류의 생존이 달린 문제입니다."라고 벤트란트가 말했다.

"그렇고말고요." 만프레드가 대꾸했다. "마지막 희망이죠. 하지만 현재 보는 바와 같이 실패했지요. 언젠가는 여러분들도 인정해야 할 겁니다."

벤트란트가 몸을 일으켰다. 그리고 날카롭게 말했다. "그런데 어째서 그런 핑계를 대는 거지요?"

리타는 이해도 못 한 채 깜짝 놀랐다. 만프레드는 이해했고 놀라지도 않았다. 그는 벤트란트의 예리한 감각을 인정해 주었다. 그다음에 그는 상대방이 모욕을 느끼도록 아무렇게나 다시 자신의 가면을 썼다.

"핑계라고요?"라고 그가 물었다. "무슨 말씀이신지 모르겠군요. 나는 경험 이야기를 하는 겁니다. 경험, 인간성에 대한 경험요. 막상 중요한 순간이 오면 인간성은 가장 빨리 곤두박질치지요. 그렇습니다. 소유욕, 자기애, 불신, 시샘, 그런 건 확실하게 믿을 수 있습니다. 우리 인간이 절반은 동물이던 시기부터 지녀 온 오랜 좋은 습관들이죠. 그렇다면 인간성은요?"

"쓰레기도 쓸모 있는 동안만은 끌고 다니게 마련이죠."벤트란트가 말했다. "다만 아직 증오만은 오래도록 필요할 겁니다……."

"사랑도 그렇겠지요?" 리타가 수줍게 물었다.

이유 없이 벤트란트의 얼굴에 붉은 기운이 돌았다.

만프레드가 일어섰다. "그런 위대한 감정에 대해서라면 내겐 결정권이 없는 것 같습니다."라고 그가 거칠게 말했다.

훨씬 나중에 벤트란트가 리타에게 말한 적이 있다. "사람들은 늘 어떤 일을 정돈할 시간이 아직 많다고 생각하게 마련이지요. 그렇지만 당시에 나는 모든 것을 명확히 했어야 했던 것 같습니다……."

만프레드가 기차에 타기 전에 다시 한 번 몸을 돌렸다.(새 기관차가 그때 막 도착했다.) 만프레드는 그들의 얼굴을 줄곧 바라보고 있었다. 가엾을 만큼 적나라하게. '사랑'이라는 말이 (어떤 맥락에서인가는 상관없이) 그들 사이에서 입 밖에 나왔을 때 그가 견디지 못한 것을 그들은 이해했다. "그렇습니다."라고 그가 격노해 소리쳤다. "분장 지우시죠! 위대한 감정이니 뭐니 쩡쩡 울리는 판에 박힌 말들……. 마침내 분장을 지우는 것! 그것이 우리에게 남은 유일한 일입니다."

리타는 연민과 슬픔으로 마비된 것 같았다. 그녀는 알았다. 그가 그 누구보다 가장 심하게 상처 입었다는 것을.

그날 저녁 집으로 돌아오자 만프레드는 그녀와 함께 그의 부모님이 있는 거실 문을 지나쳐 갔다. 그 뒤에서는 저녁 식사가 차려져 그들이 오기를 기다리고 있었는데. 그는 그녀를 곧바로 그들 방으로 데리고 가서 흐릿한 장밋빛 석양이 가득 찬

창으로 이끌었다. 그는 그녀의 얼굴을 양손으로 감싸 쥐고 주의 깊게 살펴보았다. 오만과 도발의 흔적은 이제 찾아볼 수 없었다.

"뭘 찾아?" 리타가 걱정에 차서 물었다.

"안전한 점 하나." 라고 그가 대꾸했다. "자신을 아주 잃어 버리지 않기 위해 필요한 점 하나를……."

"나한테서 그걸 찾는 거야?"

"다른 어디서 찾겠어?" 라고 그가 물었다.

"이젠 나를 그토록 믿지 못하는 거야?"

"그렇진 않아." 라고 만프레드가 말했다. "우리 갈색 아가씨…… 나를 늘 안전하게 해 주겠지?"

"당신이 원하는 만큼." 이라고 그녀가 말했다.

그들은 눈을 감았다. 어떤 운명의 덫에 직면하여 얼마만큼 그리고 얼마나 오래 사랑이 안전을 보장할 수 있었던가?

24

그때 5월은 추웠다. 오랫동안 따뜻함을 그리워하다 기만당한 사람들이 툴툴거리면서도 난로에 계속 불을 지폈고 정원 나무들에 핀 꽃은 헛되이 졌다. 바람이 눈처럼 떨어진 꽃잎을 하수구로 쓸어 갔다. 그렇더라도 이 모든 것, 추위와 아무 쓸모 없이 슬프게 회오리치는 눈 같은 낙화 그리고 파고드는 바람이 속속들이 영혼까지 떨리고 두려울 이유는 아니었으리라.

리타는 이제 이 도시를 잘 알았다. 다니는 거리며 광장 들을 눈을 감고도 세세하게 하나하나 그려 볼 수 있었다. 백 번은 봐서 마음속에 간직될 수밖에 없으니까. 그렇지만 이 5월 나날의 빛 속 도시는 그녀에게 낯설었다. 구름 낀 짙은 하늘로부터 무엇이라고 확정할 수 없는 위협이 번져 나왔고, 땅 밑에서는 거짓말과 어리석음 그리고 배반의 탁류가 솟아 나왔다. 그렇게 보였다. 그 탁류는 아직도 자신을 감추고 있다. 그러나 얼마나 오래 가겠는가. 그것이 집들 틈바구니, 지하실 문들에서 거리로 뚝뚝 떨어져 나오지나 않을까?

깊이 누적된 사람들의 불안이 때로는 초만원 전차에서 저주와 거친 욕설로 한꺼번에 터져 나오기도 했다. 에르빈 슈바르첸바흐가 그녀의 학급에 들어설 때면 긴장하고 집중하며 그녀에게 주의를 기울이는 것도 그녀를 진정시키기보다는 오히려 불안하게 했다. 그가 온갖 놀라움, 온갖 투쟁에 늘 대비된 듯 보였기 때문이다. 그는 여느 때보다 예민했다. 동시에 그는 학생들에게 전보다 더 많은 것을 요구했으며 무엇이든 대충 넘어가는 표시가 나면 매우 강경하게 대처했다.

무엇보다 최악이었던 것은 만프레드의 변화였다. 어려움과 위험이 그의 의식을 한 점으로 좁혀 놓았다. 이따금씩 그녀 곁에 있을 때면 그는 적어도 괴로워하기를 열렬히 바랐다.

그녀는 그가 아직도 아끼는 유일한 사람이었다. 자기 부모에게는 공공연하게 증오를 보였다. 헤어푸르트 집안의 둥그런 불빛 속에 앉아 있을 때면 저녁마다 리타는 최악의 사태에 대비하여 마음을 다졌다. 무엇이 입으로 들어가고 있는지도 제대로 몰랐고 근심스러운 대화들은 귀에 들어오지 않았다. 다만 라디오 아나운서의 훈련된 매끄러운 목소리(자유 세계의 자유 방송)에만 귀 기울였다. 그 목소리를 헤어푸르트 부인은 자신에게 전해지는 복음으로 들었다. 언제 이 목소리가 친절을 포기하고 들이닥칠 것인가? 언제 약속이 위협으로 변할 것인가?

리타는 음식 접시에서 눈을 들어 다른 사람들의 얼굴을 찬

찬히 보았다. 헤어푸르트 부인의 두 눈에서 보이는 신경질적이고 과민한 번득임, 헤어푸르트 씨의 허약한 무관심, 만프레드의 폐쇄적인 증오.

겉을 꾸미는 사람은 이제 아무도 없었다.

이제는 피상적인 대화마저도 없었다.

적나라한 서먹함.

딱 한 번 더 모든 것이 터졌다. 만프레드가 자기 아버지를 가차 없이 몰아세워 아버지가 마침내, 그래, 그렇다, 사람들이 공장에서 나를 강등했다, 그래, 난 이제 부기 계원이다 하고 시인하게 되었을 때였다. 헤어푸르트 부인은 가슴을 움켜쥐고 흐느끼며 방을 뛰쳐나갔다. 만프레드는 계속 자기 아버지를 조롱했다. 그때 리타가 그를 날카롭게 비난했다. 그는 말을 하다 말고 중간에서 뚝 그치더니 방을 나가 버렸다. 리타는 그의 아버지와 둘만 남았다.

헤어푸르트 씨가 한탄하며 그녀를 바라보았다. 자신의 꿋꿋함이나 남자다움, 기사도를 조금이라도 건져 볼 생각도 못하고. "리타 씨." 하고 그는 말했다. "나는 리타 씨가 착한 사람이라고 믿어요. 어디 말 좀 해 봐요. 내가 어쩌다 이런 지경까지 이르게 되었는지."

"그래서 마음이 흔들렸어?"라고 만프레드가 나중에 얄잡아 물었다. "자신들이 뿌린 것을 거두려 하지 않는 이 없는 늙은이들의 그 영원한 넋두리에? 아직도 자기들의 무기력함을 우리한테 남용하는 사람들인데? 연민? 나한테는 안 통해!"

"당신 어머니 편찮으신 것 같아." 리타가 말했다. "몰래 물약을 드시던데.”

“우리 어머니에겐 원래 히스테리가 있어.”

“이 집에서 나가자.” 그녀가 그에게 부탁했다.

“어디로?” 그가 기가 꺾여 물었다. 그에게는 이거나 저거나 꼭 마찬가지로 일장일단을 두루 지닌 듯했다.

그녀는 말하고 싶었다. 난 두려워, 이곳에서는 당신을 잃게 될 거야 하고. 그 대신 그녀는 말했다. “당신이 당신 가족을 전부 폭파하고 있어.”

“그래.” 그가 대답했다. “나는 적어도 이곳에서는 위선을 말없이 견디려고 하지.”

“다른 사람들이 당신보다 약하기 때문이지.”

그가 놀라서 그녀를 바라보았다. “그럴지도 모르지.”라고 말했다. “나는 순교자는 아니야.”

“그 말은 마르틴한테 벌써 했어. 당신은 영웅이 아니라고.”

그녀는 많이 과감하게 나갔다. 그는 웃기만 했다. “영리한 아가씨군.”이라고 그가 말했다.

“다만 한 가지 잊고 있어. 우리 한 사람 한 사람은 그저 이 비영웅적인 시대 전체만큼 비영웅적일 뿐이야.”

“그러면 마르틴은?”이라고 그녀가 물었다.

“마르틴은 어리지. 누구나 헛된 저항을 해 보는 거야. 그런데 그들은 그를 벌써 끌어내려 놨잖아. 다음번에는 그도 자기가 하는 일을 곰곰이 생각해 볼 거야.”

“만약 그렇지 않다면? 그에게 다른 무엇보다도 더 정의가 가치 있다면?”

"그렇다면 그는 영웅이 아니라 바보지."라고 만프레드가 딱 잘라 말했다.

"그럼 당신은 뭘 원해?"

그가 말했다. "쉬고 싶어. 날 그만 괴롭혔으면 좋겠어."

아니 하고 리타는 생각했다. 내가 당신을 잘 몰랐던 게 틀림없어. 마르틴과 일하는 당신을 보았어. 그렇게 생기 넘치는 모습은 결코 다시 없었어.

그는 그녀로부터 도움을 바라지 않았다. 무엇보다 더 나쁜 것은 그가 그녀를 이따금씩 물끄러미 바라볼 때 보이는 믿기지 않는 감동이었다. 그녀 곁에 있으려는 그의 욕구, 그의 격한 포옹, 지치지 않는 애무에 그녀는 속지 않았다. 서로 만날 때면 이따금씩(그들의 방 안에서, 라디오에서 나오는 초록 불빛 속에서) 그들의 시선이 서로를 스쳐 지나갔다. 오, 부디, 그가 파멸하지 않게 하소서. 우리를 갈라놓지 마소서.

어느 날 저녁, 아주 드물게 습하면서 따뜻하고 풍성한 5월 어느 저녁에 리타는 시험을 통과하고 학교를 나왔다. 데리러 오겠다던 만프레드를 찾아 두리번거렸지만 보이지 않았다. 지금이라도 그가 오면 만나겠거니 하며 천천히 길을 걸었다.

조용한 옆길에서 차 한 대가 갑자기 그녀 옆에서 끼익 멈춰 섰다. 에른스트 벤트란트가 차에서 내렸다.

"마침 잘 오셨어요." 그녀도 모르게 엉뚱한 말이 나왔다.

"제가요?" 하고 그가 물었다. "제가 잘 왔다고요? 무슨 말인지 알고나 하는 소립니까?"

그렇지만 여느 때 두 사람 사이에서 그렇듯 이내 그는 다시 우호적인 목소리로 되돌아갔다. 그가 어디 바깥에서, 교외에서 저녁이나 먹자고 했다. 리타는 같이 가고 싶었으면서도 망설였다. "외로운 남자가 때때로 한 시간쯤은 혼자 있지 않으려 한다는 걸 생각해 주실 수 없나요?"라고 그가 말했다.

왜 만프레드는 나를 데리러 오지 않았을까 하고 생각하면서도 그녀는 벤트란트의 차에 탔다.

만프레드가 한 시간 전부터 리타를 기다리고 있던 길모퉁이 바로 옆을 그들이 지나갔던 게 틀림없다. 만프레드는 다 보았다. 멈추는 자동차며 벤트란트, 그의 청, 그녀의 망설임, 그녀의 수락을.

차에서 두 사람은 말이 없었다. 리타는 자기가 그를 따라나선 진짜 이유를 깨달았다. 벤트란트 때문이 아니었다. 자기 때문이었다. 쉴 수 있다면, 아무것도 생각하지 않아도 된다면, 아무 책임도 없다면. 그렇다면 여느 땐 내게 책임이 있었더란 말인가? 하고 그녀는 놀라서 물었다. 그래, 그랬어. 너 자신이 잘 알잖아.

벤트란트가 그녀를 살폈다. 그리고 말했다. "봄이 온 걸 전혀 모르시는 것 같군요."

그녀가 고개를 끄덕였다.

"피곤하시군요." 그가 말했다.

그녀는 시험 이야기를 했다. 그러자 그는 즉시 차를 멈추더니 그녀에게 꽃을 사 주었다. 자작나무 잎으로 장식한 수선화였다. 그다음 그는 모든 것을 자세히 이야기하게 했다. 과목마다 시험 하나하나를. 그리고 왜 어느 과목은 좀 더 잘 보고 또 어느 과목은 좀 못 보게 되었는지를. 이야기를 하다 말고 그녀가 뚝 그쳤다. 어째서 이 사람은 모든 것을 알려고 할까? "이런 잡다한 이야기들에 정말로 관심이 있으신 거예요?"라고 그녀가 미심쩍게 물었다.

부당하게 모욕받았을 때처럼 그의 얼굴빛이 약간 창백해졌다. 그녀는 이제 그를 서슴없이 대할 수 없었다. 어떻게 해야 하지? 하고 그녀는 생각했다. 이제 어떻게 될까?

그들은 벌써 화학 공장들을 뒤로하고 똑바로 남쪽으로 난 길을 달리고 있었다. 폭이 지나치게 넓은 트럭이며 유조차들 그리고 집으로 돌아가는 자전거 탄 사람들 무리에 줄곧 막히면서. 그때 그가 그녀의 질문에 뒤늦게 대답하며 말했다. "제가 실은 지금 어디에 가 있어야 하는지 아십니까? 연사 명부에 제 이름이 들어 있는 모임에 가 있어야 한답니다."

왜 그가 나에게 이런 이야기를 할까? 그가 모임에 갔더라면 좋았을 것을……. 그러면서도 이 믿음직한 사람이 자기 때문에 경솔해졌다는 것을 알게 되니 유쾌하기도 했다. "내일 어떻게 사죄하시려고요?"라고 그녀가 물었다.

"라디오에서 하는 이야기가 맞는지 꼭 알아봐야 했다고 말하겠습니다. 꽃이 피고 새들이 울고 세상 어디에선가 행복한 사람들이 돌아다니고 있다는 것 말입니다. 나는 밝혀냈어요. 그게 맞다는 걸 말입니다. 이제 우리가 계속 모임을 할 수 있잖겠습니까. 아무튼 이게 제 첫 탈옥입니다."라고 그가 덧붙였다.

"제 첫 탈옥이기도 한데요." 그녀가 재빨리 말했다. 그들은 웃었다.

그가 그녀를 호두나무 정원이 있고 작은 강 건너편으로 꽃 피는 산기슭이 보이는 작은 시골 식당으로 안내했다. "이 집을 아는 사람은 많지 않아요." 그가 말했다. "이런 예쁘장한 곳이 이렇게 도시 가까이 있는지는 아무도 생각 못 하는 거지요."

묻지도 않고 이 인분을 주문해 놓고는 그가 느긋이 그녀 맞은편에 앉았다. 그는 더 말랐고(그렇지만 마른 게 저 사람한테는 어울리는데 하고 그녀는 생각했다.) 피로로 눈 주위에 잔주름이 잡혀 있었다. "잠을 너무 조금 주무시나 봐요."라고 그녀가 말했다.

그렇습니다 하고 벤트란트가 대꾸했다. 자기는 그런 데 익숙하다는 것이었다. "지금 우리 모두가 처한 상황은 인장(引張) 시험 같습니다. 특히 공장에 있는 우리들은요."

그가 이야기를 들려주기 시작했다. 그녀는 생각했다. 아직도 늘 일 년 전과 똑같은 어려움들이구나! 하지만 그는 그렇지 않다고 주장했다. 우리가 더 성장했기 때문에 어려움이 더 커졌다는 것이다. 리타는 시험 때문에 오래 보지 못했던 메테나겔의 안부를 물었다. 벤트란트가 웃었다. "그분은 혼자 나름대로 인장 시험을 하죠. 요즘은 자기 작업조장에게 인장 시험을 하고 있지요." 이럴 때 거기 있어야 하는 건데 하고 리타는 생각했다. 그가 너무 무리하지 않도록!

"방학에는 다시 공장으로 들어가겠어요." 그녀가 갑자기 말했다. 그녀 자신도 예기치 않았던 이야기였다.

"정말이십니까?" 벤트란트가 즐거워하며 물었다. "진심입 니까?"

결심이 그녀의 마음을 가볍게 해 주었다. 무언가 확고한 전 망이 있었고 그것을 향해 갈 수 있었다. 벤트란트가 그녀를 유 심히 보았다. "리타 씨도 늘 쉽지만은 않군요?"라고 그가 낮은 목소리로 걱정스럽게 물었다. 그들 사이에서 유지되던 이해와 신뢰의 가느다란 실 가닥이 끊길 수도 있었다. 그녀는 대답하 지 않았다. 그렇다고 그의 의견을 강하게 물리치지도 못했다. 저렇게 자신 없어 하니 내가 그 점을 이용해야겠구나 하고 그 가 생각했다. 전에 누가 나한테 이 말을 해 줬어야 하는데!

그다음에는 리타가 만프레드 이야기를 하기 시작했다. 한 마디를 하고 나자 벌써 입을 다물고 있었더라면 싶었다. 그녀 가 다른 사람에게 그의 비밀을 폭로한 걸까? 그러나 너무 늦 었다. 벤트란트는 조용히 계속 담배를 피우며 아무 말도 하지 않았다. 다시 자신을 제어할 때까지. 어떻게 이 여자는 다른 남자 이야기를 할까? 그 사람을 생각할 때 이 여자가 보이는 눈빛이라니!

그는 모든 것을 자세히 이야기하게 했다. 만프레드의 연구 소 상황에 대해. 마르틴 융과의 공동 작업과 우정, 새로운 기 계, 공장에서 있었던 성과 없는 싸움 등. 끝에 가서 그는 다만 이렇게 말했다. "그런 문제라면 좀 일찍 나한테 오셨어야죠. 그 일에 대해서는 몇몇 사람들이 관심 있을 텐데."

리타는 깜짝 놀랐다. "아무에게도 그 이야긴 하지 마세요. 그가 나한테 얼마나 화낼지 모르실 거예요!"

"그가 만든 기계를 시험해 본다면요?"

"벤트란트 씨가 그 일을 위해 힘쓰시겠다고요?"

"왜 안 되나요?"라고 그가 말했다. 그는 눈을 감았다. 그녀의 시선에 갑작스레 나타난 기쁨과 신뢰가 그의 살갗에 따갑게 와 닿았던 것이다. "그가 직접 하지 않으면⋯⋯."

"벤트란트 씨도 그가 포기해선 안 된다는 의견이신 거죠?"라고 리타가 물었다.

벤트란트가 어깨를 으쓱했다. 말하기 어려운 일이었다. 더러 사람들은 이미 아무런 소득 없이 머리통을 박았던 것이다.

"하지만 그렇지 않으면 어떻게 자존감을 지키지요?"라고 리타가 물었다. 만프레드가 변해 가는 모습을 바라보아야 했던 이래로 줄곧 그녀를 괴롭혀 온 물음이었다.

우리는 너무도 비슷하군, 하고 벤트란트가 생각했다. 저 여자한테 나는 틀림없이 지루할 것이다.

다시 차에 탄 지 한참 되어서야 그가 별다르게 강조하지 않고 말했다. "공허의 수렁이란 게 있다는 걸 아십니까? 그게 그런 사람에게는 위험하다고 생각합니다. 모든 것에 무관심해지는 얼음처럼 차가운 지대죠."

리타는 생각했다. 그래. 하지만 어디서 그걸 알았을까?

그들이 시내에 가까워질수록 리타의 죄책감이 커졌다. 변명을 해 보려 했다. 그러나 벤트란트에게 바로 집 앞이 아니라 동네 길모퉁이에서 그냥 세워 달라고 부탁하지 않을 수 없었다. 만프레드가 자동차 브레이크 소리, 차 문 여닫는 소리, 작별 인사 소리를 들을 것이라 상상하면⋯⋯.

벤트란트가 놀리듯 옆에서 그녀를 훑어보았다. 그런데 넌 어떻게 사과하려고? 하고 그는 생각했다.

그녀의 반항심이 눈을 떴다. 아니 이 오후를 나는 취소하지 않겠어. 편안히 바라보고 있을 수 있는 사람과 마주 앉았던 것을 취소하지는 않겠어. 이 사람이 이건 못 견디지 않을까, 그의 평소 피부 아래서 또 다른 얼굴이 하나 나오지 않을까, 혹은 이 사람이 전혀 다른 사람이 아닐까 두려워할 필요 없었잖아.

"감사합니다." 헤어지면서 그녀가 말했다. 그다음에는 목숨이라도 달린 듯 계단을 뛰어 올라갔다.

방은 비어 있었다.

만프레드는 자정 무렵에야 왔다.

그는 그녀를 쳐다보지도 않고 세면대로 가더니 오래 씻고는 물기를 닦았다. 리타는 그에게서 눈을 떼지 않았다.

"나는 말이야." 그가 냉정하게 말했다. "오늘은 어디 다른 데서 자고 오려고 했어. 하지만 나를 받아 주는 여자가 없었어."

리타는 그의 앞에 가까이 서 있었다. 그는 그녀의 눈이 고통과 노여움으로 새까매지는 것을 볼 수 있었다. 노여움은 모든 것을 씻어 냈다. 그에 대한 연민도, 그를 아끼고 감싸 주는 습관도. 그녀는 그의 어깨를 잡아 힘껏 흔들었다.

"지금 무슨 말을 하는 거야! 무슨 말을 하는 거냐니까!"

그녀가 소리를 지른 건 자신의 죄책감에 맞서는 것이었다. 오랜 시간 기다리며 느꼈던 두려움에 맞서는 것이었고. 벤트란트와 같이 있을 때 느꼈던 안정감에 맞서는 것이었고. 만프레드가 빠져 있는 위험에 맞서는 것이었다.

그가 깜짝 놀라자 그녀는 만족스러웠다. 저런 눈으로 그가 나를 본 적은 없었어. 그래, 그럴 거야. 마침내 나는 풀려났구나. 그리고 아직 나는 그만두지 않겠어. 그도 나를 걱정해야 해. 그도 그게 어떤 건지 알아야 해. 다른 건 나도 이제 모르겠지만…… 만프레드는 그녀 마음속에서 시시각각 노여움이 사그라지는 것을 알아차리지 못했다. 그러나 그녀는 그것을 정확하게 감지했다. 그러면서도 그를 계속 흔들었다. 그가 그녀의 양손을 꽉 잡을 때까지. 이런 느낌이구나. 아무것도 더 느낄 수 없고 다만 무언가에 도달하기 위하여 계속할 때…… 그녀는 자기와 그가 서 있는 것을 보았다. 자기가 얼마나 연기를 못하는지 보았다. 그러나 그는 그것을 알아차리지 못했다. 그리고 그녀는 원하던 것에 도달했다. 그가 후회하는 기색을 보인 것이다. 그가 그녀를 쓰다듬은 것이다.

그녀는 그를 뿌리쳤다. 그녀는 의자에 앉아 울었다. 그가 나를 이토록 마음 상하게 했다는 걸 그도 믿어야 해. 그러나 그가 말한 것은 그리 대단하지 않아. 아니면 내가 이제 아는 사실, 내게 힘이 없다는 사실을 인정하지 않고 그는 훨씬 더 고약하게 말할 수도 있을 테지. 나에겐 그를 도울 수 있는 방법이 아무것도 없어. 우리는 고약하게 끝날 수도…….

무슨 말을 했지? 그만둬, 부디, 부탁이니, 그만둬. 당신을 그만두게 하려면 대체 뭘 해야 한단 말인가.

그래도 그만두지 않는다, 그래도 그만두지 않는다…….

리타는 침착해졌다.

그는 아직도 여전히 자기를 방어해야 한다고 믿었다. 그는 그녀가 왜 우는지 알지도 못했다.

"아까 당신이 그 사람 차에 타는 걸 봤어. 당신이 늘 지나가는 길모퉁이에 서 있었지. 우스꽝스러운 은방울꽃 다발을 샀었지……. 시험은 어떻게 됐지? 잘 봤겠지? 그런데 나는 그 꽃다발을 교외에서 어떤 작은 소녀한테 줘 버렸어.

전에 한 번 갔었던 그 우스꽝스러운 영화관 생각나지? 그 바로 근처에 새 주유소가 생겼어. 나는 멈춰서 세차하는 걸 구경했어. 매우 능숙하더군. 그게 마음에 들었고 그들이 부러웠어. 거기로 가서 물었지, 여기서 세차를 할 수 있느냐고. 한 사람이 나를 아래위로 훑어보더니 언제 차를 가져올 건가요, 젊은 양반? 하고 말하더군."

그리고 그다음엔?

"그다음에는 여기저기 다녔지. 어딘지도 이젠 모르겠어. 그래, 예전에 알던 여자 하나를 정말로 만났어. 그 여자는 나를 받아 주려 하지 않았어……."

그는 이 시간들을 자기 자신으로부터 밀쳐 내고 있었다. 그가 그녀에게 말했다. "당신을 잃으면 견딜 수 없을 거야. 당신 알잖아."

"나를 추슬러 보겠어."라고 그가 말했다. "이젠 길 잃은 사람처럼 세상을 돌아다니지 않겠어. 질투도 안 해야지."

그녀는 미소를 지었다. 당신은 계속 그렇게 세상을 뛰어다닐 건데, 뭐. 늘 계속 질투할 거고.

그리고?

우리는 계속 서로 사랑할 거고.

그러나 리타는 그때 이미 알았다. 우리라고 무엇이든 끄떡없는 것은 아니다. 다른 사람들과 똑같이 우리도 모든 위험에 노출되어 있다. 다른 사람들에게 일어나는 모든 일이 우리에게도 일어날 수 있다.

이 깨달음을 그녀는 다시 잊어버렸다. 다만 이따금씩 그녀는 자기가 이제는 날마다 불행을 기다리고 있음을 알아차렸다.

25

아직 이삼 주는 시간이 있었다. 아무리 긴장했어도. 그 주들은 그녀 기억 속에서는 지워졌다. 나날이 흘러갔던 건 틀림없고, 그들이 서로 이야기한 것도 틀림없고, 그들이 살았던 것도 틀림없다. 그런데도 이젠 정말 그랬던가 싶다. 만프레드가 떠났다. 다만 며칠 일정으로 화학자 회의 참석차 베를린으로 간 것이었다. 그녀는 자기가 그를 보고 싶어 했는지, 나쁜 예감이 자기를 괴롭혔는지조차 모른다.

다만 아직껏 기억하는 것이라고는 어느 저녁 헤어푸르트 부인이 문에서 다가와(무슨 일이 있기에 오늘은 저렇게 기뻐하실까 하고 리타는 생각했다. 불길한 예감을 느끼면서.) 그녀에게 만프레드가 보낸 편지 한 통을 내밀었다는 사실이다. 리타는 그때만 해도 아무것도 몰랐다. 그녀는 편지를 뜯어서 읽었다. 그러나 한마디도 이해할 수 없었다. 그의 어머니가 "그 애에게 드디어 분별이 생겼네요. 그곳에 남았어요."라고 했을 때야 알아들을 수 있었다. 그의 어머니는 만족했다. 자기 덕분에 이루어진 일이었던 것이다.

리타는 편지를 읽었다. "당신이 오면 자세한 이야기를 할게. 나는 오직 당신이 내 곁에 올 날만 기다리며 살고 있어. 늘 그 생각을 하길."

타격은 우리에게 이렇게 아주 가까운 곳에서부터만 가해지는구나. 우리가 가장 쉽게 상처 입을 곳을 익히 아는 사람으로부터. 그들은 헛짚을 리 없다는 사실을 알기 때문에 아주 느긋하게 겨냥해 우리를 친다. 아직도 이토록 남의 마음을 아프게 하는 사람이 사라져 버렸을 리가, 없어져 버렸을 리가 있을까?

헤어푸르트 부인이 말했다. "리타 씨는 물론 계속 우리 집에서 살도록 하세요." 그녀는 이제 연민을 베풀 수 있었던 것이다. 모든 것이 그대로일 거예요, 안 그래요? 몇 가지 물건들이야 물론 방에서 치울 테지만. 그 애 옷하며 빨래, 책, 책꽂이 같은 거요…….

어느 저녁 다시 잠에서 깨어난 거북 클레오파트라가 마지막 햇살 한 자락 속에서 복도 바닥을 이리저리 기어 다녔다. 이리저리. 리타는 눈이 아플 때까지 거북을 바라보았다.

그녀는 일어서서 그 동물을 집어 들어 상자에 넣어 주었다. 거북을 만지려니 갑자기 구역질이 났다. 둔감하면서도 슬프게 그녀를 바라보는 태곳적 눈이 갑자기 끔찍하게 느껴졌던 것이다. 그녀는 침대로 갔다. 팔베개를 하고 반듯하게 누워 천장을 바라보았다. 그녀는 아주 차분했다. 치명적인 마비가 자신을 엄습한 것을 느꼈다. 그건 괜찮았다. 그녀는 아무것도 하지 않았다.

그가 갔다. 우연히 만나 아는 사람처럼 등 뒤로 문을 닫고 집을 나섰다. 그러고는 떠나 버렸다. 그리고 다시는 돌아오지 않았다.

무시무시한 낭떠러지 이야기며 몹시 저항하기 힘든 끔찍한 유혹 이야기를 들려주는 옛날 책들이 무색하다. 그 책들이 거짓말을 하는 것은 아닌데.

리타는 그 무렵에 누구와도 이야기하지 않았다. 그녀는 약간 남은 힘을 다 모아 침묵함으로써 자신을 방어했다. 그녀는 지그리트가, 그 열정적이고 고마운 지그리트가 이끄는 대로 시험에 열중했다. 그녀는 사람들이 말하는 대로 행동했다.

이따금씩 얼핏얼핏 기이한 느낌이 머리를 스쳐 지나가곤 했다. 이렇게 떠돌다가 다른 모든 사람 한가운데서 조금씩 죽어 갈 수 있구나, 아무도 눈치채지 못하게……. 그러나 그녀는 자신을 나무라지는 않았다. 거의 괴로워하지도 않았다. 그녀는 자기 자신의 껍데기였다.

그녀는 그림자처럼 배경 사이를 지나갔고 현실의 사물들, 벽이며 집이며 거리가 눈앞에서 소리 없이 뒤로 물러서는 것을 보고도 놀라워하지 않았다.

사람들과 닿는 것, 그건 아팠다. 그녀는 사람을 피했다.

리타가 다시는 발을 들여놓지 않는 헤어푸르트 씨네 '거실관', '식당관', '침실관'에서는 격전이 벌어졌다. 훗날 드러난 것처럼, 생사가 걸린 싸움이었다. 헤어푸르트 부인이 아들의 도피를 자기 자신을 위한 신호로만 해석할 줄 알았던 것이다. 그녀는 남편한테 즉시 주변을 모두 정리하라고 요구했다. 난 모든 준비를 마쳤어, 두 시간 안에 우리는 도망칠 수 있어…….

"도망을 쳐?"라고 헤어푸르트 씨가 말했다. "도대체 왜? 그리고 어디로 간단 말이야?"

이 사람 좀 봐. 그걸 몰라! 자유세계로 가는 거지, 드디어! 부모야 자식한테 매였으니까 당연하다는 것이었다.

"그 자식이 부모를 중시할지 누가 안대."라고 헤어푸르트 씨가 말했다.

헤어푸르트 씨는 피곤했다.

그의 아내는 인생의 상당한 시기 동안 그를 피곤하게 하고 그를 자기 아래 두려 했다. 이제야 단 한 번 기회가 왔는데, 뜻대로 되지 않고 오직 피로감만 남았다.

헤어푸르트 부인이 온갖 지렛대며 나사를 투입해 봐도, 그에게서 결심을 이끌어 내기 위해 그를 부추기거나 대들어 봐도, 그에게 남은 생명의 줍은 피로감이었다.

그는 아내가 흥분하는 모습을 보았다. 자기 책임인 일이 꼬여 버리지나 않을까 두려워하는 모습, 아내의 입술이 새파래지는 것, 아내가 점점 더 자주 물약이 든 작은 갈색 병을 잡는 것을 보았다. 그는 알고 있었다. 아내가 갑자기 양손으로 가슴을 움켜쥐는 건 연극이 아니었다.

그러나 그가 무엇을 할 수 있겠는가? 힘닿는 대로 누렸던 그의 인생(아내 없이도. 사실 그랬으니까.) 막바지에서 그가 이 여자를 위해서 아직 할 수 있는 일이 대체 무엇이겠는가?

어느 날 밤 그는 작고 썰렁한 방에서 리타 옆에 앉아 있었다. 6월 말이었다. 대부분의 사람들은 밤이면 이미 바다며 드넓은 여름 냄새가 실려 오는 듯 느꼈고, 만프레드가 떠난 지는 이제 여섯 주가 되었다. 헤어푸르트 씨는 방금 전화로 구급차를 불러야 했다. 무심하면서 진지한 얼굴을 한 낯선 사람들이 검푸른 입술 사이로 힘들게 숨을 쉬려 안간힘을 쓰는 그의 아내를 들것에 실어 집 밖으로 날랐다.

그러나 말없이 참아 내는 일에 익숙하지 않은 헤어푸르트 씨는 계단을 올라, 그에게 아직 남은 유일한 사람, 이제는 자신과 아무런 관계가 없는 여자에게 가서 물었던 것이다. "내가 이제 아내를 위해 무엇을 할 수 있을까요?"라고.

그는 불편한 자세로 의자에 쪼그리고 앉아 놀란 듯 방 안을 둘러보았다. 미움으로 가득 찬 아들이 거처하는 동안 그는 한 번도 이 방에 와 본 적이 없었던 것이다. 그는 양손으로 머리를 받치고 우물거렸다. "밤마다 이렇게 되는 꿈을 꿨었죠!"

리타는 침대에 꼿꼿하게 앉아 그를 바라보았다. 그의 괴로움은 그녀의 마음을 움직이지 못했다. 그녀는 그의 자책에 대해 그럴 것까지는 없다고 말하지도 않았다. 그녀는 꿈조차 못 꾸었던 것이다. 그녀는 그에게 그렇게 말했다.

이 사람은 대체 뭐하러 여기 왔을까?

그는 고개를 들더니 마르고 주름진 목에 얹힌 머리를 건들건들 흔들었다. 아, 아, 봐요. 리타 씨는 얼마나 발전했어…….

틀렸어요, 헤어푸르트 씨. 목표는 효력을 보여 주지 않아요. 리타는 잘 겨냥된, 묵직한 타격을 한 방 받은 뒤라 아직 머리가 윙윙 울리고 다른 사람들이 받는 타격에 대해서는 둔감하다.

헤어푸르트 씨는 그러다 그냥 혼자 중얼거렸다. "내가 도대체 '그곳'에서 뭘 얻는단 말인지." 그는 큰 목소리로 물었다. "대체 '그곳'에서 늙어 빠진 나 같은 고용인을 상관이나 하겠어요? 그런데 여기서는, 아, 사람들은 이제 나를 내버려 두죠……. 내 아내는, 아내야 늘 나보다 아들 녀석을 더 사랑했어요."

자기가 아내 이야기를 죽은 사람 이야기하듯 하고 있는 것을 알아차리자 그는 흠칫 입을 다물었고 다만 음울하게 움츠릴 뿐이었다.

리타는 잠이 들었다가 다시 깨었다. 그가 아직도 앉아 있었다. 회색 아침 빛 속에서 분명치 않게 혼자 중얼중얼하면서. 갑자기 지난밤과 이 남자야말로 근래 있었던 모든 끔찍한 일들 중에서도 가장 끔찍해 보였다. "좀 가 주세요!"라고 그녀가 격하게 말했다. 그가 순순히 일어나서 갔다.

그가 나간 후 그녀는 잠이 깬 채 누워 있었다. 낮이 되고 여러 교회에서 요란하게 종소리가 울리기 시작하여 끈질기게 계속되고 또 계속될 때까지. 강림절이구나 하고 생각하면서 그녀는 귀를 막았다.

다시 한 번 헤어푸르트 씨가 그녀 방으로 올라왔다. 일주일 남짓 뒤였다. 그는 검은 넥타이를 맸고 눈물로 목이 멘 목소리로, 사랑하는 아내가 갑자기 예기치 않게 지난밤에 죽었으며 오늘부터 계산해서 사흘째 되는 날 장례를 치른다고 알려 주었다. 그는 아내를 먼저 보내고 뒤에 남은 남편이라는 낡을 대로 낡은 역할에 잠시나마 다소 마음을 의지하고 있었다.

몇 안 되는 조문객이, 영안실 문을 나와 오래된 묘지에 이리저리 난 길들로 흔들거리며 가는 관을 뒤따르고 있었다. 리타에게 눈인사를 건네던 에른스트 벤트란트가 줄곧 그녀 옆에서 걸었다.

다행스럽게도 그 모든 것이 그녀에게는 그다지 문제 되지 않았다. 다른 사람에게 닥친 일이었다. 다만 한 가지 생각이 계속 맴돌았다. 같은 일을, 똑같이, 나는 벌써 겪었다. 이 살 썩는 냄새는 어쩌면 없었지만. 그러나 긴 길. 내 옆의 벤트란트, 실은 만프레드가 있어야 할 자리인데……. 마침내 생각났다. 이건 꿈이었다. 그녀는 안도감을 느꼈다. 그러니까 지금도 꿈을 꾸고 있었던 것이다. 모든 것이 현실에서와 같다. 그게 바로 속임수다. 사람들은 그것을 밝혀내느라 애쓴다. 그렇지만 네가 꿈을 꾸고 있는 걸 알게 되면 그때는 물론 매우 우스꽝스러워진다. 정력적이고 삶에 욕심이 많은 헤어푸르트 부인이 땅에 묻히고 있고 그 아들은 여기 없다. 그 대신 다른 사람이 그 며느리 옆에서 걷고 있다…….

뒤에 내가 잠이 깨면 나는 오랫동안 그 일을 두고 웃을 수 있겠지.

그다음에는 흙 언덕 하나, 윙윙 울리는 말들 그리고 가냘프고 부끄러운 노래, 숙련된 남자들의 손놀림. 그리고 구덩이로 들어가는 가벼운 관 하나가 거기 있었다.

"흙은 흙으로, 재는 재로, 먼지는 먼지로."

아직도 자기 꿈을 두고 웃으며 리타가 위를 올려다보았다. 나무 우듬지 뒤로는 묘지 예배당의 작은 탑과 그 탑 위에 앉은 제비 한 마리가 보였다. 그녀는 예배당에서 작은 종이 다시 댕 댕 울리기 시작하자 제비가 푸드덕 날아올라 하늘에서 넓게 원을 그리며 무덤 위를 한 바퀴 미끄러지듯 휘돌아 가는 모습을 보았다. 그녀는 시선으로 제비를 좇으며, 부드럽게 울리는 작은 종소리를 뚫는 자유롭고 날카로운 제비 울음소리를 들었으며, 새가 살갗처럼 얇은 저항을 뚫고 머나먼 구름을 향해 쏜살같이 날아가는 것을 보았다. 제비는 어느덧 다시 울면서 솟구쳤고 자신의 좁고 가느다란 몸으로 푸른 하늘의 궁전 전체를 실어 나르고 있었다.

그러나 그녀는 혼자 남아 있었다.

새의 울음과 새의 비상이 먹먹한 마비 상태를 뚫고 들어왔고 그녀는 격하고 비참하게 울음을 터뜨렸다.

누군가 그녀의 팔을 잡아(그녀를 놓치지 않고 바라보던 에른스트 벤트란트였다.) 구불구불 난 많은 길들을 지나 묘지 문으로 말없이 그녀를 인도했다. 자동차에서 기다리던 그의 기사에게는 헤어푸르트 씨를 집으로 모셔다 드리라고 말했다. 벤트란트는 그녀 옆에서 마로니에가 늘어선 긴 길을 걸어 내려왔다. 리타가 말을 할 수 있을 만치 진정될 때까지.

벤트란트는 리타를 통해서가 아니라, 조심스러운 헤어푸르트 씨를 통해서 만프레드의 도피에 대해 알았다. 헤어푸르트 씨에게는 '거리를 두어야' 할 이유가 있었던 것이다.

만프레드 이야기는 하지 않았다.

리타는 만프레드의 이름이 언급되면 벤트란트의 눈에서 무의미한 작은 희망의 불꽃이 번쩍이지 않을까 두려워할 필요가 없었다. 늘 그렇듯 이 신뢰할 만한 얼굴을 오래 보고 있을 수 있었다. 어떤 얼굴도 그의 얼굴처럼 지금 그녀를 도와줄 수는 없었다. 이 말을 그에게도 했다. 그는 그녀의 말뜻을 정확하게 이해했다. 그래서 지금도 그의 눈에는 희망의 불꽃이 떠오르지 않았다.

26

그 7월의 태양은 정직한 사람과 부정직한 사람 머리 위를
고루 비추었다. 만약 비추는 경우에는 그랬다. 비가 많이 내리
는 여름이었던 것이다.

8월은 괜찮아 보였다. 뜨겁고 건조하며 하늘은 높았다. 사람
들은 비행기를 쳐다볼 때가 아니면 별로 하늘을 바라보지 않았
다. 비행기가 여느 때보다 빈번하게 땅 위를 날았다. "8월 좀 빨
리 지나갔으면."이라고 사람들이 말했다. "그리고 조금 있다
가 9월도 가고. 전쟁이 연말 다 돼서 시작되는 법은 없거든."*

리타는 생각했다. 전쟁 생각을 하지 않고는 여름 이야기니
겨울 이야기도 없지. 나중에는 우리 스스로 놀라워하겠지. 어

---

* 독일은 1차 세계 대전 때 8월에 러시아와 프랑스에 선전 포고를 했다. 2차
세계 대전 때는 9월에 폴란드를 침공했다.

떻게 우리가 그걸 견뎌 냈나 하고 말이야. 아니지, 익숙해진다는 것으로는 설명할 수 없어. 이런 압박감은 익숙해지는 게 아니니까.

8월 첫 일요일*이었다. 꼭두새벽에 리타는 베를린행 급행 열차에 앉아 있었다. 어제부터 그녀는 편지 한 통을 들고 다녔다. "이렇게까지 되어 버렸어. 이제 난 날마다 당신을 기다리고 있어. 늘 그 생각을 하길……."

그녀가 어디로 가는지는 아무도 몰랐다. 혼자 살면 좋은 점이다. 아무에게도 해명할 의무가 없는 것이다. 그리고 아무도, 자기 자신조차도 말할 수가 없다. 돌아올지 안 돌아올지. 그녀의 작은 여행 가방은 가벼웠다. 짐도 없이 그에게 가고 있었다. 그러나 그녀는 지평선으로 미끄러져 내려가며 늘어선 굴뚝들에게 연습 삼아 이별의 눈길을 보냈다. 마을이며 숲이며 외따로 선 나무 한 그루, 들에서 무리 지어 곡식을 거두는 사람들에게도. 일주일 전에 그녀는 작은 한스며 다른 차량 제조 공들과 같이 거기 갔었다. 심지어 이 부근이었다. 그녀는 알았다. 수확이 나쁘며, 얼마 안 되는 결실을 거두어들이는 일까지도 걱정이라는 것을. 그러나 그것이 아직도 그녀가 할 걱정이었던가? 세상 어디에서나 나무들은 자라고 굴뚝도 들판도 있는데…….

뜨거운 하루가 될 성싶었다. 리타는 웃옷을 벗었다. 부탁도 안 했는데 같은 칸에 탄 사람이 도와주었다. 그녀는 감사를 표

---

* 8월 둘째 일요일인 1961년 8월 13일 베를린 장벽이 설치되었다.

하며 그 남자를 자세히 보았다. 얼굴은 창백하고 길쭉하며 안경을 썼고 머리는 갈색이었으며 키 크고 늘씬한 사람이었다. 특별한 점은 없었다. 그의 시선이 다소 예리해 보였다. 아니면 그녀가 잘못 보았을까? 그녀가 그를 보면 그 사람은 딴 데를 보았다. 그렇지만 그녀는 그 사람과 같이 있는 것이 거북했다. 그녀는 일어나서 통로의 열린 창가에 가서 섰다. 액자처럼 딱딱 잘라 낸 듯, 창문틀에 온갖 색색 풍경이 연이어 나타나는 것이 보기 좋았다.

하늘만 오래도록 변함없이 똑같았다. 저 깊은 곳에 있는 태양 빛을 받아 푸르스름한 아침. 날이 높이 밝아 올수록 점점 줄어드는 희끗희끗한 회색 구름 몇 가닥.

자, 그럼, 지금 너에게 아직도 무엇이 문제인가? 그가 그렇게 쓰지 않았던가. 아무런 의심도 남아 있지 않다고. 너를 기다리고 있다고. 긴 옥중 생활 끝에 해방을 기다리듯, 배고픔과 목마름 끝에 먹을 것과 마실 것을 기다리듯. 그러니까 넌 작은 여행 가방을 들고(가볍든 무겁든 그것은 이제 정말이지 문제가 되지 않는다.) 그 사람한테 가고 있다. 기차를 타고 두 시간, 얼마 안 되는 우스운 거리다. 그리고 그것은 지극히 자연스럽고 지극히 올바른 일이다. 그럼 이건 무엇인가? 그치지 않는 이 고통스러운 감정은? 그것에 따라 네가 갈 방향을 정해서는 안 된다. 그것이 척도는 아니다.

"행복하니, 얘야?" 아, 어머니, 그런 건 이젠 문제가 안 돼요. 당신들은 아직도 그런 물음이 가능하다고 생각하죠. 하지만 우리를 엄마 같은 사람들한테서 갈라놓는 것이 그런 물음 아닐까요? 엄마 같은 사람들요. 늘 걱정하는 사람들, 늘 좋게 좋게 생각하는 사람들, 늘 아무것도 이해하지 못하는 사람들…….

그녀는 갑자기 그 편지에서 무엇이 껄끄러웠던가를 알았다. 언짢을 때도, 그들 사이에 한 가닥 그림자가 드리웠을 때도 항상 효과를 발휘하던 똑같은 말들이 이제는 갑자기 충분하지 않았다. 그녀가 다만 좀 더 뚜렷하게 느꼈더라면 좋았을 텐데. 자기가 나에게 요구하는 것이 무엇인지 그는 정확하게 안다는 것. 그러나 그에게는 다른 선택은 남아 있지 않다는 것. 갑작스레 떠나 돌아오지 않고("여기서 사람들이 나에게 준 기회, 그것을 나는 그냥 놓쳐 버려서는 안 돼…….") 생전 처음 알게 된 몇몇 사람들과 한순간 친구가 되어 그들에게 의존하고……. 꼭 해야 할 일을 그렇게 하지는 않는 법인데. 방향키를 잃어버리고 나서 모든 것에 무관심해지면 사람이 이렇게 표류해 가는구나.

지난 십일 주 사이에 내가 어떻게 되었는지 그가 도대체 예감이라도 할까? 내가 오는 것만 보고 모든 것이 결정 났다고 생각하지 않으면 좋을 텐데. 그가 나에게 생각해 볼 여유를 줘야 할 텐데, 그와 함께 말이야. 그가 떠남으로써 송두리째 빼앗겼던 제정신을 내가 드디어 되찾아야할 텐데. 그가 손을 내 팔에 올린다고 해서 그 힘들었던 밤낮들이, 마치 그런 건 있지도 않았다는 듯, 그냥 두루뭉술하게 뭉개져 버려 내가 또다시 제정신을 잃어버리는 일만은 제발 없어야 할 텐데.

기차가 이 구간에서 처음으로 멈추었다. 여행의 절반이 지나간 것이다. 제일 중요한 것만 추려서 한결 빨리 생각해 두어야 했다. 그러나 무언가 특정한 것, 중요한 것을 머릿속에 잡아 두려 하면 그것은 알아볼 수도 없을 만큼 빠른 속도로 휙 스쳐 지나가 버린다. 그 대신 의식 가장자리 사방에서는 전혀 필요도 없는 뚜렷하고 평온한 영상들이 떠오른다.

리타는 쓸데없는 생각에서 벗어나려고 다시 객실로 들어갔다. 그녀는 같은 칸에 탄 주의력 깊은 남자가 권하는 담배를 받았다. 그가 건네주는 화보 신문도 보았다.

어쩌면 그래도 벤트란트와는 이야기했어야 하는 건데 하고 그녀는 생각했다. 어제가 좋은 기회였는데. 오직 자기 자신에게만 의지한다는 것은 정말이지 오만에 가까운 건데…….

어제 저녁 그녀는 자정이 되기 한 시간 전에 오후 근무조 중 마지막으로 조립 작업장 문을 나섰다. 그녀는 습관적으로 다시 한 번 주위를 둘러보고 아침 근무조가 완성 조립을 위하여 미리 준비해 놓은 차량들을 헤아렸다. 그 묵직하고 우중충한 회색 덩어리들로부터 떨어질 수가 없었다. 그녀는 수요일부터 만프레드의 편지를 들고 다녔고 그에게 가려면 어떻게 해야 하는지 여행의 세부 사항들을 다 알았다.

그리고 나서 작업장을 나왔을 때 20미터도 안 되는 거리에 에른스트 벤트란트가 관리동 제일 위 계단, 전등 바로 밑에 서 있는 것을 보았다. 그녀가 어두운 데 멈춰 섰기 때문에 그 사람은 그녀를 알아보지 못했다. 그는 담배에 불을 붙이더니 천천히 공장 문으로 갔다. 그녀는 아주 조금 거리를 두고 그의 뒤를 따랐다.

길을 가는 내내 단 한 사람도 만나지 못했다. 공장장인 그도 오늘 밤에는 혼자서 자기 공장을 걸어 나갈 이유가 있었던 게 틀림없다. 그는 천천히, 거의 몸을 끌다시피 걸었으며 주의 깊게 길이며 양쪽 건물들을 바라보았다.

이곳의 정적은 부자연스럽고 슬픈 느낌을 주었다. 빛과 그림자가 낮과는 다르게 나누어져 있었다. 결코 볕이 들지 않는 어두운 모퉁이들로 밤에는 조명등 불빛이 환하게 비쳐 들었다. 벤트란트가 접어든 차대 조립 작업장과 단조 작업장 사이 비좁은 통로도 불이 밝혀져 있었다. 그가 지금 지나가고 있는 저 자리에서 누군가 언젠가 말했지. 당신에게서 가장 마음에 드는 점을 내 손으로 망가뜨리란 말이야? 하고.

리타는 벤트란트에게 들킬 위험을 무릅쓰고 좀 더 빨리 걸었다. 용접 작업장에서는 예리한 불꽃 튀는 소리가 아직까지 들려왔고 푸르스름한 불똥이 길에 떨어졌다.

벤트란트가 수위실을 지나갈 때 리타가 그를 불렀다. 그는 뚝 멈춰 섰다가 빠르게 몇 걸음 그녀에게 왔다. "리타!" 하더니 그는 그녀가 언젠가 그에게 했던 말을 그대로 했다. "마침 잘 왔어."

그는 자기가 그녀에게 존칭을 쓰지 않고 말하고 있다는 것을 알아차리지 못했다. 마음속으로는 오래전부터 그렇게 말해 왔던 것이다.

그 사람 말이, 이번에는 자기가 일종의 시험을 치르고 난 참이라는 것이었다. 그래서 아직 무릎이 후들거린다고 했다. 그리고 그녀와는 달리 자기는 그다지 용감하게 잘 버텨 내지는 못했던 것 같다고 했다.

리타는 공장 일대에 하루 종일 낯선 자동차들이 잔뜩 모여들었던 일이 생각났다. 문화 회관에서 대규모 공장장 회의가 열렸던 것이다. 그가 비판을 당했던 것일까?

그렇기도 했다고 벤트란트가 말했다. "난 비판을 잘 소화하질 못해. 그것 알아? 우리 공장에서 몇 주째 진전이 없었다는 거. 내가 보기에도 그렇고. 하지만 어떻게 그렇게 된 건지를, 나를 비판한 사람들은 절반밖에 몰랐어. 좋은 것과 나쁜 것 모두. 칭찬도 제대로 받을 만한 게 아니었고 위로가 못 됐지. 나중에는 어려운 문제들이 터져 나와 그때 가서는 다른 건 다 잊어버리게 됐지."

그가 거의 무뚝뚝하게 "우린 이제 새 차량은 만들지 않아!"라고 잘라 말했을 때 리타는 깜짝 놀랐다. 만들지 않는다고? 그건 있을 수 없는 일이야. 몇 주째 공장에서 들리는 말은 온통 '내버려 둬, 새 차량만 만들면…….' 같은 것이었다. "그래."라고 벤트란트가 말했다. "우리가 필요로 하는 금속, 서쪽에서 들여왔던 특정한 금속의 공급이 끊어진 거야. 저들은 늘 아주 잘 알지. 어떻게 우리를 제대로 압박할 수 있는지."

우리는 포기하지 않아 하고 그가 덧붙였다. 우린 배치를 바꿔야 해. 시간이 필요하지.

"그럼 메터나겔 씨는요?" 리타가 물었다. "이 일을 직접 말씀드리실 건가요?"

벤트란트가 고개를 끄덕였다. 월요일 아침 일찍 공장 집행부 회의에서 차분히 설명할 것이고 그때까지는 이틀 밤과 하루 낮의 시간이 있었다. 우리는 그 차량을 나중에 만들 거야. 여기 있는 게 새로운 대책이지. 그걸로 우리는 그 금속에 대한 의존에서 벗어나야 해. 저들이 지금 그 금속으로 우리를 위협하니까.

그들이 리타가 사는 거리로 접어들었을 때 자정을 알리는 종이 울렸다.

벤트란트는 이제 말이 없었다. 내일이면(혹은 어쩌면 몇 분 지나지 않아 벌써) 다시 분명하게 나타날 모든 환멸이 그의 머리 밖으로 풍선처럼 부풀어 있는 것 같았다. 그는 그녀 옆을 걸었고 마침내 그녀에게 존칭을 쓰지 않고 말했으며 그들은 벌써 그녀 집 앞에 도착했다. 그런데 그는 내내 무슨 이야기를 했던가? "이것도 알아?"라고 그가 말했다. "여기서 당신을 처음 보았어. 문에서 서로 맞닥뜨렸지. 난 막 공장장이 되었을 때였고."

두 사람은 생각했다. 맙소사, 참 오래전 이야기로구나……

"그래요." 리타가 말했다. "그렇지만 처음은 아니었어요. 술집에서 에르미쉬 작업조 사람들과 같이 있었는걸요."

"맞아, 그랬지!"라고 그가 말했다. "거기서 나를 알아본 거야?"

그녀가 웃음을 터뜨렸다. "누군들 못 알아볼 수 있었나요. 분위기를 다 깨 놓으셨는데요."

이때가 주머니에 넣고 다니며 한순간도 잊을 수 없었던 편지 이야기를 할 순간이었으리라. 그 사람은 내가 그 말을 하지 않은 것을 결코 이해하지 못하리라.

그들은 계속 서 있었다. 멈춰 선 시간이 너무 길어지자 벤트란트가 가볍게 말했다. "나한테는 흔한 일이야. 내가 너무 말이 적은 거. 당신한테는 미안하군. 언제든 날 믿어도 좋다는 거, 잘 알지?"

두 사람 다 하고 싶은 말은 차마 하지 못했다. 무엇보다 적절한 어조로 말하지 못했다. 그들은 새로 대화를 이어 가지 못했다. 그는 이것이 어쩌면 마지막 기회라는 것을 몰랐기 때문에 그랬다. 그녀는 그 사실을 알았기 때문에 그랬다. 몇 초간 그들은 계속 결단을 못 내리고 서 있었다. 이윽고 벤트란트가 작별 인사를 했고 리타는 위로 올라갔다. 그녀는 손을 그저 몇 번 움직여 작은 가방을 쌌다. 그다음에는 창가로 가서 오랜만에 처음으로 한참을 더 별들을 바라보았다. 별을 보니 날이 맑을 것 같았다. 그녀는 자명종을 맞춰 놓고 자려고 누웠다.

"저, 그런데." 하고 맞은편에 앉은 남자가 말했다.(그녀는 베를린행 급행열차를 타고 있었다.) "보잘것없는 제 신문에 이렇게 관심을 보이시리라고는 전혀 생각하지 못했습니다."

그녀는 드디어 신문 한 면에 시선을 보냈고 얼마만큼 오래인지 모르게 신문을 펼쳐 들고 있었다. 새까만 활자 세 개가 있었다. OAS*라고. 그 밑에 한 여인의 짓찢긴 시체가 있었다. 그녀는 한 장을 넘겼다. 환하게 웃는 어린아이 얼굴. 그리고 다시금 새까만 활자들. UdSSR.**

---

* 미주 기구(Organisation Amerikanischer Staaten)의 약자.
** 소련의 약자.

"이 시대의 메두사 머리죠."라고 남자가 말했다. "어느 쪽에나 나름 어려움들이 있습니다. 한쪽에서는 플라스틱 폭탄이 문제고 다른 쪽에서는 이 치약 광고용 미소가 문제지요. 이 화보를 그대로 믿어도 된다면요."

이 사람은 대체 뭘 원하는 것인가?

"그렇지만 상당히 다른 문제잖아요?"라고 리타가 놀라서 물었다.

"물론입니다." 그가 공손하게 대답했다. "생각하시는 대로입니다. 그런데 누굴 만나러 베를린에 가시나요?"

"약혼자한테 가요." 그녀가 물리치듯, 의기양양한 기색으로 말했다. 이상하게도 그는 그런 말에도 아랑곳하지 않았다. 약혼자를 찾아가기 좋은 날이군요 하고 그가 말했다. 드물게 날씨가 좋습니다.

그가 무엇을 어떻게 생각하고 있는지 알 길이 없었다. 제일 좋은 것은 그가 기분 나쁜 사람이라고 생각하는 것이었으리라. 다른 한편으로 그는 재미있는 이야기꾼이었다. 아, 이 사람은 선생이로구나! 그녀가 미래의 동료라는 것을 알아보면서도 놀라워하지 않는 것 같다.

"그렇지만 대체 어떻게, 그런 건 저한테서 찾아볼 수 없을 텐데요!"

그는 웃었다, 매우 득의양양하게. 세상을 좀 더 안다는 이 눈초리! 전형적인 독일 선생의 시선이었다. 그럼으로써 빈약한 봉급을 보상받는 것이다.

그런 사람을 나쁘게 대할 수는 없었다. 그렇지만 꿰뚫어 보는 시선이 유쾌하지는 않았다. 그가 공손하고 친밀한 태도로 대체 무엇을 암시하려는지 모르면서도.

저 사람도 친척을 보러 가는 걸까?

그는 또 도가 넘게 순진했었다는 듯 웃었다. 그렇지만 하고 그가 이어서 말했다. 그렇게도 말할 수 있습니다.

리타는 사람을 긴장시키는 이 대화가 피곤해졌다. 그는 그 것을 존중해 주었다. 가방에서 책 한 권을 주섬주섬 꺼내더니 좌석 구석에 등을 기대는 것이었다.

나중에 리타는 언제 그 도시가 나타나기 시작했는지, 무슨 일이 일어나든 자신의 결심을 실행해 나가기 위하여 필요한 냉정함을 언제 마음속에서 처음으로 느꼈는지, 더 이상 알 수 가 없다.

그녀가 베를린에 처음 가는 것은 아니었다. 그러나 당시에 그녀는 자기가 그 도시를 전혀 모른다는 것을 깨달았다. 철길 옆 주말농장과 공원을 지나고 그다음에는 처음으로 공장을 지났다. 아름다운 도시는 아니구나 하고 그녀는 생각했다. 볼 게 아무것도 없잖아.

맞은편 남자가 쳐다보았다. "아마도." 하고 그가 친절하게 말했다. "약혼자 분은 판코나 쇠네바이데*에 살겠지요?"

"왜 그러시죠?" 리타가 당황하여 물었다.

"물어볼 수도 있는 것 아니겠습니까?"

"그래요." 그녀가 얼른 말했다. "판코예요. 그이는 판코에

---

* 두 곳 다 동베를린 구역.

살아요."

"그럼 잘됐습니다."

저 사람이 나를 정탐하려는 것일까? 아니면 경고하려는 것일까? 어느 거리느냐고 물으면 뭐라고 말하지? 내가 지금 하고 있는 일이 내게 얼마나 어울리지 않는가……. 나를 보고 내가 이런 일을 할 것이라고 누가 믿겠는가?

생각해 볼 시간이 남아 있지 않았다. 기차가 멈추었다. 경찰관이 들어왔고 신분증을 보여 달라고 했다.(질문을 받으면 거짓말하지 않겠어. 그중 나은 사람에게 이제 모든 것을 처음부터 끝까지 이야기하겠어.) 경찰관들은 신분증을 들척여 보더니 돌려주었다. 신분증을 다시 가방에 넣을 때 그녀의 양손이 떨렸다. 이 검문은 매우 효과적이진 않군. 그녀는 일말의 실망감마저 느끼며 생각했다.

그녀 맞은편에 앉은 남자가 반듯하게 다림질한 새하얀 손수건으로 이마를 닦았다. "덥군요." 그 사람이 말했다.

그다음에 그들은 더 이야기하지 않았다. 리타는 그를 개표구에서 다시 한 번 보았다. 같은 기차에서 내린 어떤 여자와 함께였는데 매우 가까운 사이로 보였다.

그리고 리타는 그 사람을 잊어버렸다. 그녀에겐 자기 자신의 근심이 있었던 것이다. 정거장 부속 대합실에서 리타는 커다란 시내 지도를 찾았다. 그녀는 매우 오래 그 앞에 서서 낯선 거리 이름이며 정거장 이름 들을 외웠다. 그녀에게는 명확했다. 자기가 오늘 계획한 일에서 완전히 자신에게만 의지하고 있다는 것이.

그녀는 매표구로 다가갔다. 처음으로 그녀는 자기가 하려는 일을 누설해야 했다.

"동물원* 역이오." 그녀가 말했다.

작고 노란 마분지 차표가 무심하게 나왔다. "20페니히입니다." 창구 뒤에 앉은 여자가 말했다.

"저, 그런데 돌아오는 것까지 하면요?" 리타가 망설이며 물었다.

여자는 "왕복은 40페니히죠."라고 하면서 차표를 되받아 가더니 다른 표를 창구로 밀어 주었다.

그러니까 바로 이 점에서 이 도시는 세계 다른 모든 도시와 구별된다. 40페니히로 서로 다른 인생 둘을 손안에 쥐게 되는 것이다.

그녀는 차표를 보고 나서는 조심스럽게 지갑에 넣었다. 머리는 다른 일을 위하여 비워 둬야지.

지하철 터널과 계단을 지나 플랫폼으로 오르며 일요일 소풍 행렬에 떠밀릴 땐 벌써 피곤했다. 이곳에서는 하루가 비로소 시작되고 있었다. 아름다운 옷들, 인파, 아이들의 재잘거림. 평범한 여름 일요일의 활기였다.

리타는 정거장에 닿을 때마다 소리 없이 열리고 닫히는 넓은 출입문 가까이 서 있었다. 평생 처음으로 그녀는 자기가 누구든 다른 사람, 저 악의 없는 일요일 소풍 행렬 중 한 사람이 었으면 하고 바랐다. 자기 자신만 아니라면. 이 소망이야말로

---

* 동베를린에 접한 서베를린 구역 이름.

그녀가 자기 본모습에 어긋나는 상황에 자신을 집어넣고 있음을 보여 주는 유일한 신호였다.

하늘엔 구름도 보이지 않았다. 달리는 전철 밖으로 구름을 보려고 애써도.

리타는 순간순간 무엇인가 결정적인 것을 놓치고 있다는 곤혹스러운 느낌을 떨칠 수가 없었다. 그녀는 가는 길에 있는 정거장들이며 거리들 이름을 되뇌어 보았다. 그녀는 이 길 오른쪽과 왼쪽에 무엇이 있는지 알지 못했고 알려고도 하지 않았다. 이 거대하고 무시무시한 도시에서 그녀에게는 섬세하고 가는 선이 하나 그려져 있었다. 그녀는 그 선에 매달려야 했다. 그 선에서 벗어나면 일이 뒤엉킬 것이다. 그 끝이 어떨지는 전혀 생각할 수조차 없었다.

그녀는 아무것도 놓치지 않고 아무것도 잘못하지 않았다. 전철에서 정확하게 내렸다. 신중하게, 서두르지 않고. 그녀는 플랫폼에 있는 몇몇 간이매점 창구를 아주 침착하게 바라다보려 애썼다.(그러니까 이게 그 귤이며 초콜릿, 그 담배, 그 값싼 책들이로구나⋯⋯.) 그리고 그런 것들이 자신이 상상했던 것과 똑같음을 알았다.

마지막 플랫폼에서 그녀는 천천히 개표구로 갔다. 거기서 그녀는 길을 가로막고 작게 무리 지은 사람들과 맞닥뜨렸다. 그들은 온통 감정을 표현하느라 정신이 없었던 것이다. 큰 기쁨, 아니면 큰 슬픔일까? 구분하기 어려웠다. 아무튼 둘 다 일 수도.

갑자기 리타는 이 무리 한가운데서 급행열차를 같이 타고 온 그 남자를 보았다. 그와 개표구를 같이 나오던 여인이 이제는 그의 팔에 매달려, 그 둘을 마중 나온 것이 분명한 몇몇 다른 여자들과 함께 눈물을 흘리고 있었다.

리타는 본의 아니게 멈춰 섰다. 같은 순간에 그녀가 아는 그 남자의 눈길이 그녀에게 와 닿았다. 그는 그녀를 알아보았다. 그가 인사로 손을 쳐들었고(여자들 무리에서 빠져나올 수 없었던 것이다.) 비웃는 듯 미소를 지었다.

리타는 빠른 걸음으로 얼른 층계를 내려갔다.

모든 것이 이보다 더 고약하게는 시작될 수 없었으리라. 그녀는 생각했다. 왜 그 사람은 나와 마주쳐야 했을까? 그 사람처럼 내게도 벌써 양심의 가책을 느끼는 티가 역력했던 것일까?

27

그녀는 눈을 감았다. 모든 것을 다시 한 번 그려 보기 위해서, 큰 시내 지도에 깔끔하고 사실적으로 나와 있던 것을 그려 보기 위해서.

우선 오른쪽으로 계속 가기. 넓은 거리를 가로지르기. 그 앞에서는 모범적으로 훈련된 경찰관이(지도에는 없었다.) 멋지게 팔을 휘둘러 양쪽에서 오는 자동차의 물결을 멈추고 보행인을 건너가게 할 때까지 몇 분인가 꽤 오래 기다려야 했다. 유명한 번화가로 접어들기. 그 거리를 두고 온갖 전설적인 이야기들이 얽혀 전해졌다. 거리의 설화와 보조를 맞출 수 없을 만큼, 그 거리는 그렇게나 아름답고 그렇게나 부유하고 그렇게나 번쩍여야 마땅했다. 다섯 번째 교차로가 나올 때까지 오른쪽으로 그 길을 따라가기. 리타는 한결 조용한 거리로 들어서서 정확하게, 한 치도 어긋남 없이, 큰 지도 위 가느다란 선을 따라서 걸었다. 그녀는 현실의 집들이며 현실의 거리들보다도 더욱 뚜렷하게 그 선을 눈앞에 보고 있었다. 그녀는 길 한 번 묻지 않은 채 이윽고 지금 만프레드가 사는 집 앞에 섰다.

그녀는 생각 속에서 날마다 이곳에 왔었다. 그런데 이제 그 집을 본다.

그녀는 이 집(단조로운 대도시 거리의 흔한 다세대 임대 주택)이 한 인간의 동경과 도피의 목적지일 수 있다는 데 놀랐지만 그런 감정은 억눌렀다. 서늘한 복도로 들어서서 그녀는 이제 비로소 바깥의 열기를 느꼈다. 낡아 빠지고 반들반들 광이 나는 리놀륨 계단을 올라갔다. 가슴이 격하게 뛰면 뛸수록 그만큼 더 그녀는 확실하게 알았다. 네가 하려는 일은 간단한 일이 아니야. 이건 모험이야. 혼자서 이러지 말았어야 하는데. 그렇지만 이제는 너무 늦었어. 돌아가기에는 너무 늦었어.

이제 그녀는 어느덧 반들거리는 문패가 달린 문 앞에 서 있었다. 이제 초인종을 눌렀다. 짧고 약하게. 발소리가 가까이 왔다. 그녀 앞에 나타난 검은색 옷을 입은 바싹 마른 부인은 틀림없이 만프레드의 이모일 것이다.

가난하지만 고상함을 보이려 노력하느라 온 집이 새큼한 냄새를 풍기고 있었다. 그 집은 조심스럽게 벼랑 끝에 멈춰 있는 형국이었다. 왜냐하면 이 거리 뒤에서부터는 노동자 가옥들이 시작되었던 것이다. 어두운 복도 안까지 새큼한 냄새와 계단의 번쩍거리는 리놀륨이 스며들어 있었다. 부인은 마지못해 리타를 들어오게 했다. 어색하게 몇 발자국을 걸어 어떤 방으로 들어가자 비로소 한결 환한 빛 속에서 그 부인을 눈여겨 볼 수 있었다. 부인은 몇 가지를 간단히 물어보고야 낯선 여자를 조카에게 들여보냈다.

그렇다, 틀림없이 죽은 헤어푸르트 부인의 동생이었다. 아무튼 운명이 불리한 몫을 준 자매였다. 죽은 사람은 살아 있는 그 누구보다도 유리한 위치에 있다고 말할 수 있는 한 그랬다. 자기 연민 그리고 경건한 체하는 슬픔과 나란히 이 여인의 입가에 떠오른 작은 승리의 표정은 바로 그래서 감동적인지도 몰랐다. 이제 마침내 살아 있는 그녀가 죽은 언니보다 명확하게 유리한 위치에 섰던 것이다.

"들어가세요." 헤어푸르트 부인의 동생이 말했다. 조카를 데리고 있은 이래 처음으로 그의 방문을 방문객에게 직접 열어 준 것이었다.

나중에 리타가 쏟은 눈물은 실은 전부 그의 방 안으로 들어서는 몇 초 안 되는 순간에 보았던 광경 때문이었다.

만프레드가 방문에 등을 돌린 채, 창문에 바싹 붙여 놓은 책상에 앉아 있었다. 그는 팔꿈치를 괴고 책을 읽고 있었다. 그의 좁은 뒤통수, 정수리에서 솟은 짧게 친 머리, 젊은이다운 둥그스름한 등. 문이 움직이고 누군가 들어왔는데도 이모려니 생각했던 것이다. 그는 꼼짝도 않고 그대로 앉아 있었다. 그러나 책을 계속 읽는 것은 아니었고 몸을 빳빳하게 하며 방어 태세를 갖췄다. 아무 말도 들리지 않자 그가 마침내 천천히 고개를 돌렸다.

거부하는 듯한 차가운 그의 시선이 리타에게 그가 이 방에서 어떻게 지내는지를 그가 이야기해 줄 수 있는 이상으로 말해 주고 있었다.

그리고 그가 그녀를 보았다.

그는 두 눈을 감았다가 다시 떴다. 완전히 새로운 시선으로. 믿기지 않음, 당황, 또한 무의미한 희망이 담긴 시선이었다. 그가 그녀를 향해 오더니 마치 그녀의 어깨에 내려놓으려는 듯 양팔을 쳐들었다. 그러고는 나지막하게 그녀 이름을 불렀다. 그의 얼굴에 나타난 엄청난 안도에 그녀는 마음이 아팠다. 그러나 그녀는 미소를 지었고 그의 머리카락을 가볍게 쓸었다.

그녀가 그에게 간 것은 잘한 일이었다. 그러나 이제 무슨 일이 뒤따를지 세세한 것까지 미리 알 수 있었다. 몇 걸음 더 디뎌야 하고, 말을 더 해야 하고, 그날을 아직 더 보내야 한다는 사실이 그녀를 괴롭혔다.

그 또한 그것을 알았다. 그래서 한결 견디기 쉬웠다.

그 상태는 매우 짧은 시간 지속되었다. 그들이 서로를 바라보는 동안만큼. 그다음 그들은 방금 전만 해도 확실하게 알고 있었던 것을 잊었다. 다시 한 번 모든 게 가능해졌던 것이다.

"당신 변했는걸." 그녀가 책상에 딸린 하나뿐인 의자에 앉았을 때 만프레드가 말했다. 그는 침대 머리 끝에 웅크리고 앉았다.

그녀는 미소만 지었다. 갑자기 그들은 다시금 정확하게 알게 되었다. 왜 자기들이 서로 사랑하는가를. 그녀가 예상했던 대로였다. 큰 괴로움으로 가득 찼던 밤들이며 힘든 결단으로 가득 찼던 낮들이 눈길 단 한 번에 녹아 버렸다. 가볍게, 어쩌면 우연히 한 번 와 닿은 그의 손에.

리타는 주위를 돌아보았다. 옆방에 있는 부인, 즉 그의 이모는 그의 어머니가 수십 년을 두고 애썼어도 이루지 못한 것을 몇 주 동안 이루어 놓았으니, 방은 거북스러울 만큼 잘 정돈되어 있었다. 작고 무한히 황량한 네모 하나. 이곳에서 배겨 낼 수 있었던 약간의 먼지가 길고 가느다란 햇살 속에서 춤추고 있었다. 이 시각쯤 해서 삼십 분간 드는 햇살이었다. 곧 저 햇살은 책상 모서리에서 떨어져 만프레드의 움직이지 않는 양손 위에 내릴 테지. 그래도 그 손은 움직이지 않을 테지.

얼마나 오래 저렇게 저기 앉아 있을 수 있을까?

리타가 일어섰다. 그리고 그 순간 만프레드도 몸을 일으켰다. 마치 공동의 신호에 따르듯. 그들은 만프레드 이모의 방으로 들어갔다. 만프레드가 리타에게 얼른 속삭여 준 바로는 그 방은 '연옥'이었다. 그 방에서는 그 부인이 엄청나게 고요한 똑같은 햇볕을 받으며 창가에 앉아 겨울에 쓸 검은색 모직 숄을 짜고 있었다. 부인은 더도 덜도 아니고 죽은 언니의 상중이었고 그 상태는 틀림없이 오래 지속될 것이었다. 리타가 어디에서 왔는지 분명해지자 부인은 갑자기 커피를 끓이려 했다. 부인의 옅은 빛깔 눈동자에 약간 생기가 떠올랐다. 동쪽에서 온 손님을 대접하고 이것저것 캐물을 기회를 누가 놓치겠는가?

그들은 몇 마디 예의만 차리고 밖으로 나왔다. 그들 등 뒤로 복도 문이 닫히자 문밖에서 그들은 몇 초간 터놓고 서로를 바라보았다. 당신이 이곳에서 찾았던 게 이거야? 어떻게 그런 걸 물을 수가 있지? 아니야, 이게 아니야. 그럼 뭔데?

만프레드가 눈길을 떨구었다. 그녀 손을 잡더니 앞장서서 그녀를 끌고 계단을 내려갔다. 모퉁이를 여럿 돌아서 그녀를 흔들듯 끌어갔다. 서늘하고 소리가 울리는 석재 복도를 지나자 마침내 바깥이었다. 거리의 소음과 더위 그리고 눈부신 한낮의 빛 속에 그들은 서 있었다.

"자." 하고 만프레드가 비꼬듯 말했다. "이제 둘러봐. 자유로운 세계가 당신 발밑에 펼쳐져 있어." 모든 탑에서 시계들이 일제히 12시를 쳤다.

28

"여기서 겨울을 나야 되나요?"라고 리타가 매일 있는 회진 시간에 의사에게 묻는다. 음산하고 추운 11월이 예상된다.

"정반대입니다." 의사가 말한다. "이제 자유의 몸이십니다. 어디든 원하는 대로 가실 수 있습니다."

"곧바로요?"라고 리타가 물었다.

"내일이라고 해 둡시다."

이 마지막 오후에 에르빈 슈바르첸바흐가 온다.

병원 건물에 처음으로 난방이 들어왔다. 리타는 문병객과 복도 끝에 있는 온실에 가 앉는다. 커다란 유리 창문 속에 무성한 초록색 식물들이 잿빛 하늘 벽을 배경으로 서 있다.

이 사람이 정말 원하는 건 뭘까? 리타는 생각한다. 그는 내가 곧 퇴원하리라는 것을 안다.

슈바르첸바흐는 말수가 적고 생각이 깊다. 그는 담배를 피우며 꼼꼼하게 주위를 둘러본다. 리타가 묻는다. 질문들이 떠오르는 만큼. 그가 침착하게 대답한다. 더 물을 것도 대답할 것도 없을 때까지. 그럼 좋아요, 우리 그냥 침묵하기로 하지요 하고 그녀가 생각한다. 그녀는 등나무로 짠 의자에 푹 기대어 창에 비바람이 몰아치는 소리, 바람이 공원 나무들 사이로 지나가는 소리를 듣는다. 이따금씩 바람과 비가 멎는다. 그럴 때면 아주 고요하다.

"듣고 있죠?" 슈바르첸바흐가 말한다. "그를 뒤따라가겠다고 생각한 적은 없었나요?"

리타는 금방 알아듣는다.

"전 그이를 뒤따라갔어요." 망설이지 않고 그녀가 말한다. 슈바르첸바흐는 불필요한 고백을 수집하는 사람이 아니다. 그는 즉각 전달된 사실 있는 그대로를 침착하게 받아들인다.

"그러고요?"라고 그가 흥미로워하며 묻는다.

어쩌면 그 이야기를 하는 것이 좋을지도 몰라 하고 리타는 생각한다. 바로 오늘, 바로 이 사람한테. 내일이면 벌써 오래 그리워해 온 일상적인 기쁨과 근심 들이 다시 그녀에게 주어질 테니까. 의사는 무척 현명했다. 그녀가 처음 힘든 나날을 감당해 나가기에 충분할 만큼 이 그리움을 키워 주었던 것이다. 하지만 그렇다면 언제 또 누가 물을 것인가? 왜 너는 이것을 혹은 저것을 했느냐고. 언제 그럼 그녀가 또 대답 하나를 곰곰이 생각해 볼 수 있을 것인가?

"기억나요." 그녀가 말한다. "몹시 더운 일요일이었어요.

그때는 거의 알아차리지 못했지만요."

그때는 사방에 건물이 들어찬 길들이 꼭 뜨거운 갱도 같았다. 점심 식탁에 앉아 있지 않은 몇몇 사람들(우리들처럼 이리저리 쫓겨 다니는 사람들)은 집들이 드리우는 길고 가느다란 그늘로 몸을 들이밀었다. 집들은 오후가 되어야 비로소 저장된 열기를 다시 뿜을 터였다.

아무튼 그 집들은 어디서나 비슷했지요. 집들 양식은 '그곳'도 여기와 같고요. 같은 사람들을 위해서, 같은 근심을 위해서 그리고 같은 기쁨을 위해서요. 나는 왜 그 집들이 다른 곳에 있는 집들과 달라야 하는지 납득할 수가 없었어요. 물론 상점가 건물들에는 유리와 셀로판이 더 많았죠. 그리고 이름만 들어서는 뭔지 알 수조차 없는 상품들도요. 하지만 그거야 이미 아는 사실이고요. 마음에는 들었어요. 그런 가게들에서 쇼핑을 하면 얼마나 좋을지 정확하게 상상할 수 있었어요.

그런데 그 모든 것이 결국은 먹고 마시는 것 그리고 입는 것과 자는 것으로 귀착되는 거예요. 뭐하러 먹을까? 하고 나는 생각했지요. 꿈처럼 멋진 집에서 사람들은 뭘 할까? 길이 가득 차도록 큰 저 차들을 타고 사람들은 어디로들 가는 걸까? 그리고 이 도시 사람들은 밤에 잠들기 전에 무슨 생각을 할까?

"그렇지만은 않아요." 슈바르첸바흐가 말한다. "차근히 순서대로 이야기해 보세요. 방금 이야기했던 거요, 오늘 생각한 거지요, 그렇죠?"

"아니에요."라고 리타가 말한다. "전부 그때 생각했던 거예요. 아직 정확하게 기억해요."

어째서 이 사람은 내가 과장한다고 생각할까? 사람들이 알면 좋을 텐데, 내가 전부터 벌써 얼마나 많이 그 한 가지 물음에 대해 생각해 왔는지를. 우리가 세상에 있다는 것이 무슨 의미인가? 하는 물음이었다. 만프레드와 같이 있었을 때 그 물음은 마치 스스로 해답이라도 얻은 듯 사라졌었다. 저 문제의 일요일에 그 물음이 다시 나타났다. 내 안에 있던 그 물음이 바깥으로 삐져나왔던 것이다. 내가 보기만 하면 모든 것이 그리고 모든 사람이 죄다 물었다.

그들은 말없이 바싹 붙어서 나란히 걸었다. 그러나 서로 닿지는 않았다. 한 번 그의 손이 그녀 팔을 스치자 그녀는 그를 얼른 쳐다보았다. 의도적인 행동인가 하고. 그가 그녀의 눈길에 답할 때 그의 눈에 보이는 상처 입은 자부심은 그녀가 너무도 잘 아는 것이었다.

그녀는 미소 짓지 않을 수 없었다.

"당신 점프학이란 게 뭔지 알아?" 그가 불쑥 무뚝뚝하게 물었다. 그들은 거리 광고탑 앞에 서 있었다. 그가 눈에 띄는 현수막 하나를 가리켰다.

"모르겠는데." 리타가 말했다.

"난 알지. 그건 말이야, 일종의 학문인데, 사람들을 공중에 뛰어오르게 하고는 어떻게 뛰어올랐는지에 따라 성격을 판단하는 거야……."

그는 자신이 서툴다고 느꼈다. 그녀는 가볍게 고개를 가로저었고 그는 그 비난을 이의 없이 받아들였다. 말없이 그런대로 지낼 수 있을 때가 그래도 제일 편했다.

"이제 뭐 좀 먹으러 가지." 만프레드가 말했다. "우리 주저할 필요는 없잖아. 난 벌써 돈을 버는걸." 자기가 또 적절한 말을 하지 못했다는 것을 그는 금방 알아차린다. 점차 그의 마음속에서는 조용한 분노가 솟구친다. 그는 그들이 지나쳐 가는 거리며 건물들에 대해 설명하기 시작했다.

"그만둬." 리타가 말했다. "그런 설명 같은 거 한 적 없었잖아."

"왜 없었어." 그가 마음이 상해서 대꾸했다. "더러 했었잖아, 당신이 잊어버려서 그렇지."

내 얼굴과 나란히 강물에 비치던 그의 얼굴. 어떻게 그가 그것을 비교할 수 있을까?

"난 아무것도 잊어버리지 않았어." 그녀가 조용히 말했다.

"그곳에 가 보신 적 있어요?" 리타가 에르빈 슈바르첸바흐에게 묻는다. "네." 그가 대답한다. "여러 해 전에요."

"그럼 어떤지는 아시겠군요. 마음에 드는 게 많아요. 그렇지만 거기서 기쁨을 느끼진 못해요. 줄곧 자청해서 손해를 보는 느낌이지요. 외국에 있는 것보다 더 나빠요. 그곳에서도 자기가 쓰는 언어가 들리기 때문이지요. 끔찍하게시리 낯선 땅에 있는 거예요."

그런 말을 만프레드에게도 했었다. 그가 식사를 하면서 "마음에 들어?"라고 물었을 때 그렇게 대답했다.

그는 다만 현대적이고 멋진 그 음식점에 대해 물은 것이었다. 그러나 훨씬 더 많은 것과 관련된 그녀의 대답을 그는 그냥 받아들이며 들었다. 그 대답이 신경을 건드렸지만 그는 자제했다.

"물론이야." 그가 말했다. "당신은 아직 정치적인 색안경을 쓰고 있어. 벗어 버리는 게 쉽지 않다는 건 나도 잘 알아. 그렇지만 서독에서는 모든 것이 사뭇 달라. 이 정신 없는 베를린에서처럼 모든 게 히스테리적이지 않지. 이 주일간 서독에 다녀왔어. 우리 거기로 가자. 그곳 사람들은 약속한 것을 지키지. 무엇보다 내 자리가 있어. 모든 것이 완벽해."

"어머니가 돌아가셨을 때 난 마침 그쪽에 가 있었어."라고 그가 자제하며 말했다. 그 이야기를 아주 안 하고 넘어갈 수는 없다는 것을 알기 때문이었다. "아버지가 치신 전보는 장례가 이미 끝난 후에야 받았지."

하지만 그렇지 않았더라도 당신은 오지 않았을 거야, 그렇지? 당신이 보낸 화환이 관 뒤를 따랐어. '사랑하는 어머니께 드리는 마지막 인사'라고 씌어 있었지.

그 제비, 리타는 생각했다. 그 제비에 관해서 그는 아무것도 모르며 앞으로도 결코 알지 못할 것이다. 얼마나 많은 것을 그는 모르는가…….

"우리는 마침 어려운 시기를 맞고 있어." 얼핏 보기에 대화와는 상관없는 말을 그녀가 했다.

"우리라니 누굴 말하는 거지?" 만프레드가 말했다.

"모두지."라고 그녀가 말했다. "압박이 커지고 있어. 특히 공장에서 눈에 띄어. 메터나겔, 작은 한스, 에르미쉬……." 벤트란트의 이름은 들지 않았다. 한순간 대관절 왜 그 사람 이름은 뺐을까? 하는 생각도 들었지만. "방학 동안 다시 공장에 다니거든."

만프레드가 말했다. "당신이 처음 공장에 갔을 때도 그들은 마침 어려운 시기를 맞고 있었어. 생각나?"

리타의 마음속에서 반발심이 치솟았다. 이렇게 말하려는 거지. 그 어려운 시기라는 게 한도 끝도 없지 않아? 그 시기가 끝나기를 기다리는 건 소용없는 짓 아니야? 하고.

"그 모든 것을 나는 겪었어." 만프레드가 말했다. 빈정대는 건 아니었다. "그 생각은 이젠 조금도 더 하고 싶지 않아. 그 무의미한 어려움들. 사소한 것 하나만 이루어지면 줄을 잇는 과장된 자화자찬의 장광설들. 제 살 깎아 먹는 자기비판들. 이제 나는 일자리를 얻었어. 거기선 말이야, 내가 방해받지 않도록 조직을 관리하는 데 대해서도 다른 사람들이 특별 수당을 받아. 늘 바랐던 일이지. 저 너머에서는 그런 건 결코, 아무튼 내 생전에는 결코 겪지 못할 거야. 그런 일들이 얼마나 우리 마음에 들지, 당신 알게 될 거야."

우리? 하고 리타는 생각했다. 그렇지만 내 이야기는 전혀 없었잖아. 아니면 나더러 '그곳'에서 선생이 되라는 말인가?

그리고 어째서 나한테는 그것이 불가능해 보일까?

이따금씩 그녀는 생각했다. 메터나겔은 자신을 헛되이 망가뜨렸다고. 그는 자신이 이룰 수 있는 것 이상을 계획했다.

그러나 바로 그렇기 때문에 그녀는 도저히 그 사람이 곤경에 빠지도록 내버려 둘 수 없었던 것 같다. 말로도 그랬고. 그녀가 입 밖에 냈던 의심들로도 그랬다.

"상상 좀 해 봐."라고 그녀가 만프레드에게 말했다.(적절하지 않은 이야기를 하고 있는 사람이 이제는 자기라는 것을 그녀는 똑똑히 느꼈다.) "최근에 두 사람이 작업조에서 나가야 했어. 규정량을 200프로나 초과 달성했기 때문에!"

그가 "아."라고 말했다. 최소한 관심 있는 척하기도 힘들었던 것이다.

리타는 다시 슈바르첸바흐를 향한다. 그녀가 말 한마디 하고 나서 오래 지나서야 또 한마디를 해도 그는 개의치 않는다. 그는 리타가 자기에게 모든 이야기를 들려주리라 기대하지는 않는다. 그는 묻지 않는다. 그녀의 말을 끊지 않는다. 뭔가 아주 특정한 한마디를 듣게 될 때까지 기다리는 듯 보인다.

"저는 그때 모든 이야기를 그에게 들려주었어요. 저 자신도 그 결말을 몰랐던 이야기들이었죠." 리타가 말한다. "그때만 해도 모든 것이 어떻게 결말날지는 상상도 못 했거든요."

메터나겔과 에르미쉬가 막판 싸움을 벌였다. 피상적으로 바라보는 사람들에게는 또 똑같은 문제처럼 보였다. 메터나겔은 공장의 이익을 위해 싸우고, 에르미쉬는 자기 담당 작업조를 위해 온 힘을 다해 이익을 긁어모으려 했다. 모든 게 반복되는 것처럼 보였다. 일 년 전에 메터나겔은 하루에 창문틀 여덟 개 대신 열 개를 요구했는데, 이제는 하루에 열 개 대신 열한 개를 요구했다. "그럼 내년에는 열네 개라고 하겠군!" "그렇고말고."라면서 메터나겔이 선언했다. "맹세코, 믿어도 좋아."

자세히 본 사람만이 그 익숙한 싸움에서 새로운 양상을 알아보았다. 메터나겔은 그렇게 격할 수 있으면서도 에르미쉬를 모욕하지 않도록 세심하게 주의했고, 에르미쉬는 그렇게 완강하게 저항하면서도 전보다는 한결 차분했다. 아직도 정말이지 문틀 두 개가 문제였을까?

"전 제자리를 찾을 수 없었어요." 리타가 슈바르첸바흐에게 말한다. "어디서 말해야 하고 어디서 말하지 않아야 할까요? 어느 날 보게 되었어요. 호르스트 루돌프라고 우리 작업조에서 제일 키 크고 제일 잘생긴 남자인데 수입이 제일 많았고 여자들 이야기도 제일 많이 했지요. 그 사람이 십사 분 안에 문틀 하나를 박아 넣는 것을 봤어요. 진짜 마술 같았어요. 규정 시간은 구십 분이었는데. 나머지 육십육 분 동안 그 사람이 뭘 했을까요? 제가 그 사람한테 물었지요. '쉿.' 하고 그가 말했어요. '입 다물고 있어! 아무에게도 당신이 본 걸 이야기하지 마!'라고요. 정말로 나는 그 이야기를 아무에게도 하지 않았어요."

"메터나겔에게도 하지 않았어요?" 슈바르첸바흐가 묻는다.

"그분한테는 아무 말도 할 필요가 없었어요. 이미 아셨거든요. 그분은 그것 말고 아주 다른 일들도 알고 있었어요. 하지만 전 그걸 보고 난 다음부터 불안했어요. 우리에겐 시간이 필요합니다, 다만 시간이. 오 년 아니면 십 년이. 그다음에는 저들이 우리한테 손댈 수 없을 겁니다……. 그런 말씀을 저희들에게 늘 하신 건 선생님이셨어요. 그때 작업대들을 지나가며 자주 스스로에게 물었어요. 우리들의 귀중한 시간, 이것이 우리 인생인데, 그중 얼마만큼이 이곳에서 날마다 작업대 아래로 떨어지고 있을까? 잃어버리고 쓰이지 않은 채로.

　나중에야 저는 알았어요. 다른 사람들도 같은 생각을 하고 있다는 것을요. 만프레드하고 같이 앉아 있을 때는 그에게 그 이야기는 하지 않았어요. 어떻게 결말날지 몰랐거든요. 그렇지만 전 다들 나름대로 메터나겔을 피하는 것을 봤어요. 저는 그게 괴로웠어요. 그 이야기는 만프레드에게 했죠."

　"당 서기까지 그분에게 경고했어."라고 그녀가 그에게 말했다. 급사가 수프를 갖다 놓고 있었다. "당 서기가 말했어. '그렇게 심하게 닦달하는 것 좀 그만두세요. 당신이 우리 쪽 사람들을 서쪽으로 몰아내고 있는 겁니다.'라고."

　"제발, 그렇게 큰 소리로 좀 떠들지 마!"라고 만프레드가 낮게 말했다.

　"아, 그래." 하면서 그녀는 그를 천천히 바라보았다. "당신, 변했네."

　그러고는 입을 다물고 수프를 먹었다.

　그녀에게는 이 고상하고 친절한 공간에서 나는 모든 소리가 매우 크게 들렸다. 옆 식탁에서 어떤 어머니가 아이를 조심스럽게 꾸짖는 소리가 들렸다. "'저 사람'이라고 하는 게 아니야, 잉에. '저 아주머니'라고 하는 거야." "그냥 두시죠 뭘. 애들은 애들이잖아요." 주방 안에서 그릇이 달그락거리는 소리와 급사들의 낮은 발소리가 들렸다. 담녹색 커튼을 통해 약해진 빛이 들었다. 바깥 상황을 모른다면 도시가 태양 속에서 끓고 있다는 것을 믿을 수가 없었다.

그들 사이에서 침묵이 커 가는 것을 용인할 수 없는 만프레드가 조심스럽게 물었다. "무슨 생각 해?"

"생각나?" 리타가 물었다. "우리가 이따금씩 어른들의 습관에 놀랐던 거. 우린 저런 것에는 절대로 익숙해지지 않겠다고 작정하던 거. 이제 가끔씩 겁이 나. 나도 지극히 나쁜 일들에 익숙해질 수 있는 게 아닌가 하고. 당신도 그렇고."

"어떤 일 말이야?" 그가 물었다.

"아." 하고 그녀가 말했다. "있을 수 있는 모든 일이지. 생각하는 것과 다르게 말하는 것. 할 수 있는 것보다 적게 일하는 것. 이젠 어느덧 지구를 폭파해 날려 버리는 데 필요한 것보다 더 많은 폭탄이 있다는 것. 자기를 소유한 사람을 자신으로부터 영영 떨쳐 버릴 수 있다는 것. 그리고 편지 한 통만 남아 있지. 늘 그 생각을 하라는……."

"리타."라고 만프레드가 말했다. "이봐! 나라고 쉽기만 한 줄 알아? 그 후 정말로 내가 단 일 분이라도 즐거웠는 줄 알아? 당신 너무 나간 거야. 당신은 모든 걸 뒤섞고 있잖아. 당신 일과 폭탄과 나를 한곳에다 말이야. 당신이 내 곁에 남으면 내가 모든 걸 다시 좋아지게 만들게. 무엇이 당신한테 맞는지 정확하게 알게 될 거야. 이번 한 번쯤은 나를 믿어 줄 수 없겠어? '나는 당신을 따르겠어. 숲을 지나고 바다를 지나, 얼음을 지나고, 무쇠를 지나고, 적군의 무리를 지나도…….' 그런 식으로 말이야."

그는 농담처럼 말하려고 했다. 리타는 말이 없었다. 저런 노
래들을 생각해 냈을 때 사람들은 대체 뭘 알고 있었을까. 리타
는 씁쓸하게 생각했다. 얼음과 무쇠와 적군의 무리라니! 그러
나 이날에 대해, 이 도시에 대해, 서로 멀리 떨어져 있는 것도
아니고 얼음이나 무쇠가 나누어 놓은 것도 아니건만, 희망 없
이 식탁에 함께 앉아 있던 우리 두 사람에 대해서는 무슨 노래
를 지었을까?

분명 훌륭한 음식을 먹기는 했지만 뭘 먹었는지는 기억나
지 않았다. 아직 이른 시간이라며 포도주를 마시지 않겠다고
거절하자 만프레드도 바로 동의했다. 낮은 아직 길다면서.

그다음에는 다시 밖으로, 무더위 속으로 나섰다. 리타는 이
모든 게 자신이 감당할 수 있는 정도를 넘어서기 시작했음을
알아차렸다. 이 번쩍거리는 도시 어디에도 두 사람을 위한 장
소 하나 없단 말인가?

"여기 공원은 없어?" 리타가 물었다.

"공원은 아니지만 녹지대가 하나 있지."

"거기로 가자."

나중에 그녀는 생각했다. 그대로 거리에 있을걸. 거리는 언
제나 거리니까 그곳에서 무엇을 기대해야 되는지 알지 않는
가. 그런데 공원이라고 찾아간 곳은 결코 공원이 아니었다. 나
무 몇 그루와 관목들(자작나무, 보리수, 까치밥나무 그리고 라일
락)은 한창때를 지나 버린 후였다. 나무들은 먼지로 덮여 잿빛
이었고 잎사귀들은 더위 때문에 얇은 양피지처럼 오그라들었

다. 바람 한 점 없는데도 지나갈 때면 잎사귀들이 바스락거렸다. 노인들과 유모차를 끌고 나온 젊은 엄마들이 차지한 알록달록하게 칠한 벤치들만이 색을 띠고 있었다.

연인들은 어디로 갔을까?

리타와 만프레드는 피곤하고 말이 없는 사람들과 나란히 벤치에 쪼그리고 앉았다. 그들은 서로를 쳐다볼 엄두가 나지 않았다. 서로 주저하고 있었다. 지난 여름, 영원히 잃어버린 소박한 기쁨들을 생각하는 것이 괴로웠다.

"이 사람들은 결국 다 어디로들 가지?"라고 만프레드는 화가 나서 물었다. "고립된 도시.* 당신한테 말하지만, 끔찍해!"

"그게 내 책임이라는 거야?"라고 리타가 물었다.

만프레드가 즉시 평정을 찾았다. "이런." 그가 말했다. "미안해. 내가 돌았나 봐. 정말로 돌겠어. 원수진 정치가들처럼 서로 탓하는 일은 그만두자! 그래 봤자 우스꽝스럽기나 할 테니."

그는 깜짝 놀랐다. 자기들이 어디까지 갈 수 있는지를 본 것이었다. 두려움이 그를 솔직해지도록 했던 것이다.

그렇지만 그의 솔직함은 그녀에게서 희망을 앗아 갔다. 그녀는 보았다. 그는 포기했던 것이다. 아무것도 더 이상 사랑하지 못하고 아무것도 더 이상 미워하지 못하는 사람은 어디에서나 살 수 있지만 또한 영원히 떠돌이일 수밖에 없다. 그는 항의하느라 떠나간 건 아니었다. 떠나감으로써 정말이지 자

---

* 베를린은 그 자체로 동, 서로 나누어진 채 서독으로부터 떨어져 동독 영토 한가운데에 있었다.

기 자신을 죽인 것이다. 새로운 시도가 없다는 것, 그것은 모든 시도의 끝이며…… 내가 지금부터 무엇을 하는가는 이제 중요하지 않다.

그러나 그녀는 그다음 몇 주를 이런 생각으로 절망했다. 나와 함께 살던 때에도 그 모든 것이 그의 안에 있었어. 그런데 나는, 나는 그를 잡아 줄 수가 없었어.

전쟁 막바지에는 손실이 특히 막심한 법. 그런 마지막 상실이 특히 쓰라리게 우리들의 길 위에 놓여 있었다.

리타는 자문했다. 어떤 여자가 가장 사랑하던 사람을 잃었다는 것이 엄청난 일이었을까? 절망할 일이었을까? 아니 하고 그녀는 자신에게 말했다. 차라리 그가 나를 떠나 다른 여자한테로 달아났더라면 내 자존심에 기댈 수도 있었으리라. 그런 사람이라면 나를 곤경에 빠뜨리지는 않았을 텐데, 그건 확신한다. 그렇지만 무엇을 믿고 의지해야 한단 말인가. 어느 본능을, 어느 확신을 믿고 의지해야 한단 말인가. 그가 이렇게 말하는데.

"다른 누구도 아닌 당신을 사랑해. 그리고 영원히 사랑할 거야. 내가 무슨 말을 하고 있는지 잘 알고 하는 말이야. 당신 이전에 이런 말을 나한테 들어 본 여자는 없어. 당신한테 부탁하는 것은 너무 심한 요구일까? 같이 가자고 말이야.

당신을 이해는 해. 그렇지만 눈 좀 감아 줘. 그냥 이름 몇 개만 들어 봐. 슈바르츠발트, 라인 강, 보덴 호수.* 이런 이름들을

---

* 서독 지명들.

332

들어도 아무렇지 않아? 그런 곳도 독일이잖아? 당신에게는 그런 게 그냥 전설이나 지리 책의 한 면에 불과한 거야? 그런 곳을 향한 그리움이 전혀 없다면 부자연스러운 거 아니야? 그리움조차 없어? 당신 안에 있는 그 모든 것을 지워 버려도?"

그의 말 한마디 한마디에 그녀의 생명력이 빠져나갔다. 그녀는 그 어느 때보다도 약했고 매우 비참했다. 아, 그가 이제부터 갈 모든 곳을 향한 그리움, 그의 마음속에 인상을 남기게 될 그 모든 닿을 수 없는 풍경이며 얼굴 들에 대한 그리움, 그와 함께하는 온전하고 충만한 생활에 대한 그리움이 그녀 마음속으로 뚫고 들어와 그녀를 거의 부서뜨릴 지경이었다. 세상에서 누가 일찍이 한 인간을(그것도 오직 한 사람을!) 그런 선택 앞에, 아무리 본인이 결정한다 해도 자신의 일부를 송두리째 요구하는 그런 선택 앞에 세울 권리를 지녔던가!

그녀는 이제 이 낯선 도시, 한 대도시의 이 작고 낯선 일부를 이곳에서 여러 해 산 사람보다 더 잘 알 것만 같았다. 평범한 사람들이 살지만 이 도시가 평범한 도시는 아니었다. 이 도시의 낮과 밤은 그 밖의 다른 곳과 다른 재료로 이루어져 있었다. 낯선 삶의 재료들로. 아침마다 새롭게 무질서를, 카오스를 몸에서 떨쳐 내려는 수백만 인간의 노고도 이곳에서만은 부족한 듯했다. 현실의 계속되는 침입에 두려워 떨면서 순간의 포옹을 받고 있는 한 도시. 수백 번 시험한 것, 비난받은 것이 견고한 상품인 양 버젓이 이곳 시장에 나온다. 그리고 이 재고 정리 세일의 손아귀에 내맡겨진 인간은 자기가 잘 계산해서 그려 놓은 몇 안 되는 틀 안에서 움직이고 있다는 사실을 알아차리지 못했다.

"당신 생각이 지금 어디에 가 있는 거지?"라고 만프레드가
그녀에게 물었다. 그는 미소 짓고 있었다. "일을 부풀리지 말
라고. 무슨 일이 벌어졌지? 나야 어차피 여기 있었지 뭐. 좋은
제안을 받았고. 그래서 머무른 거야. 정상적인 일이지."

"어디서나 정상적인 일이겠지."라고 리타가 말했다. "하지
만 우리 쪽에서는 아니야. 당신한테 자리를 제안한 두 사람, 당
신 어머니가 자기가 직접 주선한 일이라며 자랑했던 거 알아?
당신 어머니가 왜 그렇게 했는지도 알아? 자신의 잃어버린 인
생에 대한 절망으로 병들었던 걸? 당신이 어머니를 무시했기
때문에 오히려 어머니를 정당화했다는 걸? 또 벤트란트가 뭐
라고 그랬는지 알아? 다른 사람들이 그러는 건 얼마든지 용서
하겠지만 당신만은 용서 못 하겠다고 했어. 자신의 행동이 무
엇을 뜻하는지 잘 알고 행동했기 때문에 그렇다고."

"왜 하필 벤트란트야!" 만프레드가 미움이 가득 찬 소리로
외쳤다. 서로에게 더 이상 불필요하게 상처를 입히지는 않겠
다는 무언의 합의가 효력을 상실했다. "하필 그자야! 그자야
무슨 연극이 벌어졌는지 알 테면 알라고 그래! 그자는 신문
에 의지하지는 않으니까. 무대 배경 뒤를 보겠지. 그래, 당신
은 내가 희망에 부푼 적이 없었다고 생각하는 거야? 나라고
악의 뿌리를 뽑으면 악도 세상 밖으로 들려 나올 거라 생각해
보지 않았을 것 같아? 하지만 악은 뿌리가 수천 개야. 뿌리째
뽑을 수가 없어. 계속 시도해 보는 거야 아마 고귀한 일이겠
지. 그러나 확신 없이는 고귀한 용기도 찡그린 얼굴이 될 뿐

이야.

　자신이 평생 모멸이나 당하고 사는 꼴을 보는 것이 재미있다고 생각해? 당신은 그런 걸 처음 경험하고 있지만, 난 아니야. 그게 차이지.

　여기서 나는 내가 무엇을 하게 될지 알아. 일어날 수 있는 모든 일에 대비해 마음을 굳게 먹고 있어. 저 건너에서 하는 말들이야 근사하지. 하지만 그 말이 현실이 되어 나타날 때까지 얼마나 오래 걸릴지는 아무도 몰라. 사실은 이거야, 인간이란 사회주의자가 되도록 만들어진 건 아니라는 거지. 억지로 그렇게 되도록 강요받으면 인간은 그로테스크하게 탈골되어 버리고 마침내는 다시금 자기한테 맞는 곳으로 가게 되지. 제일 기름진 여물통으로 말이야. 당신의 벤트란트야 나를 괴롭힐 수 있겠지. 정말로 그럴 수 있지!"

　"왜 그 사람한테 그렇게 화를 내지?"라고 리타가 나지막하게 물었다.

　그 물음에 그는 하마터면 그녀를 칠 뻔했다. 그녀는 그렇게 격하게 절망하는 그의 모습은 여태 본 적이 없었다. 그 순간 그는 이해했던 것이다. 자기가 뒤에 두고 온 삶, 자기가 욕하고 있는 삶이 아직 자신을 떠나지 않았음을. 그것이 그를 미치게 했다. 지금 그는 오로지 자기 자신에 대한 김빠진 환멸을(보다 가혹하고 보다 엄격한 삶의 압박을 버텨 내지 못했던 것을) 다른 사람에게 전가하여 떨치려 했던 것이다.

　리타는 생각했다. 그와 함께 간다면 나는 자신에게만 상처를 주지 않겠구나. 내가 저 사람한테까지 상처를 주겠구나. 아니, 저 사람에게 가장 심하게 상처를 주겠구나.

"모든 것이 쉬웠을지도 모르죠."라고 리타가 슈바르첸바흐에게 말한다. "만약 '그곳'에서 사람들이 식인종 꼴로 거리를 뛰어다니고 있었거나 굶주렸거나 아니면 그들의 아내들이 우느라 눈이 빨갰더라면요. 하지만 사람들은 편안해해요. 그들은 우리를 동정하는 거예요. 그들은 생각하죠. 이 나라에서 누가 더 부자고 누가 더 가난한가는 누구든 첫눈에 알 수 있다고요. 일 년 전이었더라면 전 만프레드하고 같이 갔을 거예요. 그가 어디로 가려든 간에. 지금은……."

슈바르첸바흐가 알고 싶은 것은 그것이다. "지금은요?"라고 그가 흥미로워하며 묻는다.

리타는 곰곰이 생각한다. "제가 만프레드를 찾아갔다 돌아온 다음 일요일이 그 8월 13일*이었어요."라고 그녀는 슈바르첸바흐의 물음에는 대답하지 않고 말한다. "아침 일찍 첫 뉴스를 듣고 나서 전 공장으로 갔어요. 저 하나뿐이 아닌 걸 보고 알았죠. 이렇게 많은 사람들이 일요일에 일터로 오는 것이 얼마나 이례적인 일인가를요. 불려 온 사람도 많았지만 그렇지 않은 사람들도 있었어요."

슈바르첸바흐는 그녀가 무슨 말을 하려는지 안다. 그 자신 그리고 그들 모두가 그 일요일에 겪었던 것과 많이 다르지는 않다.

---

* 베를린 장벽이 세워진 날.

336

"그를 사랑하지 않았나요?" 에르빈 슈바르첸바흐가 묻는다. "많은 여자들이 맹목적으로 오직 그런 걸 묻지 않나요? 왜 당신이라고 못 물었겠어요?"

나라고 왜 시도하지 않았겠는가! 얼마나 많은 밤을 나는 깨어 누워 있으면서 시험 삼아 '그곳'에서 그와 함께 살았던가. 얼마나 많은 나날 동안 나 자신을 괴롭혔던가. 그러나 낯선 곳은 나에게 끝내 낯설었으며 이곳에 있는 이 모든 것은 뜨겁고 가깝다.

"역사의 거대한 움직임이 만든 소용돌이죠……."라고 에르빈 슈바르첸바흐가 말하며 고개를 끄덕인다. 리타는 미소 짓지 않을 수 없다. 그도 그렇다.

그렇지만 그녀가 심지어 당시에 만프레드의 옆에서, 그 초라한 공원에서 무언가 비슷한 것을 느끼지 않았다고 대체 누가 말할 수 있을까?

그들은 길 잃은 사람들처럼 여러 거리를 이리저리 돌아다녔다. 그러다 마침내 다듬어진 생나무 울타리로 사방이 둘러싸여 쑥 들어간 장소를 찾았다. 리타는 죽도록 피곤해서 나무에 기댔고 만프레드는 그녀 앞에 서 있었다. 그의 양손이 그녀 얼굴 양옆으로 나무 줄기를 받쳤다. 그들은 서로 바라보았다. 주위에서 무슨 일이 일어나고 있는지 보이지도 들리지도 않았다. 그 순간 그들만을 둘러싼(나무와 양팔이 이룬) 작은 네모꼴 바깥에서는 아무 일도, 전혀 아무 일도 일어나지 않았다.

"클레오파트라는 어때?"라고 그가 낮게 물었다.

"많이 먹질 않아."

"혹시 토마토 조각 쥐 봤어?"

"맞아. 쥐 봐야지."

그들은 웃었다. 어느새 서로 갈라서 뒤로 물러서기 시작했던 것이다. 지금은 그런데 미소를 짓고 있다. 그래, 당신은 아직 그때 그 사람이야. 매일 저녁 바람 씽씽 부는 국도의 나무 옆에, 바람에 뜯긴 우스꽝스러운 버드나무 옆에 서 있던 당신, 팔이 너무 길고 머리가 새 같던 당신이야. 아, 난 그때 단박에 당신의 모든 것을 알았지. 당신에게 가겠다 안 가겠다 하는 선택권이 내겐 없었어. 그런 것이 인생에서 단 한 번뿐이라면(그런 건 단 한 번뿐이라고 난 믿어.) 그 한 번은 이제 내게서 지나가 버렸어. 또 당신에게서도, 안 그래?

그들은 미소 지었다. 만프레드가 얼굴을 그녀 머리카락에 파묻었다. 그가 그녀 손을 힘주어 잡았다. 리타의 몸이 떨리기 시작했다. 그녀는 머리를 뒤로 젖혔다. 성긴 나뭇가지 사이로 바래 버린, 흐릿한 여름 오후 하늘이 보일 때까지. 모든 것이 아직도 여기 있다. 이게 그의 손이고, 이게 그의 체취고. 이게 그 자신도 이제는 모르는 그의 목소리고.

우리와 세계 사이에 있는 말 없는 초록색 벽 하나. 세계, 그런 게 있을까? 우리가 있다. 아, 하느님, 우리가 있다…….

그렇지만 그 벽을 뚫는 데는 (이미 오랜 시간이 지난 것 같았다.) 목소리 하나로, 희미하고 앳된 어린아이 목소리 하나로 족했다.("나아라, 어서 나아라, 작은 거위야, 벌써 다 나아 가는구나, 고양이에겐 작은 꼬리가 있고, 다 나아 가는구나. 나아라, 나아라, 어서, 쥐 비계야, 백 년 안에 모두 다 사라진다…….")

백 년 안에라니. 웃고 싶구나. 이건 절대 벽이 아니잖아. 여기 당신이 있고 내가 있고 말도 안 되는 노래를 불러 대는 희미한 목소리가 있다. 그녀는 그 지긋지긋한 공원의 가장자리로 재빨리 앞서 가서 아무 길로나 들어섰고 거기서 그가 그녀를 따라잡았다.

그들은 그늘이 드는 쪽으로 가서 말없이 나란히 걸었다. 한참 동안 길을 올라갔다 내려갔다 하고 나서야 앞뜰이 있는 작고 깨끗한 카페에 다다랐다. 그들은 거대한 버섯처럼 보이는 양산 아래 예쁜 둥근 탁자에 앉았다. 이날은 나름의 소임을 다했다. 해가 어느덧 그 1층에 카페가 있는 5층 건물 지붕 뒤로 가라앉고 있었던 것이다.

그들은 아이스크림을 먹었고 오가는 사람들을 바라보았다. 사람들은 다들 자기 자신에 몰두해 있었다. 그러나 두 사람은 너무도 기진맥진해서 자기 자신에 더 몰두할 수 없었다. 그들은 알고 있었다. 지금 금방, 아니면 내일, 아니면 모레면 고통이 다시 돌아오리라는 것을, 돌아와 네 속에서 둥지 틀고 앉으리라는 것을, 너를 속속들이 뒤흔들어 놓으리라는 것을, 네 속에서 빙빙 돌리라는 것을. 이제 그들은 기진맥진한 나머지 무감각했다. 그나마 은총이었다. 그들은 탁자 밑으로 굴러 들어온 공을 어떤 아이에게 친절하게 돌려주었다. 그들은 아이 어머니의 사과를 정중하게 들었고, 열성적인 어떤 남자가(마침 그날 오후 그 카페에, 도처에서 오는 친척들의 만남을 주선한 사람이었다.) 그들 탁자에서 남는 의자를 들어다가 큰 가족 탁자로 갖다 놓는 것을 미소 지으며 허락했다.

이러다 아주 이야기를 안 하게 되는 것 아닌가 싶어 겁이 더럭 날 만큼 그들은 말이 없었다. 하도 가만히 앉아 있어서 다시는 움직이지 못할 수도 있을 것 같았다. 그들은 이제 둘 다 가야 할 길을 알았다. 그러나 첫발자국을 어떻게 떼어야 할지 몰랐다.

가족 탁자가 시끌시끌해졌다. "이봐요, 뭘 좀 줘야지!"라고 그 열성적인 남자가 격분하여 소리쳤다. 하나뿐인 여자 종업원은 그 시간쯤에는 할 일이 많았던 것이다. 이제 그녀가 그 참을성 없는 손님의 탁자로 서둘러 갔다. "우리는 말이죠, 점령지에서 오신 우리 아저씨를 특별히 모시고 왔단 말이에요."라고 그 사람이 말했다. "그런 우리 아저씨한테 여기서, 좋지 못한 서비스를 보여 드리자는 겁니까?" "점령지에서 오셨다고요?"라고 여자 종업원이 얼른 물으며 그 열성적인 사람의 아저씨를 유심히 보았다. 그는 시골 사람이었고 검푸른 양복을 입은 채 땀을 뻘뻘 흘리고 있었다. "저쪽 건너편에서 말이죠? 어느 도시에서 오셨어요?" "헤르만스도르프요."라고 그 노인이 말했다. 여종업원은 얼굴이 빨개졌다. 이럴 수가! 그녀도 같은 지방 출신이었다. 그 여자가 동향인의 의자 뒤로 가더니 등받이를 감싸 안았다. 지금 그녀가 할 일이 아니었건만. 그러나 반가움이 워낙 큰 나머지 아직 몸에 배지 않은 종업원다운 처신은 뒷전이었다. 아니, 노인은 그 여자의 고향 마을에 가 보지는 못했다. 그러나 그녀 고향 마을 출신인 쉬르바흐라는 사람하고는 군대에 같이 있었다. 갑자기 여자 종업원은 마을을 떠난 후 한 번도 생각해 본 적 없는 그 쉬르바흐에 관심을 보였다. 그리고 수확은 어때요? 좋은가요? 아무튼 금년은 좀 나을 것도 같고. 그렇지만 돌아가시지요? 그럼 어쩌겠어요? 달리 어디로 가겠어요? "아이고, 이봐요."라고 그 열성적인 남자가 말했다. "인간적으로야 이해하지만. 다시 볼 날이 있겠죠. 세상은 한 마을이에요. 드넓은 세상천지도 그래요." 그가 웃었다. "그렇지만 당신은 고향 사람을 목마르게 하고 있어요." 그녀가 자리를 뜨며 노인에게 말했다. "요새 남자들은 죄다 아무짝에도 쓸모가 없다니까요……."

리타는 의자에 푹 기댔다. 맙소사, 하늘에 벌써 달이 떠 있었다! 오후의 환한 초록빛 하늘에 달이 떠 있었다. 거의 투명하고 올이 풀린 반달이었다. 저 달 주위로 아직은 전혀 오지 않은 밤이 모여들겠지.

그들 모르게 달이 나타나는 동안 공기가 달라진 게 틀림없었다. 이제는 숨 쉬기가 쉬웠다. 지나치게 쉬웠다. 폐 속에서 공기가 느껴지지 않았다. 허무 속에서 질식하지 않기 위해 사람들은 계속 숨을 내쉬려 했다. 이 공기는 모든 사람이 자기 자신에게 돌아가도록 지시했다. 기쁨이든 슬픔이든 한 사람에게서 다른 사람에게로 전달되는 것을 불가능하게 했다.

귀 멀고 입 닫힌 도시가 갑자기 물속에 가라앉은 것 같았다. 그녀는 그 사실을 아직 모를 따름이었다. 그녀 머리 위 높이 달이, 현실 세계를 벗어난 빛바랜 등불 하나가 있었다. 그 밖에는 아무 소리도 아무 빛도 없었다. 이제 이곳저곳에서 불쑥불쑥

켜지는 네온사인들은 변함없이 풀 수 없는 암호들이었다. "잘 라만더를 사세요." "네커만이 가능하게 해 줍니다." "4711이 늘 곁에 있어요."*

개와 늑대 사이의 시간이었다.

---

* 광고 문안 속 명사들은 각기 유명한 구두 상점, 통신 판매 체인점, 향수 이름임.

29

비와 더불어 정적이 베란다 통유리를 가볍게 건드리고 있다. "비가 그치는 모양이군요."라고 슈바르첸바흐가 말한다. "이젠 갈 수 있겠는데요."

그러나 두 사람은 그대로 앉아 있다.

한참 뒤에 리타가 말한다. "이따금씩 나 자신에게 묻곤 해요. 세상을 전부 우리 잣대로 잴 수 있을까? 오로지 선과 악으로 잴 수 있을까? 세상은 그냥 여기 이렇게 있는 게 아닐까, 그럴 뿐이지 않은가? 하고요."

그녀는 생각한다. 그렇다면 내가 그의 곁에 머물지 않은 것은 아주 어처구니없는 일이리라. 그렇다면 모든 희생이 무의미하리라. 그가 말한 대로 게임은 그래도 늘 변함없이 똑같다. 규칙이 달라지는 것뿐이다. 그리고 모든 것 위에는 내막을 아는 사람끼리 주고받는 의미심장한 미소가……

슈바르첸바흐는 그녀 말을 정확하게 이해했다. 그러나 그 역시 곧바로 대답해 주지는 않는다.

"왜 내가 오늘 당신에게 왔는지 아시죠?"라고 그가 묻는다. "알고 싶었어요. 잘 아는 진실을 언제나, 어떤 상황에서나 말하는 것이 의미가 있는가 하고요."

"그 이야기를 저한테서 들으려고 하셨어요?"

"그래요."라고 슈바르첸바흐가 말한다. "그 이야기를 난 당신한테서 들었어요."

"무슨 일이 있으셨군요?"라고 리타가 말한다. "왜 그런 의심을 하셨지요?"

슈바르첸바흐는 정직하게 대답하지 못할 만큼 자신이 없는 건 아니다. "확신을 잃었어요."라고 그가 말한다. "아시잖아요, 어떤 건지. 이따금씩은 모든 것이 한꺼번에 나타나잖아요." 그가 교육학 잡지에 수업 과정에서 나타나는 독단적인 태도를 다룬 논문을 한 편 실었다는 것이다. 그는 자기 학교에도 있는, 교사들의 그릇된 방식을 묘사했다. 내용은 이랬다. 아직도 많은 사람들이, 납득시키는 대신 일방적으로 주입하려 한다, 그러나 우리는 배운 대로 나불거리기만 하는 사람은 필요가 없다, 우리가 필요로 하는 건 사회주의자다 하고.

"맞는 말이에요."라고 리타가 말한다. "거기에 의심할 게 뭐가 있나요?"

슈바르첸바흐가 미소를 짓는다. 그는 거의 즐거워진다. 그 글이며 그 뒤에 이어진 일들이 이제는 그를 전혀 압박하지 않는다. 물론 사람들은 자신들이 공격받았다고 느꼈고 그 사실을 숨기기 위해 말했다. 자네 그런 글을 꼭 지금 같은 시기에 써야겠나? 우린 할 말을 다 해서는 안 될 특별한 상황에 처하지 않았나?

만골트도 다시 출현한다.

그는 자신의 때가 왔다고 믿었다. 슈바르첸바흐가 이미 늘 정치적 몽상에 감염되어 있었노라고 말했던 것이다.

슈바르첸바흐에게 혐의를 두는 사람들이 그보다는 힘이 더 있다고 리타는 생각한다. 그리고 마치 그녀 생각을 알아내기라도 한 듯 슈바르첸바흐가 말한다. "그들은 아직도 천연스레 몇몇 모임을 열어 나를 성토한답니다. 당신이 얼마나 솔직함을 갈망하는지 생각하겠습니다. 난 이렇게 말하겠어요. 그렇고말고, 우리는 특별한 상황에 처했다. 처음으로 우리는 진실을 정면으로 들여다볼 만큼 성숙해진 것이다. 어려운 것을 쉽다고 둘러 해석하지 않고 어두운 것을 밝다고 하지 않는다. 신뢰를 오용해서는 안 된다. 그것이야말로 우리가 애써 얻어 낸 귀중한 것이다 하고요. 전술, 좋지요. 하지만 오직 진실에 이르는 전술만이 좋은 전술입니다.

사회주의는 만사형통 마법 주문은 아닙니다. 이따금씩 우리는 무언가에 새로 이름을 붙이고는 그것을 변화시킨다고 믿습니다. 당신이 오늘 나에게 확증해 주었어요. 숨김없는 순수한 진실을, 그리고 그것만이 궁극적으로 인간에 이르는 열쇠가 된다는 사실을요. 왜 우리는 결정적인 장점을 자발적으로 손에서 내려놓아야 합니까?"

"그런 건 아니에요." 리타가 거의 깜짝 놀라 말한다. "선생님은 제가 한 말에 너무 많은 의미를 부여하시는데요."

슈바르첸바흐가 웃는다. "나는 리타 씨 말을 벌써 이해했습니다."

그는 이제 일어선다. 창문 너머가 어느덧 어두워지고 있다. 간호사가 복도를 따라 걸어와 전등을 찰칵 켜 준다. 간호사는 그들 쪽을 보고는 고개를 끄덕이더니 다시 간다. 그들은 이제 둘 다 큰 건물에 들어찬 정적에 귀 기울인다. 마침내 슈바르첸바흐가 말한다. "버스 타는 데까지 데려다 주겠어요?"

리타는 대답하지 않는다. 그가 묻는 말을 듣지 못한 것이다.

"이제 우리 포도주를 마셔야겠군, 그렇지 않아?"라고 만프레드가 말했다. 리타가 고개를 끄덕였다. 그녀는 그가 그 정신 없는 여자 종업원 손에서 병을 받아 직접 술 따르는 것을 바라보았다. 포도주는 초록빛이 도는 노란색이었다. 색깔에서 벌써 그 향내와 쌉쌀하고 가벼운 맛을 알 수 있었다. 달 포도주, 그녀는 생각했다. 밤 포도주, 추억의 포도주…….

"무얼 위해 건배할까?"라고 그가 물었다. 그녀가 대답이 없자 그가 잔을 쳐들었다. "당신을 위하여. 당신의 작은 실책과 그 큰 결과를 위하여."

"나는 건배하지 않고 마시겠어." 그녀가 말했다. 그리고 더 이상 건배하지 않고 마셨다.

병이 비자 그들은 아직도 그 열성적인 남자의 가족들에게 점령당한 카페를 떠났다. 그들은 넓고 둥근 광장이 나올 때까지 길을 따라 걸어 내려갔다. 그 광장은 교통망에서 멀리 떨어져 있어 그 시각쯤에는 거의 쓸쓸했다. 그들은 광장 가장자리에 멈춰 섰다. 마치 광장의 조용함을 깨뜨릴까 봐 겁내듯. 광장 위 다채롭고 기이한 색조가 그들의 시선을 위로 향하게 했다. 정확하게 그들 머리 위로, 큰 광장을 가로질러, 낮의 하늘과 밤의 하늘 사이로 경계선이 나 있었다. 이미 어둑한 잿빛 절반에서부터, 아직은 환하지만 이 세상 것이 아닌 색채로 바뀌어 가는 낮 쪽으로 구름 너울이 길게 드리워 있었다. 그 아래는(아니면 그 위였던가?) 유리처럼 투명한 초록빛이었고 그 가장 깊은 곳에는 아직까지도 푸른빛이 돌았다. 그들이 서 있는 작은 한 조각 땅, 1제곱미터도 채 되지 않는 인도의 네모난 석판 한 장이 밤 쪽으로 돌아섰다.

예전에 연인들은 헤어지기 전 별 하나를 찾아 저녁이면 그 별에서 그들의 눈길이 만날 수 있었다. 우리는 무엇을 찾아야 한단 말인가?

"적어도 하늘은 찢을 수 없겠지."라고 만프레드가 비꼬듯 말했다.

하늘을? 희망과 그리움, 사랑과 슬픔이 담긴 이 궁륭 전체를? "그렇지 않아."라고 그녀가 낮게 말했다. "하늘이 맨 먼저 나누어지는걸."

역은 가까웠다. 좁은 골목길 하나를 지나자 곧바로 역이 보였다. 만프레드가 멈춰 섰다. "당신 가방!" 그러나 그는 그녀가 가방을 가지러 돌아가지 않을 것임을 알았다. "부쳐 줄게." 필요한 것은 핸드백 안에 다 있었다.

그들은 저녁의 아주 심한 교통 혼잡 속으로 들어갔다. 부딪히고 밀리고 밀려 갈라졌다. 지금 벌써 그녀를 잃어버리지 않자면 그녀를 꼭 잡아야 했다. 그는 그녀의 팔 윗부분에 가볍게 손을 둘러 그녀를 자기 앞으로 밀어 주었다. 역 대합실에 멈춰설 때까지 그들은 서로의 얼굴을 보지 못했다.

그때 매듭짓지 않은 것은 다시는 매듭지을 수 없었다. 그때 말하지 않은 것은 다시는 말할 수 없었다. 그들이 그때 서로에 대해서 알지 못한 것은 다시는 알게 되지 못하리라.

그들에게 남아 있는 것은 오직 무게 없고 빛바랬으며 더 이상 희망으로 채색되지 않고 아직은 절망으로 채색되지도 않은 그 순간뿐이었다.

리타는 그의 웃옷에 붙은 가느다란 실 한 가닥을 떼 주었다. 이별하는 연인들을 언제 방해해도 좋은지 정확하게 연구한 꽃 장수가 그들에게 다가왔다. "꽃다발 하나 사십시오. 마음에 드실 겁니다." 리타가 고개를 황급히 가로저었다. 꽃 장수가 물러났다. 배울 것은 끝이 없었다.

만프레드가 시계를 보았다. 시계는 정확하게 맞춰져 있었다. "이제 가야지."라고 그가 말했다. 그는 그녀와 함께 개표구까지 갔다. 거기서 그들은 다시 멈춰 섰다. 오른쪽으로는 플랫폼으로 오르는 인파가 그들을 지나쳐 갔고, 왼쪽으로는 도시로 돌아가는 인파가 스쳐 갔다. 그 작은 섬에 오래 머무를 수는 없었다. "가지."라고 만프레드가 말했다.

그녀가 그를 계속 바라보았다.

그가 미소를 지었다.(그녀가 그를 생각하면 웃는 모습이 떠오르리라.) "안녕히, 갈색 아가씨."라고 그가 부드럽게 말했다. 리타가 일 초쯤 머리를 그의 가슴에 갖다 댔다. 여러 주가 지나서도 그는 눈을 감으면 깃털처럼 가벼운 그 무게가 느껴졌다.

그녀는 그다음 틀림없이 개표구를 지나 계단을 올라갔을 것이다. 그녀는 틀림없이 자신을 올바른 정거장에 데려다 준 전철로 갔을 것이다. 모든 것이 이제는 쉽고 빠르게 맞물려 들어간 것에 그녀는 놀라지 않았다. 그녀가 탈 열차가 벌써 기다리고 있었다. 승객도 별로 없었다. 서두르지 않고 올라 자리를 잡자 열차는 어느덧 달리고 있었다. 그랬던 게 틀림없다.

지극히 미약한 장애를 극복하는 것, 아직은 하잘것없기만 한 결심을 해내는 것도 지금은 그녀 힘에 부치는 것 같다.

그녀는 잠자지 않았다. 그렇다고 완전히 의식이 있는 것도 아니었다. 오랜 시간이 지난 후 그녀가 처음 본 것은 어두운 땅 가운데 있는 환하고 고요한 연못이었다. 연못은 아직도 하늘에 남은 얼마 안 되는 빛을 전부 끌어당겨 더 밝은 빛으로 반사하고 있었다.

이상도 하지, 리타는 생각했다. 저런 큰 어둠 속에 저런 큰 밝음이 있다니.

30

리타가 그을음 가득한 도시로 되돌아오던 날은 서늘하고 무심했다. 11월 초의 흔한 하루였다. 가을과 작별한 상심으로부터도 겨울의 투명한 가벼움으로부터도 똑같은 거리에 있는 날이었다. 그녀는 두 달이 넘게 떠나 있었는데도 거의 변하지 않은 옛 거처로 거의 장엄하게 들어갔다. 마치 오래전에 체결된 협정을 갱신하거나 다시 확인하려는 듯.

그녀는 자신이 무엇을 겪었는지 알았으며 무엇이 자기를 기다리고 있는지도 알았다. 이것이 그녀에게 일어났던 유일한, 물론 과대평가될 수 없는 변화였다.

아무도 자기를 알아볼 사람 없고, 누구든 모를 사람뿐인 거리들을 혼자서 걸어도 침울하지는 않았다. 점심때를 앞두고 가게들이 문을 닫기 직전 활기찬 시간이었다. 그녀는 그래도 중심가가 소란스러운 데 놀랐다. 그 가운데로 휩쓸려 들어갈 용기는 거의 없었다. 그녀의 감각도 요란한 소음이며 색채 그리고 냄새에 다시 익숙해질 시간이 필요하리라. 그러니까 이 소음과 이 인파를 사람들은 평생 동안 견뎌 낸다는 말인가? 그녀는 자기 자신에 대하여, 자신의 시골 처녀다운 생각에 미소 짓는다. 어쩌면 내일이면 벌써 이 도시를 다시 도시인의 눈으로 바라보겠지. 그렇지만 언젠가 그녀는 이 도시를 오늘처럼 본 적이 있었다. 이 눈부시고 강하며 가혹한 빛 속에서. 그 자취 하나가 늘 마음속에 남아 있을 것이다.

그녀는 어려운 나날을 견뎌 냈으며 그것은 과장이 아니다. 그녀는 건강하다. 자신을 기만하거나 기만당하지 않고 이 인생을 하루하루 새롭게 정면으로 바라보기 위해서 자신이 어떤 영혼의 대담성을 필요로 했던가를 그녀는 모른다.(우리들 중 얼마나 많은 사람이 그것을 모르는가.) 어쩌면 나중에야 이해할 것이다. 헤아릴 수 없는 평범한 인간들이 지닌 이 영혼의 대담성에 훗날 태어날 사람들의 운명이 달렸다는 것을. 길고 힘들고 절박하면서도 희망에 찬 역사적인 순간에.

그렇게 해서 리타는 다시 그녀의(그들의) 망사르드 지붕 밑 방 창가에 선다. 그녀는 익숙한 손놀림으로 커튼을 옆으로 밀고 창문을 열어(아, 이 가을 냄새며 연기 냄새!) 창틀 위쪽으로 팔을 뻗어 받치고는 그 위에 머리를 놓는다. 제대로 이어지는 일련의 동작들. 이때 그녀는 오래전 이곳에서 멈췄던 생각들을 다시 꺼낼 수밖에 없다. 아직 전혀 오래되지 않은 저 8월 하루와 똑같이, 건너편 강둑의 수양버들이 해묵은 바람 때문에 죄다 같은 쪽으로(땅 쪽으로) 밀리는 것을 다시금 발견한다. 당시 그녀의 귀를 찢던 기관차 기적 소리마저 다시금 들리는 것 같다.

오늘 생각해 보면, 그때부터는 하루 종일 이 기적 소리 말고는 아무것도 들을 수 없었던 것 같다. 그녀는 자기가 피할 수 없는 심판의 무섭도록 무관심한 시선에 쫓긴다고 믿었던 일을 아직 기억한다. 만프레드와 떨어진 지 삼 주도 채 되지 않았을 때였다. 그녀는 이해했다. 시인들이 그리는 위대한 연인들이 죽음 속으로 뛰어든 것은 이별을 피해서가 아니라 일상의 무딘 반복을 피해서였음을. 납 같은 냉정함이 그녀의 팔다리를 마비시켰고 그녀의 정신을 내리쳤으며 그녀의 의지를 후벼 파냈다. 전에는 잴 수 없을 정도로 넓었던 확실성의 원이 고통스럽게 좁아졌다. 조심스럽게 그녀는 그 원을 발걸음으로 쟀다. 늘 새로운 함몰을 각오하며. 무엇이 버텨 냈던가?

그 기관차의 기적이 당시에만 해도 그녀 안에 있던 모든 삶의 가능성을 끌어가 버렸다. 자기가 언제 어디서 마침내 무너졌는지, 그리고 그것은 우연이 아니었음을 이제는 주저하지 않고 고백한다. 그녀는 육중한 초록색 차량 두 대가 아직도 자신을 향하여 멈추지 않고, 천천히, 확실하게 굴러오는 것을 본다. 저것들은 정확하게 나를 목표로 삼아 오고 있구나 하고 그녀는 느꼈다. 그러면서도 자기가 스스로에게 위해를 가하려 했다는 것도 알았다. 무의식적으로 그녀는 자신에게 마지막 도피 시도를 허락했다. 절망한 사랑으로부터의 도피가 아니라, 사랑도 다른 모든 것처럼 소멸한다는 데 대한 절망으로부터의 도피였다.

그래서 그녀는 졸도했다 깨어났을 때 울었다. 자신이 구조되었다는 것을 알고 울었다.

이제는 그 병적인 심리 상태로 다시 돌아가는 것에 거의 혐오를 느낀다. 시간이 그 나름의 일을 하게 함으로써, 그녀는 사물들을 올바른 이름으로 부르는 엄청난 힘을 다시 얻었다.

리타가 창에서 물러서 여행 가방을 꾸리기 시작한다. 물건들을 하나하나 집어 들어 모두 방 안에 펼쳐 놓는다. 갑자기 이제는 많은 것이 마음에 들지 않는다. 아직 공장에서 일하며 받은 돈이 있다. 내일은 가서 치마를 하나 사고 최신 유행 블라우스도 몇 개 살 것이다. 실수가 없도록 마리온을 데리고 가야지.

그녀는 여행 가방 속에 든 손거울을 집는다. 침대 가장자리에 쪼그리고 앉아 충분히 빛을 받도록 거울을 들고 주의 깊게 들여다본다. 너무 오래 거울을 보지 않았구나 하고 그녀는 생각한다. 그래서 못나졌구나. 이런 일이 다시는 없도록 해야지. 그녀는 눈썹 위를 쓸어 본다. 여기는 정말 더 나아지지 않는구나. 그녀는 눈꼬리를 점검한다. 눈물은 흔적을 하나도 남기지 않았다. 자신의 얼굴을 찬찬히 들여다본다. 1센티미터 1센티미터를, 뺨의 선과 턱을. 그녀는 무의식적으로 미소 짓기 시작한다. 눈에는 새로운 표정이 남아 있다. 여기로 경험이 물러나 있구나.

자신이 보기에도 그녀는 아직 젊다.

누군가 계단을 올라와 조심스럽게 문손잡이를 돌렸다. 그 소리를 그녀는 넘겨들었다. 헤어푸르트 씨가 문에 설 때에야 그녀는 눈길을 든다. 그는 처음에 움찔하며 돌아가려 한다. 그는 그녀를 지금 벌써 만날 것이라 생각하지 못했던 것이다. 그러나 그다음에는 신분증이라도 꺼내 보이려는 듯 황급히, 그녀 책상에 놓아두려 했던 쪽지를 팔을 뻗쳐 내민다. 그 밖에도 그는 클레오파트라를 마분지 상자에 담아서 가지고 왔다. 그 동물은 주인의 부재를 별 탈 없이 견뎌 냈다.

쪽지는 메터나겔에게서 온 것이다. 리타는 읽는다. "돌아오거든 나를 찾아 줘. 몸이 아파. 집에 누워 있어." "그 사람은 끝장났어요."라고 헤어푸르트 씨가 말한다. "사람들은 그 사람을 다시 마이스터로 만들었어요. 그러니까 자기가 원한 목표에 도달했지. 그럼 좀 가만히 있을 수도 있었을 텐데. 가만히 있는 대신 그 사람은 계속 화를 내며 돌아다녔지. 하도 그러다 보니 구급차에 실려 공장을 나가는 지경에 이르고 만 거예요."

그의 말이 사실이라면 즉시 그에게 가야겠다.

리타는 헤어푸르트 씨에게서 거북을 받아 구석에 둔다. 그녀는 여행 가방을 의자에서 집어 든다. "앉으세요."라고 말한다.

헤어푸르트 씨는 그녀를 잡아 두려 하지 않는다. 그만큼 그는 자유롭다.

그가 그렇게 앉아 있는 걸 보니 그도 거울을 본 지 오래되었을 듯싶다. 전에 그를 알았던 사람이라면 몰락이 시작되고 있음을 보여 주는 작은 신호들을 간과할 수 없다. 그리고 한평생 억제했던 눈물도 자국을 남기고 있다.

한참 뒤에 리타가 말한다. "이젠 방세를 치르겠습니다."

헤어푸르트 씨가 펄쩍 뛴다. 그런 법이 어디 있나! 돈 받을 사람이 따로 있지, 세상에 십중팔구……. 아무튼 자기를 모욕하지 말아 달라고 한다.

그러나 받아 주시는 게 자기한테는 낫겠노라고 리타가 말한다. 헤어푸르트 씨가 다시 맥없이 허물어진다.

"흥허물 없이 말해도 용서해 주시길. 리타 씨는 참 이상한 사람이에요."라고 그가 말한다. "죽은 아내도 리타 씨의 많은 점을 이해 못 했더랬죠. 확실히 그 사람도 나름 독특했지……. 나로 말하자면, 난 앞뒤 생각 없이 리타 씨를 우리 집에 받아들였죠. 리타 씨가 똑같은 느낌을 받도록 하는 데에는 성공하지 못했던 것 같지만."

무릇 약한 인간이 그러듯, 리타는 헤어푸르트 씨가 굴하지 않고 계속 진실을 윤색하기 위하여 청중을 필요로 하는 사람이라는 것을 이해한다. 그의 아내가 죽기 직전, 그 문제의 밤에 그녀는 그를 한 번 가식 없이 정면으로 보았고 정면으로 무찔러 주었다. 그는 오래 견디지 못했다.

그녀와 만프레드 사이가 모두 다시 잘되리라 믿었다고 그가 말한다. 그 일요일에, 아시다시피, 그녀가 갑자기 떠나 버렸던 그 일요일에. 그는 다시 희망을 길어 냈다는 것이다. 그럴 것이 한 번에 아내와 아들을 잃는다는 게 어떤 일인지, 누가 자신의 마음을 알겠느냐는 것이다.

당신 아들이 더 이상 아들이 아니게 되어 버린 것이 언제부터였던가요? 하고 리타는 생각한다. 그러나 잠자코 있는다.

"리타 씨가 돌아온 것이."라고 헤어푸르트 씨가 말한다. "고백하자면 나한테는 오늘까지도 수수께끼예요. 나보고 구식이라고 할지 모르겠지만, 우리 때는 사랑이 한층 낭만적이었죠. 그리고 한결 무조건적이고. 그래, 그렇기도 했죠."

리타는 이 남자의 결혼식 사진을 생각하며 잠자코 있는다. 침묵하는 것 말고 뭘 할 수 있겠는가?

헤어푸르트 씨는 그녀의 침묵을 잘못 해석한다. "이렇게 생각하진 마세요."라고 그가 맹세하며 말한다. "리타 씨의 베를린 나들이를 내가 알고는 악용해서 해를 끼치리라고는 말이에요!"

리타는 그를 바라본다. 아니, 그가 그러리라는 생각은 하지 않는다. 헤어푸르트 씨는 진정될 것이다. 그러나 그의 불안이 곧바로 잠잠해지지는 않을 것이다. 그녀는 그가 새로운 질문을 하도록 몰아간다.

"왜 내 아들이 나를 미워했을까요?"라고 그가 묻는다.

리타는 깜짝 놀라 그를 바라본다. 저 사람이 정말로 그걸 알고 싶은 것일까? 아, 아니다. 그는 억울하게 쓸쓸히 늙어 가게 되었다고 하소연하려는 것이다. 이 남자는 진실을 위해서는 결단코 쓸모없는 사람이다.

헤어푸르트 씨가 계속 근심을 영혼에서 털어 내려고 이야기를 늘어놓는다. "이봐요."라고 그가 말한다. "어떤 인간이든 잘못할 권리가 있어요. 상황을 잘못 판단했다는 걸 어떻게 미리 안단 말이에요? 뒤따라오면서 나이 든 사람들의 잘못을 질책하는 거야 쉽지! 이봐요, 리타 씨. 나는 인생을 잘 알아요. 아들들이란 늘 아버지들의 실수를 반복하는 법이에요. 그래서 끝에 가서는 우리 모두가 똑같이 구덩이로 들어가는 거예요."

그는 아주 얼마 전부터, 인생에서 느끼는 구역질을 아는 터라, 인생을 안다고 믿는다.

"그는 이젠 아버지를 미워하지 않아요."라고 리타가 말한다. "정말로요."

이런 아버지들에게도 자식이 있다. 그걸 막을 수야 없으니. 나는 이런 아버지들로부터 자식들을 지켜야지.

헤어푸르트 씨는 가야 한다는 것을 느낀다. 그가 가볍게 신음하며 몸을 일으킨다. 운명의 타격이 한 인간을 데려가는구나. 그는 힘들게 시험받은 남자다. 그러나 일을 처리할 줄 안다. 그는 젊은이다운 고집으로 그를 이해하려 하지 않는 리타에게 체념하여 손을 내민다. 저 아래 텅 빈 큰 집에서는 다시금 비탄이 그의 덜미를 잡을 것이다. 그러나 일순간 그는 아직 헤어푸르트 씨다. 자신을 중히 여기는 남자다.

가기 전에 그는 또 무언가를 떠올린다. 최근에 슈바베 씨를 만났다는 것이다. 루디 슈바베 씨요, 이미 알지요? 아들의 오랜 친구라 나는 물론 잘 알지요. 대학 학장의 연구 관련 분야 연락 담당관 말이에요. 나쁜 인간은 아니지. 아마도 만프레드 때문에 어려움에 처했나 봐요. 아무튼, 여러 심한 조처들이 이제는 거두어지도록 많은 노력을 기울일 거예요.(리타는 기억한다. "자네 친구라고? 우린 유감스럽게도 그를 제적해야 하는데……." 그런 말을 하면서도 자기가 그 말을 하는 게 부당하다는 것을 아는 사람이 무엇을 할 수 있을까?) 헤어푸르트 씨는 말한다. "알아 둬야 할 거예요. 오늘날에는 그런 우연들, 누군가가 어떤 특정한 순간에 기분이 좋으냐 나쁘냐 하는 것에 운명이 달려 있어요."

그 루디 슈바베. 그때 사람들은 교수 집 모임에서 그를 사방에서 공격해 멍청한 개에게 하듯 겁을 줬는데. 그가 그사이에 정말로 뭔가 이해하게 되었단 말인가? 아니면 그냥 끈질기게, 변함없이 새로운 구호를 향하여 행군하는 걸까? 그러나 그녀는 뭔가 다른 이야기를 한다. 마치 그동안 내내 바로 그 생각만 해 왔다는 듯 묻는다. "그럼 롤프 메터나겔 씨는요? 그때 그의 마이스터 자리를 박탈한 그 우연한 사건은 그럼 없었던 일로 처리되었나요?"

"말 삼가 주세요!"라고 헤어푸르트 씨가 매끄러운 얼굴로 친절하게 말한다. "3000마르크! 그깟 거!"

그러고는 완전히 가 버린다.

리타는 길을 나서 롤프 메터나겔에게 갔다. 그는 또다시(그의 인생에서 몇 번째일까!) 바닥에 누워 있다. 그게 몇 번째인지 알면, 한 번도 무풍지대 구석에 서지 않았고, 한 번도 잡상인의 표정으로 인생에 빈손을 내밀지 않았던 한 인간이 몇 번이나 분연히 일어나는가를 계산해 낼 수 있을 것이다. 결코 좀스럽게 자신의 예금액을 계산해 보지 않은 사람, 그에게 빚진 사람들에게 늘 너그럽게 기한을 유예해 준 사람, 단 하나의 재산, 즉 행동력을 마치 무한정인 듯 구차히 아끼지 않았던 사람.

리타는 메터나겔의 오랜 적수, 헤르베르트 쿨이 몇 주일을 두고 그를 관찰했던 것을 잊지 않았다. 더 많은 생산이라는 그의 새로운 요구가 작업조에 어떤 결과를 가져올지 아직 아무도 몰랐을 때, 다들 그에게 병균이라도 묻은 양 그를 피했을 때만 해도, 헤르베르트 쿨은 비웃음 섞인 말로 그를 유난히 자극했다. 어떤 때는 두 사람이 서로 치고받은 듯한 기세기도 했다. 그러는 와중에 쿨은 얼굴에 새롭게 긴장된 표정을 띠었는데 예전의 냉정함과 사뭇 달랐다. 그는 자신을 완전히 사로잡은 긴장에 맞서려는 것처럼 보였으나 이제는 그것을 떨칠 수 없었다. 마침내 그는 완력으로라도, 이렇게든 저렇게든 그 긴장에서 벗어나야겠다고 결심했다. 그가 새로 온 쿠르트 한이란 사람과 각기 야간 근무조에서 문틀 열네 개를 만들어 놓은 다음 날 아침, 그의 얼굴은 여느 때보다 더 차갑고 비웃음을 띠고 있었다. 그는 매복해서 노리듯 메터나겔을 바라보았다. 무엇이 문제일까? 더 많은 성과가 문제인가, 아니면 한 개인, 메터나겔의 성공이 문제인가? 그 사람에게 무언가 문제가 있는 것인가, 아니면 그 또한 오로지 자기 자신만을 위하여 살갗이 벗겨지도록 뼈 빠지게 일하는 것인가?

메터나겔은 사흘간 잠자코 있었다. 쿨과 한은 사흘 밤 동안 작업 시간마다 창문 열네 개를 만들었다. 사흘간 다른 사람들은 모두 열 개 이상을 생산하지 못했다.

롤프 메터나겔이 헤르베르트 쿨보다 더 많이 참고 있다는 사실이 드러났다. 나흘째 아침, 마침 작업조가 목덜미를 꼿꼿이 세우고 작업량 규정을 깬 야간 작업조의 두 사람을 지나쳐 가려고 하는 참에, 헤르베르트 쿨이 메터나겔 앞에 바싹 멈춰섰다. 차량과 벽 사이 비좁은 복도에서 두 사람을 지나쳐 가지 않을 수 없는 다른 모든 사람들이 그들에게 가로막혀 지나가지 못했고 그 수가 차츰 불어났다.

"자, 뭐지?"라고 쿨이 도전적으로 물었다. "뭐긴 뭐겠어?"
라고 메터나겔이 부드럽게 응수했다.

"나는 내일도 모레도 작업 시간마다 창문 열네 개를 만들
거야."라고 쿨이 말했다.

"훌륭합니다!"라고 메터나겔이 말했다.

"나 같은 사람이 시작을 했으니, 아마 언짢겠지?"라고 헤르
베르트 쿨이 물었다.

"자네 뭐가 단단히 잘못됐어."라고 메터나겔이 여전히 주
의 깊고 부드럽게 대답했다. "하지만 알았으면 좋겠는데, 자
네 왜 그러나?"

쿨은 롤프에게 달려들 기세였다. 아마도 메터나겔이 단 일
초만 그의 침착하고 부드러운 시선을 쿨의 눈에서 뗐더라면
그런 일이 벌어지고 말았을 것이다. 그러나 메터나겔은 시선
을 떼지 않았다. 그는 그토록 흥분한 모습을 보인 적 없는 헤
르베르트 쿨을 시선으로 꽉 틀어잡고 있었다.

"내 생각은 달라."라고 쿨이 위험하게 낮은 어조로 말했다.
"다른 누구나 일을 덜 할 수 있고 그러는 사람이 영웅이지. 나
한테 물을 말이 그래, 겨우 왜 그러느냐는 거야? 왜 나한테 묻
지? 내가 대위였기 때문에? 좋아. 난 골수까지 대위였지. 난
한 번도 얼치기로 일한 적 없어. 좋아, 꼭 듣고 싶다면 말이야,
그때 내 앞에 사람을 세워 놓고 쏘아라! 하고 명령했으면 난
쏘았을 거야. 그 후에도 양심의 가책을 느끼지 않았을 거고.
내가 대부분의 사람들과 다른 점은 다만, 나는 이렇게 말한다

는 거지. 그리고 당신네들은 웬만하면 그런 문제에 대해선 입을 다물고. 좋아, 말하지. 어떤 사람이든 개새끼로 만들어 버릴 수 있지. 자, 그래서? 뭣 때문에 날 그렇게 노려보는 거지?"

"이봐!"라고 메터나겔이 평소 목소리로 말했다. "정신 차려. 자네는 전혀 앞뒤가 맞지 않는 말을 늘어놓고 있어. 자네는 자기가 치사한 인간이라는 사실을 십육 년에 걸쳐 입증해 보이려 해 놓고는 이제 와서 느닷없이 자기가 만들어 놓은 계산서에 무효 표시를 하고 있어……." 그는 나지막하게 웃었다. 다른 사람들의 눈길을 끌기 위해서였다.

사람들은 이제 모두 쿨의 얼굴을 정면으로 바라보려 하지 않았다. 그는 감당할 수 있는 수준을 훨씬 넘어서는 일을 한 뒤처럼 기진맥진했다. 그의 뺨 근육이 경련했다. 그는 아직은 패배를 용납하지 않았다. 그는 한마디도 더 하지 않았다. 리타는 그가 도대체 들은 말을 이해하기나 했는지 확신할 수 없었다.

리타의 눈앞에서 십사 분 안에 문틀 하나를 만들어 넣었으며 자동차를 사려고 저축하고 있는 작업조의 미남, 호르스트 루돌프가 대들었다. "우리 쪽에서는 누구에게나 결국은 돈이 문제잖아요."라고 그가 말했다. "왜 했느냐고요? 동료애 때문이죠. 난 등 뒤에서 우리를 칠 사람들하고는 일하지 않아요. 나 아니면 그들요!"

"그렇다면 자네 참 안됐네."라고 메터나겔이 온화하게 말했다.

"우린 더 이상 되돌아갈 수 없어."라고 카르수바이트가 기가 꺾여 말했다. "그렇게까지 멀리 가면 되돌아갈 수 없는 법이지. 그거라면 자네들 날 안심하고 믿어도 좋아." 그는 남작 영지 목수 시절 경험에 요지부동으로 매달리고 있었다.

다들 말이 없었다. 누구나 생각하고 있었던 것이다. 대체 우리에겐 아직도 돌아갈 뜻이 있는가? 에르미쉬가 연필을 쥐고 하는 계산 놀음으로 돌아가?

메터나겔은 그런 물음들을 봉쇄하려는 듯 행동했다. "자네들이 알아보았는지 모르겠지만." 하고 그가 말했다. "내 느낌으로는 말이야, 지금 상당히 탄내가 나. 무언가가 우리한테 오고 있는 거야. 이럴 수 있어, 우린 말이야, 몇 가지 규정 시간으로 불을 덮는 걸 도울 수 있어. 생각처럼 그렇게 어처구니없는 건 아니야. 그럼 우리가 정말로 요구받는 것, 그게 뭐지? 그럴 때 우린 말하지. 우릴 좀 가만히 내버려 둬, 우리 쪽에서는 누구에게나 결국은 돈이 문제라고." 그는 대놓고 당당하게 권터 에르미쉬를 바라보았다. 에르미쉬는 여러 주 전부터 바로 이런 눈길을 기다려 왔다. 그의 얼굴이 시뻘게졌다.

"우리를 뭐로 보는 거야!"라고 하는데 흥분으로 숨이 반은 막혔다. "우리가 당신한테 한 번 사기를 쳤다고 노상 사기만 칠 거라고 생각하는 거지? 그럼 좋아, 알고 싶다면 말이야. 우린 당시에 3000마르크로 자네를 속였지. 물론, 내가 노상 계산 처리했던 그 빌어먹을 작업 과정이 없었다는 사실을 나는 알고 있었지. 그건 사람들 대부분이 알고 있었어. 자네는 자리를 잃었고, 좋아. 하지만 그렇기 때문에 우리가 영원토록 모리배인가?"

메터나겔이 너무 창백해져서 리타는 걱정이 되고 겁이 더

럭 났다. 그는 오래 침묵할 생각은 없었다. 그는 자기 인생에서 중요한 순간들을 언제나 지나치는 듯 결단했다.

그는 너덜너덜한 가방으로 몸을 숙였다. 그가 말했다. "규탄 모임을 쓸데없이 길게 끌면 안 되지."

다들 자리를 뜨려 할 때 에른스트 벤트란트가 왔다. 그가 에르미쉬에게 말을 걸었다. "우린 목수가 모자랍니다."라고 그가 말했다. "이제 앞으로 이 작업조에서 문틀을 더 받을 수 있나요, 없나요?"

"어쩌면." 하고 에르미쉬가 말했다. 그에게는 그날이 뼈에 사무쳤다.

"'어쩌면'은 소설 문체입니다."라고 공장장이 대꾸했다. "꼭 소설 문체만은 아니죠."라고 메터나겔이 말했다. 그는 기다리듯 벤트란트를 바라보았다. "알 겁니다. 젊은 여자가 '어쩌면'이라고 말할 때면……"

벤트란트가 알아들었다. 그는 웃었고 모두에게 담배를 권했다. "좋으시겠습니다."라고 그가 에르미쉬한테 말했다. "유명한 작업조장이 되는 것은 유명한 공장장이 되는 것보다 쉽지요."

"그러나 그 자리를 지키기는 그리 쉽지 않아요."라고 에르미쉬가 말했다.

그들은 웃었고 그의 어깨를 툭툭 쳐 주었다. 거짓 없는 한마디였던 것이다!

리타는 마음을 조이며 메터나겔 집 문을 두드린다. 사람이 팔 주만에 많이 변할 수 있겠는가?

늘 그렇듯 그의 아내가 문을 열어 준다. 리타를 알아보자 그녀의 얼굴이 밝아진다. "자고 있어요."라고 그녀는 말한다. "하지만 리타 씨가 오셨으니 깨울 수 있지요." 침실 문에서 그녀는 다시 한 번 돌아선다. "놀라시더라도 내색하지 마세요……."

필요한 경고였다. 리타는 방으로 들어서면서 자신이 받은 충격을 한 가닥 미소 아래 숨긴다. "저."라고 그녀가 말한다. "누가 당신한테 저랑 교대해 주라고 그랬지요?"

그는 그녀가 중환자를 대할 준비가 되지 않았음을 본다. 하지만 그냥 넘어간다. 그는 늘 한 번에 한 가지만 할 수 있다. 고개를 들거나 미소를 짓거나 말을 하거나. 그는 그 모든 것을 차례차례 한다. 그의 미소만이 그의 얼굴에서 변하지 않았다. 그래서 그는 더욱 낯설어 보인다.

"앉아, 리타."라고 그가 말한다. 그렇다, 심장이며 신장이며 순환기에 드디어 탈이 난 것이다. 또 그 밖에 뭐가 더 문제인지는 하늘만 알 일이다. 그는 치료를 받으러 떠날 것이다. 사람들이 그를 다시 한데 모아 꿰매게끔.

"누가 마이스터 자리를 대신하고 있어요?"라고 리타가 묻는다.

아니야 하고 롤프가 말한다. 무언가를 앞서 하는 것은 아무런 의미가 없다고. 이제 그는 마이스터가 되지 않을 것이다. 에르미쉬가 그의 후임자다.

거기다 무슨 말을 덧붙이겠는가? 그들을 서로 바라본다.

리타는 자신을 꾸미는 것을 포기한다. 두 사람은 모든 것에 대하여 솔직한 대화를 나눌 수 있을 만큼 서로 오래 알아 왔음을 동시에 깨닫는다. 일 년하고 반이었으니까. 미숙한 신참이던 그녀가 그가 보는 앞에서 일을 제대로 하지 못할까 제일 두려워하며 그의 뒤를 따라 겁을 먹고 공장을 지나다녔던 것이 오래전 일은 아니었다.

리타가 말한다. "무슨 일이 또 닥칠지 늘 미리 알 수만 있다면…… 이렇게 생각했던 때도 있어요. 이젠 당신한테 더 일어날 일은 없다고요. 이젠 무엇도 당신을 쓰러뜨리진 못한다고요."

"차분히 생각해 보세요." 리타가 말한다. "정말이지 아무것도 이제는 당신을 쓰러뜨리지 못해요."

그들은 웃는다. 메터나겔 부인이 머리를 들이민다. 그녀는 흡족해한다. 이 방문은 남편에게 좋을 거라고 막 생각했던 것이다. 부인이 리타에게 거실로 나와 같이 커피나 들자고 청한다.

커피는 묽다. 리타가 알기로 이 방에서는 언제나 메터나겔이 창가 그의 의자에 앉아 있었다. 그가 없고 그의 담배 연기가 없으니 이 방은 텅 비어 있다. 오늘 그녀는 알아차린다. 소파가 얼마나 닳았는지. 또 양탄자 하나 없음을.

메터나겔 부인은 누군가와 자신의 근심을 상의할 수 있어 즐겁다. 그에게는, 그러니까 남편에게는 오래전부터 그런 건 이야기하지 못한다. "저이는 다른 사람들하고 달라요."라고 부인이 의기소침하게 말한다. "나는 저이가 자신을 망가뜨리는 것을 봤어요. 다른 사람들은 텔레비전, 냉장고 한 대 정도

씩은 들여놓고 아내에게 세탁기쯤은 마련해 주잖아요. 저이
는 돈으로 뭘 하는지 아세요? 딸애들 뒤치다꺼리가 끝난 다
음부터요? 저축을 해요. 저이는 뭘 하려고 저축하는지 내가
모르는 줄 알아요. 하지만 난 알아요. 그때 너무 많이 지불되
어 나간 그 3000마르크를 갚으려는 거예요. 저이는 미쳤어요,
정말로 미쳤어요. 그런 공장에서 3000마르크가 아쉽겠어요?
3000마르크가 아쉬운 건 나라고요."

리타는 묽은 커피를 마신다. 곁들여 빵도 몇 입 떼어 먹는
다. 부인과 메터나겔이 결혼했을 때 그녀는 하녀였고 그는 도
제였다. 그들은 어렸을 때부터 같은 뒤뜰에서 놀며 서로 알았
다. 그녀가 자란 집은 아직도 있다. 리타는 그 집을 본 적 있었
다. "이렇게 깨끗한 곳에는 가난이 찾아들지 못하죠."라면서
사회 복지사는 아이 다섯이 딸린 메터나겔의 어머니에게 지
원금을 주지 않았다. 후에 롤프의 아내가 된 그 이웃집 처녀가
자주 건너왔고 그의 어머니가 빨래하러 갈 때면 집을 치워 주
곤 했다. 전부 사내아이였고 롤프가 맏이였던 것이다.

부인은 남편과 더불어 늙었다. 예전에는 틀림없이 예뻤을
것이다. 그는 절약하라고 늘 그녀를 닦달했다. 부인의 얼굴은
이제 시들었고 기운이 없다. 오 년 전에 유행했던 옷을 입고
있다.

그는 앞장서 아내도 끌고 왔을 것이다. 그런 이야긴 한 적은
없지만. 한 인간의 힘은 얼마나 오래 지속되는 것일까?

"남편분께서 무엇을 이루셨는지 상상 못 하실 거예요."라
고 리타가 말한다. "다들 메터니겔 씨를 얼마나 높이 평가한

다고요. 그분 없이는 도무지 일을 꾸려 나갈 수가 없어요."

"이미 알아요."라고 부인이 조용히 말한다. "저이야 늘 그대로일 수밖에 없지요."

리타가 한 번 더 롤프 메터나겔에게로 갔을 때 그는 다시 잠들어 있었다. 탈진된 그의 얼굴을 보기가 겁이 났다. 그녀가 등 뒤로 문을 당겨 닫는다.

그날이, 그녀가 새로운 자유를 얻은 첫날이 거의 끝나 간다. 어스름이 거리에 깊게 드리워 있다. 사람들은 일터에서 집으로 돌아온다. 어두운 집 벽들에서 불쑥불쑥 네모난 빛들이 나타난다. 이제 사적인, 혹은 공적인 저녁 의식들이 시작된다. 손이 수천 번 이리저리 움직인다. 비록 끝에 가서는 그저 수프 한 그릇, 따뜻한 난로 하나, 아이들에게 불러 주는 짧은 노래 하나를 만들어 낼 뿐이라 해도. 더러는 한 남편이 그릇들을 챙겨 들고 방을 나가는 아내의 뒷모습을 바라본다. 아내는 그 시선이 얼마나 놀라워하고 감사하는지 알아차리지 못했다. 더러는 한 아내가 남편의 어깨를 쓸어 준다. 오랫동안 하지 않던 일이지만, 아내는 남편이 그것을 필요로 한다는 사실을 적절한 순간에 느낀 것이다.

리타는 길을 크게 돌아서 거리들을 지나며 많은 창문 안을 들여다본다. 그녀는 낮 내내 소모되었던 다정함이 저녁마다 엄청나게 커져 새롭게 나타나는 것을 본다. 그녀는 자기가 이따금씩은 피곤해지고 이따금씩은 노엽고 화가 나리라는 것을 안다. 그러나 그녀는 두렵지 않다. 모든 것을 상쇄하는 것이 있다. 즉 우리는 조용히 잠자는 데 익숙해진다는 것. 우리가 가득 찬 삶을 덜어 내며 살아간다는 것. 마치 삶이라는 이 기이한 재료가 넘칠 만큼 충분하기라도 하다는 듯.

마치 이 재료가 결코 다하지 않기라도 하듯.

하늘도 나누어졌던 곳 이야기

『나누어진 하늘(Der geteilte Himmel)』(1963)은 베를린 장벽
이 쌓이고 독일 분단이 고착되던 시점을 배경으로 사회주의
국가에서의 삶에 대한 성찰을 담은 섬세한 문체의 소설이다.
분단의 비극, 동독과 서독 사이에서 직면하는 삶의 선택, 그
쓸쓸함이 낮은 목소리로, 아름다운 문체로 그려진다. 이 작품
은 독일 분단을 고착화한 베를린 장벽이 세워지고 이 년 뒤에
나왔으며, 우베 욘존의 『야콥을 둘러싼 추측들』(1959)과 더불
어 독일 분단 문학의 대표작으로 꼽힌다.

사랑 이야기가 있고 자아 성찰이 중심을 이루지만, 젊은 여
성이 가는 자아실현의 길이 삶의 현장, 특히 노동 현장과 맞물
려 다루어짐으로써 사회주의 사회 내부를 보여 주는 리얼리
즘의 측면도 강하다. 비록 단명했어도 동독이라는 신생 사회

주의 국가에서 사회주의적, 공동체적 이상의 실현을 위해 터를 닦고자 했던 사람들을 이끌고 갔던 힘을 짐작해 볼 수 있고 그 안의 문제들과 그 안에서 가능했던 비판의 수위도 가늠해 볼 수 있다.

독일은 2차 대전 후 점령군에 의해 동독과 서독으로 나누어졌지만 1961년 베를린 장벽이 세워지기 전까지는 왕래가 자유로웠다. 동독 영토 한가운데 이물질처럼 들어 있는 베를린이 다시 동베를린과 서베를린으로 나누어진 기이한 형태라, 동독 어디에서든 동베를린으로 가면 거기서부터 서베를린으로, 또 서베를린에서 서독으로 갈 수 있었다. 인위적으로 구획 지어졌어도 동베를린과 서베를린은 한 도시였고 동베를린에 살면서도 서베를린이 일터인 사람도 4~5만 명에 달했다. 그러나 마셜 플랜의 지원이 더해져 '라인강의 기적'이라 불리우는 경제 부흥을 앞서 이룬 서독으로 가는 이주자가 점점 늘어나다가 1961년에는 극도에 달함으로써(1961년 8월에는 하루에도 1000여 명에 이르렀다.) 무엇보다 노동력 유출을 감당하지 못한 동독 쪽에서 8월 13일 일요일 느닷없이 동베를린과 서베를린 사이에 장벽을 쌓기 시작했다. 결과적으로 동독 영토 한가운데 있는 서베를린을 에워싸고 167.8킬로미터의 장벽이 둘러쳐지고 서베를린이 섬처럼 고립되었지만, 갇힌 것은 실은 동독인들이었다. 서베를린 사람들이야 지정된 육로며 항공편으로 서독과 연결되어 있었지만, 동독인은 서쪽으로 갈 모든 가능성을 차단당했다.(서베를린 주위에 이어 동독과 서독 국경에도 추가로 철조망 1378킬로미터가 쳐졌다.)

『나누어진 하늘』은 이 시점을 배경으로 한 작품이다.

여주인공 리타는, 프로젝트가 받아들여지지 않은 데 대한 환멸 때문에 서쪽으로 간 애인 만프레드를 찾아 서베를린에 가 보지만 확신 없이 돌아온다. 바로 그다음 일요일(1961년 8월 13일)에 장벽이 쳐짐으로써 모든 가능성이 차단된 후, 기차 선로에 투신하지만 구조된다. 그리고 회복하면서 삶을 돌아본다.

자신의 삶을 찾아 열아홉 살에 도시로 가게 된 리타는 사범대학에 가기 전에, 대학 진학을 하려는 사람들이 동독에서 그랬듯, 우선 공장(차량 공장)에서 일한다. 경쟁의 원칙이 아니라 "노동자와 농민 들의 국가"의 이상 실현이라는 자부심과 윤리를 기반으로 생산이 독려되는 노동 현장의 상황과 문제 들이 그려진다. 예컨대 자본주의적 경쟁의 유인 없이, 기차 창문틀 생산량을 하루 열 개에서 열두 개로 끌어 올리는 데 기울이는 온갖 노력과 난관과 그 극복이 다루어진다. 그 다양한 노력들이 조명되는 가운데 독일 현대사의 문제점이 기회주의적 성향으로 나치 시절에도 동독 시절에도 살아남는 인물들(남자 주인공의 부모)을 통해 비판적으로 그려질뿐더러, 온갖 인용구를 유창하게 외우며 당의 지침을 곧이곧대로 기계적으로 이행하려 드는 사람들(만골트, 루디 슈바베) 역시 비판적으로 묘사된다. 각 분야의 노동력 부족도 함께 그려짐으로써, 서독에 비해 여러모로 어렵게 출발했을뿐더러 서독으로 떠나는 이주자 폭증으로 인력 부족이 가속되었던 동독 사회의 전반적 여건도 함께 다루어진다. (동독은 "3분의 1 나라"라는 자조적 표현이 있었을 만큼 서독에 비해 작은 나라였고, 마셜 플랜을 통해 서방의 지원을 받은 서독과는 반대로 점령군 소련에게 배상금을 물어 가며 국민을 사회주의적으로 교육하고 새 나라를 만들어야 했다.) 그러나 비판적 안목도 갖추고 몸담은 사회를 위해 헌신적으로 진력하는 긍정적 인물상(불굴의 노동자 메터나겔, 젊은 공장장 벤트란트, 침착한 사범 대학 강사 슈바르첸바흐, 좀 부족하지만 성실한 한스 등)도 제시됨으로써 독자들은 사회주의 국가를 키우기 위해 매진한 사람들의 심정을 헤아려 볼 수 있다.

여주인공이 뿌리를 둔 곳이며, 궁극적으로 그곳의 삶을 택함으로써 동독이라는 사회주의 국가, 사회주의 이상을 실현하려 나름으로 매진하는 사회, 그 음영과 그 안에 사는 사람들의 마음 갈피들이 그려진다. 분단의 비극도 그 테두리 안에서 묘사되는 것이다.

작가 역시, 문필가는 노동 현장을 알아야 한다는 사회적 요청(1959년의 '비터펠트 노선')에 따랐던 터라 그 경험이 반영되어 생생하게 그려져 있다. (여러 난관을 극복하고 사회주의 인식에 도달했다는) 동독 "도달 문학(Ankunftsliteratur)"의 측면도 볼 수 있다. 동시에 분단의 비극, 자살 등 동독 사회의 터부와도 같은 주제를 다루는 과감함도 두드러진다. 이는 작가가 동독을 택한 인물의 편에 분명하게 섰기에 가능한 일이기도 했겠으나, 그 결단이 결코 단면적이지 않다. 그때까지의 단선적인 동독 작품들과는 판이하게 다른, 이런 복합적이고 성찰적인 측면이 서독 문단의 주목을 받을 수 있었던 이유기도 했다.

작가 크리스타 볼프(Christa Wolf, 1929~2011)는 1945년 이후 독일 현대 문학에서 가장 중요한 작가 중 하나다. 단명했던 사회주의 국가 동독이 낳은 가장 큰 작가기도 하다. 사회주의에 대한 소신을 기반으로 했기에 과감한 비판도 가능했다. 그러나 그랬기 때문에 동독의 몰락 시점까지 정보국의 감시를 받았다. 분단 독일의 큰 회오리였던 볼프 비어만 시민권 박탈 사건(1976년)에 서명으로써 연대했고, 베를린 장벽이 무너지던 해(1989년)의 무혈 혁명에서도 중요한 역할을 했다. 독일 통일 이후에는 '크리스타 볼프 논쟁'의 장본인으로서 본보기가 되어 혹심하게 "청산"당하는 곡절을 겪었다. 그 모든 개인적 경험과 독일 역사, 특히 독일 근대사의 큰 이정표적인 사건이나 주제 들이 섬세한 문체의 성찰을 거쳐 연이어 그녀 손에서 (높은 수준의 문학) 작품이 되어 나왔다.

파시즘 청산과 새로운 대소련 관계가 모색되던 소련 점령기를 다룬 『모스크바 이야기(Moskauer Novelle)』(1961), 베를린 장벽이 쌓이고 이 년 뒤에 나온 『나누어진 하늘』(1963), 집단 윤리가 획일적으로 강조되는 사회에서 개인의 자아실현 문제를 다룬 『크리스타 테에 대한 추념(Nachdenken über Christa T.)』(1968), 나치즘 속의 유년이 회상됨으로써 독일 현대사를 점검하는 자전적 소설 『유년 시절의 모범 인물들 (Kindheitsmuster)』(2007), 낭만주의 여성 작가 귄더로데와

클라이스트의 가상 만남을 다룸으로써, 비판되던 낭만주의에 대한 재해석을 보여 주는 『어디에도, 그 어디에도 없는 곳(Kein Ort. Nirgends)』(1982), 정보가 통제되는 국가 동독을 신화에 투영하여 권력의 오용과 남용에 대한 호소력 높은 경고의 목소리를 담은 『카산드라(Kassandra)』(1983), 체르노빌 원전 폭발 이후에 내놓은 『원전 폭발. 어느 하루의 소식들(Der Störfall. Nachrichten eines Tages)』(1987), 동독 작가들의 모임에서 작가들이 제각기 자신의 삶을 돌아보고 현재 상황에 대한 입장들을 표명하는 『여름 작품(Sommerstück)』(1989), 통일 이후 동독 청산에 휘말린 자신의 입지, 문화 충돌의 문제가 신화에 투영된 『메데아. 목소리들(Medea. Stimmen)』(1997), 몸으로 먼저 앓았던 동독 말기에 대한 성찰을 담은 『육신으로(Leibhaftig)』(2002) 등 볼프는 수많은 작품들을 발표했다.

사회주의 리얼리즘의 강령에만 따른 1950년대 말까지의 단선적인 동독 문학은 전혀 서독의 주목을 받지 못했지만, 『나누어진 하늘』 같은 비판적 작품들이 나오는 시기부터 동독 문학은 서독 독자와 평단의 주목을 끌기 시작하여 점차, 적어도 문학에서는 국경이 지워져 갔다. 베를린 장벽이 무너지기 전까지, 서독의 동독 문학 수용은 오늘날 분단을 겪고 있는 한국인들이 볼 때 부러움을 금치 못하게 하는 것이었다. 대표적인 예가 크리스타 볼프다. 볼프의 다음 신간이 어떤 작품일까 하는 것은 서독 문단에서도 늘 초미의 관심사였으며 그녀는 "전(全) 독일 작가"로 지칭되었다. 당대의 가장 저명한 독일 작가로 꼽혔고, 수많은 언어로 작품이 번역되었으며, 이름 있는 문학상은 거의 다 그녀에게 수여되었다. 노벨상 수상작이 발표될 즈음이면 서독 문단, 언론이 강도 높게, 이번에야 말로 스톡홀름이 크리스타 볼프를 주목해야 한다고 말하기도 했다.

그러나 막상 베를린 장벽이 무너지자, (마르크스, 레닌 동상만 철거된 것이 아니라) 옛 동독 지식인들에 대한 청산 작업의 회오리 속에서 크리스타 볼프는 청산 사례가 되었다. 장벽이 무너지고 나서 발표된 『남은 것(Was bleibt)』(1989)이라는 작품으로 '크리스타 볼프 논쟁'은 촉발되었다. 정보국의 감시를 세밀하게 그린 이 작품은 장벽이 무너지기 전에 나왔다면 그 용기를 인정받았지만, 장벽이 무너진 후에 볼프 같은 큰 작가가 이런 작품을 뒤늦게 내놓는 것은 "비윤리적"이라는 것이 그 표면적 이유였다. 거기다가 그녀가 한때(1959~1962년 사이) 비공식 정보 요원으로 활동한 전력이 밝혀짐으로써 기름 붓듯 가속되어 통일 독일 공간을 달군 그 논쟁은 "마녀 사냥"이라고, 동독 정보국에서 받던 억압과 비교할 만하다고 했을 정도로 강도 높았다.(당시 크리스타 볼프는 보고서 세 개를 작성했는데 전부 대상 인물에 대해 긍정적이었다. 이 때문에 그녀는 1962년 정보국 내부 기록에 협력 "자제"를 요하는 인물로 기록되었으며, 그때부터는 그녀 자신이 감시를 받았고 그 상태는 동독 붕괴 시점까지 지속됐다. 그렇다면 왜 동독을 떠나지 않았는가 하는 물음에는, 그곳에 있는 자기 독자들이 자신을 필요로 한다고 느꼈기 때문이라고 그녀는 답변했다.)

그 모든 체험의 침전으로서, 또 그 너머에서, 『메데아』 외에도 크리스타 볼프의 후기 역작들이 이루어졌다. 그중에는 로스앤젤레스를 배경으로 독일 통일 이후의 체험에 대한 성찰, 미국 체험을 토대로 다시 생각하는 사회주의적 유토피아, 자본주의 사회의 문제점들, 흑인들의 참상, 첫 이란 전쟁에 대한 경악 등이 담긴 『천사의 도시. 프로이트 박사의 오버코트(Stadt der Engel. Overcoat von Dr. Freud)』(2010)가 있다. 이 대작을 마무리하고 크리스타 볼프는 2011년 12월 1일 타계했다.

*

『나누어진 하늘』은 독일 분단 고착 시점에 씌었을뿐더러, 분단과 맞물려 더욱 영욕이 엇갈리고 파란만장해진 큰 작가의 본격적인 출발점에 있다. 그 속에 그려진 사회주의 국가 안 삶의 현장, 그 안에서 살아가는 사람들의 마음, 깊은 성찰, 또한 작가가 걸어간 길. 여러모로 『나누어진 하늘』은 그 자체로 아름다운 문학작품일뿐더러, 역사를, 특히 독일 분단사의 굴곡을 돌아보게 하며, 나아가 다른 체제 속에서 혹은 다른 삶의 여건 속에서 다른 삶을 살아가는, 그러나 같은 꿈을 가진 사람들에 대한 이해를 돕는 작품이다. 무엇보다 분단을, 그리고 언젠가는 어울려 살아야 할 사람들이 품었던 이상과 그들이 걸어온 제각기 다른 길을 돌아보게 한다.

독일이 아직 분단국이던 시절, 우리 분단은 더할 나위 없이 경직되어 있던 시절 번역되어 오래도록 서랍 속에 들어 있다가, 베를린 장벽이 무너지던 바로 그해에 출간되었던 『나누어진 하늘』 번역본이 이제 새롭게 다듬어져 민음사 세계문학 전집으로 재출간되니 기쁘다. 이를 위해 애써 주신 모든 분들께 감사드린다.

2012년 9월
전영애

작가 연보

1929년   3월 18일 바르테 강변의 란츠베르크(현재는 폴란드
         땅)에서 출생.

1945년   2차 대전 종전 후 소련군 진군을 피해 가족이 메클
         렌부르크로 이주.

1949년   고교 졸업. 통합사회당에 입당.(1989년 6월 탈당하기
         까지 당원이었음.)

1949~1953년   예나 대학과 라이프치히 대학에서 독문학 공
         부. 저명한 독문학자 한스 마이어의 제자였음. 이후
         독일 작가 연맹 회원 및 출판사 편집인으로 활동.

1961년   『모스크바 이야기(Moskauer Novelle)』로 등단. 할레
         시 문학상(동독) 수상.

1963년   『나누어진 하늘(Der geteilte Himmel)』 발표.
         하인리히 만 상(동독) 수상.

1963~1967년 통합사회당 중앙 위원회 후보.

1964년 동독 3등급 국민 훈장. 『나누어진 하늘』 영화화(콘라트 볼프 감독).

1968년 『크리스타 테에 대한 추념(Nachdenken über Christa T.)』 발표.

1972년 테오도르 폰타네 상(서독) 수상. 파리 낭독 여행 시작.

1974년 『운터 덴 린덴. 세 가지 믿을 수 없는 이야기(Unter den Linden. 3 unwahrscheinliche Geschichten)』 발표. 동독 예술원 회원으로 활동하기 시작. 함부르크 자유 예술원(서독) 회원.

1976년 『유년 시절의 모범 인물들(Kindheitsmuster)』 발표. 볼프 비어만 시민권 박탈에 맞선 공개서한에 서명한 뒤 동독 작가 연맹 베를린 분과 이사진에서 축출되고 통합사회당에서 "엄중한 견책"을 당함. 이후 스웨덴, 핀란드, 프랑스, 미국 등지에서 낭독 여행.

1978년 브레멘 문학상(서독) 수상.

1979년 『어디에도, 그 어디에도 없는 곳(Kein Ort. Nirgends)』 발표.

1980년 게오르크 뷔히너 상(서독) 수상.

1981년 『어느 고양이의 새로운 인생관(Neue Lebensansichten eines Katers)』 발표.

1983년 『카산드라(Kassandra)』, 『'카산드라'라는 한 작품의 전제들. 프랑크푸르트 대학에서의 시학 강의(Voraussetzungen einer Erzählung: Kassandra.

Frankfurter Poetik-Vorlesung)』 발표. 쉴러 기념상(서독) 수상. 미국 오하이오 주립 대학 명예박사 학위.

1984년   파리의 유럽 학술 및 예술원 회원.

1985년   오스트리아의 유럽 문학상 수상.

1986년   『작가의 차원(Die Dimension des Autors. Essays und Aufsätze, Reden und Gespräche 1959~1985)』 발표.

1987년   『원전 폭발. 어느 하루의 소식들(Störfall. Nachrichten eines Tages)』 발표. 숄 남매 상(서독) 수상. 동독 1등급 국민 훈장.

1988년   『축사(Ansprachen)』, 『여름 작품(Sommerstück)』 발표. 『중편 전집(Gesammelte Erzählungen)』 출간.
결국 베를린 장벽이 무너지는(11월 9일) 한 요인이 된 베를린 알렉산더 광장의 대규모 시위(11월 3일)에서 연설함. 동독의 해체가 아니라, 사회주의의 개혁을 주장함.

1990년   『남은 것(Was bleibt)』 발표. 『가을의 연설문들(Reden im Herbst)』, 『크리스타 볼프, 대화 가운데서(Chrsta Wolf, Im Dialog. Aktuelle Texte)』 출간.
동독 청산의 회오리 속에서 '크리스타 볼프 논쟁'이 가열되는 한가운데 국외로부터, 또 국내 일각로부터 지지를 받음. 볼프 자신은 정보국 기록을 출간하기도 함. 결국 병이 나지만 이때의 체험은 이후 작품들에 강하게 각인됨.

1990년   힐데스하임 대학 명예박사 학위. 이탈리아 토리노

대학 명예박사 학위.

1994년 『터부로의 길(Auf dem Weg nach Tabou. Texte 1990~ 1994)』 출간.

1996년 『메데아. 목소리들(Medea. Stimmen)』 발표.

1999년 넬리 작스 상 수상.

2001년 함부르크 자유 예술원 메달 수상.

2002년 『육신으로(Leibhaftig)』 발표. 독일 서적 상 수상.

2003년 『한 해의 하루 1960~1980년(Ein Tag im Jahr 1960~ 1980)』 출간.

2010년 『천사들의 도시 혹은 프로이트 박사의 오버코트 (Stadt der Engel oder The Overcoat of Dr. Freud)』 발표 및 낭독(CD 9장, 765분 분량).

2011년 12월 1일 타계.

세계문학전집 **294**

나누어진 하늘

1판 1쇄 펴냄 2012년 9월 14일
1판 12쇄 펴냄 2024년 1월 9일

지은이 크리스타 볼프
옮긴이 전영애
발행인 박근섭, 박상준
펴낸곳 (주)민음사

출판등록 1966. 5. 19. (제 16-490호)
서울특별시 강남구 도산대로1길 62(신사동) 강남출판문화센터 5층 (우편번호 06027)
대표전화 02-515-2000 팩시밀리 02-515-2007
www.minumsa.com

한국어 판 ⓒ (주)민음사, 2012. Printed in Seoul, Korea

ISBN 978-89-374-6294-8 04800
ISBN 978-89-374-6000-5 (세트)

세계문학전집 목록

세계문학전집은 계속 간행됩니다.